Inge Barth-Grözinger
Wildblütenzeit

Inge Barth-Grözinger

WILDBLÜTEN ZEIT

Die große Schwarzwaldsaga

PENDO

Mehr über unsere Autoren und Bücher:
www.pendo.de

Von Inge Barth-Grözinger liegen im Piper Verlag vor:
Etwas bleibt
Stachelbeerjahre
Beerensommer
Geliebte Berthe
Wildblütenzeit

ISBN 978-3-86612-448-6
© Pendo Verlag in der Piper Verlag GmbH, München 2018
Satz: Kösel Media GmbH, Krugzell
Gesetzt aus der Stempel Garamond
Druck und Bindung: GGP Media GmbH, Pößneck
Printed in Germany

Inhaltsverzeichnis

Juli 1945	7
Juli 1780 – Jakob der Gründer	14
Mai 1789	20
Juli 1945	35
September 1796	40
Oktober 1805	62
Juli 1945	88
November 1812	91
Juli 1945	133
Mai 1828 – Johann der Genießer	137
Juli 1945	169
September 1834	174
Juli 1945	212
Januar 1848	214
März 1848	255
Juli 1945	269
April 1849 – Leopold der Rebell	280
Juli 1945	297
September 1855	301
Juli 1945	311

September 1885 – Johann-Georg der Kaufmann	314
Juli 1945	325
September 1918 – Philipp und Jakob	331
Juli 1945	337
Nachwort	347

Juli 1945

Der Jeep fuhr mit einem sanften Schwung um die Kurve und hielt unmittelbar vor dem schmiedeeisernen Tor. Langsam erhob sich Jakob Haug vom Rücksitz des Wagens und setzte zögerlich einen Fuß auf das Trittbrett. Erst als der amerikanische Militärpolizist ihm unsanft auf den Rücken klopfte und »*come on*« knurrte, gab er sich einen Ruck und kletterte aus dem Wagen, umständlich und langsam, als litte er Schmerzen. Es tut weh, dachte er, es tut wirklich weh, wenn auch nicht körperlich. Ich will mir einfach nicht vorstellen, was mich da drinnen erwarten wird.

»Seit die Amerikaner hier sind, darf das Haus keiner mehr betreten. Die Franzosen haben uns wenigstens hineingelassen, wenn sie auch gehaust haben wie die Vandalen«, hatte seine Schwägerin Marie gemurrt, als sie Jakob vor vier Wochen im Militärgefängnis besucht hatte. »Alles mitgenommen, was nicht niet- und nagelfest war, sogar die Hühner haben sie geschlachtet und gefressen, anders kann man es nicht nennen. Stell dir vor, sie haben die armen Tiere geköpft, mitten in der Majolika-Stube. Alles war voller Blut und das Schlimmste, ich kann es gar nicht aussprechen ... die drei Zimmermädchen, die noch im Haus waren, weil sie uns nicht im Stich lassen wollten, mussten wir verstecken.«

»Der Krieg macht die Menschen nicht besser, im Gegenteil«, hatte er damals geantwortet. »Überall Hunger, Hass und Rohheit.«

Wieder schob ihn der Soldat unsanft vorwärts, und sie setzten sich in Bewegung. Zum ersten Mal seit vielen Wochen trat er wieder durch das große Tor. Jakobs Blick fiel auf den geliebten Garten – sein Schmuckstück. Philipp, sein Bruder, hatte ihn vor vielen

Jahren angelegt, und Jakob hatte ihn vollendet. Er sah die Rosenstöcke mit ihren duftenden Blütenköpfen in sattem Gelb, zartem Rosa und prallem Rot, deren wilde Schönheit ihn immer wieder aufs Neue betört hatte. Er sah die gestutzten Buchsbäume und den samtenen, grünen Rasen, der jetzt aber zertrampelt und an manchen Stellen aufgerissen war. Und er sah den Springbrunnen, der das Zentrum des Gartens zierte.

Vor den dunkelgrünen Lorbeerbüschen hatte die Fortuna gestanden. Anmutig hatte die Statue ihr Füllhorn gehalten und dabei voller Stolz auf das Haus geblickt. Oskar Köhler hatte sie aus glänzendem weißem Marmor geschaffen – der Bildhauer hatte so viel für das Haus getan und war bis zum Schluss mit ihm verbunden geblieben. Bis zum bitteren Ende, korrigierte sich Jakob traurig im Stillen. Die Fortuna sollte seine Mutter Therese darstellen, die wie viele andere Frauen der Familie Ansehen und Wohlstand ins Haus gebracht hatten. Jetzt ruhte die Statue aber zerschmettert neben dem Springbrunnen im Gras, Kopf und Arme waren abgebrochen, und das Füllhorn lag wie ein nicht eingelöstes Versprechen am Rande des Bassins.

Jakob bückte sich, um die sanften Linien des marmornen Gesichts zu berühren, aber der Soldat knurrte wieder sein »*come on*«, und so ging er gehorsam weiter, mit einem wehmütigen Blick auf die welkenden Blumenbeete.

Ein ekelerregender Gestank nach Urin, Blut und verdorbenem Fleisch schlug ihm entgegen, als er das Haus betrat. Der Geruch der Zerstörung und der Entwürdigung, dachte Jakob unwillkürlich, und immer größer werdende Verzweiflung erfasste ihn, während er durch die Räume schritt.

Im Salon waren die Bezüge der Sessel aufgeschlitzt worden, überall lag Dreck und Unrat. Am schlimmsten sah es aber in der Majolika-Stube aus. Dort war sämtliches Geschirr zerstört worden – alles Sammlerstücke, die die Familie seit Generationen zusammengetragen hatte. Und nun das Restaurant und die Weinstube! Überall umgestürzte Tische und zerbrochene Stühle. Wie chaotisch es aussah! Die Kronleuchter, das Silber – alles war verschwunden, ebenso wie die wunderschöne Damasttischwäsche, Maries und Thereses ganzer Stolz.

Seine Schwägerin hatte ihm erzählt, dass sie und die Hausdame Helene versucht hatten, die Damastwäsche in einem Hohlraum oberhalb der Küche zu verstecken, aber man hatte sie wohl dabei beobachtet, denn kurze Zeit später war die französische Militärpolizei gekommen und hatte sie einem strengen Verhör unterzogen.

»Wir mussten alles angeben, sogar die Einmachgläser und die Kochlöffel. Alles haben sie mitgenommen. Nichts konnten wir retten.«

Wir waren vermessen, dachte er plötzlich. Was haben wir denn geglaubt? Dass unser Besitz für die Ewigkeit währt? Immer mehr angehäuft und weitergegeben von Nachkomme zu Nachkomme?

Der Soldat bedeutete Jakob mit einer Kopfbewegung, die Treppe hochzugehen, und ihm wurde nun bewusst, wo das Verhör stattfinden sollte: In seinem Büro, der »Kommandozentrale«, wie die Angestellten liebevoll spottend zu sagen pflegten. Auch dort herrschte Verwüstung. Man hatte augenscheinlich nach dem Tresor gesucht, denn die Bilder waren heruntergerissen worden, und die Tapeten hingen nur noch in Fetzen an den Wänden.

Der Soldat blieb im Türrahmen stehen und betrachtete ihn mit ausdrucksloser Miene. Jakob nahm das als Zeichen, dass er sich frei bewegen durfte, und ging mit kleinen Schritten auf seinen Schreibtisch zu. Mit der Hand fuhr er über die gemaserte Tischplatte, berührte die Kerben und Flecken, die man ihr zugefügt hatte. Unter dem Schmutz und der Zerstörung atmete das Holz aber noch, er konnte es genau spüren. Ihm kam es so vor, als tastete er sich ein kleines Stück zurück in sein altes Leben.

Plötzlich gab es eine Bewegung in der Tür. Der Soldat stand stramm, und ein hagerer, mittelgroßer Mann in der Uniform eines amerikanischen Offiziers betrat den Raum. Er hatte ein schmales Gesicht mit tief liegenden, dunklen Augen und kurz geschorenem dunkelbraunem Haar. Bei seinem Anblick streifte Jakob ein Schatten der Erinnerung, er glitt aber vorüber, war nicht zu fassen.

»Guten Tag, Herr Haug.« Der Mann reichte Jakob die Hand und bedeutete ihm mit einer Kopfbewegung, Platz zu nehmen. »Sie können sich ruhig hinter Ihren Schreibtisch setzen.« Er selbst ließ sich auf einem der beiden tiefen Ledersessel nieder, die um den Schreibtisch gruppiert waren und erstaunlich unversehrt aussahen.

Jakob setzte sich auf seinen altvertrauten Stuhl und merkte auf einmal, wie sehr sein Herz klopfte. Er spürte die harte Lehne des geschnitzten Holzes im Rücken. »Louis-quinze«, hatte sein Vater immer wieder stolz betont, »ein seltenes Stück.« Jakob hatte den Stuhl damals übernommen, obwohl er unbequem war, denn er verlieh ihm ein Gefühl der Sicherheit, der Zugehörigkeit – und er war schön, wirklich etwas Besonderes.

Unsicher blickte Jakob zu dem jungen Offizier hinüber, dessen Gesicht aber blieb verschlossen. Schließlich beugte er sich leicht nach vorne und sagte: »Mein Name ist Kurt Goldstein. Major Kurt Goldstein, um es ganz genau zu sagen.« Er nahm ein Päckchen Lucky Strike aus seiner Brusttasche und bot Jakob eine Zigarette an.

Der schüttelte den Kopf. »Nein danke. Ich habe vor einiger Zeit damit aufgehört.« Im selben Moment bereute er, das Angebot nicht angenommen zu haben. Vielleicht hätte das die Atmosphäre etwas entspannt.

Der Offizier aber schien ihm diese Ablehnung nicht übel zu nehmen. Gelassen zündete er sich eine Zigarette an und verharrte einen kurzen Moment, um den bläulichen Rauchkringeln nachzublicken, die zur Decke aufstiegen.

»Ein schönes Haus, das Sie da haben«, bemerkte er beiläufig.

»Ein schönes Haus«, wiederholte Jakob mechanisch. »Ja, das war es wohl einmal.« Bilder zogen vor seinem inneren Auge vorbei. Es waren Erinnerungen an eine Zeit, die ewig zurückzuliegen schien: gedeckte Tische mit funkelndem Geschirr, die blendend weißen Schultern der schönen Frauen, die sich flüsternd den eleganten Herren in schwarzen Fräcken zuwandten. Eilig und geräuschlos herumhuschende Kellner mit silbernen Servierplatten, das leise Geklimper von Klaviermusik und dann der Geruch nach gutem Essen, Parfüm und prickelndem Champagner – der Duft der Lebensfreude. Und mittendrin er, Jakob, der König dieses Reichs der Genüsse. Und nun saß er da, war eher Narr als edler Herrscher. Welche Ironie, dass er dennoch auf seinem »Königsstuhl« Platz nehmen durfte.

»Ja, der *Markgraf* hatte einen sehr guten Ruf, und das wohl zu Recht«, sagte Kurt Goldstein in diesem Moment. Er lächelte, aber es war ein grimmiges Lächeln, wie Jakob fand. Verblüfft wollte er fragen, ob er denn schon hier gewesen sei. Aber dann redete Goldstein weiter, ganz beiläufig, aber messerscharf: »Sie wollen aus der Haft entlassen werden. Das ist verständlich. Ebenso, dass Sie Ihr Haus zurückhaben wollen. Aber ich frage Sie trotzdem: ›Warum?‹«

»Warum?«, wiederholte Jakob verwirrt. »Warum? Es gehört meiner Familie. Seit Generationen. Wir haben es gegründet, aufgebaut, ich meine ...« Verzweifelt suchte er nach Worten. Es war doch nur natürlich, dass er sein Eigentum zurückhaben wollte. Wie sollte er etwas erklären, das selbstverständlich war?

»Ich weiß schon, was Sie mir sagen wollen«, winkte Kurt Goldstein ab. »Es geht mir mit meiner Frage aber um etwas ganz anderes – um den Kern des Problems, wenn Sie so wollen. In Ihrem Haus sind die Nazis ein und aus gegangen. Keine kleinen Lichter, nein, es waren die einflussreichen, die, die weit oben mitmischten, Macht hatten. Und ihre prominenten Helfer. Schauspieler, Künstler, Industrielle ... Was wohl hinter diesen Mauern alles verhandelt wurde? Was wurde besprochen, abgemacht, beschlossen? Und *Sie* haben davon gewusst. Sie sind dann auch in die Partei eingetreten, ziemlich am Anfang sogar, wenn ich richtig informiert bin. Deshalb meine Frage: Warum das Ganze? Aus Überzeugung?«

»Um Himmels willen, nein!« Jakob hob abwehrend die Hände. »Nein, nein! Eigentlich ...«

»Eigentlich?« Kurt Goldstein sah ihn durchdringend an.

»Eigentlich habe ich die meisten dieser Leute verabscheut. Und was sie propagiert haben, sowieso. Das hatte nichts mit dem zu tun, was wir Haugs über viele Generationen gelebt haben. Es ist schwierig zu erklären. Aber die Zeiten damals ... Ich dachte, so könnte ich meine Familie und meine Mitarbeiter schützen.«

»Und dachten Sie auch ans Geschäft?«

Jakob zuckte zusammen. Er musste ehrlich sein, denn Goldstein würde es merken, wenn er log. »Ja, es ging mir natürlich auch um das Geschäft, da haben Sie recht. Ich habe diese Brut hofiert, habe mit den Wölfen geheult, wenn man es so nennen will. Aber nicht aus Überzeugung, wie gesagt!«

»Sie sind also ein Opportunist?« Kurt Goldstein konstatierte das in einem trockenen, neutralen Ton, dennoch bemerkte Jakob ein erbittertes Flackern in seinen Augen. Wer wusste, welche Wunden dieses Gespräch bei dem Mann aufgerissen, was er erlebt hatte?

Wenn ich nur eine Ahnung davon hätte, woher ich ihn kenne.

»Ja, ich war und bin ein Opportunist, das gebe ich zu. Ich konnte diesen Leuten ja schlecht Hausverbot erteilen, wenn sie sich gut benahmen und ihre Zeche bezahlten. Es wäre mich teuer zu stehen gekommen, wenn ich sie des Hauses verwiesen hätte.«

»Dass sie sich gut benahmen und bezahlten, das war selbstverständlich das Wichtigste.« Der beißende Sarkasmus in Goldsteins Stimme ließ Jakob erschaudern.

»Noch einmal: Sie müssen bedenken, was das für Zeiten waren, die äußeren Umstände sehen. Ich konnte dadurch auch ein paar Menschen helfen!«

»So?«

»Ja. Einem Bildhauer, einem sehr talentierten und populären. Er war Kommunist und hatte sich einer örtlichen Widerstandsgruppe angeschlossen. Und ein jüdisches Ehepaar haben wir auch für ein paar Wochen versteckt.« Jakob fiel Oskar Köhlers Gesicht wieder ein – sein zu Stein erstarrtes, lebloses Gesicht. Und die von Angst erfüllten Augen der Oppenheimers.

»Drei Menschen haben Sie also gerettet? Drei Menschen gegen so viele ...« Den letzten Satz sagte Goldstein so leise, dass Jakob ihn kaum verstand. »Wie gut ihr aufrechnen könnt«, setzte er hinzu, wobei unklar blieb, wen er mit »ihr« meinte.

Du hast keine Ahnung, mein Junge, dachte Jakob erbittert. Für diese drei habe ich Kopf und Kragen riskiert. Laut sagte er: »Sie wissen nicht, wie das war. Sie verstehen nicht …«

»Ich will es aber verstehen!«, fiel ihm der Offizier ins Wort. Er klang aufgebracht.

Um Himmels willen, dachte Jakob, was mache ich da? Ich darf ihn doch nicht reizen. Ich bin doch abhängig von ihm, so wie ich von den Nazis abhängig war.

»Ich möchte es gerne verstehen«, wiederholte Kurt Goldstein nun etwas ruhiger. Er schlug die Beine übereinander und zündete sich noch eine weitere Lucky Strike an. »Ich will verstehen, was Sie angetrieben hat, und warum ich Ihnen den *Markgrafen* zurückgeben soll.«

Weil er uns gehört, dachte Jakob, immer noch voll Bitternis. Weil er uns gehört und weil alle Haugs ihre Kraft, Ideen und Träume in dieses Haus gesteckt haben. Warum reichte das denn nicht? »Wenn ich vielleicht doch eine Zigarette bekommen könnte?«

Goldstein streckte ihm das Päckchen entgegen und gab ihm Feuer. »Wenn Sie noch etwas Zeit haben, würde ich Ihnen gerne etwas über die Geschichte meiner Familie erzählen. Ich … ich will es ja selbst verstehen.«

Durch die bläulichen Schwaden des Zigarettenrauchs nahm Jakob sein Gegenüber nur noch schemenhaft wahr, sah aber, wie jener ihm zunickte. Also begann er zu erzählen.

Juli 1780

Jakob der Gründer

Winzige Sonnenlichter tanzten auf den Wellen der Alb, die träge an den Mauern der Stadt Ettlingen vorbeifloss. Aufmerksam betrachtete Jakob sein Bild, das das schiefergraue Wasser des Flusses zurückwarf. Er sah ein schmales Gesicht mit einem kräftigen Kinn, eine lange, gerade Nase und eine hohe Stirn, in die wirre haselnussbraune Strähnen fielen. Gerne hätte er sein Haar zu einem Zopf gebunden und gepudert, wie es die vornehmen Herren taten, aber daran war nicht zu denken. Der Sohn eines einfachen Schankwirts konnte nicht wie einer dieser herausgeputzten Stutzer herumlaufen. Andererseits ... Sein Blick glitt über die Stadtmauern, vorbei am hohen, stolzen Sandsteinturm des Rathauses und der schlanken Silhouette der Martinskirche, hin zu einem imaginären Punkt in der Mitte der Stadt. Andererseits, dachte er, wenn es gerecht zuginge, wäre ich ja auch einer von den vornehmen Herren.

Dort drüben musste es gestanden haben, das prächtige Handelshaus der Kaufmannsfamilie Haug, und gleich daneben die Brauerei, die zusätzlich Ansehen und Wohlstand gebracht hatte. Aber es war alles weg, verschlungen von dem Feuer, das 1689 während des Krieges gegen die Franzosen die ganze Stadt vernichtet hatte.

»Merk dir, Junge: Der Krieg ist ein Ungeheuer. Er frisst alles. Auch den Wohlstand unserer Familie hat er verschlungen«, pflegte sein Vater immer wieder zu sagen.

Jakob konnte sich unter einem Krieg nichts Rechtes vorstellen, er hatte noch keinen erlebt, aber das mit dem Feuer, das hatte er verstanden. Und so war die Familie Haug in das letzte ihrer verbliebenen Besitztümer gezogen: eine heruntergekommene kleine Schankwirtschaft vor den Toren der Stadt, in der man früher das hauseigene Bier verkauft hatte.

Verdrossen glitt der Blick des Jungen weiter. Irgendwo dort drüben lag es, das Haus. Ein schmaler zweistöckiger Bau mit grünen Fensterläden, die schief in den Angeln hingen und von denen die Farbe abblätterte. Daneben befand sich der leere Stall. Das müsste nicht sein, dachte Jakob und warf zornig einen Stein in das sanft plätschernde Wasser. Dann stand er auf, zog die Joppe zurecht, klopfte seine steingraue Leinenhose aus und begab sich über die Brücke und durch das Obere Tor in die Stadt. Gerade jetzt müsste das nicht sein. Der Postkutschenverkehr nimmt zu, die Straße, die von Frankfurt nach Rastatt führt, wird öfter befahren. Und wenn wir die Posthalterstelle innehätten – Mutter erzählt immer, dass die eigentlich uns versprochen wurde, als Urgroßvaters Betrieb abgebrannt war und er in das Haus am Stadtrand ziehen musste. Aber jetzt ist Heinrich Pfäfflin, der Wirt der *Krone*, Posthalter. Dieser verdammte Pfäfflin, der sich mit der Stelle mästet und immer reicher wird. Jetzt hat er die *Krone* sogar umbauen lassen. Zwei Zufahrten hat sie jetzt, damit die Kutscher in der engen Gasse nicht mehr wenden mussten. Dabei wäre unser Haus viel praktischer, es liegt auf freiem Gelände mit viel Platz drum herum. Ach, was könnte man alles aus unserer Schankwirtschaft machen ... Die Stadt wächst doch längst über die Mauern hinaus. Bald liegt auch unser Haus mittendrin. Aber der Vater ist alle Tage betrunken und hängt irgendwelchen Träumen von vergangener Größe nach.

Jakob überquerte den Marktplatz und bog dann vor dem Schloss in die Gasse ein, die zum Unteren Tor führte. Wie schön die Stadt jetzt war. Nach dem großen Brand hatte die Markgräfin Augusta Sibylla sie wieder aufbauen lassen. Ein italienischer Baumeister habe alle Gebäude entworfen, hatte Jakob gehört. Hübsche, zweistöckige Häuser aus Stein zeugten von neuem Wohlstand, und auch das Schloss, der Witwensitz, war prächtig renoviert und erweitert worden.

Ach, was könnte man alles machen, dachte Jakob erneut und stand kurz darauf vor der Schankwirtschaft. Für einen Moment schloss er die Augen. Er stellte sich ein frisch verputztes, schönes Gebäude vor mit angrenzendem Stall, in dem Pferde und Kutschen standen, und einen Hof mit üppig bepflanztem Garten. Geschäftiges Treiben würde dort herrschen, Gäste würden kommen und gehen, und in der Luft würde ein Duft nach frisch gebratenem Fleisch liegen. So wird es einmal sein, dachte er. Ich, Jakob Haug, werde dieses Haus zu einem Ort der Lebensfreude und der Gastlichkeit machen! Und ich weiß auch schon, wie ich es anfange. Dabei kam ihm das Bild eines Mädchens in den Sinn – nicht unbedingt schön, aber anheimelnd, mit ihren roten Backen und freundlichen blauen Augen. Es war Magdalena, die Tochter des reichen Bauern Kramer, die ihm immer zulächelte, wenn sie mit ihrem Vater an der Schankwirtschaft vorbeifuhr. Ja, mit Magdalena und ihrer Mitgift wäre der Anfang getan.

Jakob öffnete die Augen wieder und blickte zum jämmerlichen Gemüsegarten hinüber, wo sich das Mühlkreuz befand. Ohne recht zu wissen, warum, begab er sich zu dem schmiedeeisernen Gebilde, das schief zwischen den Kohlköpfen aufragte, und berührte es. Die einstmals goldfarbene Inschrift auf dem runden Medaillon in der Mitte des Kreuzes war kaum noch zu entziffern, aber Jakob wusste genau, was darauf geschrieben stand. Schon als kleiner Junge, der in der Bürgerschule gerade mühsam lesen und schreiben gelernt hatte, war er immer wieder vor dem Kreuz gekniet und hatte versucht, den kaum noch sichtbaren Buchstaben eine Bedeutung zu entlocken. »Andreas und Katharina Stein«, hatte er damals die Namen der Müllersleute, die vor über fünfzig Jahren an diesem Ort eine Mühle betrieben hatten, buchstabiert. Auch das Jahr, in dem das Kreuz gestiftet wurde, war darauf verewigt. Nur die Worte darunter hatte Jakob bis zu diesem Tag nicht richtig zu deuten vermocht: DIE ARME GOTTES. Was hatten die Müllersleute damit sagen wollen? Bedankten sie sich bei Gott, weil er sie wie ein Vater schützend in die Arme genommen hatte, oder erflehten sie seinen Beistand? Immer, wenn Jakob diese Worte las, kräuselten sich seine Lippen verächtlich. Diesem Gott, der seiner Familie bisher nur die strafende Hand gezeigt hatte, vertraute er nicht allzu sehr.

Seufzend erhob er sich. Wenn man doch nur an Gottes Schutz glauben könnte, denn den hatte er wirklich bitter nötig. Vielleicht würde das Kreuz ja doch noch nützlich werden eines Tages, in einer fernen, unbekannten Zukunft. Aber zunächst musste er sich selbst helfen.

Jakob betrat den Schankraum. Roh gezimmerte Bänke und Tische, aber auch einige Fässer standen neben dem rechteckigen Schanktisch, auf dem sich noch die Gläser und Krüge vom vergangenen Abend befanden. Über allem hing ein stickiger Geruch nach schalem Bier. In der hinteren Ecke des Zimmers saß der Vater zusammengesunken am Tisch und schnarchte. Jakob ging hinüber und rüttelte ihn heftig an den Schultern.

»Vater, Vater, wach auf! Es ist lichter Tag. Vielleicht kommt bald ein Gast. Wir müssen aufräumen!«

Ignatz Haug richtete sich schwerfällig auf. Ein dünner Speichelfaden zog sich an seinem linken Mundwinkel nach unten, und die verschleierten Augen schienen nicht richtig aufzunehmen, was um ihn herum geschah. »Gast ...«, krächzte er. »Wer soll schon kommen?«

Da hast du recht, dachte Jakob erbittert. Wer sollte schon in die Schankwirtschaft kommen, außer vielleicht deine Saufkumpane, die unsere Fässer leer trinken, ohne einen Heller dafür zu bezahlen. Wie soll das nur weitergehen?

Kalt und ohne Regung betrachtete Jakob seinen Vater. Früher hatte er noch Mitleid empfunden, wenn er von den alten Zeiten schwärmte, als die Haugs noch reiche und angesehene Leute waren. Aber jetzt verachte ich ihn, dachte er. Ja, ich verachte meinen Vater und manchmal wünsche ich ihn zum Teufel. Es ist schlimm, ich weiß, ich sollte mich für diese Gedanken schämen. Aber nicht einmal mehr das kann ich.

»Vater«, sagte Jakob eindringlich und setzte sich neben ihn auf die rohe Holzbank. »Vater, hör mir zu. Du musst endlich etwas unternehmen. Wir müssen die Posthalterstelle bekommen, immerhin wurde sie uns versprochen. Dem alten Pfäfflin soll es nicht gut gehen, habe ich gehört. Wenn er stirbt und der junge Hermann die Stelle bekommt, dann können wir lange warten. Die *Krone* ist ein gediegenes Lokal. Sie haben vieles neu herrichten lassen, und jetzt haben sie auch noch die beiden Zufahrten für die Kutschen.« Seine Stimme wurde rau vom Elend und der Sehnsucht nach einem schönen, sauberen Haus. »Wir brauchen die Schildgerechtigkeit, hörst du, Vater! Die Wirtschaft braucht einen Namen. Wir müssen Speisen ausgeben dürfen, nicht nur Schnaps und Bier, und wir müssen Zimmer anbieten. Du musst eine Eingabe schreiben, ich helfe dir auch dabei. Und dann musst du aufs Amt gehen. Gleich nachher ziehst du deinen guten grünen Rock an und gehst dorthin. Hörst du, Vater? Und dann fangen wir an: Wir räumen auf, vielleicht können wir uns auch beim Juden Geld leihen. Mit der Aussicht auf die Posthalterstelle.« Resigniert verstummte er, denn der Kopf des Vaters war wieder auf die schmierige Tischplatte gesunken. Es war nicht zu erkennen, ob er seinem Sohn überhaupt zugehört hatte.

In diesem Moment ging die Tür auf, und Anna-Maria Haug trat ein. Sie hielt einen Besen in der Hand. Die letzten Worte ihres Jungen musste sie gehört haben, denn sie vermied es, ihn oder ihren Mann anzusehen. Stattdessen begann sie verbissen, die Dielen zu kehren. Sie hieb den Besen auf den Boden, als wollte sie ihn schlagen.

So viel Wut und Hass, dachte Jakob. Es frisst uns auf, dieses heruntergekommene Haus. Und es gibt keine Hoffnung, dass es besser wird.

Ignatz Haug erhob sich schwankend, lallte etwas von »in Ruhe lassen« und torkelte hinaus. Anna-Maria ließ den Besen sinken und starrte der taumelnden Gestalt nach, dann wandte sie sich mit stockender Stimme an ihren Sohn: »Es ist zwecklos, Jakob. Was habe ich schon an ihn hingeredet. Man sagt, der alte Pfäfflin würde bald sterben und ...«

»Ich weiß, Mutter, aber ...«

Ein seltsames Geräusch ließ ihn mitten im Satz innehalten. Es war ein dumpfer, schwerer Laut, als ob etwas umgefallen wäre. Jakob fuhr hoch und stieß die Tür zur Diele auf. Dort lag er, der Vater, mehr ein Bündel Lumpen denn ein Mensch. Jakob kniete sich neben ihn nieder und drehte ihn vorsichtig um. Ein graues, erstarrtes Gesicht blickte ihm entgegen. Die Augen waren weit geöffnet, als hätten sie noch im Fallen etwas gesehen, das sie erschreckt hatte. Vorsichtig schloss Jakob die Lider seines Vaters und flüsterte: »Er ist tot, er ist tot. Ich weiß, es ist Sünde, aber ich sage: Gottlob. Jetzt bin ich frei!«

Mai 1789

Die Hühner liefen gackernd über den frisch gepflasterten Hof. Der Hahn hatte sich in den Gemüsegarten zurückgezogen, wo in akkurat angeordneten Beeten das erste zarte Grün ans Licht strebte. Und mittendrin stand das alte Kreuz, jetzt fest gefügt und die Namen mit neuer Goldschrift herausgehoben. Nur drei Worte standen noch immer verblasst und kaum leserlich inmitten des Medaillons: DIE ARME GOTTES.

Jakob stand vor dem Eingang seines Hauses und atmete mehrmals tief ein. Er genoss die süßen und würzigen Gerüche der Blüten und Kräuter, den Duft des Frühlings, dem sich das Aroma guten, schmackhaften Essens, das aus der Küche zu ihm hinüberwehte, beimischte. Unwillkürlich seufzte er auf, denn das Essen war für die Familie und nicht für Gäste geplant.

Jakob kämpfte immer noch um die Schildgerechtigkeit und einen Namen für seine Wirtschaft. Er kämpfte um die Posthalterstelle, die ihm bislang ebenfalls verwehrt geblieben war, und das, obwohl der Postweg mittlerweile direkt an seinem Haus vorbei und nicht mehr durch die enge Altstadt führte. Aber die *Krone* wurde weiterhin als Station angefahren. Die Pfäfflins hockten auf der Stelle wie brütende Vögel im Nest, waren nicht zu vertreiben, und das alles mit Unterstützung der markgräflichen Hofkammer und des Generalpostmeisters. Wie viele Eingaben hatte Jakob schon geschrieben, sogar an den Markgrafen und die Familie von Thurn und Taxis selbst. Er war sogar einige Male nach Karlsruhe gefahren, um persönlich vorzusprechen. Dort war er aber nie weiter vorgedrungen als bis zu einem der Vorzimmer, wo er von einer der Hofschranzen aalglatt abgefertigt wurde. Dabei hatte er immer wieder vorgebracht, dass das Haus jetzt in einem ausgezeichneten Zustand sei. Ja, er hatte auch den Stall erneuert, in dem jetzt drei wohlgenährte Pferde standen sowie eine leichte Kutsche zur Bequemlichkeit der Reisenden. Die Fensterläden der Wirtschaft waren frisch gestrichen und hingen nun fest in den Angeln, und die Gaststube – sein Blick schweifte über die Fenster im unteren Stock – war sein ganzer Stolz. Alles war reinlich und stets frisch gescheuert, die harten, rohen Holzbänke waren ersetzt worden durch schöne Stühle mit geschwungenen Rückenlehnen, und die neuen Tische hatten sogar gedrechselte Beine. Alles atmete Behaglichkeit und einen gewissen Wohlstand, so wie Jakob es sich immer erträumt hatte.

Es war vor allem Magdalenas Geld, das die Grundlage für diese Umgestaltung gebildet hatte. Mit dem hatte es wahrlich angefangen – und mit Vaters Tod, fügte Jakob im Stillen hinzu. Obwohl schon neun Jahre vergangen waren, nagte immer noch der »Gewissenswurm« an ihm, wie seine Mutter es nannte. Er lachte zornig auf. Der Gewissenswurm – weg damit! Das schlechte Gewissen sollte keine Macht über ihn haben. Der Tod des Vaters hatte für ihn schließlich die Freiheit bedeutet – und Aufstieg. Der alte Bauer Kramer hätte ihm Magdalena niemals zur Frau gegeben, wenn der versoffene Wirt noch gelebt hätte. Es gab nur eine Sache, die ihm und seiner Frau noch zu schaffen machte …

Jakob zog seine braune Joppe zurecht und strich sich über das dichte braune Haar, dann betrat er die Gaststube. Hinter dem großen Schanktisch werkelte seine Mutter. Ihr Gesicht war runder, voller geworden, und sie ging auch nicht mehr gebückt, als drücke sie eine schwere Last. Selbst ihr Haar kam ihm nicht mehr so grau vor. Auch für Anna-Maria Haug hatte der Tod ihres Ehemannes Befreiung bedeutet.

Wo lag also die Sünde, über den Tod Ignatz Haugs dankbar zu sein?, dachte Jakob, als er auf sie zutrat und sie begrüßte.

In der Ecke wischte eine der Mägde den Boden und wrang den Lappen aus. Die andere brachte gerade einige Flaschen in einem Korb herein.

Zwei Dienstboten, dachte Jakob zufrieden, das war gut für den Ruf. Nächsten Monat wollte er noch einen Knecht in Lohn und Brot nehmen.

Trotz der frühen Stunde war die Gaststube schon voll, fast alle Tische waren besetzt. Bauern aus der Umgebung, die auf dem Weg zu einem der Märkte waren, Handwerker auf der Walz und Krämer, die in großen Tonkrügen ihre Ware transportierten, bildeten den Großteil der Gäste. Es war gemütlich bei Jakob Haug, ganz im Gegensatz zu früher. Er schenkte einen guten Wein aus, ein bekömmliches Bier, und auch der Schnaps war klar und nicht gepanscht. Es gab sogar Vesper aus selbst gebackenem, knusprigem Brot mit Käse und Wurst, die er von seinem Schwiegervater bezog. Jakob war peinlich darauf bedacht, nicht gegen die Vorschriften zu verstoßen und deshalb nur kaltes Essen anzubieten, obwohl es ihn manchmal in den Fingern juckte. Die sollten einmal von Magdalenas Braten versuchen, von ihrem Kraut und ihrem eingelegten Geselchten! Aber Jakob wusste, dass die Pfäfflins nur darauf warteten, dass er die Gesetze nicht einhielt.

Jetzt bin ich sechsundzwanzig Jahre alt, aber ich schwöre, bevor ich das dreißigste Jahr erreicht habe, bin ich der Posthalter hier! Er nickte den Gästen freundlich zu, während er von Tisch zu Tisch ging, um einige Worte mit ihnen zu wechseln, und wer in sein glattes und lächelndes Gesicht sah, ahnte nichts von seinen entschlossenen Gedanken.

In eine Ecke gedrückt, als wolle er auf keinen Fall ins Blickfeld der anderen geraten, saß Moshe Katz, der jüdische Viehhändler und Krämer, und kaute bedächtig auf einem großen Stück Käse herum. Jakob ging zu ihm und begrüßte ihn herzlich. Moshe Katz hatte ihm kurz nach dem Tod des Vaters immer wieder mit kleinen Summen ausgeholfen. Es waren keine bedeutenden Beträge gewesen, aber dennoch wichtig, um in der ersten Zeit durchzukommen. Nach der Hochzeit mit Magdalena hatte Jakob alles pünktlich zurückgezahlt, er würde dem alten Katz diese Hilfe aber nie vergessen. Es mochte viele Leute geben, die die Juden verachteten, doch er gehörte nicht dazu. Wenn einer den Moshe Katz anging und ihn und sein Volk beleidigte, fuhr er dazwischen. Das wussten auch die anderen Gäste, weshalb sie den Juden in Ruhe ließen. Katz wiederum kam gerne hierher, weil er spürte, dass er willkommen war.

Der Jude erzählte Jakob, dass seine älteste Tochter kommenden Monat einen Viehhändler aus dem südlichen Schwarzwald heiraten würde, den sie bei der Hochzeit ihrer Cousine kennengelernt hatte. »Ein tüchtiger Junge«, sagte Moshe Katz und strich behutsam über seinen dünnen Bart, als streichelte er im Geiste das seidige schwarze Haar seiner Rachel. »Eine ist jetzt endlich gut versorgt. Hat man drei Töchter, hat man auch dreifache Sorgen, so brav sie auch sein mögen. Ich muss zwar bei jeder Geld hinblättern, aber ich bin froh, wenn sie gut untergebracht sind.«

Jakob sprach höflich seine Glückwünsche aus, als die Tür aufging und seine Frau Magdalena sich scheu hereinschlich. Ihr Gesicht war immer noch rosig, aber über ihre einstmals so strahlenden Augen hatte sich mittlerweile ein trüber Schleier gelegt. Zudem war sie schrecklich dünn geworden.

Bekümmert glitt Jakobs Blick über den flachen Bauch seiner Ehefrau. Nichts drin, dachte er traurig. Zwei Jahre sind wir nun verheiratet, und immer noch kein Kind in Sicht. Was gäbe ich darum, wenn sie endlich gesegneten Leibes wäre.

»... unser Markgraf ist gut. Ein ehrenhafter Mensch, der viel für sein Land tut«, hörte Jakob Moshe Katz plötzlich sagen und war mit einem Mal verwirrt. Wie kam der alte Katz plötzlich auf den Markgraf?

»Er hat die Folter abgeschafft und vor ein paar Jahren die Leibeigenschaft«, setzte der alte Mann mit gesenkter Stimme fort. »Aber an der Ungleichheit der Menschen wird auch er nichts ändern. Wir Juden sind immer noch keine Bürger, obwohl wir fleißig sind und brav unsere Steuern zahlen – ja, sogar Sonderabgaben. Aber immer noch kann man auf uns spucken. Und die guten Leute hier«, er deutete mit einer weit ausholenden Handbewegung auf die Gäste im Raum, »sind auch nicht viel mehr wert in den Augen der Oberen. Die Adligen verprassen das Geld, und ihre Untertanen müssen katzbuckeln und kriechen vor ihnen. Ein Federstrich, und sie können über ein Schicksal entscheiden.«

Jakob seufzte. Er wusste genau, wovon Moshe Katz sprach. Hatte er sich nicht förmlich in den Dreck geworfen, um endlich die versprochene Schildgerechtigkeit und die Posthalterstelle zu erlangen? Und alles, was sein Schicksal entschied, hing von der Laune des Markgrafen und seiner Hofschranzen ab. Sicher, Fürst Karl Friedrich tat viel für sein Volk, aber das meiste war doch auch nur Willkür und Herablassung.

»Aber bald wird manches anders werden«, flüsterte der Jude und zwinkerte Jakob zu. »Hört auf mich, mein Freund. Bald wird manches anders. In Frankreich«, er senkte seine Stimme noch weiter, »da tun sich große Dinge.«

Jakob verstand nicht ganz, was sein Gast damit meinte. Was gingen ihn die Dinge in Frankreich an? Sie lebten schließlich hier in Baden. Was hier geschah, war wichtig für sie.

Statt einer Antwort klopfte er Moshe Katz deshalb nur vielsagend auf die Schulter und wandte sich ab, um seine übliche Runde durch den Schankraum zu drehen.

»... und da hat der dicke Louis doch tatsächlich die Generalstände einberufen! Zum ersten Mal seit fast zweihundert Jahren beruft der König wieder die Stände ein! Sonst hat der sich einen Dreck um die Bürger geschert. Durften zahlen und sonst nichts anderes«, hörte Jakob einen der Gäste sagen, als er an dessen Tisch vorbeiging. Er blickte sich nach dem Redner um. Es war Peter Schirmer, ein Schnaps- und Weinhändler, von dem er seine Brände bezog – allesamt edle Tropfen aus dem Elsass, wo dieser hauptsächlich seine Geschäfte betrieb.

»Hier ...« Schirmer zog ein zusammengefaltetes Stück Papier aus seiner Jackentasche und legte es auf den Tisch. »Das verteilen sie gerade in Straßburg. Da hab ich's her.«

Die Männer um ihn herum beugten sich interessiert vor, während er das Blatt langsam auseinanderfaltete. Auch Jakob war neugierig geworden und gesellte sich zu den gesenkten Köpfen.

Auf dem Flugblatt war ein ausgemergelter Mann in Ketten abgebildet, der auf allen vieren kroch. Auf seinem knochigen Rücken wiederum saßen der dicke französische König Ludwig, ein Adeliger und ein Bischof in vollem Ornat. Neben der geschundenen Kreatur in Ketten waren kurz und lapidar die Worte: DER DRITTE STAND geschrieben.

»Das ist's!«, rief Schirmer und hieb mit der flachen Hand auf den Tisch, sodass die Gläser klirrten. Zustimmendes Gemurmel war zu hören. Nur einer sagte: »Seid leise. Ihr wisst nicht, wer alles zuhört.«

Aber der Schnapshändler dachte nicht daran. »Wollen wir mal sehen, was noch alles passiert in diesem Frankreich. Ich sag's euch, da liegt etwas in der Luft. Ich spüre es in meinen alten Knochen.«

»Was meint Ihr damit, Schirmer?«

»Ein Gewitter sage ich. Ein großer Sturm wird kommen, der alles drunter und drüber fegt.«

»Was Ihr nicht alles wisst«, murrte ein alter, wettergegerbter Bauer. »Wir sind hier in Baden, bei uns ist's nicht so schlimm. Der König von Frankreich soll bankrott sein. Aber unser guter Markgraf ...«

»Ein Gewitter, sag ich, ein fürchterliches Gewitter!«, fiel ihm Schirmer ins Wort. »Macht ein Gewitter Halt an der Grenze? Das schert sich einen Dreck um irgendwelche Schranken. Geht's bei uns etwa gerecht zu?«

Das Stimmengewirr wurde lauter, und Jakob blickte besorgt auf die Nachbartische. Wenn tatsächlich ein Spion der Obrigkeit unter den Anwesenden war? Das fehlte noch, dass die Pfäfflins die Schankwirtschaft der Haugs als ein Nest der Umstürzler brandmarken konnten! Rasch ging er hinüber zu Magdalena.

»Schenk vom Birnbrand ein. Für jeden ein Glas.« Er deutete mit dem Kopf zu dem Tisch, an dem das Geschrei immer mehr anschwoll.

»Wir müssen die heißen Köpfe da drüben ein wenig abkühlen.«

Er merkte, dass seine Frau etwas zu sagen gedachte – vielleicht wollte sie fragen, ob Schnaps das richtige Mittel dafür sei –, aber sie schwieg dann doch, nahm die Flasche mit dem Brand und brachte sie samt den Gläsern hinüber zu den lärmenden Männern. Sie lächelte tapfer, während sie ihnen einschenkte.

Jakob wusste, wie viel Überwindung es sie jedes Mal kostete, wenn sie Gäste bedienen musste. Die Bauerntochter Magdalena Kramer war keine geborene Gastwirtin, nein, aber sie war eine brave, fleißige Frau. Als sie zurückkehrte, zog er sie sanft an sich und hauchte unauffällig einen Kuss auf ihr Haar. Dabei dachte er reumütig, dass er ihr beileibe kein guter Ehemann war.

Gleich nach der Hochzeit hatte es angefangen. Der Reiz des Neuen war verflogen, er langweilte sich, vor allem weil Magdalena – er wusste es nicht anders auszudrücken – schrecklich »brav« war. Sie lag meist passiv da, als würde sie seine Umarmungen nur erdulden und nicht genießen. Daran war sicher der alte Kramer schuld, der verfluchte Frömmler, der seine Tochter so erzogen hatte, dass sie die Annäherungen eines Mannes nur erlaubte, weil sie ein Kind wollte um jeden Preis. Wer konnte es Jakob deshalb verdenken, dass er sich ein wenig Spaß außerhalb des Ehebettes suchte.

Meist waren es Mägde aus der näheren Umgebung, dralle junge Dinger mit festen Brüsten, die er in den späten Abendstunden in den Stall bestellte. Manchmal gab er ihnen Geld, eine Flasche Wein oder Schnaps. Aber die meisten wollten gar nichts, waren im Gegenteil sogar stolz darauf, dass der gut aussehende und hoffnungsvolle junge Wirt sie begehrte. Wenn er dann zu Magdalena schlich – mit Branntwein benetzt, um den Geruch nach fremden Mädchen zu überdecken – und die Konturen ihres zarten Körpers, der sich unter das Federbett geschmiegt hatte, betrachtete, überkamen ihn Scham und Reue. So viel Unschuld und Treue! Ich höre damit auf, schwor er sich immer wieder, vor allem, wenn er am Morgen den bekümmerten Blick der Mutter sah, die wohl von seinen nächtlichen Unternehmungen zu wissen schien.

Ich höre damit auf, dachte er sich auch jetzt, wusste aber im selben Augenblick, dass er sein Versprechen nicht einhalten konnte. Am Abend würde Franziska nämlich auf ihn warten – Franziska, die ihm gleich aufgefallen war, weil sie ein so ausnehmend schönes

Gesicht hatte, große blaue Augen und dichtes weizenblondes Haar. Sie war die Magd des Wiesenmüllers, dessen saftige, grüne Weiden dem Betrieb ihren Namen gegeben hatten.

Franziska war an einem Sonntag vor zwei Wochen mit dem Wiesenmüller in die Gaststube gekommen, am Arm einen großen Henkelkorb tragend. Der Müller hatte verkündet, seine Tochter habe letzte Nacht einen strammen Jungen zur Welt gebracht. Er wolle sie jetzt besuchen und habe auch allerhand gute Dinge für sie und das Kind eingepackt – dabei hatte er auf den Korb der Magd gedeutet –, und nun halte er alle Gäste frei, damit sie mit ihm auf das Wohl des neuen kleinen Erdenbürgers trinken konnten. Es hatte Bravo-Rufe und Applaus gegeben, und Jakob hatte Franziska ein Glas Wein gebracht, dabei mit Absicht ihre Hand berührt und ihr so lange tief in die Augen gesehen, bis sie den Kopf verlegen gesenkt hatte. In den folgenden zwei Wochen war er immer wieder mit seinem Zweispänner an der Wiesenmühle vorbeigefahren und hatte einmal sogar ein paar Flaschen Wein mitgenommen, um zum Enkelkind zu gratulieren. Solche Dinge tat man als guter Gastwirt, man musste sich die Leute ja gewogen machen. Aber natürlich hatte er so auch gehofft, Franziska wiederzusehen. Vor einigen Tagen hatte die Magd schließlich eingewilligt, ihn zu besuchen, und er war sehr zufrieden gewesen, dass seine schmeichelnden und werbenden Worte nicht ohne Wirkung geblieben waren.

Mir widersteht keine, dachte er in diesem Augenblick zufrieden und strich sich über die Augen, um die verlockenden Bilder zu verscheuchen, die plötzlich vor ihm auftauchten. Er würde damit aufhören, ja, irgendwann, aber noch nicht jetzt – jetzt war er noch jung und hatte feuriges Blut, es ging aufwärts mit ihm und dem Haus, warum sollte er das Leben nicht genießen dürfen?

Ein Schluchzen riss Jakob aus seinen Gedanken. Er bemerkte, dass Magdalena leise weinte und sich immer wieder mit dem Handrücken über die Augen fuhr.

»Was hast du?«, fragte er besorgt. Sein schlechtes Gewissen war plötzlich wieder da und schnürte ihm die Kehle zu.

»Ach nichts«, flüsterte sie und wollte sich von ihm lösen, dann aber setzte sie leise hinzu: »Mein Monatsblut ist wieder gekommen. Mit zwei Tagen Verspätung dieses Mal. Und ich hatte so gehofft ...«

Sie vollendete den Satz nicht, aber Jakob wusste, was sie hatte sagen wollen. Jeden Monat dasselbe! Er wollte gar nicht mehr daran denken. Immer dieses Hoffen und Bangen!

»Freiheit!«, schrie auf einmal jemand am Tisch hinter ihm und ließ Jakob hochschrecken. »Freiheit und Gleichheit! Wir sind alle Menschen, von Gott gleich erschaffen. Mit welchem Recht drücken uns die Schmarotzer in den Staub, mit dem Fuß auf unserer Kehle?«

Zustimmende Rufe wurden laut. Jakob seufzte. Der Schnaps hatte die Gemüter der Männer tatsächlich noch hitziger gemacht. Es waren sogar noch weitere Gäste herübergekommen, um den Diskussionen zuzuhören. Das Flugblatt wanderte von Hand zu Hand.

»Der dritte Stand, das sind doch *wir!* Wir zahlen die Steuern, die die hohen Herren verprassen!«

Nervös blickte Jakob sich um. Verflucht, er betrieb eine Schankwirtschaft und keinen politischen Klub! So viel stand für ihn auf dem Spiel! Er hatte ja Verständnis, sogar Sympathie für die Ansichten der Leute, war er doch selbst ein Opfer der Obrigkeit, aber man musste sehen, wo man blieb. Was faselten die Spinner da drüben von einer Revolution? Dabei waren sie doch zum Teil gestandene Geschäftsleute.

Moshe Katz lehnte in seiner Ecke und betrachtete mit glänzenden Augen die immer noch wild diskutierenden Männer. Du träumst genauso vergeblich von Freiheit und Gleichheit, dachte Jakob voller Ironie. Nein, jeder musste für sich selbst sorgen, musste sehen, wo er blieb. Und was konnte man gegen einen König oder einen Markgrafen ausrichten? Er würde besser weiter katzbuckeln und den Hofschranzen Honig ums Maul schmieren, das war der sicherere Weg – umso mehr, seit das Gerücht umging, dass der junge Pfäfflin nicht fürs Geschäft taugte. Gäste beschweren sich, hatte man Jakob erzählt, das Essen sei schlecht, die Betten nicht gelüftet und muffig riechend. Und der Pfäfflin selbst sei unbeholfen, scheu und unfreundlich. Er mochte die vielen Leute nicht, es war ihm wohl lieber, allein mit seiner Helene in der *Krone* zu hocken, die ihrerseits nicht gerade vor Frohsinn sprühte. Schlechte Voraussetzungen, hatte Jakob hämisch gedacht, als er davon erfahren und dem Generalpostmeister geschrieben hatte, um auf die vermeintlichen Missstände in der *Krone* hinzuweisen.

In diesem Moment fuhr eine vierrädrige Kutsche in schnellem Tempo vor und hielt abrupt vor dem Eingang der Gastwirtschaft. Genauso abrupt beendeten die Gäste ihre Diskussionen und liefen zum Fenster. Nur Moshe Katz blieb ruhig sitzen.

»Auf dem Wagen prangt das kurfürstliche Wappen!«, schrie einer der Gaffer. »Zwei vornehme Herren von der Hofkammer sind ausgestiegen! Was wollen die?«

»Ein Bier trinken, was sonst, Fritz«, meinte Leopold Wohlleben, ein reicher Krämer aus Ettlingen. »Auch die hohen Herren haben Durst.«

Lautes Gelächter antwortete ihm, die revolutionären Ideen schienen sofort vergessen. Jakobs Herz allerdings begann, schneller zu schlagen. Was hatte das zu bedeuten? Er blickte neben sich zu Magdalena, die den Stoff ihres Rocks so fest umkrampfte, dass ihre Knöchel weiß hervortraten.

Sie spürt es auch, dachte Jakob. Himmelherrgott, sie hat Angst, genau wie ich. Diese Herren sind nicht zum Bier trinken hierhergekommen. Sollte es das gewesen sein? Nach all den Jahren des Kämpfens und Hoffens? Bitte, lieber Gott, flehte Jakob still, ich bin ein elender Sünder, aber ...

Die Tür wurde aufgerissen, und die fremden Männer betraten den Raum. Sie trugen dunkelgrüne Röcke mit steifen Revers, Spitzenjabots und seidenen Kniebundhosen. Die beiden blickten sich suchend um. »Wo ist der Wirt?«, rief schließlich einer der beiden.

»Hier«, Jakob bemühte sich, seine Stimme unter Kontrolle zu halten. Er musste sich mehrmals räuspern, bis er überhaupt einen weiteren Ton hervorbrachte. »Ich meine, das bin ich.«

Der Beamte streckte ihm ein Blatt Papier entgegen: »Von der

Hofkammer. Eine Anordnung seiner hochfürstlichen Gnaden, des Markgrafen Karl Friedrich von Baden.«

Jakob nahm mit zitternden Fingern das Dokument entgegen, das mit nach rechts geschwungener Handschrift verfasst war, wie die Schreiber der Hofkammer sie zu gebrauchen pflegten. Das Schreiben sah aber eher wie der Entwurf eines Briefes aus als wie ein offizielles Dokument. Ein Wort war durchgestrichen, und auf der linken, leer gebliebenen Seite des Blattes standen Korrekturen und Ergänzungen. Jakob allerdings war das egal, denn die Unterschrift Karl Friedrichs befand sich auf dem Schreiben.

Jakob hatte sich schon einmal, vor drei Jahren, große Hoffnungen gemacht, dass seinen vielen Gesuchen endlich stattgegeben werden würde. Damals hatte die Prinzessin Amalie nach fünf Töchtern endlich einen Sohn, den lang ersehnten Erbprinzen, zur Welt gebracht. Der Markgraf war über den Enkel wiederum so erfreut gewesen, dass er in vielerlei Dingen milde und nachgiebig gestimmt war. Aber die Hoffnung hatte Jakob getrogen. Sollte es jetzt, nach drei langen Jahren, endlich so weit sein? Jakob begann zu lesen. Das Schreiben nahm Bezug auf das Versprechen, das man der Familie Haug einst aus Dank für ihren Verdienst an der Stadt gegeben hatte. Weiter wurde erwähnt, dass man die Bemühungen des jetzigen Schankwirts Jakob Haug wohlwollend zur Kenntnis genommen habe, der das einst baufällige Haus wieder hergerichtet und »zu einem zur Wirtschaft bequemen Haus« umgewandelt hatte. Da wegen der immer wieder auftretenden Hochwasser der Postverkehr bereits seit Langem um die Stadt herum- und direkt an der Haug'schen Wirtschaft vorbeiführte und der langjährige Postkutscher Pfäfflin zudem vor einiger Zeit gestorben sei, habe man beschlossen, den alten Brauch der Rotation wieder in Kraft treten zu lassen. Und so solle das Amt des Posthalters und die damit verbundene Schildgerechtigkeit auf Jakob Haug übergehen.

Jakob musste das Schreiben laut vorgelesen haben, denn plötzlich durchbrach ein gewaltiger Lärm die Stille. Es wurden Bravo-Rufe laut, man ließ ihn hochleben. Neben ihm stand Magdalena, die Hände an die Brust gedrückt, als könne sie es nicht glauben.

»Heißt das, ich kann endlich ein Schild aufhängen? Und dem Haus einen Namen geben? Und die Postkutsche hält ab jetzt bei mir, nicht mehr bei der *Krone?*« Ich rede so, als ob ich ein dummes Kind wäre, dachte Jakob im selben Moment. Das weiß ich doch alles, habe ich doch lang genug darum gekämpft. Aber es ist so, als ob man ein Geschenk bekommt, mit dem man gar nicht mehr gerechnet hat.

»Ja, das heißt es«, erklärte einer der Beamten herablassend. »Ihr müsst jetzt warmes Essen anbieten – gutes, schmackhaftes Essen. Wir erwarten, dass es keine Beschwerden gibt wie zuletzt bei ...« Er beendete den Satz nicht, aber Jakob wusste ohnehin, von wem er sprach.

»Wir werden unsere Gäste stets zufriedenstellen«, erwiderte er eifrig. Wie gestelzt das klang! Aber er meinte es ernst. »Die oberen Räume werden auch umgebaut. Schöne, bequeme Gastzimmer wird es geben.«

»Gut so. Und der Stall muss größer werden. Ihr braucht Platz für viel mehr Pferde, von den Kutschen ganz zu schweigen.«

Jakob wurde auf einmal schwindlig. Er hielt sich am Schanktisch fest. Warum fühlte er diese unerklärliche Schwäche?

»Wird alles besorgt«, stammelte er.

In die plötzlich einsetzende Stille hinein flüsterte Magdalena mit zitternder Stimme: »Ein Glas Wein, die Herren? Oder einen Schnaps? Wir haben gute Brände aus dem Elsass und aus dem Schwarzwald.«

Die Hofbeamten nahmen gnädig einen Kirsch und wehrten der Wirtin auch nicht, als sie noch einmal nachschenkte.

Kurze Zeit später leerte sich der Schankraum. Die Frühschoppengäste gingen nach Hause, um ein reichhaltiges Mittagessen einzunehmen. Auch Moshe Katz hatte sich schwerfällig erhoben und Jakob zum Abschied lange und fest die Hand gedrückt.

»Meinen herzlichen Glückwunsch! Ich freue mich, dass ich ein wenig zu Eurem Fortkommen beitragen konnte.« Dann fügte er noch etwas hinzu, so leise, dass Jakob es nur mit Mühe verstehen konnte: »Habe immer an Euch geglaubt.«

Dieser so scheu dahingemurmelte Satz trieb Jakob die Tränen in die Augen. Als ihn dann auch noch die Mutter wenig später umarmte, konnte er nicht mehr an sich halten und ließ den Freudentränen freien Lauf. »Morgen gehe ich in die Stadt und gebe das Schild in Auftrag«, sagte er mit bebender Stimme, eifrig bemüht, seine Beherrschung zurückzuerlangen.

»Aber wie soll denn die neue Schildwirtschaft heißen?«, flüsterte Magdalena, als sei es eine Anmaßung, diese Frage zu stellen.

Sie fühlt sich ausgeschlossen, dachte Jakob. Wie soll sie auch wissen, was das für uns bedeutet? Er nahm sie in den Arm und murmelte in ihr Haar, das nach Wiesenblumen roch: »Es muss ein ganz besonderer Name sein, etwas Außergewöhnliches.«

»Vielleicht könnten wir es *Zur Post* nennen?«, schlug sie zaghaft vor. »Ich meine, wir sind doch jetzt eine Poststation, da wäre der Name angebracht. Oder wir nennen es *Zum Kreuz*. Das Mühlkreuz draußen, das kennt doch jeder, und ich weiß, wie wichtig es dir ist.«

»Nein, nein! In der Stadt gibt es doch schon ein *Kreuz*, und im Umland heißen zu viele Gasthäuser *Zur Post*. Außerdem gefallen mir die Namen nicht. Wir müssen gut überlegen. Es muss etwas Besonderes sein, ein Name, der sich einprägt. Ich gehe morgen in die Stadt, um schon mal die Gebühr für das Aushängeschild zu bezahlen. Fünfzehn Gulden wollen sie dafür! Aber ich zahl's sehr gerne. Ach ja, Geld ... Ich brauch noch mehr, viel mehr. Die Zimmer zum Übernachten müssen fertig gemacht werden«, setzte er murmelnd hinzu.

Er musterte die beiden Frauen eindringlich. »Das Kochen für die Postkutschengäste wird jetzt eure Aufgabe. Und wir brauchen noch jemanden, der die Briefe zustellt und die Gebühr kassiert ... Am besten, ich stelle zwei Knechte ein – einen für die Post und einen für die Pferde. Ja, ich brauche Geld, noch mehr Geld.«

Zögernd setzte er hinzu: »Von deinem Vater haben wir schon so viel bekommen, den mag ich nicht fragen. Am besten, ich leihe mir irgendwo welches.« Er starrte auf den gefliesten Boden. Überall steckte das Kramer'sche Geld drin. Jetzt aber wollte er auf eigenen

Beinen stehen. »Brauch noch viel mehr Geld, frisches, neues Geld«, wiederholte er flüsternd.

Magdalenas Blick ruhte auf ihrem Ehemann. Sie hatte ihn wohl gehört. Ihre Backen hatten sich rot gefärbt, und sie sprach schnell, als drängten die Worte regelrecht aus ihr heraus: »Geld leihen? Aber Jakob, das macht mir Angst. Wir müssen es doch zurückzahlen. Was, wenn die Wirtschaft am Anfang nicht so gut läuft? Wenn die Pfäfflins sich wehren? Vielleicht nimmt man uns die Posthalterstelle ja auch wieder weg.«

Jakob nahm das markgräfliche Schreiben vom Schanktisch und schwang es durch die Luft. »Hier steht's schwarz auf weiß. Die Pfäfflins können da gar nichts tun. Mach dir keine Sorgen, Magdalena, die Posthalterstelle ist einträglich. Man leiht mir sicher auch Geld. Wir müssen das Haus noch schöner machen, viel schöner, damit die Gäste sich wohlfühlen. Es muss sich herumsprechen, dass man in unserem Wirtshaus gut aufgehoben ist!«

Magdalena biss sich auf die Unterlippe. Sie schien nicht ganz überzeugt. Aber Jakob berauschte sich förmlich an seinen Worten.

»Von Ettlingen nach Rastatt bezahlt man vier Kreuzer, nach Freiburg gar vier Gulden. Sicher, die Thurn und Taxis kriegen einiges davon, aber am Posthalter bleibt auch etwas hängen. Die Stadt profitiert ebenfalls. Sie kriegt sechs Kreuzer für jede Durchfahrt und hat somit ein Interesse daran, dass der Postverkehr gut läuft. Die wird mich sicher unterstützen.« Er sah die hochrädrigen, schwarz-gelben Thurn und Taxis'schen Postkutschen vor sich. Wie sie donnernd über den gepflasterten Hof fuhren, die Knechte herbeisprangen und die schnaubenden Pferde am Halfter packten, der Postillion vom Bock sprang und er, Jakob, die Gäste in Empfang nahm. Er sah seidene Strümpfe, mit Schnallen verzierte Lederschuhe, bestickte Gehröcke, weit ausladende, mit Spitze verzierte Kleider, gepuderte Haare, Allongeperücken – all das würden die vornehmen Herrschaften tragen, die sein Gasthaus besuchen würden. Aber wie sollte sein Haus denn nun heißen? Plötzlich kam ihm eine Eingebung, und der neue Name stand klar vor seinen Augen! Am Abend wollte er ihn verkünden, wenn das Haus wieder voll war und sich die Nachricht seines Aufstiegs herumgesprochen hatte. Nur seiner Mutter und Magdalena würde er ihn jetzt schon verraten. Er wollte ihre Ängste vertreiben, die sie trotz allem immer noch plagten. Nein, es war unnötig, sich zu fürchten in der Stunde seines größten Triumphs. Allerdings gab es auch bei ihm noch eine kleine Sorge, die die Freude ein wenig trübte und die sich nicht so leicht verscheuchen ließ: Die Posthalterstelle war an seine Person geknüpft und somit nicht vererbbar. Es ist wichtig, dass alles zur Zufriedenheit läuft, damit die Stelle bei den Haugs bleibt, dachte Jakob. Und deshalb muss auch der Name stimmen – und der, der mir eingefallen ist, wird's richten, der ist gut.

Er wandte sich an die beiden Frauen, die ihn gespannt ansahen. »Das Haus wird *Zum Markgrafen* heißen, das Gasthaus *Zum Markgrafen*.« Er blickte in ihre erstaunten Gesichter, dann bekräftigte er: »Es ist ein besonderer Name, einer, der sich einprägt. Er ist eine Verpflichtung für unser Haus, das etwas Besonderes und Schönes werden soll. Ja, ein guter Name. Und außerdem«, fügte er fast unhörbar hinzu, »bezeugen wir damit unserem Herrn und Gönner Respekt. Wer weiß, wozu es einmal gut sein könnte.«

Juli 1945

Jakob hielt inne und starrte auf seinen Schreibtisch. Aber er sah nicht die leer geräumte Tischplatte, sondern Jakob Haug, seinen Vorfahren, mit dem alles angefangen hatte. Er stellte sich vor, wie dieser stolz in seinem Schankraum stand. Anders als sein Nachfahre konnte der alte Jakob Haug allerdings noch hoffnungsvoll in die Zukunft blicken, während ihm, dem jüngeren Jakob, nur noch die Vergangenheit blieb. Dabei hatte auch er Träume und Visionen für das Haus gehabt. Aber jetzt musste er einen anderen Kampf ausfechten. Diese Überlegung brachte ihn in die Wirklichkeit zurück. Er blickte auf und in das Gesicht von Kurt Goldstein, der ihn seinerseits mit großem Interesse musterte.

»Dieser Moshe Katz«, sagte er betont beiläufig und zündete sich erneut eine Zigarette an. »Hatte Ihre Familie eigentlich noch länger Kontakt zu ihm und seiner Familie gepflegt?«

»Ja«, antwortete Jakob zögernd. »Viel weiß ich nicht darüber, nur das, was meine Großmutter mir erzählt hat. Der alte Moshe war angeblich sehr stolz darauf, zum Aufstieg des *Markgrafen* beigetragen zu haben. Doch kurz nach der Verleihung der Schildgerechtigkeit ist er gestorben. Meine Großmutter hat gemeint, dass er an einem gebrochenen Herzen dahingeschieden sei. Seine jüngste Tochter, Rebecca, hatte er nämlich verloren. Sie starb an einer geheimnisvollen Krankheit, mehr weiß man nicht. Seine zwei anderen Töchter haben sich gut verheiratet, eine blieb sogar hier in Ettlingen. Ihr Mann war ein Krämer, und ihr Sohn hat in der Stadt ein kleines Geschäft aufgebaut, das bald immer besser florierte: *Julius Weiß – feine Tisch- und Bettwäsche*. Man bekam gute Qualität, auch ausgefallene Stoffe. Wir haben unsere Damastwäsche von ihnen bezogen und auch die Bettwäsche. Wie gesagt, unsere Mädchen haben versucht, sie vor den Franzosen zu verstecken, aber leider vergeblich.«

»Was ist aus den anderen Nachkommen des Moshe Katz geworden?«, fragte Goldstein weiter.

»Ich habe gehört, dass die Nachfahren der älteren Tochter nach Amerika emigriert sind, wann genau, weiß ich nicht. Jedenfalls muss man froh sein, dass sie diesen Schritt getan haben. Haben die Zeichen der Zeit richtig gedeutet. Die Urenkelin der mittleren Schwester hatte keine Kinder, sie wollte auch wegen des Ladens nicht weg von hier, fühlte sich sicher. Als die Nazis an die Macht kamen, dachte sie wohl, ihr geschehe nichts. Schließlich waren sie und ihr Mann angesehene Geschäftsleute.«

»Das war wohl ein Irrtum.«

Jakob zuckte mit den Schultern. »Eines Tages war das Ehepaar verschwunden. Die Leute erzählten sich, sie hätten einen Brief erhalten, der sie in ein Durchgangslager nach Frankreich beordert hatte. Ich sehe sie noch genau vor mir: Er war ein feiner, älterer Herr mit weißem Backenbart, immer sehr gut gekleidet. Und sie eine kleine, zierliche Person, die trotz ihres Alters noch eine große Energie ausstrahlte. Zuerst haben sie das Geschäft verloren – das hat sich ein angesehener Bürger dieser Stadt und Parteigenosse unter den Nagel gerissen. Dann waren sie auf einmal weg. Ich weiß nicht, was mit ihnen geschehen ist.« Jakob wollte noch hinzufügen, dass er selbstverständlich nie beim neuen Besitzer des Ladens eingekauft hatte, ließ es aber bleiben. Er wollte nicht zu anbiedernd wirken. Das würde dem jungen Offizier nicht besonders gefallen, so wie er ihn einschätzte. Aber warum interessierte sich Goldstein überhaupt für die Familie Katz? Es musste irgendeine Verbindung geben. Aber welche?

»Nach dem, was Sie mir erzählt haben, scheinen Sie Ihrem Vorfahren recht ähnlich zu sein. Sehen Sie ihm auch ähnlich?«

Jakob zuckte wieder mit den Schultern. »Wenn man der Familienüberlieferung Glauben schenken darf. Draußen im Salon hingen Bilder von allen Haugs, die das Haus seit dem alten Jakob geführt haben. Als Erstes das seine und das von seinem Enkel und Nachfolger Johann, der mein Urgroßvater war. Diese Bilder sind allerdings nach der Familienüberlieferung gemalt, genauer gesagt nach den Angaben meiner Urgroßmutter. Wenn der alte Jakob wirklich so ausgesehen hat, dann ist eine Ähnlichkeit durchaus vorhanden. Und ...« Er lächelte.

»Was, ›und‹?«, fragte Kurt Goldstein nach.

»Ich weiß nicht, wie ich es genau formulieren soll, aber wir beide hatten die größten Katastrophen zu verkraften. Jakob, der Gründer, und ich, der letzte Haug, der dieses Haus führt.«

»Katastrophen?«

»Ja. Den Haugs hat das Haus zwar einige große Triumphe beschert, aber auch sehr schmerzhafte Niederlagen. Ich habe den *Markgrafen* an die Spitze geführt. Glänzend standen wir da. Aber ich habe auch einen hohen Preis dafür bezahlt, einen viel zu hohen. Wenn ich an die letzten zwölf Jahre denke, ist mir das jetzt klar.«

Kurt Goldstein nickte und drückte seine Zigarette aus. Fast träumerisch blickte er dem restlichen Rauch nach. »Und wieso glauben Sie, der letzte Haug zu sein, der das Haus führt?«

Jakob verzog den Mund. Er wollte amüsiert wirken, aber es gelang ihm nicht. Sein Lächeln hatte etwas sehr Bitteres. »Kurz vor dem Abitur eröffnete mir meine Tochter Elisabeth, mein einziges Kind, dass sie auf keinen Fall das Haus übernehmen werde. Ich hatte sie damals hierhergebeten, in mein Büro. Sie saß in dem Sessel, in dem Sie jetzt sitzen, und ich hatte ihr gerade erzählt, was ich für ihre Zukunft plante. Das war ziemlich vermessen von mir, wie ich jetzt weiß. Ja, ich gebe zu, ich konnte mir gar nichts anderes vorstellen, als dass sie eines Tages den *Markgrafen* übernehmen würde. Sie ist bildhübsch, charmant, intelligent, sehr schlagfertig – ich ahne, was Sie nun denken, aber das sind nicht nur die Worte eines stolzen, voreingenommenen Vaters. Von Anfang an war der *Markgraf* ihr Zuhause, und damit meine ich nicht nur, dass sie sich dort wohlfühlte. Nein, es war ihr Reich, das sie wie eine kleine Königin beherrschte. Sie war der Liebling der Gäste, das Entzücken des Personals ...« Jakob konnte nicht mehr weitersprechen.

Er merkte selbst, wie brüchig seine Stimme klang. »Und da haben Sie gedacht, dass sie den Betrieb übernehmen wird?«, fragte Goldstein behutsam.

»Was heißt gedacht? Für mich stand fest, dass sie meine Nachfolgerin werden würde. In den besten Häusern sollte sie lernen wie fast alle Haugs vor ihr, aber sie hat mir ins Gesicht gelacht und verkündet, dass sie diesen ›Laden‹ auf keinen Fall übernehmen werde. ›Laden‹ hat sie den *Markgrafen* genannt!« Er schluckte. Die Szene stand noch so klar vor ihm, als wäre es erst gestern gewesen. »Und dann hat sie mich umarmt und gesagt: ›Versteh mich doch, Papa, ich will nicht so werden wie die Haugs vor mir – und auch nicht wie du. Das Haus hat euch aufgesaugt und wieder ausgespuckt, dabei hat es das Beste zurückbehalten. Die meisten von euch haben ein kaltes Herz bekommen. So will ich nicht werden!‹ Und anschließend hat sie mir eröffnet, dass sie Kunstgeschichte studieren will, am liebsten in München. Aber das ging ja dann nicht mehr, weil der Krieg ...«

Kurt Goldstein nickte. »Ich verstehe. Was macht sie jetzt?«

»Hockt zusammen mit den anderen Frauen in einem kleinen Zimmer über der Bäckerei Senftleben. Das war unser Lieferant, früher einmal. Er hat uns aufgenommen, als wir alles verloren haben.«

»Wer sind die anderen Frauen?«

»Meine Tante Luise und meine Schwägerin Marie. Und Helene Pfäfflin, unsere Hausdame.«

»Eine Pfäfflin?«

Jakob lächelte. »Ja, eine Nachfahrin unseres alten Konkurrenten. Das ist auch so eine verrückte Geschichte. Sie ist bei uns geblieben, hat Marie, Luise und Elisabeth geholfen. Die Gemüsebeete draußen, die haben die Frauen gemeinsam angelegt. Und sie haben versucht, zu retten, was zu retten war. Die Wäsche, das Silberbesteck, das Geschirr, Lebensmittel. Na ja, das meiste ist ja jetzt weg. Aber wenigstens ist ihnen nichts passiert. Marie hat die Zimmermädchen, die nicht mehr rechtzeitig nach Hause gekommen sind, beim Einmarsch der Franzosen versteckt. Aber unsere Anni hat

die Nerven verloren und ist denen direkt in die Arme gelaufen.«
Seine Stimme brach. So viel Hass, so viel Zerstörung. Er blickte zu
Kurt Goldstein, der schweigend in seinem Sessel saß.

»Die Frauen versuchen, sich um das Haus zu kümmern, obwohl
es uns jetzt offiziell nicht mehr gehört. Sie pflegen auch noch Kontakt zu den ehemaligen Angestellten. Alle halten zusammen.
Manchmal habe ich noch Hoffnung, manchmal ...« Jakob hielt
kurz inne und ließ die Worte in seinem Inneren nachhallen. »Aber
Elisabeth will immer noch Kunstgeschichte studieren«, sagte er
schließlich, um die Stille zu durchbrechen, die im Zimmer hing wie
schwüle Luft. »Die Liebe zur Kunst, die steckt in den Haugs drin,
das sieht man ja auch am Haus.« Flüchtig musste er wieder an die
zerbrochene Fortuna denken. »Als Elisabeth älter wurde, ist sie
dauernd ins Museum gerannt. War begeistert dabei, wenn wir Veranstaltungen und Ausstellungen organisiert haben. Diese Begeisterung für das Schöne ist mit Johann in die Familie gekommen, das
nehme ich jedenfalls an.«

»Sie meinen Jakobs Enkel?«

»Ja. Johann hat den *Markgrafen* weit nach oben gebracht. Er hat
es zu einem Haus des Lebensgenusses gemacht – aber auch fast in
den Abgrund gerissen!«

»Das klingt spannend ... und interessant.«

»Das ist es auch. Und das Interessanteste ist der Umstand, dass
Johann, oder vielmehr seine Existenz, Teil der wohl schlimmsten
Tragödie war, die Jakob in seinem Leben verschmerzen musste.«

September 1796

Missmutig starrte Jakob durch ein Fenster seines Schankraumes hinaus auf die Felder und Wiesen, die den rückwärtigen Teil des *Markgrafen* säumten. Auf der anderen Seite waren die Häuser der Stadt bereits näher gekommen. Ettlingen, das immer mehr über seine Mauern hinauswuchs, florierte – oder besser, hatte floriert. Vor vier Jahren waren die Preußen und Österreicher, die sich im Krieg gegen die Franzosen verbündet hatten, in der Stadt einquartiert worden und hatten den Einwohnern förmlich die Haare vom Kopf gefressen. Man hatte sich erzählt, dass der Markgraf lange versucht hatte, neutral zu bleiben, aber schließlich war er in die Koalition gegen die französische Republik gezwungen worden. Karl Friedrich hatte wohl auch deshalb zugestimmt, weil in seinem eigenen Land überall Aufstände ausgebrochen waren. Die Idee von Freiheit, Gleichheit und Brüderlichkeit war in viele Köpfe geschossen wie schwerer Wein. Jakobs Lippen kräuselten sich zu einem verächtlichen Lächeln. Was waren sie für Narren! Dort drüben in diesem ›Land der Freien und Gleichen‹ war das Blut in Strömen geflossen. Man hatte sogar dem dicken König Ludwig vor drei Jahren den Kopf abgeschlagen und später auch seiner Frau, der verhassten Königin Marie Antoinette. Undenkbar war das gewesen! Ein gekrönter Herrscher mit unbeschränkter Macht! Und es wurde noch schlimmer, während die Jakobiner regierten. Reisende Geschäftsleute hatten erzählt, dass man auf manchen Plätzen in den französischen Städten bis auf die Knöchel im Blut gewatet war. Diese Höllenmaschine, die Guillotine, war jeden Tag in Betrieb gewesen. Dann hatte man Robespierre, den Anführer der Jakobiner, und seine Gesellen hingerichtet, und es war ruhiger geworden in Frankreich. In Baden jedoch hatte der Krieg noch nicht aufgehört. Diese Revolutionsarmee, die anfangs ein nicht ernst zu nehmender, zerlumpter Haufen Leute gewesen war, gewann nun Schlacht um Schlacht. Die Kerle hatten im Sommer sogar die Hauptstadt Karlsruhe besetzt.

Als ihn jemand am Arm berührte, schreckte Jakob auf und wirbelte herum. Der Schmerz, der ihm bei der ruckartigen Bewegung durch Glieder und Rücken fuhr, ließ ihn das Gesicht verziehen. Der besorgte Blick seines Knechts Jörgli neben ihm trug nicht unbedingt zur Linderung seiner Qualen bei. Jakob drückte das Kreuz durch. Das fehlte noch, dass ihn einer seiner Untergebenen bemitleidete. Es war schon schlimm genug, dass die französischen Soldaten ihn vor den Augen aller verprügelt hatten.

Er solle die Kasse herausgeben, hatten sie gebrüllt, als sie vor ein paar Tagen in die Gaststube gestürmt waren und das Mobiliar in blinder Zerstörungswut kurz und klein geschlagen hatten. Jörgli und Simon, der andere Knecht, waren von zwei Soldaten mit den Gewehren in Schach gehalten worden, während sich die anderen fünf auf Jakob geworfen hatten. Welche Demütigung, welche Schmach! Schließlich hatte er nachgegeben, nachdem er bemerkt hatte, dass er Blut spuckte. Was nützte es, wenn sie ihn totschlugen? Sollten sie die blöde Kasse doch mitnehmen, das meiste Geld hatte er sowieso unten im Keller versteckt! Dorthin waren auch seine Mutter Anna-Maria, Magdalena und das Kind geflüchtet. Nicht in den Weinkeller, den hatten die Soldaten später geplündert und das, was sie nicht mehr zu trinken vermochten, aus lauter Bosheit auf den Boden geschüttet. Nein, die Frauen hatten in einem kleinen fensterlosen Nebenraum gesessen, dessen Eingang nicht leicht zu erkennen war. Dort bewahrte Jakob auch die teuren Brände und den Champagner auf. In ebendieser Kammer hielt er auch den Schmuck versteckt, einzelne, wertvolle Stücke, die ihm dabei helfen sollten, die Zinsen seines Kredits zurückzuzahlen. Doch nun hatte er den Erlös für die Reparaturen verwenden müssen. Finster dachte er zurück an das Chaos aus zerstörten Möbeln, verschmutzten Wänden und zerbrochenem Glas.

Jörgli mochte deutlich spüren, dass sein Herr nicht über den schmerzhaften Vorfall sprechen wollte. Er zeigte stattdessen mit seinen Fingern in Richtung Fenster und auf die draußen befindlichen Felder, wo vor Kurzem noch wogendes Getreide gestanden hatte.

»Diese Dreckskerle! Haben alles abgeerntet. Da wird es Hunger geben diesen Winter. Sie haben den Bauern in der Nachbarschaft auch das Vieh fortgetrieben und geschlachtet. In der Stadt haben sie ebenfalls gehaust! Alles geplündert! Und einige Frauen und Mädchen …«, sagte er heiser, ohne den Satz zu beenden.

»Der Krieg macht die Menschen schlecht«, entgegnete Jakob langsam. »Die Einquartierungen waren auch schlimm, da hat's böse Dinge gegeben, und das waren unsere Verbündeten! Glaubst du, dass unsere Soldaten besser sind, wenn sie in Feindesland einfallen?«

»Jedenfalls ist der Krieg jetzt wohl vorbei. Der Markgraf hat mit den Franzosen Frieden geschlossen«, sagte Jörgli nach einer kurzen Pause. Zu Jakobs Einwand sagte er nichts, schien aber nicht überzeugt.

»Er hat Frieden schließen müssen. Der wird teuer werden. Und bezahlen tun wie immer wir.« Manchmal dachte Jakob, dass die Gedanken der Revolution so verkehrt nicht waren, aber die Mächtigen wurde man trotzdem nicht los. Waren die einen weg, kamen andere.

»Die *Herrschaften* werden wohl in den nächsten Tagen abreisen?«, wechselte Jörgli schließlich das Thema. Über die badische Niederlage wollte er nicht reden.

Viele dieser »Herrschaften«, wie der Knecht sie abschätzig nannte, waren in den letzten Jahren immer wieder im *Markgrafen* abgestiegen. Es handelte sich dabei um französische Adlige, die vor den Klauen der immer blutrünstigeren Revolution geflohen waren. Die, die etwas von ihrem Vermögen retten konnten, gingen in die großen Städte und reisten nach England oder Österreich weiter. Die hingegen, die wenig oder nichts mitbrachten, suchten Unterschlupf in kleinen Orten und in bescheidenen Gasthöfen. Ja, so war Jakobs Traum von vornehmen Gästen mit weiß gepuderten Perücken, silberbestickten Röcken und weit schwingenden Seidenkleidern schließlich wahr geworden, wenn auch nicht unbedingt so, wie er es sich ursprünglich vorgestellt hatte. Sah man nämlich genauer hin, waren die Perücken beschmutzt und nicht gekämmt und die Kleider zerrissen. Die Gäste bezahlten mit dem wenigen Schmuck, den sie retten konnten, da die Frauen ihn in ihre Mieder und Röcke eingenäht hatten. Jakob hatte wenig Ahnung von diesen Schmuckstücken, die im Licht so herrlich glänzten und funkelten. Die Angaben ihrer Besitzer über deren Wert kamen ihm völlig übertrieben vor, aber als Bezahlung waren sie besser als nichts. Es gab noch einen anderen Grund, warum er diese Leute bei sich beherbergte: Sie waren doch früher gebietende und vornehme Herren gewesen. Er studierte sie, so oft sich die Gelegenheit bot. Sah ihnen verstohlen dabei zu, wie sie aßen und tranken, wie zierlich und fein sie Messer, Gabel und Löffel benutzten oder mit höflichem Lächeln und leicht geneigtem Kopf miteinander sprachen. Und wenn sie zum Abendessen herunterkamen, hatten sie sich stets bemüht, sich trotz ihrer teilweise heruntergekommenen Kleider herauszuputzen. Sie trugen auch jetzt noch Perücken, obwohl sie doch gänzlich aus der Mode gekommen waren, und die Frauen weigerten sich, auf ihre Fischbeinkorsetts und Reifröcke zu verzichten. Es war gerade so, als versuchten sie, ein Stück ihres alten Lebens, das durch die Revolution zerbrochen war, zu verteidigen.

Jakob gefiel die neue Mode besser. Einige wohlhabende Bürgersfrauen aus Ettlingen trugen sie und auch manche seiner weiblichen Gäste aus den größeren Städten. Weiche, fließende Gewänder mit tiefem Ausschnitt. Die Stoffe waren so, dass sie die Körperformen nur unzulänglich bedeckten. »Unanständig«, nannte die Mutter das, aber Jakob schaute gerne hin und ließ seiner Fantasie freien Lauf. Die Bäuerinnen und auch die ärmeren Bürgersfrauen trugen tagein, tagaus sowieso nur ihre Arbeitskleidung – unförmige Baumwollröcke und weit geschnittene Blusen. Auch Magdalena kleidete sich so und zu seinem Leidwesen auch Franziska. Dabei hatte er den Frauen angeboten, ihnen solche neuen Kleider zu kaufen, wie sie die vornehmen Damen trugen. Aber beide hatten entrüstet abgelehnt.

»Was ist denn nun mit den Herrschaften, Herr Haug?«, drängte sich Jörglis Stimme in Jakobs Gedanken.

»Ah ja, die Gäste, die oben im Eckzimmer logieren. Ja, die reisen bald ab.« Als er das verächtliche Gesicht seines Knechts sah, fügte er streng hinzu: »Und spar dir bitte die Beleidigungen, Georg.« Er nannte Jörgli immer bei seinem Taufnamen, wenn er ihn tadelte. »Das sind vornehme Leute, auch wenn sie jetzt nichts mehr besitzen. Sie sind durch den halben Kontinent geflohen, und nun wollen sie nach Böhmen, wo ein Vetter von ihnen lebt. Ein Graf soll der sein, mit einem richtigen Schloss, so wie sie auch mal eines hatten.«

Im Stillen dachte Jakob, dass er die Gäste wohl gerade noch rechtzeitig loswerden würde. Er wusste nicht, wie viele Juwelen die Marquise noch besaß – außer einem schmalen Reif am Finger trug sie sonst keinen sichtbaren Schmuck –, aber viel konnte es sicher nicht mehr sein. Und der Marquis hatte erst vor einigen Tagen gemeint, man könne gut auf das Mittagsmahl verzichten, ein einfaches Abendessen würde genügen. Das war ein deutliches Zeichen, fand Jakob.

»Geh in die Küche und sag den Frauen, sie sollen ein gutes Frühstück für die vornehmen Gäste im kleinen Zimmer herrichten«, wies er Jörgli an, der sich mit mürrischer Miene trollte, um den strengen Augen seines Herrn zu entkommen.

Die besseren Gäste des Hauses speisten jetzt in einem kleinen, vom Schankzimmer abgetrennten Raum. Dort war es ruhig, und es stank auch nicht nach Rauch und Bier. Jakob hatte für diesen Raum gepolsterte Stühle angeschafft und bediente meist sogar selbst, denn die Mägde stellten sich in seinen Augen zu ungeschickt an. Dabei fiel ihm aber auch immer wieder auf, dass den Gästen das Essen nicht schmeckte.

Anna-Maria und Magdalena kochten, wie sie es gewohnt waren: fettes Fleisch, viel Schmalz, dicke Suppen – Speisen, wie sie hart arbeitende Menschen brauchten und schätzten. Aber für die vornehmen Gäste, die Kaufleute und vor allem für die Adligen, war das Essen zu fett und zu wenig gewürzt. Jakob hatte auf seinen Reisen zur markgräflichen Hofkammer in Karlsruhe des Öfteren in besseren Häusern gespeist und schmeckte mit der Zeit selbst den Unterschied. Vorsichtig hatte er angedeutet, dass man die Gerichte vielleicht ein wenig anders zubereiten könnte, mehr dem Geschmack der städtischen Gäste angepasst, aber da war er bei den Frauen schlecht angekommen.

»Mehr würzen?«, hatte Magdalena geschnappt. »Wenn ich das schon höre! ›Mit Kräutern‹, das hat mir auch die Alte vor einiger Zeit gesagt, die mit der fast kahlen Perücke. Lachhaft hat sie ausgesehen, obwohl sie eine Adlige sein soll. Kam einfach in die Küche und hat an unserem Essen herumgenörgelt. Hat irgendwelche Pflanzennamen genannt, die ich in meinem Leben noch nie gehört habe. ›Kräuter‹, habe ich gesagt, ›sind etwas für Kühe. Und ich koche, wie ich will und wie schon meine Mutter immer gekocht hat.‹«

Jakob seufzte, als er sich an diese Szene erinnerte. Nein, es war nichts zu machen gewesen. Seither überlegte er immer wieder, ob er nicht einen Koch einstellen sollte, das hätte aber wiederum zusätzliche Kosten verursacht. Und gerade jetzt, wo ihm die Plünderungen und die angehäuften Schulden so schwer zusetzten, konnte er das nicht auch noch stemmen.

Auch an der Posthalterei verdiente er viel weniger, als er gedacht hatte. Schon ein Jahr nach der Verleihung der Schildgerechtigkeit und der Übertragung der Posthalterstelle hatte sich ein Vorfall ereignet, der ihn viel Geld gekostet hatte. Ein Wagen aus Frankfurt, der die Route nach Basel nehmen sollte, war kurz vor seiner Ankunft im *Markgrafen* ins Schleudern geraten und schwer verunglückt. Schuld war eine Querrinne auf der Straße gewesen, hatte der Postillion, ein Grünschnabel, noch nicht ganz trocken hinter den Ohren, erzählt. Er war beim Unfall vom Bock gefallen und hatte sich das Bein gebrochen. Das Schlimmste für Jakob war jedoch der Umstand, dass es sein eigenes Gespann war, das die Kutsche gezogen hatte. Das beste Zugpferd hatte sich so schwer verletzt, dass es noch an Ort und Stelle getötet werden musste. Die anderen Pferde hatten Prellungen und Zerrungen erlitten und fielen für die darauffolgenden Wochen aus. Der Generalpostmeister hatte infolgedessen verfügt, dass die *Krone* als Aushilfsquartier einspringen müsse.

Die Feindschaft zwischen den Gasthausbesitzern war im Laufe der Jahre tiefer geworden, denn die Pfäfflins hatten den Verlust der Posthalterstelle kaum verschmerzt. Der junge Pfäfflin, angetrieben vom Neid auf die Haugs, hatte vor einiger Zeit sogar eine Köchin eingestellt, die in respektablen Häusern gelernt hatte, wie er stets betonte. So genoss die *Krone* mittlerweile wieder einen besseren Ruf. Das beunruhigte Jakob umso mehr, zumal ihm die Posthalterstelle immer noch nicht auf Lebenszeit verliehen worden war und all seine Bemühungen, das Geschäft weiter anzukurbeln, ins Leere liefen. Seit dem Kutschenunglück schien der Makel des Pechvogels an ihm zu kleben, gerade so, als seien er und der *Markgraf* verflucht. Er brauchte unbedingt mehr zahlungsfähige Gäste, aber viele Herrschaften, die mit der Kutsche reisten, nächtigten und speisten zunehmend in der *Krone*. Dort seien auch die Zimmer komfortabler und die Betten bequemer, musste er immer wieder hören. Wie viel Geld hatte er in seine Wirtschaft investiert. Aber war das Unglück einmal im Haus, dann blieb es, ein grauer Gast, der lautlos durch die Räume schlich. Die Schulden wuchsen und wuchsen! Und Magdalena wurde dicker und dicker und erwartete doch kein zweites Kind. Als ob sie mich ärgern wollte, dachte Jakob. Ja, ich kann es ihr nicht verdenken. Ob ich nicht doch einen Koch …?

In diesem Moment wurde die Tür aufgerissen, und ein stämmiger kleiner Junge stürmte herein. »Vater, Vater!«, rief er und warf sich in die ausgebreiteten Arme Jakobs, der ihn zärtlich an sich drückte. »Vater, ich habe den Säbel umgebunden. Den Gurt hat mir die Mutter gemacht. Jetzt sehe ich genauso aus wie ein Soldat!«

Jakob lachte. Stolz hob er den sechsjährigen Martin mit dem aus Holz geschnitzten Säbel hoch und bewunderte das geflochtene Band.

»Jetzt brauche ich nur noch ein Ross. Schenkst du mir ein Soldatenross, Vater?«

Wieder lachte Jakob auf. Was für ein Prachtbursche das war, der Junge, der auf kurzen Beinen schon so sicher durch dieses Leben ging. Das Militär hatte es ihm angetan, vor allem ausgerechnet das französische. An der Hand seiner Mutter hatte er den Einmarsch des stolzen Generals Jean-Victor Moreau beobachtet, der mit seinen Truppen nicht nur die französische Republik verteidigt hatte, sondern den Triumph der Revolution auch über ihre Grenzen trug. Dass diese Franzosen danach marodierend und plündernd durch die Stadt gezogen waren und dabei auch die Stadtkasse geleert hatten, hatte der Junge natürlich nicht mitbekommen. Die französischen Soldaten waren für ihn die Sieger, prächtig anzusehen in ihren bunten Uniformen, mit den glänzenden Säbeln und den großen Gewehren. Und genau zu diesen Siegern wollte er auch gehören.

Jakob drückte Martin einen Kuss auf die Stirn und stellte ihn behutsam wieder auf die Füße. Das war sein Junge, sein Fleisch und Blut, aus dem gleichen Holz geschnitzt wie er. Dann glitt sein Blick zu der kleinen, dünnen Gestalt, die sich scheu an den Türrahmen lehnte, und seine Miene verfinsterte sich.

»Elisabeth, komm her! Was drückst du dich da herum. Komm herein!«

Langsam und zögerlich kam das Mädchen näher. Ihr schmales linkes Händchen krampfte sich um die Kittelschürze, die steif von ihrem zerbrechlichen kleinen Körper abstand. Flachsblonde Zöpfe fielen auf ihren Rücken, und die großen blauen Augen in dem farblosen Gesichtchen waren mit unverkennbarem Schrecken auf den breitschultrigen Mann geheftet, von dem man ihr sagte, dass er ihr Vater sei. Aber das stimmte wohl nicht, dachte sie immer wieder, ein Vater liebte seine Kinder, so wie Gott die Menschen liebt, das sagte der Herr Pfarrer jedenfalls. Aber der Mann dort liebte nur den Martin.

Jakob betrachtete die schüchtern näher kommende schmale Gestalt missbilligend. Das sollte seine Tochter sein? Dieses kleine

Ding, von dem man in den ersten Monaten geglaubt hatte, dass es nicht durchkommen würde? Es war ein Witz, noch dazu ein schlechter. Dieses dünne Menschlein, das nur aus Haut und Knochen zu bestehen schien, war seine Erbin, seine eheliche Erbin – es sei denn, Magdalena bekam noch einen Sohn. Aber daran glaubte er jetzt nicht mehr. Sechs Jahre waren seit der Geburt Elisabeths vergangen, und Magdalenas Bauch war seitdem leer geblieben. Obwohl sie nun aussieht, als ob sie drei Kinder auf einmal kriegen würde, dachte Jakob boshaft. Magdalena war hässlich geworden, dick und unansehnlich. Ihr einstmals schön geschwungener, schwellender Mund war jetzt verkniffen, ihr Gesicht wirkte eingefallen und grau. Sie läuft herum wie mein leibhaftiges schlechtes Gewissen, sinnierte er und verspürte einen Anflug von Reue.

Sein Schwiegervater, der alte Bauer Kramer, hatte ihm noch vor wenigen Monaten gedroht: »Ständig holst du deinen Bankert ins Haus, kaufst ihm Sachen, verwöhnst ihn. Weißt du, was das für Magdalena bedeutet? Du kränkst sie damit. Und dein eheliches Kind setzt du herab, behandelst es schlecht. Wenn du nicht damit aufhörst, will ich mein Geld wieder. Es ist Magdalenas und nicht deins.«

Gott sei Dank war der Alte kurz darauf gestorben. Das Erbe war bescheiden, denn das meiste Geld steckte ohnehin schon im Gasthaus. Für den Bauernhof bekamen sie auch nicht die erhoffte Summe, denn die Zeiten waren zu schlecht.

»Sieh mich an«, knurrte Jakob, als die Kleine sich mit gesenktem Köpfchen vor ihm aufstellte. Herrgott, wie er dieses Duckmäuserische hasste. Dieses schwächliche Ding hatte nicht die Kraft und das Geschick, das Haus zu führen. Der Junge allerdings schon. Er sollte den *Markgrafen* bekommen, schließlich war er sein Sohn, da mochten die Leute sagen, was sie wollten. War es nicht ein schlechter Witz gewesen, dass seine Frau und seine Geliebte fast gleichzeitig niedergekommen waren? Ein verflucht schlechter Witz war es zudem, dass das uneheliche Kind ein kräftiger Sohn war, der heiß ersehnte Sohn, sein Sohn, sein Erbe. Erst würde Martin zur Schule gehen. Lesen, schreiben und rechnen musste er können, und dann würde Jakob ihn für ein paar Jahre fortschicken in gute, angesehene Häuser. Vielleicht nach Karlsruhe, Basel oder Straßburg. Martin sollte das Handwerk von der Pike auf lernen und den *Markgrafen* noch besser und größer machen. Elisabeth hingegen würde er verheiraten. Doch wer würde sich eines so schwächlichen Dingelchens überhaupt annehmen? Die reicheren Bauern aus der Gegend bestimmt nicht. Aber vielleicht ein aufstrebender Handwerker in Ettlingen oder ein Krämer, der sein Geschäft aufbauen wollte. Bis dahin müsste es ihm jedoch besser gehen. Wenn er Elisabeth gut verheiraten wollte, brauchte er Geld, und zwar viel davon.

In diesem Augenblick betrat Magdalena den Schankraum. Sie überblickte das Bild, das sich ihr bot, und lehnte sich für einen Moment schwer atmend an den Türrahmen.

»Elisabeth, komm her«, gebot sie mit rauer Stimme. Man konnte hören, wie viel Schmerz in diesen wenigen Worten lag. Das Mädchen lief zu ihr hinüber und schlang die Ärmchen um deren Leib.

Ach, zum Teufel, dachte Jakob, das ist doch alles ein schlechter Witz. Dass er sein eheliches Kind nicht lieben konnte, seinen unehelichen Sohn dagegen vergötterte. Dass er dadurch seine Ehefrau unglücklich machte, aber auch die Mutter seines unehelichen Kindes, die immer noch vergeblich auf eine Heirat wartete. Und dass es viele Kämpfe geben würde, wenn er Martin als Erben einsetzte, viel Gerede – und Verachtung! Egal, er würde auch dieses Hindernis überwinden.

Jakob wollte gerade lospoltern, was zum Teufel eigentlich los sei, ob sie nichts Besseres zu tun hätten, um seine Verlegenheit und sein schlechtes Gewissen zu überspielen, als die Tür zum Nebenzimmer behutsam aufgedrückt wurde und ein leises Rascheln von Seide ihm verriet, wer in den Schankraum trat. Es war die Marquise, deren Kleid, mittlerweile missfarben und vielfach geflickt, ihre Gestalt umspielte. Korsett und Reifrock hatte sie abgelegt, diese einstigen Attribute der Vornehmheit und Eleganz wären auch lächerlich gewesen angesichts ihrer jetzigen Situation. Auch der Marquis trug seit Neuestem keine Perücke mehr, sondern hatte seine dünnen, grauen Haare zu einem kümmerlichen Zopf zusammengebunden.

Jörgli war in der Zwischenzeit ebenfalls wieder in den Schankraum zurückgekehrt. Er lehnte an der Theke, die Hände in die Hosentaschen gesteckt, und betrachtete das Paar mit einem Gesichtsausdruck, der Jakob nicht gefiel. Verachtung und Herablassung waren darin zu lesen. Er neigte den Kopf nicht einen Zentimeter, während die Marquise durch den Raum schritt.

So viel zur Brüderlichkeit, dachte Jakob voller Ironie über die Ideale, denen, neben so vielen anderen Leuten, auch sein Knecht nachhing, wenngleich dessen Begeisterung durch den Krieg mit Frankreich und den Einmarsch der französischen Truppen auch etwas ins Wanken geraten war. Darauf angesprochen, pflegte er stets zu antworten: »S'ist viel Unrecht geschehen, das ist wahr, doch die Ideen gelten trotzdem weiter.«

Jakob nahm sich vor, später ein ernstes Wort mit ihm zu wechseln und ihm den Hochmut auszutreiben.

Im Gegensatz zu seinem aufmüpfigen Knecht war Magdalena in einen tiefen Knicks gesunken, den die kleine Elisabeth unbeholfen nachzumachen versuchte. Die Marquise nickte den beiden freundlich zu, wandte sich dann an Jakob und reichte ihm ihre Fingerspitzen. Sie sagte etwas auf Französisch, doch Jakob, der nur einige Brocken dieser Sprache beherrschte, verstand sie nur schwerlich. Sie schien sich zu bedanken, sprach etwas von Großzügigkeit und Freundlichkeit. Dann drückte sie ihm einen kleinen Beutel in die Hand. Jakob konnte darin eckige und runde kleine Steine erfühlen. Für einen Moment fragte er sich gerührt, ob diese Edelsteine das letzte für sie so teure Andenken an die frühere Zeit gewesen sein mochten. Aber dann drängten sich wesentlich nüchternere Gedanken in sein Bewusstsein: Es war für drei Wochen Kost und Logis, und wahrscheinlich würde er viel zu wenig bei den Halsabschneidern in der Stadt dafür bekommen. Dabei klebten so viele Tränen, Schweiß und Blut geschundener Bauern an diesen Juwelen!

Er blickte in das Gesicht der Marquise. Sie war beileibe keine junge Frau mehr, die Erlebnisse der letzten Jahre hatten sie rasch altern lassen, aber da war immer noch diese selbstverständliche Eleganz, deren Zauber er sich nicht entziehen konnte. Was wusste er schon von ihr? Durfte er überhaupt über sie urteilen? Immerhin war er nur ein einfacher Gastwirt aus Baden, nur von diesem Handwerk verstand er etwas. Mochte auch die Unterbringung der verachteten Emigranten auf den ersten Blick ein schlechtes Geschäft gewesen sein, so hatte er trotzdem davon profitiert. Er hatte deren Verhalten und Bedürfnisse studiert und gelernt, welchen Weg er mit dem Haus einschlagen musste, um diese zu erfüllen.

Die Gräfin hatte sich in der Zwischenzeit von Jakob abgewandt und war zu Magdalena hinübergegangen. Sie schenkte der Wirtin ein huldvolles Lächeln und beugte sich dann zu Elisabeth hinunter. Das kleine Mädchen blickte sie mit großen, neugierigen Augen an.

»*Ma chère fille*«, sprach die Marquise und kramte in ihrem bestickten Pompadour. Schließlich förderte sie eine blinkende Kette zutage, an der ein kleiner Anhänger in Form eines Kreuzes baumelte. Sie drückte die Kette Elisabeth in die Hand, dann blickte sie sich noch einmal zu Jakob um und sagte: »*Pour votre fille.*« Sie schlüpfte sodann zur Tür hinaus, begleitet vom Rascheln der Seide und ihrem immer noch nickenden Ehemann. »Für Eure Tochter« – wie die Adlige diese Worte betont hatte: »Eure Tochter.« Den kleinen Martin, der neben Jakob mit dem Schwert herumgefuchtelt hatte, hatte sie keines Blickes gewürdigt.

Freudestrahlend lief Elisabeth zu ihrem Vater, öffnete ihre kleine Faust und zeigte ihm das funkelnde Geschenk, das aussah, als wäre es ein Schatz aus einem ihrer Märchenbücher. Das Mädchen schien ganz verwandelt von der liebevollen Geste der Frau. So gingen sonst nur die Mutter und die Großmutter mit ihr um.

Jakob fühlte sich beklommen und beschämt angesichts seiner Gefühlskälte. Er rang sich deshalb ein Lächeln ab und nahm das Kettchen behutsam aus Elisabeths Handfläche.

»Schön, sehr schön«, murmelte er und legte seine andere Hand unsicher auf ihr Köpfchen.

Das Kettchen war schwer, vermutlich aus massivem Gold, und der Anhänger war filigran gearbeitet. Es sah ein wenig so aus wie das Kreuz draußen neben dem Haus: Die Enden der zarten Balken waren leicht geschwungen, und dort, wo sie sich trafen, war ein kleiner Juwel eingearbeitet. Auch das Mühlkreuz trug an ebendieser Stelle einen kleinen roten Stein. »Es ist sehr schön«, wiederholte er leise. »Du musst es in Ehren halten, hörst du, Elisabeth?«

Das Mädchen nickte ernsthaft und nahm andächtig die Kette wieder entgegen.

Auf einmal hörte man draußen Hufgetrappel. Simon führte Pferde an die Tränke. Mit wildem Geschrei stürmte Martin hinaus. Die Rösser waren sein Ein und Alles, wenngleich er auch sehr grob mit ihnen umging, wie Jakob wusste. Manchmal stibitzte er eine Peitsche aus dem Stall, obwohl ihm das streng verboten war, und drosch auf die Tiere ein. »Das machen die Soldaten auch so«, erklärte er immer, wenn er ermahnt wurde.

Nur mit Mühe konnte Jakob das unangenehme Gefühl der Sorge und Beklemmung, das ihn in diesen Situationen überkam, verjagen. Martin ist eben ein wilder Junge, sagte er sich dann stets. Später würde er schon ruhiger und verständiger werden.

»Du gehst auch hinaus«, wies er Elisabeth an. Es klang rauer, als er es beabsichtigt hatte. »Geh raus an die frische Luft und hocke nicht immer in der Stube herum.«

Zögernd gehorchte die Kleine. Sie mochte den Jungen nicht, von dem man ihr gesagt hatte, dass er ihr Halbbruder sei. Das mit dem »Halb« hatte sie ohnehin lange nicht richtig verstanden. Wie könnte einer nur ein *halber* Bruder sein? Er war doch ganz, überall heil und unversehrt. Aber mit der Zeit hatte eine Ahnung in ihr gedämmert, die bald zur Gewissheit wurde: Der Junge hatte eine andere Mutter – die blonde Franziska, die als Magd auf der Wiesenmühle arbeitete. Sie war viel schöner als ihre eigene Mutter, die oft traurig war, da der Vater Franziska viel lieber mochte.

Jakob wollte den Kindern gerade folgen, um nach den Pferden zu sehen, da tauchte im Türrahmen eine groß gewachsene, hagere Gestalt auf.

»Ist's gestattet? Oder ist das Lokal noch geschlossen?«

»Nein, nein, kommt nur, Herr Krummbiegel. Was darf ich Euch bringen?«

Josef Krummbiegel trat ein, dabei musste er den Kopf etwas einziehen, um nicht gegen den Türbalken zu stoßen. In der Gaststube verbeugte er sich verbindlich gegen den Wirt und blickte sich um.

»Alles schon wieder aufgeräumt und hergerichtet. Gut so, Herr Haug, Ihr seid ein tüchtiger Mann.«

Jakob wehrte ab. »Es sind leider noch viele Schäden zu beheben. Die Franzosen haben etliche Stühle zertrümmert und die Fässer zerschlagen, nachdem sie sie ausgesoffen haben. Hab's bei den Handwerkern schon in Auftrag gegeben.« Gott allein weiß, ob das bisschen, was ich noch habe, reichen wird, um die Schäden zu bezahlen, fügte er im Stillen hinzu. Immerhin habe ich den Schmuck gerettet.

»Ja, ja, sie haben schlimm gewütet, die Herren Revolutionäre. Fast keiner ist verschont geblieben. Im *Ritter* sieht's noch schlimmer aus, auch das *Lamm* und die *Krone* hat's schwer getroffen. Den Pfäfflin haben sie übel zugerichtet, als er die Kasse nicht hergeben wollte. Euch ging's wohl ähnlich, wie man sich erzählt.«

Jakob nickte, er konnte ein leises Gefühl der Schadenfreude aber nicht unterdrücken. Den Pfäfflin hatte es also auch erwischt. Aber der und die anderen Wirte mochten die Überfälle leichter verschmerzen, die hatten keine so großen Schulden. »Ich hätte gerne einen Schoppen Roten, Herr Haug, den vom Kaiserstuhl. Ihr habt exzellente Weine, das muss ich sagen. Und heute Morgen brauche ich einen guten Trunk.«

»Habt Ihr Ärger?«, fragte Jakob, als er das Glas mit der dunkelroten Flüssigkeit vor Krummbiegel abstellte. Vielleicht war die Frage zu direkt, aber der Mann hatte ja selbst davon angefangen. Und als Wirt musste er immer gewärtig sein, sich die Nöte und Sorgen seiner Gäste anzuhören.

»Das kann man sagen.« Krummbiegel atmete die Luft scharf ein, sodass ein pfeifendes Geräusch zu hören war, und nahm einen großen Schluck. »Mein Gesuch ist schon wieder abgelehnt worden.«

Jakob nickte und versuchte, eine bekümmerte Miene aufzusetzen. Es war allgemein bekannt, dass Josef Krummbiegel schon mehrere Bebauungspläne für Teile des Schlossplatzes eingereicht und die Stadt sein daran geknüpftes Kaufgesuch immer wieder abgelehnt hatte. Er plane mehrere Wohn- und Geschäftshäuser im Herzen Ettlingens zu errichten, erzählte man sich. Einige Leute behaupteten auch, Krummbiegel habe die Absicht, ein vornehmes Hotel und ein feines Restaurant zu eröffnen. Mitten in der Stadt und der *Markgraf* quasi nur ein Steinwurf davon entfernt! Das würde unliebsame Konkurrenz bedeuten! Vielleicht würde sich Krummbiegel dann sogar um die Posthalterstelle bemühen. Trotzdem gab Jakob seiner Stimme einen angemessen mitfühlenden Ton und sagte: »Hat man Euch Gründe genannt, weshalb Euer Gesuch wieder abgelehnt wurde?«

Krummbiegel zuckte mit den Achseln. »Nur allgemeines Gewäsch. Die Hofkammer sei dagegen, so nahe am Schloss zu bauen. Lachhaft. Der Markgraf braucht Geld, viel Geld nach dem verlorenen Krieg und dem erzwungenen Frieden mit Frankreich. Sollen die doch froh sein, wenn zahlungskräftige Bürger investieren wollen.«

Jakob heuchelte Verständnis. Insgeheim verspürte er jedoch eine große Erleichterung angesichts der erneuten Weigerung der Stadt. »Irgendwann können die Amtsherren sich meinen Argumenten nicht mehr verschließen. Wartet nur ab, bis Reitzenstein mit den Franzosen verhandelt hat.«

Sigismund von Reitzenstein war ein vom Markgrafen sehr geschätzter Diplomat, von dem allgemein bekannt war, dass er die Zukunft Badens nicht mehr im Heiligen Reich Deutscher Nation, sondern in einer guten Nachbarschaft mit den Franzosen sah.

Josef Krummbiegel leerte sein Glas in einem Zug. »Noch einen, Herr Haug. Und auch einen Schoppen für Euch. Trinken wir auf den Reitzenstein, auf den ich in mehr als einer Hinsicht meine Hoffnungen setze.«

Jakob schenkte sich ein Glas Rotwein ein, obwohl er es hasste, schon am Vormittag Alkohol zu trinken. Das warnende Beispiel des Vaters stand ihm dafür noch viel zu präsent vor Augen. Aber er musste den Gästen den Gefallen tun, wenn sie ihn einluden. Meist nippte er nur und leerte dann den Rest heimlich in einen Eimer, der hinter der Theke stand.

Jakob stellte die zwei Gläser auf den Tisch und setzte sich seinem Gast gegenüber. Warum hoffte Krummbiegel so sehr auf Reitzenstein? Was erwartete er? Man redete viel von diesen Friedensverhandlungen. Die meisten Leute waren davon überzeugt, dass es dem badischen Markgrafen an den Kragen gehen würde. Die Gebiete links des Rheins musste er auf jeden Fall aufgeben, davon war Jakob überzeugt. Was würde der Frieden mit Frankreich sonst noch kosten? Baden hatte verloren, und Verlierer müssen immer bezahlen. Damit waren aber wohl eher die kleinen Leute gemeint. Neue Steuern, Sonderabgaben, höhere Preise, so war es meistens. Die Herrschaften machten Krieg und Frieden, und das Volk litt darunter, daran hatte auch die Revolution nichts geändert.

»Hört Ihr, Haug …« Krummbiegel beugte sich verschwörerisch über den Tisch, obwohl außer ihnen niemand im Schankraum war. Nur einige Geräusche – Martins wütende Schreie, das nervöse Wiehern der Pferde und die laute, mahnende Stimme des Knechts Simon drangen von draußen aus den Ställen zu ihnen herein. »Die Zeiten ändern sich, wir merken es nur noch nicht. Am Anfang waren die Leute hier begeistert von der Revolution, viele haben sich die Köpfe heiß geredet und Ideen gesponnen. Ideen, ach was, Luftschlösser! Die Ernüchterung kam dann bald, und die bewunderten Revolutionäre wurden Feinde. Jetzt sind alle müde vom Krieg, den Zerstörungen und den Plünderungen. Auch in Frankreich ist man müde – dort herrschen Kämpfe, Terror, Aufstände von allen Seiten. Alle Parteien sehnen sich nach Ruhe und Ordnung, nach einem geregelten Leben, nach vollen Bäuchen und einer Flasche guten Weines auf dem Tisch.« Er richtete den Blick aus dem Fenster in eine imaginäre Ferne, wahrscheinlich nach Frankreich und zu dem dort lebenden, hungrigen, unzufriedenen Volk.

Jakob wiederum schenkte eilig nach, ein volles Glas für Krummbiegel, ein halbes für sich selbst.

»Ich sage Euch etwas, Herr Haug. Dieses Land ist reif.«
»Reif?«
»Ja, reif für den, der es pflückt.« Krummbiegel kicherte. Der Wein schien seine Wirkung zu tun. »Der Krieg hat eine Menge Karrieristen emporgespült. Die alten, adligen Generäle hat man einen Kopf kürzer gemacht, oder sie sind geflohen. Die Neuen, eilig in der Not ernannt, sind jung und ehrgeizig. Schaut Euch an, wie sie diese zerlumpte, unerfahrene Armee von Sieg zu Sieg geführt haben. Und einer von denen ...«

»Was ist mit einem von denen?«, fragte Jakob nach, um das nachdenkliche Schweigen des Mannes zu unterbrechen.

»Ja, mit einem von denen ... mit dem muss man rechnen«, ergänzte Krummbiegel, ohne genauer darauf einzugehen, wen er meinte.

Jakob wurde zunehmend neugierig. Was wusste der Mann wirklich? Oder waren das nur Hirngespinste? Krummbiegel hat gute Verbindungen nach Frankreich, sogar in die Hauptstadt, überlegte Jakob. In Ettlingen munkelte man auch so einiges über ihn. Er habe sein beträchtliches Vermögen, über dessen Höhe es die abenteuerlichsten Vermutungen gab, durch den Krieg angehäuft, habe mit allem Möglichen gehandelt, was man eben zum Führen von Armeen brauchte. Von Stoffen für Uniformen, Schuhe, Stiefel bis hin zu Gewehren war die Rede gewesen.

»Er heißt Bonaparte, Napoleon Bonaparte«, rückte Krummbiegel unvermittelt mit der Sprache heraus. »Ein seltsamer Name, nicht wahr? Der Mann kommt nicht direkt aus Frankreich, sondern von irgendeiner Insel im Mittelmeer. Aber man muss mit ihm rechnen. Er hat schon verschiedene Aufstände niedergeschlagen, erst im Auftrag der Jakobiner, jetzt im Auftrag des Direktoriums.«

Jakob runzelte die Stirn. Die Direktoren waren die neuen Herrscher über Frankreich – fünf Herren mit zweifelhafter Vergangenheit und allesamt Kriegsgewinnler. Einer von ihnen hieß Tallien, und diesen Namen hatte Jakob schon mehrfach im Zusammenhang mit Krummbiegel gehört. Die beiden sollten Geschäfte miteinander machen, so hieß es. Es musste also doch etwas dran sein an dem, was Krummbiegel da erzählte.

»Dieser Bonaparte ist klug und ehrgeizig. Von dem werden wir noch hören. Merkt Euch diesen Kerl, sage ich Euch! Diese Direktoren wiederum? Lachhaft. Das sind Geschäftsleute, keine Politiker.«

Jakob starrte Krummbiegel an. Aber er sah nicht mehr seinen Gesprächspartner vor sich, sondern einen großen, breitschultrigen Mann in Uniform mit einem Säbel und hoch zu Ross, so wie der kleine Martin sich die Soldaten immer vorstellte.

»Die Franzosen wollen Ordnung und Ruhe, und dieser Bonaparte ist der Mann, der ihnen das bringen kann. Da bin ich ganz zuversichtlich. Was die Franzosen im Krieg erobert haben, werden sie natürlich nicht wieder hergeben. Aber es wird Friede herrschen, und wir in Baden werden unseren Nutzen daraus ziehen. Deshalb, Herr Haug, will ich mein Geld vernünftig investieren. Ich habe am Krieg verdient, und jetzt will ich vom Frieden profitieren.«

Später würde Jakob noch öfter an dieses Gespräch zurückdenken. Er würde sich daran erinnern, dass er sich ein ganz falsches Bild von diesem Bonaparte gemacht und Josef Krummbiegel mit seiner Einschätzung richtig- und doch auch falschgelegen hatte. Den Menschen in Baden war es nach dem Friedensschluss mit Frankreich tatsächlich besser ergangen, aber es hatte weiterhin Krieg geherrscht, der auch Baden immer wieder in Mitleidenschaft zog. Genau genommen war dieser Napoleon Bonaparte auch indirekt verantwortlich für die beiden großen Katastrophen, die später über Jakob selbst hereinbrechen würden. Aber davon ahnte der Wirt noch nichts. In diesem Moment geisterte nämlich nur ein Satz Krummbiegels in seinem Kopf herum, der ihn dafür aber förmlich elektrisierte: »Deshalb will ich mein Geld vernünftig investieren.«

Wenn ich Krummbiegel davon überzeugen könnte, sein Geld im *Markgrafen* anzulegen … wenn ich ihm dafür eine Gewinnbeteiligung anbieten würde? Oder eine stille Teilhaberschaft? Nein, das besser nicht, ich will der Herr über das Haus bleiben. Er muss aber irgendwie einsehen, dass sein Geld gut bei mir investiert wäre. Die günstige Verkehrslage, die Stadt, die trotz aller Bedrückung der letzten Jahre stetig wächst, der erwartete Friede. Er glaubt an all die Möglichkeiten, die sich bieten. Vielleicht war das Kreuz, das Elisabeth geschenkt bekommen hat, ja ein Zeichen – ein Zeichen, dass es jetzt wieder aufwärtsgehen würde!

Ach was, schalt er sich, ich bin so abergläubisch wie die Bauern und die alten Weiber. Doch der Gedanke an das schicksalhafte Geschenk der französischen Gräfin wollte ihn nicht loslassen. Er war ein Sünder, gewiss. Er hatte sich über den Tod des Vaters gefreut. Und Magdalena? Auch das war eine Sünde, dass er sie immer wieder betrog. Aber Gott hatte ihm verziehen. Er hatte ihm Krummbiegel geschickt. Jetzt musste er den nur noch überzeugen. Es bedurfte nur einer letzten großen Anstrengung, dann war der *Markgraf* bald das, was er wollte: das erste Haus am Platz.

Mit der ganzen Kraft und Leidenschaft, deren er fähig war, erzählte er Krummbiegel nun von seinen Plänen, Visionen und Hoffnungen. Dabei stellte er sicher, dem Mann einen Wein nach dem anderen einzuschenken.

»... und die Küche – ich weiß, es liegt viel an der Küche, die muss unbedingt besser werden! Die Frauen kochen zu derb. Ich mag das Essen, ich bin nichts anderes gewöhnt, aber die vornehmen Herrschaften, die rümpfen die Nase. Ein Koch oder eine Köchin muss her!« Er sprach von notwendigen Anschaffungen und Reparaturen. »Die Soldaten haben vieles zerstört und kaputtgemacht, wie Ihr wisst. Aber das ist die Gelegenheit, alles zu verbessern, schöner herzurichten.« Er sprach auch von den Wechseln, die bald wieder fällig waren, er beschönigte nichts.

Krummbiegel saß währenddessen regungslos am Tisch, den langen, hageren Oberkörper nach vorne gebeugt und mit beiden Händen das schon wieder fast leere Glas umklammernd. Jakob fürchtete schon, Krummbiegel wäre vom Wein so berauscht, dass er ihm nicht mehr richtig hatte zuhören können, als dieser sich mit einem unvermittelten Ruck aufrichtete und ihm durchdringend in die Augen blickte. »Viele Worte, schöne Worte, Herr Haug. Ich verstehe schon, was Ihr wollt. Ich verstehe auch, in welcher Lage Ihr Euch befindet. Aber Ihr seid ein tüchtiger Mann, in mancher Hinsicht vielleicht zu tüchtig.« Er verzog die Lippen zu einem schiefen

Lächeln und machte eine fast unmerkliche Kopfbewegung in Richtung des Stalls, von dem immer noch die lärmende Stimme Martins zu hören war. »Aber was springt für mich dabei heraus? Wie lautet Euer Angebot?«

Verblüfft hielt Jakob für einen Moment die Luft an. Er hatte mit vielem gerechnet, aber nicht damit, dass Krummbiegel so schnell auf den Punkt kommen würde. Langsam ging er hinüber zum Schanktisch und öffnete eine weitere Flasche Rotwein, dann begann ein zähes Feilschen und Ringen. Eine Gewinnbeteiligung lehnte Krummbiegel rundherum ab, er wollte Teilhaber werden.

»Zwei Herren, das geht meistens schief«, wies Jakob diesen Vorschlag zurück.

Er würde ihm nicht in seine Entscheidungen hineinreden wollen, davon verstünde er nichts, versicherte Krummbiegel daraufhin. Er habe zwar daran gedacht, auf einem der Grundstücke vor dem Schloss einen gepflegten Gasthof einzurichten, aber auch den habe er eigentlich verpachten wollen.

»So denkt Ihr jetzt, aber was ist mit Euren Erben?«, antwortete Jakob daraufhin und versuchte möglichst taktvoll, die Tatsache zu umschreiben, dass Krummbiegel um einiges älter war als er.

»Meine Erben?« Krummbiegel lachte kurz auf, es klang sehr bitter. »Alle Welt weiß, dass ich keine Nachkommen habe, nur entfernte Verwandte. Meine Gemahlin ist krank und versteht sowieso nichts vom Geschäft. Nein, nein, von der Seite ist nichts zu befürchten. Wenn Ihr wollt, schreiben wir es genau so auf. Dass meine Teilhaberschaft nach meinem Tod wieder auf Euch übergeht, meinethalben auch auf Eure Tochter.«

Jakob war so erstaunt, dass er für einen Augenblick mit offenem Mund dasaß. »Aber ... ich verstehe nicht. Was habt Ihr dann von dem Handel?«

»In jedem Fall die Gewinnbeteiligung. Wir rechnen ordentlich ab – und ich will zusätzlich stets einen genauen Überblick über die Finanzen. Alles andere überlasse ich Euch. Sollte das Haus nicht wirtschaftlich und mit Gewinn geführt werden, kündige ich die

Teilhaberschaft auf, und Ihr steht mit der investierten Summe bei mir in der Kreide. Das muss Euch klar sein.«

Jakob nickte stumm.

»Ich biete Euch weiterhin an, alle Schulden auszugleichen und die gleiche Summe für die vorgesehenen Investitionen an Euch auszuzahlen.«

Jakob nickte wieder. Ich träume, dachte er, ich träume, aber ich möchte nicht aufwachen!

»Ihr fragt Euch jetzt sicherlich, warum ich das mache, so schnell und ohne Sicherheit von Eurer Seite. Denn es könnte ja gut sein, dass Ihr Euch eines Tages auf und davon macht und ich auf den Schulden sitzen bleibe.« Unvermittelt richtete er den Blick auf Jakob. »Ich sage Euch etwas«, fuhr Krummbiegel fort. »Ich bin felsenfest überzeugt davon, dass Ihr das niemals tun würdet. Ihr würdet den *Markgrafen* nie im Stich lassen. Das Haus ist Euer Leben. Ihr setzt all Eure Kraft für Euer Ziel ein, aus diesem Betrieb etwas zu machen. Das gefällt mir!«

Mir scheint, dass er mich mit diesem jungen General, diesem Bonaparte, vergleicht, dachte Jakob und war zugleich belustigt und gerührt.

»Ja, das gefällt mir«, wiederholte Krummbiegel und ließ seinen Blick durch den Schankraum schweifen. »Ich gebe allerdings zu, dass ich gespannt bin, was Ihr noch aus dem Haus macht. Geld ist etwas Schönes, es ist die wahre Freiheit, wenn man es richtig zu nutzen weiß. Die Revolutionäre mit ihren Hirngespinsten von der Freiheit des Menschen – was haben sie denen denn gebracht? Nur neue Unfreiheit! Nein, nur Geld ist die wahre Freiheit. Aber …« Er ließ dieses letzte Wort bedeutungsträchtig in der Luft hängen, bis Jakob es nicht mehr aushielt und eifrig nachhakte: »Aber? Was meint Ihr damit?«

»Je älter ich werde, desto mehr bemerke ich, dass mir etwas fehlt. Nicht Kinder oder Familie, daran habe ich mich gewöhnt. Ich genieße meine Sicherheit und Unabhängigkeit sogar sehr, aber dennoch vermisse ich etwas in meinem Leben: eine neue Herausforderung. Früher habe ich das in meinen Geschäften gefunden, in dem Nervenkitzel, ob eine Investition gelingt, und in der Freude, wenn es tatsächlich geglückt ist.«

»Und diese Herausforderung wollt Ihr hier im *Markgrafen* finden?« Jakob machte eine weit ausholende Handbewegung. »Hier?«

»Ja, hier! Ich möchte dabei sein, helfen, wenn Ihr dieses Haus gestaltet und etwas Eigenes daraus schafft.« Er lächelte. »Als ich meine Pläne für den Schlossvorplatz machte, da habe ich sogar daran gedacht, Euch zu fragen, ob Ihr nicht mein neuer Pächter werden wollt. Ja, ja, ich weiß, Ihr hättet abgelehnt«, warf er hastig ein, als er Jakobs verdutztes Gesicht sah. »Euer Herz hängt an diesem Haus. Also würde ich gern bei Euch mitmachen anstatt umgekehrt. Könnt Ihr das verstehen?«

»Ja«, sagte Jakob gedehnt. Er musste Zeit gewinnen, so ganz verstand er nämlich noch immer nicht, was der Mann da beabsichtigte. Er wollte wirklich dabei helfen, dass Jakob den *Markgrafen* voranbrachte? Misstrauen machte sich in ihm breit. Das musste doch eine Falle sein. Vielleicht wollte er Jakob und seine Familie vom *Markgrafen* vertreiben, ihn selbst übernehmen? Er blickte in das Gesicht seines Gegenübers. Es war leicht gerötet vom Wein, die Augen schon etwas glasig. War das die Laune eines Betrunkenen, morgen schon wieder vergessen? Die Schwafelei eines angeheiterten Geschäftsmanns? Aber dann sah er dessen erwartungsvolles Lächeln. Ja, er würde es wagen! Schließlich hatte Gott ihm mit der goldenen Kette ein Zeichen geschickt. Mit Magdalena hatte alles angefangen, mit Krummbiegel ging es nun weiter – und dafür musste er auch etwas riskieren.

»Ich bin mit allem einverstanden. Aber es muss aufgeschrieben werden, *genau* aufgeschrieben.«

»Versteht sich«, sagte Krummbiegel, »gleich morgen gehe ich zum Notar. Schlagt ein, Herr Haug.« Er streckte ihm die Hand entgegen, und Jakob ergriff sie. Er dachte plötzlich wieder an den jungen General, auf den Krummbiegel sehr große Stücke hielt. Dieser – wie hatte er gleich noch geheißen? Es war ein ganz und gar seltsamer Name gewesen.

Oktober 1805

Rasselnd fuhr die Kutsche über den gepflasterten Hof und hielt unmittelbar vor der Eingangstür. Die Pferde schnaubten laut und warfen ihre verschwitzten Köpfe nach hinten, Schaum tropfte aus ihren Mäulern. Jakob schüttelte missbilligend den Kopf. Michel, dieser Tropf von Kutscher, war wieder einmal wie der Teufel gefahren, obwohl er ihm schon mehrfach verboten hatte, die Rösser so anzutreiben.

»Was, wenn die Kutsche umkippt und mitsamt den Fahrgästen im Graben landet? Oder sich eines der Pferde verletzt? Kostet alles Geld, vom Ärger ganz zu schweigen!«, schalt er den jungen Kutscher. Im Stillen dachte er dabei jedes Mal an den anderen Heißsporn, den Cornelius, der wochenlang mit gebrochenem Bein im Spital gelegen und mit dessen Unfall seine Pechsträhne damals begonnen hatte. Glücklicherweise war seither bis auf ein paar kleine Zwischenfälle nichts mehr passiert, und so quittierte Michel die Ermahnung nur mit einem kecken Lächeln.

Die Reisenden kletterten steifbeinig aus der Kutsche. Jakob taxierte sie mit einem raschen Blick: Zwei gediegen gekleidete Herren, vermutlich Kaufleute, mit Röcken aus feinem dunkelgrünem und braunem Tuch sowie ein junges Pärchen, das aussah, als wäre es auf Hochzeitsreise. Die Dame war trotz des schon kalten Herbstwetters in modischen, geblümten Musselin gekleidet, hatte ein fein geschnittenes, hübsches Gesicht und nussbraune Locken, die unter ihrem Strohhut mit der großen Schute hervorblitzten. Der zu ihr gehörende junge Mann im blauen, gut geschnittenen Rock reichte ihr galant die Hand und hielt sie dann zärtlich fest. Ihnen folgte eine ältere Dame, die ihr Haar noch gepudert trug und auch sonst an der früheren Mode festhielt. Sie war in der Taille geschnürt, der lilafarbene Stoff des Kleides bauschte sich allerdings nur noch mäßig um die ausladenden Hüften.

Jakob verbeugte sich tief. Er sah gut aus, wie er fand, sehr vorteilhaft in seiner schwarzen, bestickten Weste und dem schneeweißen Hemd mit den weiten Ärmeln. Seine Stiefel glänzten, und mit seinen breiten Schultern und der kraftvollen Gestalt war er eine sehr respektable Erscheinung. Während er die Gäste ins Haus führte, betrachtete er sich heimlich im Spiegel, der neuerdings im Flur des Gasthauses hing – ein prachtvolles Stück mit breitem, geschnitztem Rahmen. Auf der kleinen Vitrine mit den geschwungenen Beinen dufteten die letzten Rosen aus dem Garten. Alles war schön und sehr geschmackvoll eingerichtet, genau so, wie er es wollte.

Jakob öffnete die Tür zum neuen Speiseraum, der in einem Anbau untergebracht war, der sich rechtwinklig zum alten Gebäude hin befand, und komplimentierte die Gäste mit einer Verbeugung hinein. Wie überall im *Markgrafen* hatte Krummbiegels Geld auch hier zu einer besonders üppigen Ausstattung verholfen: Gepolsterte Stühle, Tischdecken und Servietten aus fein gesponnenem Leinen zierten den Raum, ein großer Kerzenleuchter stand auf dem Serviertisch, und über allem hing ein aromatischer Duft, der aus der Küche herüberwehte.

Unwillkürlich rieb sich Jakob die Hände und bemerkte zu seiner tiefen Befriedigung, dass auch die Gäste eine wohlwollende Miene zeigten. Die Kaufleute nickten sich sogar beeindruckt zu, als wollten sie sagen: »Hier ist's gut, hier gefällt's uns.« Das waren eben vornehme und gebildete Leute, die so etwas zu schätzen wussten, kein Publikum für den Schankraum, in dem die Bauern und Handwerker saßen, die vom Markt in Ettlingen kamen.

In der großen Gaststube saß jetzt meist auch Josef Krummbiegel. Seine Frau war im letzten Jahr gestorben. Regelrecht verkümmert sei sie wie eine Pflanze ohne Licht und Wasser, hatte der alte Geschäftsmann Jakob anvertraut. »Sie wollte nicht mehr leben, hat nicht mehr getrunken und gegessen. Man konnte nichts machen.«

Er schien wirklich traurig zu sein, obwohl sie doch schon lange krank gewesen war und er nie mit besonderer Zuneigung von ihr gesprochen hatte. Aber Jakob wusste seit ihrem Gespräch um die Teilhaberschaft vor neun Jahren, dass sich unter seiner rauen Schale ein weicher Kern befand. Mit der Zeit trat diese sorgsam verborgene Seite in Krummbiegels Wesen immer stärker hervor. Er kam jetzt fast täglich in den *Markgrafen*, schwatzte mit den Gästen und genoss einen Roten. Je mehr er trank, desto weinerlicher und redseliger wurde er, sprach von seiner »geliebten Emilie«, die ihn verlassen hatte, und von seinem Leben, dem es trotz seines Geldes an vielem gemangelt habe. Was genau er außer den fehlenden Kindern damit meinte, verriet er nie. Vielleicht wusste er es auch selbst nicht. Am liebsten aber sprach Krummbiegel von Napoleon Bonaparte, dem neuen Kaiser der Franzosen. Den wundersamen Aufstieg des jungen Generals hatte er mit großem Enthusiasmus verfolgt. Hatte er es nicht von Anfang an gesagt, dass dieser Mann etwas Großes werden würde? Hatte er nicht prophezeit, dass er Frankreich Ruhe und Ordnung bringen würde?

»Und was ist mit den Kriegen, die er dafür angezettelt hat?«, pflegte Jakob dann sarkastisch einzuwerfen, aber auf derlei Kommentare hatte der alte Geschäftsmann meist nur mit einer abweisenden Handbewegung reagiert.

Martin saß oft am Tisch Krummbiegels und hörte ihm staunend und mit halb geöffnetem Mund dabei zu, wie dieser seine Erzählungen immer weiter ausschmückte, bis aus dem Kaiser eine Art Gottheit wurde, die, aufgestiegen aus kleinsten und ärmlichsten Verhältnissen, der Welt das Heil gebracht hatte.

Der Gedanke an seinen Sohn lenkte Jakob für einen kurzen Moment ab. Er hatte gerade angefangen, den Gästen einen passenden Wein zum Essen zu empfehlen. »Zum Rehrücken unbedingt einen Roten, meine Herren, wir haben einen ausgezeichneten Spätburgunder. Zum Fisch würde ich einen Riesling vorschlagen, Gnädigste. Ich habe im Keller einen sehr guten aus dem Elsass. Ja, wir machen Geschäfte mit den Elsass, sind jetzt sogar Bundesgenossen der Franzosen.« Teile des Elsass haben uns Badenern nämlich einmal gehört, fügte er im Stillen hinzu, aber wir haben viel mehr dafür bekommen. So gesehen hat Krummbiegel recht, es geht uns gut mit diesem Napoleon. Bei der Erwähnung des Nachbarvolks kam ihm erneut Martin und seine Liebe für die französischen Soldaten in den Sinn. Bestimmt saß der Junge wieder im Schankraum und hing an Krummbiegels Lippen. Woher kam nur diese Begeisterung für das Militär, für alles, was irgendwie mit Waffen und Pferden zu tun hatte? Gut, er war mit dem Krieg aufgewachsen, da dieser immer wieder Ettlingen gestreift hatte, aber das war noch keine ausreichende Erklärung. Woher kam diese glühende Begeisterung für Menschen, die sich in den Tod stürzten? Vielleicht war es aber auch eher die Möglichkeit, anderen Gewalt zuzufügen, die ihn nicht losließ. Jakob musste der Wahrheit ins Auge sehen: Sein Sohn war grausam. Mehrfach hatte er schon miterlebt, wie er die Pferde misshandelte. Neulich hatte er ihn zudem dabei erwischt, wie er Mimi, die Katze, halb totgeprügelt hatte. Ich muss ihn härter anpacken, ihm die Flausen austreiben. Er ist eben ein unreifer Junge mitten im Wachstum, das wird sich noch geben, versuchte er sich wie immer zu beruhigen.

Vor wenigen Tagen hatte es ein großes Ereignis in der Stadt gegeben. Napoleon höchstpersönlich hatte im Schloss Quartier bezogen, um mit dem Markgrafen Karl Friedrich zu verhandeln. Aus dem Markgrafen von Baden sollte nun ein König werden, wie man hörte – einer von Napoleons Gnaden wie auch sein württembergischer Verwandter, der dicke Friedrich, und der Herzog von Bayern. Ja, Reitzenstein war tatsächlich erfolgreich gewesen. Baden hatte nach dem erzwungenen Frieden die Gebiete westlich des Rheins abgeben müssen, jedoch hatten sie durch ihn neue Areale vor allem im Süden und Norden dazubekommen. Aus dem Verlierer war ein Sieger geworden, wenn auch nur mit der Zustimmung Napoleons, der einen zuverlässigen und ergebenen Nachbarn wollte.

Martin war jeden Tag zum Schloss gerannt, um einen Blick auf den »großen« Kaiser zu erhaschen, der in Wahrheit noch viel kleiner war, als man ihn sich vorgestellt hatte. Mit dessen Besuch waren auch erneute Einquartierungen verbunden gewesen, der Durchzug von Truppen, die schließlich wieder ausrückten, um in einem neuen Krieg gegen Österreich und Russland zu siegen. Der badische Markgraf sollte einen Teil dazu beitragen und seine Landeskinder für diesen Feldzug zur Verfügung stellen, doch die meisten Männer versuchten alles, um diesem Schicksal zu entkommen. Aber ohne Erfolg: An vielen Orten in der Stadt, überall, wo Sohn oder Bruder in den Soldatendienst gezwungen wurden, konnte man Weinen und Wehklagen hören – war es ja vielleicht ein Abschied für immer. Und sein Martin – unwillkürlich seufzte Jakob auf – sein Martin hatte doch tatsächlich seine Tasche gepackt! Um sich freiwillig zu melden, wie er ihm mit schlechtem Gewissen, aber auch mit einem gewissen Stolz verkündet hatte. Nur die Androhung einer ausgiebigen Tracht Prügel, die durch eine kräftige Ohrfeige nachdrücklich unterstrichen wurde, hatten ihn davon abhalten können. »Sie werden dich als Grünschnabel auslachen und nach Hause schicken!«, hatte Jakob seinen Sohn angeschrien. Martin hatte sich daraufhin gefügt, aber der Junge wurde älter, und die Kriege schienen nicht aufzuhören.

»Hört Ihr, Herr Wirt, ich habe Euch jetzt schon mehrere Male etwas gefragt. Wo seid Ihr nur mit Euren Gedanken?«

Jakob zuckte zusammen und bemerkte, dass er misstrauisch von einer vornehmen älteren Dame beäugt wurde.

»Entschuldigt, Euer Gnaden, ich war gerade abgelenkt, was für einen Wunsch habt Ihr?«

»Welchen Eindruck habt Ihr von diesem Napoleon? Ihr habt ihn doch gesehen, oder nicht?«

Angestrengt versuchte Jakob, seine Aufmerksamkeit auf die Frage der Dame zu richten, aber es gelang ihm nicht so recht. »Ja, dieser Bonaparte ... ich meine, der Kaiser der Franzosen ... wie soll ich sagen?« Insgeheim dachte er sich aber: Ein *Kaiser*? Lachhaft! Da brachen die Franzosen eine Revolution vom Zaun und köpften ihren König, nur um kurz darauf einen Kaiser zu bekommen! Aber das würde sich bestimmt rächen. So, wie sich auch bei ihm sicher alles rächen würde. Schluss damit, befahl Jakob sich selbst und unternahm große Anstrengungen, seinem Gast Napoleon zu beschreiben, obwohl er ihn nur ganz kurz auf dem Schlossvorplatz in Begleitung seiner prächtig aufgeputzten Marschälle und des greisen Markgrafen gesehen hatte. Er versuchte, seine Enttäuschung zu bemänteln, dieser kleine, geradezu feiste Kerl sollte das viel gepriesene militärische Genie sein, der große Organisator und Gesetzgeber, Krummbiegels Abgott?

»Der Kaiser wirkte bescheiden, wenn ich das so sagen darf, er trug nur eine schlichte grüne Uniform und keine Abzeichen. Man merkte aber dennoch, dass er, nun ja, dass er der Gebietende, der Herr war«, sagte er schließlich. Ja, dieser Mann hatte eine enorme Kraft ausgestrahlt, fügte er im Stillen hinzu. Wider Willen war auch Jakob angezogen gewesen von der Energie, die Bonaparte ausstrahlte. Nun verstand er, was Krummbiegel damals mit dem unerschütterlichen »Hunger« des Mannes gemeint hatte.

Jakob riss sich von seinen Gedanken los und ging von Tisch zu Tisch, um den Gästen einen guten Appetit zu wünschen. Allen schien es sehr gut zu schmecken. Die Köchin, die er über Umwege gefunden und vor einem Jahr eingestellt hatte, war ein wahrer Glücksgriff gewesen. Er hatte sich damals, nach dem entscheidenden Gespräch mit Krummbiegel, überall umgehört und war auch in verschiedenen Gasthäusern eingekehrt, um deren Küche zu probieren. In Offenburg, der einstmals freien Reichsstadt, die jetzt wie viele andere seit zwei Jahren zu Baden gehörte, war er auf einen jungen Mann gestoßen, der im ersten Haus am Ort arbeitete. Jakob war begeistert gewesen von dessen Hirschbraten, und so hatte er ihn mit der Aussicht auf ein gutes Gehalt, von dem Jakob selbst nicht so richtig wusste, ob er es überhaupt zahlen konnte, nach Ettlingen gelockt. Der Jungkoch hatte die Gelegenheit natürlich sofort beim Schopfe gepackt, und binnen kürzester Zeit hatte es sich herumgesprochen, dass es im *Markgrafen* nun eine ausgezeichnete Küche gab. Aber dann passierte Jakob dasselbe, was er seinem Kollegen in Offenburg zugefügt hatte: Sein hoffnungsvoller Koch wurde abgeworben von einem Hotelier und Restaurantbesitzer aus Durlach. Jakob hatte sich darauf erneut auf die Suche nach einem neuen Koch gemacht und war nach mehreren Versuchen schließlich auf Jule gestoßen.

Die runde und rotgesichtige Frau war von erfrischender Direktheit. »Mir schmeckt's selber gut, wie man sehen kann«, pflegte sie im breitesten alemannischen Dialekt zu sagen. »Und ich will, dass es den Leuten auch schmeckt.«

Das tat es, meistens jedenfalls, denn Jule kochte zwar schmackhaft, aber mit den Gewürzen hatte sie es auch nicht so. »Schnittlauch und ab und zu etwas Petersilie, das langt«, war ihre Devise, und die Gäste waren damit meistens zufrieden.

Jakob ging durch die Küche, begrüßte Jule, die seitlich am Herd kniete, um einige Scheite Holz nachzuschieben, und trat dann hinaus auf den Hof, um nach Martin zu rufen. Niemand antwortete. Verflucht, wo trieb er sich herum? Es gab Arbeit, sogar viel, aber er steckte wahrscheinlich wieder mit dem Kopf in den Wolken. Schließlich ging er um den Hof herum und betrat den großen Schankraum durch die Vordertür. Da saß sein Sohn doch tatsächlich wieder bei Krummbiegel!

»Wo steckst du denn wieder einmal?«, herrschte ihn der Vater an. »Ich hab dich überall gesucht und gerufen! Hast du es nicht gehört?«

Martin öffnete den Mund und fuhr sich mit der Zunge über die Lippen. Bevor er antworten konnte, ergriff aber Krummbiegel das Wort: »Ich fürchte, ich bin schuld, mein lieber Haug. Habe ihn mit meinen Geschichten festgehalten.«

Ja, du hast ihm mal wieder Flausen ins Ohr gesetzt, dachte Jakob grimmig. Ach was, Hirngespinste sind das!

»Ich habe Martin gerade von der Kaiserkrönung im letzten Jahr erzählt, es war …«

»Ihr wart doch gar nicht dabei!«, fiel ihm Jakob grob ins Wort.

»Aber ich habe viel darüber gelesen. Und ich kenne einen, der stand am Straßenrand, nicht weit weg von Notre Dame. Er hat den Kaiser gesehen, wie er in der Kutsche vorbeifuhr, und auch die schöne Josephine!«

»Martin, geh und trage die Briefe aus, die gerade mit der Frankfurter Kutsche gekommen sind«, unterbrach Jakob die enthusiastischen Beschreibungen der Krönung Napoleons erbost. Krummbiegel ging ihm gehörig auf die Nerven. Dabei sollte er ihm eigentlich dankbar sein, denn sein Geld hatte den *Markgrafen* damals gerettet. Jakob konnte ihm mittlerweile nicht nur die Gewinnbeteiligung ohne Probleme auszahlen, sondern jedes Jahr sogar noch eine immer größere Summe draufschlagen, um den Kredit, den Krummbiegel ihm gewährt hatte, Stück für Stück zu tilgen. Er wollte endlich wieder unabhängig sein, wieder die Gewissheit haben, dass das Haus ihm allein gehörte. Wenngleich er auch zugeben musste, dass sich Krummbiegel nie einmischte. Er saß nur immer öfter im Schankraum, trank und schwadronierte.

»Vater«, Martins Stimme drang an sein Ohr, »kann das nicht die Elisabeth besorgen? Ich muss nachher dem Simon bei den Pferden helfen.«

Ein Vorwand. Jakob unterdrückte nur mühsam seinen Zorn. Der Junge wollte lieber hier hocken bleiben und Krummbiegel weiter zuhören. Das Zustellen der Briefe war nämlich eine Tätigkeit, die er verabscheute, weil sie ihm weibisch und nicht angemessen für einen zukünftigen Offizier vorkam.

»... verspreche dir, nachher auch den Stall auszumisten und ...«

Jakob zuckte zusammen. Er hatte gar nicht gehört, dass Martin weiter mit ihm gesprochen hatte, zu sehr war er in seine finsteren Gedanken vertieft. Dem flehenden Blick seines Sohnes konnte er nicht widerstehen. Er hatte die Augen seiner Mutter.

Ach, Franziska ... Sie war auch so eine Sorge, die er mit sich herumschleppte.

Besänftigt sagte er: »Es ist schon gut. Dann leiste Herrn Krummbiegel noch ein bisschen Gesellschaft und mache dich anschließend an die Arbeit. Ich schicke Elisabeth.«

Jakob wusste eigentlich, dass er Martin nicht nachgeben durfte, dass er ihn dadurch noch mehr verzog, ihn bevorzugte. Es war Unrecht gegenüber Elisabeth, das war ihm klar. Aber Martin war sein Sohn, sein Erbe. Ihm würde einmal alles gehören. Warum sollte er dann die Briefe austragen?

Er rief nach einer der Mägde und gab ihr den Auftrag, Elisabeth zu suchen. Schon nach kurzer Zeit stand sie vor ihm. Jakob vermied es, Elisabeth direkt anzusehen. Seltsam, dass er seiner eigenen Tochter nicht ins Gesicht schauen konnte. Das liegt an ihrem Blick, dachte er. Dieser seltsam eindringliche Blick, der einem durch und durch ging. Ich werde dieses merkwürdige Mädchen einmal schwer verheiraten können. Er musterte sie verstohlen. Eigentlich ist sie ja ein ganz hübsches Mädchen, dachte er mit einem Anflug von Stolz. Sind schon zwei kleine, feste Brüste da, die werden noch größer. Und sie sieht auch nicht mehr so mager aus, kein Wunder, bei den guten Bissen, die Magdalena ihr zusteckt. Glaubt wohl, ich merke es nicht, von wegen! Aber ich sage nichts, kann's ja verstehen. War auch nicht leicht für Magdalena und die Kleine, seit ich den Martin ganz ins Haus geholt habe.

Jakob sah hinüber zu dem Tisch, an dem Krummbiegel nun laut mit einem jungen Händler aus Gengenbach diskutierte. Der verkaufte alles Mögliche, vor allem lauter Kram aus Spitze und Bändern, auf den die Frauen ganz wild waren.

»Was ärgert Ihr Euch denn, dass Ihr jetzt Teil der Markgrafschaft Baden seid«, giftete Krummbiegel. »Seid doch froh, dass Ihr jetzt zu einer großen und angesehenen Herrschaft gehört, das kann Eurem Geschäft nur förderlich sein. Im ganzen badischen Land könnt Ihr Eure Waren ohne Einschränkungen und unter dem Schutz unseres gnädigsten Herrn, des Markgrafen, verkaufen.«

»Ich will aber nicht unter dem Schutz des ›gnädigsten Markgrafen‹ stehen«, ereiferte sich der junge Händler. »Ich will weiter ein *freier* Bürger der *freien* Reichsstadt Gengenbach sein. Sind wir denn überhaupt gefragt worden, was wir wollen? Da kommt dieser Napoleon daher und malt die Landkarte um, gerade wie es ihm beliebt. Und überhaupt: Kaiser? Kaiser der Franzosen, dass ich nicht lache! Der hat sich die Krone doch selbst aufgesetzt, wie man hört.«

»Seid vorsichtig, seid vorsichtig«, mahnte Krummbiegel mit unterdrückter Stimme, obwohl die Gaststube fast leer war. »Ihr redet über den wichtigsten Bündnispartner unseres Herrn.«

Der junge Mann lachte höhnisch auf. »Worin besteht denn dieses Bündnis? Wir müssen kuschen und unsere Söhne an ihn verfüttern, nur damit er seine Kriege weiterführen kann!«

»Ihr seht die Vorteile noch nicht, die Euch, ja uns allen, erwachsen«, erwiderte Krummbiegel. »Wie war es denn bisher? Überall waren wir Knechte irgendeines Herrn, und auch Ihr wart dem hochwohllöblichen Magistrat, den großen Herren der Stadt Gengenbach, untertan. Jetzt gehört Ihr zu einem neuen, wichtigen Herrschaftsgebiet mit Bürgern, die alle dieselben Rechte haben.«

»Was für ein Geschwätz!«, fuhr ihn der Händler grimmig an. »Wisst Ihr, worin wir wirklich gleich sind: dass wir jetzt alle unter derselben Knute leben, mehr nicht!«

»Denkt doch nur an das neue Gesetzbuch, das der Kaiser letztes Jahr in seinem Land eingesetzt hat und das auch jetzt in etlichen deutschen Gebieten gilt. Darin wird festgeschrieben, dass alle Bürger gleich sind und auch gleiche Rechte haben. Das ist jetzt festgeschrieben! Kann keiner mehr kommen und sagen: ›Gebt mir dies und gebt mir das.‹«

Er hielt für einen Moment inne und fügte dann ergriffen hinzu: »Bald wird Friede sein. Nur noch dieser eine Krieg gegen die Österreicher, Russen und die Schweden. Dann ist Ruhe, dann ...«

»Dann sind auch alle anderen unter derselben Knute, das meint Ihr doch, oder?«, höhnte ein älterer Bauer, der, von dem Streitgespräch angelockt, mit seinem Bierkrug in der Hand an den Tisch getreten war.

»Ja, unter derselben Knute, meinetwegen. Was wäre daran so schlecht? Wenn ich mir überlege, dass dieses Genie ...«

Die Hände wütend zu Fäusten geballt, wandte Jakob den Blick ab. Diese Tiraden Krummbiegels kannte er nur zur Genüge. Außerdem wollte er nicht dabei zusehen müssen, wie sein Junge wieder an den Lippen des alten Mannes hing. Wird sich verwachsen, tröstete er sich, das wird sich schon verwachsen. Aber dann schaute er doch noch einmal zu dem Tisch zurück, an den mittlerweile die beiden noch vorhandenen Gäste getreten waren und Krummbiegel umringten.

Der alte Mann muss aufpassen, dachte Jakob. Er hat in letzter Zeit immer so einen roten Kopf und zittert so seltsam. Neulich war dem Geschäftsmann wieder ein Glas aus der Hand gefallen. So hatte es auch beim Wiesenmüller angefangen, bis ihn eines Morgens dann der Schlag getroffen hatte – mitten in der Küche, wo Franziska den Haferbrei rührte. Der Müller hatte zwar noch gelebt, er war danach aber nicht mehr als ein lallendes Bündel gewesen. Ein paar Wochen später war er schließlich gestorben, hineingedämmert in die schwarze Leere, an deren Rand er schon vorher gestanden hatte. Die Mühle musste daraufhin verkauft werden, und Franziska war in eine Wohnung mitten in der Stadt gezogen. Jakob bezahlte ihr die Miete, das war er der Mutter seines Sohnes schuldig. Er gab ihr auch sonst alles, was sie zum Leben brauchte, und sie verdiente etwas hinzu, indem sie Näharbeiten verrichtete. Franziska beklagte sich nie, obwohl er wusste, wie unglücklich sie war. Ihr Sohn war lieblos und kümmerte sich wenig um sie. Zudem lebte er bei dem Vater, der sie nie würde zur Frau nehmen können – wie auch, er war ja schon verheiratet! Wie hatte sich Franziska damals die Knie wund gescheuert in der Kirche, hatte auf dem kalten, harten Boden gebetet und geweint, nachdem sie bemerkt hatte, dass sie schwanger war. Hatte erst gefleht, dass Gott ihr das Kind im Leib töten soll. Dann, als der Junge geboren war, hatte sie dafür gebetet, dass es ihm gut gehen und Jakob sich zu ihm bekennen möge. Martin hatte sie ihren Sohn genannt, nach dem heiligen Martin, dem Schutzpatron der Kirche. Vielleicht lag es ja daran, dass er so für das Militär schwärmte, schließlich war der Heilige auch einmal Soldat gewesen, bevor er sich dem Bischofsamt zugewandt hatte. Hoffentlich würde bei seinem Martin mit der Zeit auch so ein Wandel eintreten, dachte Jakob.

Eigentlich müsste ich ihn jetzt wegholen, müsste ihn zum Stall und den Pferden schicken, wie es ausgemacht war. Und dann durchzuckte blitzartig ein neuer Gedanke seine Überlegungen, nur flüchtig zwar – die Bösartigkeit jedoch erschreckte ihn. Aber dieser Gedanke ließ sich nicht abschütteln, krallte sich an ihm fest wie ein Insekt, das dann tief in die Haut stach, um sein Gift abzusondern. Krummbiegel! Der rote Kopf! Er trank viel zu viel in letzter Zeit. Bezahlen konnte er, keine Frage, er ließ sich aber auch freihalten von den anderen Gästen, die ihn animierten, seine Napoleon-Geschichten zu deren Amüsement zum Besten zu geben. Der reiche und stolze Handelsmann merkte gar nicht, dass er zum Gespött der Leute geworden war. Aber was wäre, wenn man da ein bisschen nachhelfen würde? Hier und da noch ein Viertele »aufs Haus«… Beim Wiesenmüller war es der Schnaps gewesen, Schnaps wirkte schneller, vielleicht könnte man …? Hör auf damit, um Himmels willen! Jakob erschrak über sich selbst. Fort damit, nur fort mit diesen bösen Vorstellungen! Aber eine kleine Stimme flüsterte auf einmal: Frei sein von Krummbiegel! Und das Haus gehört wieder dir ganz allein! Frei sein wie damals vom Vater!

»Vater?«, hauchte eine andere Stimme dicht neben ihm. Er zuckte zusammen. Richtig, Elisabeth stand vor ihm, seine Tochter, sein eheliches und doch weniger geliebtes Kind. »Vater«, wiederholte sie, »du hast nach mir geschickt?«

»Ja«, antwortete er kurz angebunden. »Ich habe einen Auftrag für dich.«

»Gewiss.«

»In der Küche liegt der Beutel mit den Briefen, die der Postillion gebracht hat. Trage sie aus und kassiere die Gebühr. Du weißt ja Bescheid.«

Es werde alles besorgt, murmelte sie und senkte den Blick.

Als ob sie wüsste, dass ich es nicht mag, wenn sie mich so direkt anschaut, dachte Jakob mit einem Anflug von Schuldbewusstsein. Er sah ihr nach, wie sie leise und schüchtern aus dem Raum ging. »Dingelchen« hatte er sie zuvor genannt, aber sie war bei Weitem kein Dingelchen mehr, entschied er jetzt. Auch ihre Hüften waren schon wohlgerundet, und den Kopf mit der Fülle des flachsblonden Haares hielt sie meist recht anmutig. Schon fast eine junge Frau – nun, vielleicht kann ich sie ja doch gut verheiraten, trotz ihrer Schüchternheit und ihres Blicks. Er griff zu einer der Schnapsflaschen, die in einer langen Reihe seitlich des Schanktisches standen.

»Eine Runde aufs Haus!«, rief er zu Krummbiegels Tisch hinüber. Zustimmendes und beifälliges Gemurmel war die Antwort. Er schenkte die Gläser ganz voll. »Ein guter Brand, Mirabelle, aus der Nähe von Straßburg. Auf neue, bessere Zeiten!« Er prostete den Männern zu.

Später sollte er sich immer wieder daran erinnern, dass er mit diesem Glas eine neue Sünde begangen hatte, die wohl schlimmste überhaupt: Nicht nur den Tod eines Menschen zu wünschen, sondern zu seinem Ende beizutragen. Er würde dafür bestraft werden.

Es war am späten Nachmittag, als Magdalena die Küche betrat, in der sich Jakob gerade mit der Köchin besprach. Er wollte, dass sie das Reh zubereitete, das er vor einigen Tagen gekauft hatte.

»Ein Rehrücken mit einer guten Soße, das wäre das Richtige für die Gäste. Es sind vornehme Herrschaften darunter, die wissen so etwas zu schätzen.«

Jule widersprach: »Das Reh ist noch nicht genug abgehangen. Und im Übrigen ...«

Was die Köchin noch hatte einwenden wollen, sollte Jakob nie erfahren, denn Magdalena unterbrach ihn schroff: »Elisabeth ist noch immer nicht zurück! Ich mache mir Sorgen. Sie ist doch schon so lange fort.«

Jakob warf einen Blick aus dem Fenster. Die Sonne stand tatsächlich schon ziemlich tief, warf ihre letzten Strahlen schräg in die Küche herein, sodass die Schöpfkellen, Messer und übrigen Küchengerätschaften, die an der Wand hingen, blitzten.

»Ich mache mir solche Sorgen«, wiederholte Magdalena mit zittriger Stimme. Jakob sah sie voll Abneigung an. Was würde das jetzt wieder geben? Einer der üblichen tränenreichen Ausbrüche, ein Schwall von Vorwürfen, hervorgebracht unter heftigem Schluchzen? Und wie sie überhaupt aussah! Das hübsche rosige Gesicht von einst war gänzlich eingefallen, die gelbgraue Haut spannte über den Knochen, die Augen lagen tief in ihren Höhlen. Sie waren stumpf und ohne Leben. Im Gegensatz dazu war ihr

Leib geschwollen, der Bauch sah aus wie eine pralle Kugel. Die festen Brüste, die er so geliebt hatte, hingen nun wie zwei leere Säcke herab.

Ekel erfüllte ihn, wenn er sie jetzt ansah. Auch das war Sünde, er wusste es. Denn Magdalena war krank. Vor einigen Wochen war er wieder mit ihr in der Stadt gewesen, beim Doktor, weil sie ständig über Schmerzen klagte und nicht mehr schlafen konnte.

»Das kommt nicht vom Essen«, sagte der Arzt, als Jakob ihn auf den unförmigen Körper seiner Frau ansprach. »Das ist alles Wasser. Dazu die gelbe Farbe der Haut und der Augen … es ist die Leber, fürchte ich, und da kann ich wenig tun. Um die Wahrheit zu sagen, Herr Haug, ich bin mit meiner Weisheit am Ende.«

Dann hatte er ihr Ruhe und Schonung verschrieben, Spaziergänge an der frischen Luft.

Jakob hatte sich das ungläubig und immer zorniger werdend angehört. Wusste der Quacksalber überhaupt, wovon er sprach? Magdalena war die Wirtin des *Markgrafen!* Auch wenn sie nicht mehr zu kochen brauchte, hatte sie doch die Verantwortung für alles, was an Arbeit anfiel. Sie musste die Mägde anleiten und beaufsichtigen, selbst Hand anlegen in Haus und Garten. Spaziergänge – das war doch einfach lachhaft. Seine Mutter Anna-Maria war alt, das Gehen fiel ihr schwer, ihr konnte man diese Arbeit nicht mehr zumuten. Ein Glück, dass zumindest Elisabeth schon, so gut es ging, mithalf.

»Reg dich doch nicht so auf, Elisabeth wird bestimmt gleich hier sein. Es waren etliche Briefe. Vielleicht hat sie unterwegs jemanden getroffen und schwatzt.« Noch während Jakob dies aussprach, wurde ihm klar, dass das nicht stimmen konnte. Seine Tochter war nicht gesprächig. Aber Jakob brauchte unbedingt seine Ruhe, um mit Jule das Nötigste zu besprechen.

Auf einmal hörte er das Knirschen von Rädern auf dem Steinpflaster des Hofes. Ein Fuhrwerk, das vor dem *Markgrafen* hielt, das war nichts Außergewöhnliches. Doch Magdalena stand da, als sei sie zur Säule erstarrt. Sie schien nicht einmal mehr zu atmen. Später dachte er oft, dass sie in diesem Moment gespürt haben musste, dass etwas mit Elisabeth, ihrer Tochter, passiert war. Auch Jule verharrte völlig reglos und lauschte. Eine seltsame Erwartung breitete sich in der Küche aus, der sich auch Jakob nicht mehr entziehen konnte. Er wollte die Lähmung, die Angst, die sich langsam in ihm breitmachte, abschütteln, als plötzlich ein entsetzlicher Schrei die Spannung zerbrach. Im nächsten Augenblick war alles laut und hektisch.

»Wo ist der Herr?«, brüllte jemand im Schankraum, es hörte sich nach Simon an. Dazwischen hörte man männliche Stimmen, die ebenfalls allesamt nach Jakob riefen. Schließlich wurde die Küchentür aufgerissen, und Simon stürzte herein. »Die Elisabeth!«, stammelte er mit vor Schrecken verzerrtem Gesicht. »Die Elisabeth! Die Elisabeth! Es ist schlimm!«

Magdalena stieß einen Schrei aus, hoch und gellend, und rannte nach draußen. Jakob wurde es für einen Moment schwarz vor Augen und er musste sich am Tisch festhalten. Heiser flüsterte er: »Was ist geschehen? Sprich, Simon, um Himmels willen, sprich!«

Der Knecht nahm einen neuen Anlauf, wischte sich mit dem linken Handrücken den Schweiß von der Stirn und begann mit stockender Stimme: »Ein Bauer hat sie gebracht in seinem Wagen. Er hat sie am Rand des Wäldchens gefunden, das an seine Wiese angrenzt. Sie hat sich noch dorthin geschleppt, unsere Elisabeth.« Die Stimme Simons brach, Tränen liefen ihm über die Wangen.

»Unsere arme Elisabeth!«

Jakob stieß sich mit Gewalt vom Tisch ab und torkelte nach draußen, um das zu sehen, was geschehen war.

Draußen vor dem Wagen hatte sich bereits eine Traube aus Gästen und Dienstboten versammelt. Vereinzelt hörte man leises Schluchzen und Klagen, die meisten blieben jedoch stumm. Der Bauer stand bei seinen Pferden, sprach beruhigend auf sie ein und ging, als er Jakob auf den Hof kommen sah, einige Schritte auf ihn zu. Er öffnete den Mund, aber es kam kein verständlicher Ton heraus, nur ein hilfloses Ächzen. Jakob nickte ihm zu und trat zögerlich an den Wagen. Elisabeth lag zusammengekrümmt auf einer zerschlissenen Pferdedecke. Diese Decke mochte einstmals grau oder braun gewesen sein, aber jetzt war sie dunkelrot. Es war Elisabeths Blut, das da floss, unaufhörlich sickerte. So ein zarter, zerbrechlicher Mensch und so viel Blut, dachte Jakob erschrocken, dann glitt sein Blick nach links. Magdalena kletterte auf den Wagen und nahm Elisabeth wie ein kleines Kind in den Arm, murmelte ihr Worte ins Ohr, die er nicht verstehen konnte. Ihr Flüstern wurde zu einem monotonen Singsang, der sich anhörte wie das Schnurren einer Katze. Elisabeths graue Leinenbluse war zerfetzt, das konnte Jakob erkennen, den vorderen Riss hielt sie über ihren kleinen Brüsten krampfhaft zusammen, sodass ihre Knöchel weiß hervortraten. Ihr Gesicht konnte er nicht sehen, Magdalena hielt sie fest an sich gedrückt. Starr stand er da, das Gefühl des Unwirklichen wollte nicht weichen. Das war doch nicht richtig, nein, das konnte nicht sein! Und so viel Blut! Wo kam das ganze Blut her? Das ist die Strafe für meine Sünden, durchfuhr es ihn wie mit einem Messer. Das also ist sie, die Strafe, die ich schon so lange erwartet habe – nicht Magdalenas Krankheit, nicht Franziskas Unzufriedenheit, nicht Martin, nicht Krummbiegel, sondern *das!* Aber warum ausgerechnet Elisabeth? Plötzlich drang die Realität, die Farben und Geräusche seiner Umgebung, wieder zu ihm durch. Er nahm das Weinen der Frauen wahr, das Scharren von Hufen – und das schreckliche Rot, das wie zum Hohn unter den letzten Strahlen der milden Sonne aufleuchtete.

»Einen Arzt!«, befahl er knapp. »Macht schnell! Simon, du trägst sie nach oben!« Jakob biss sich auf die Lippen. Ja, was konnte man sonst noch tun? Das Blut fortwischen. Und dann? »Bringt Wasser und wascht sie. Nehmt die feine Leinenwäsche!«

Als Simon Elisabeth anheben wollte, schrie sie auf und presste sich noch fester an ihre Mutter.

Die Stimme seiner Tochter ging Jakob durch Mark und Bein – Tiere schrien so, wenn sie zum Schlachter gebracht wurden. Er kletterte auf den Wagen, schob den Knecht zur Seite und hob Elisabeth ganz behutsam auf. Sie wandte den Kopf und sah ihn an. Eine Schramme zog sich über ihre Stirn, eine Wange war geschwollen, und überall hatte sie blutverschmierte Kratzer. Und die Augen!

Diese durchdringenden, lebendigen Augen lagen nun wie aschgraue Kiesel in den Höhlen.

»Elisabeth«, flüsterte er ihr zu, »Elisabeth, es ist gut. Du bist jetzt daheim.« Nichts war wirklich gut, aber das war jetzt unwichtig. Elisabeth wehrte sich nicht, als er sie vorsichtig in das Haus und die Treppe hinauftrug. In ihrer Kammer legte er sie aufs Bett, Magdalena und die Frauen drängten herein. Wenig später traf auch der Arzt ein. Er fuhr mit Heiner auf dem Bock des Zweispänners. Heiner hatte die besten Pferde im Stall eingespannt, denen jetzt der Schaum vor dem Maul stand. Er musste gefahren sein wie der Teufel.

»Ihr wisst, was geschehen ist?«, fragte der Arzt, als er Elisabeths Kammer nach einiger Zeit wieder verließ und die Treppe herunterkam.

»Ich kann's mir denken«, presste Jakob mühsam zwischen zusammengebissenen Zähnen hervor.

»Viel war nicht aus ihr herauszubekommen. Es wird noch eine Weile dauern, bis ...« Der Doktor ließ das Ende des Satzes offen. »Was ich tun konnte, habe ich getan. Sie blutet jetzt nicht mehr. Jemand sollte aber in der Nacht bei ihr bleiben. Ich habe ihr etwas zur Beruhigung dagelassen. Davon kann man ihr immer wieder einige Tropfen geben, aber nicht zu viel! Ich habe Eurer Frau genau gesagt, was zu tun ist.« Verlegen senkte er den Kopf. »Elisabeth ist noch jung. Vielleicht kann sie vergessen, eines Tages.«

Was redest du da?, dachte Jakob. Er fühlte sich auf einmal so müde. Meine Tochter wurde geschändet, und du redest von Vergessen? Diesen Makel wird sie nie wieder los! Sie wird niemals einen Mann finden. Was soll das für ein Leben für sie werden?

»Sie hat wirklich nichts gesagt? Nicht einmal, wer es war?« Er sah den Arzt beschwörend an. Man musste den Verbrecher finden und ihn bestrafen. Er wollte Rache! Einem Jakob Haug tat das keiner ungestraft an.

»Wie schon gesagt: Elisabeth spricht nicht viel. Ihr müsst ihr Zeit geben!«

Nachdem sich der Doktor verabschiedet hatte, ging Jakob in die

Kammer seiner Tochter. Magdalena saß noch immer an deren Bett, ihre Hand ruhte tröstend auf Elisabeths Stirn. Das Mädchen schlief nicht, es starrte nur stumm und mit weit aufgerissenen Augen an die Decke. Auf dem Boden lagen überall blutige Tücher verstreut, und neben dem Bett stand eine große Schüssel mit Wasser, das sich rosa verfärbt hatte. Jakob bekam auf einmal keine Luft mehr. Er musste hinaus! Weg von diesem Anblick, weg von diesem süßlich-metallischen Geruch, der in der Kammer herrschte.

»Wenn sie etwas sagt, dann holst du mich«, stieß er hervor, dann strauchelte er tastend die Treppe hinunter, als ob er blind wäre.

Zu seiner Überraschung war die Gaststube voll. Er hatte nicht damit gerechnet, an diesem Tag überhaupt noch Gäste zu haben, da es sich sicherlich schon herumgesprochen hatte, was mit Elisabeth geschehen war. Aber der Raum wirkte sogar noch voller als sonst. Die Luft war dick und schwer, sie war gesättigt von Zigarrenrauch und Alkoholdunst. In einer Ecke hockte Krummbiegel. Er war eingeschlafen, sein Kopf hing auf der Brust, und ein unablässig rinnender Speichelfaden tropfte ihm auf die schwarze Weste.

»Es war bestimmt ein französischer Soldat!«, rief jemand. »Ich sag's euch, es war einer von diesen Scheißkerlen, die immer noch hier in Ettlingen hocken. Sie streifen überall herum, klauen wie die Raben und …« Die Stimme des Mannes brach ab, als er Jakob bemerkte. Der Wirt durchschritt langsam die Gaststube, blieb in der Mitte stehen und blickte sich um. Er registrierte, dass eine der Mägde mit Martin hinter dem Schanktisch stand, während Heiner und Simon die Gäste bedienten. Alle waren verwirrt und blass, die Magd rieb sich die verweinten Augen. Keiner von ihnen schien die schmutzigen Tische bemerkt zu haben oder die herumstehenden leeren Gläser, Becher und Krüge.

Schöne Wirtschaft ist das, dachte Jakob. Sobald ich ihnen den Rücken kehre … Siedend heiß fielen ihm die Gäste aus der Frankfurter Kutsche ein. Wer kümmerte sich um sie? Das Abendessen! Er lief eilends zum Tresen hinüber und zischte: »Was ist mit den auswärtigen Gästen, haben die ihr Abendessen bekommen?«

Die Magd starrte ihn ungläubig an.

»Was ist nun?«, knurrte er.
»Ja, Herr, die Köchin hat alles gerichtet.«
»Und wer serviert?«
»Die Lina.«

Gott sei Dank, die Lina war bei Weitem die Verständigste der Dienstboten, sie hatte gutes Benehmen und konnte sich ausdrücken. Da würde ihm wenigstens eine weitere Blamage erspart bleiben. Sofort erschrak Jakob über sich selbst. Blamage? Was geht mir nur im Kopf herum?, dachte er beklommen. Was mit Elisabeth geschehen ist, ist keine Blamage, weiß Gott nicht. Aber die Wirtschaft muss doch weiterlaufen!

Gedämpfter Lärm hatte wieder eingesetzt. Einige Männer, darunter der Bauer, der Elisabeth nach Hause gebracht hatte, aber auch vornehmere Herren wie der Amtmann Seitz oder der Schreiber Mühlberger, standen auf und kamen zu Jakob hinüber. Seitz legte seine Hand auf dessen rechte Schulter und sagte im mitfühlendsten Ton, der ihm zu Gebote stand:

»Mein lieber Herr Haug, ich finde fast keine Worte. Von dem schrecklichen Ereignis habe ich schon gehört. Es tut mir außerordentlich leid, und wenn ich etwas für Euch tun kann ...«

»Sucht den Kerl, sucht diesen Drecksack, um Himmels willen«, flüsterte Jakob mit erstickter Stimme. Jedes Wort tat ihm weh.

»Wenn Ihr ihn nicht sucht, dann tue ich es. Und gnade Gott, wenn ich den Kerl finde!«

»Beruhigt Euch, Haug, überstürzt nichts, macht nichts auf eigene Faust! Ihr müsst Anzeige erstatten!«

»Anzeige?«, wiederholte Jakob. Daran hatte er noch gar nicht gedacht. Doch dazu müsste Elisabeth erst einmal reden. Hatte nicht jemand gesagt, es könnte einer von den französischen Soldaten gewesen sein, die hier Quartier machen? »Stimmt es, dass da noch ein Franzosenlager ist?«, fragte Jakob in die Runde.

Köpfe drehten sich weg oder beugten sich über ihre Gläser und Krüge. Jakob ahnte, dass er gerade gefährliches Gelände betrat.

»Nun, Herr Haug, das stimmt zwar, aber ...«

»Was aber?«, höhnte Jakob. »Habt Ihr etwa Angst vor den

Franzosen?« Plötzlich fiel ihm etwas ein. »Das Kettchen mit dem Kreuz!« Er beschwor noch einmal das Bild von Elisabeth herauf, wie sie auf dem Wagen gelegen und versucht hatte, ihre Blöße zu verbergen. Da war keine Kette um ihren schlanken, weißen Hals gewesen.

»Durchsucht das Franzosenlager!«, presste Jakob hervor. »Durchsucht die Soldaten! Einer muss ein Kettchen mit einem Kreuzanhänger haben, der war es! Die Kette ist kostbar. Elisabeth hat sie geschenkt bekommen …« Jakobs Stimme brach. Nein, das Schmuckstück war doch kein Glücksbringer gewesen, wie er damals fälschlicherweise gedacht hatte. Aber vielleicht würde man mit dessen Hilfe zumindest den Täter finden.

Da trat der Bauer vor und streckte Jakob seine Faust entgegen. Als er sie öffnete, glitzerte auf der Innenfläche seiner Hand Elisabeths goldene Kette. Sie war verdreckt und zerrissen, aber es war zweifellos das Geschenk der Marquise.

»Ich hab's gefunden, dort im Wald. Bin noch einmal zurückgefahren, weiß auch nicht genau, warum. Es hat mir keine Ruhe gelassen. Ich hab mich umgeschaut, dann funkelte es auf einmal im Moos. Hab mir gleich gedacht, dass es der Elisabeth gehört.«

Ein unangenehmes Schweigen legte sich über den Schankraum. Die meisten Gäste taten zwar unbeteiligt, aber es war klar, dass jeder von ihnen die Ohren spitzte.

»Nun, Herr Haug …« Der Amtmann räusperte sich, um die Stille zu durchbrechen.

»Ich weiß, was Ihr sagen wollt«, fiel ihm Jakob grob ins Wort. »Aber es muss doch einer etwas gesehen haben! Fragt die Soldaten! Vielleicht hat ein Offizier …? Es müssen doch Offiziere dort gewesen sein!«

»Wir werden tun, was wir können«, versuchte der Amtmann, ihn zu beruhigen.

Ja, ja, dachte Jakob. Ich weiß schon, was das heißt: Wir müssen vorsichtig sein, mit den Franzosen dürfen wir es uns nicht verscherzen. Aber ich werde den Kerl dennoch suchen und ihn auch finden.

»Was macht Euch denn überhaupt so sicher, dass es ein französischer Soldat gewesen ist?«, fragte der Schreiber behutsam. »Es könnte ja auch einer von hier gewesen sein, ein Bauernbursche oder ein Handwerker auf der Walz.«

Jakob nagte an seiner Unterlippe. Ja, was machte ihn so sicher? »Keiner, der Elisabeth kennt, hätte ihr das angetan«, sagte er schließlich. »Aber die fremden Soldaten ... sie sind rohe Kerle. Der Krieg, das Kämpfen hat sie zu solchen gemacht. Außerdem sind sie Besatzer und denken wahrscheinlich, das Land gehöre ihnen, genauso wie die Menschen.«

»Vorsicht, Haug«, der Amtmann dämpfte seine Stimme. »Wir sprechen hier nicht von Besatzern. Baden und Frankreich sind Bündnisgenossen, vergesst das nicht.«

Jakob lachte auf. »Bündnisgenossen – von wegen! Wir alle hängen am Narrenseil der Franzosen, sogar der allergnädigste Herr Kurfürst in eigener Person. Musste Karl Friedrich nicht seinen eigenen Sohn verbannen und wegschicken? Und jetzt sogar seinen Enkel und Erben, den Prinzen Karl, mit der Adoptivtochter Napoleons vermählen, obwohl der lieber eine bayerische Prinzessin geheiratet hätte. Und das wird es sicher nicht gewesen sein: Dieser Bonaparte hat immer noch Hunger, das sage ich Euch. Der ist noch lange nicht satt.«

Der Amtmann räusperte sich erneut. »Herr Haug, das sind Eure Ansichten. Behaltet die lieber für Euch. Wir werden den Fall untersuchen, aber Ihr unternehmt gefälligst nichts! Versprecht Ihr mir das?«

Widerwillig stimmte Jakob zu, alles den Behörden zu überlassen, im tiefsten Inneren war er aber überzeugt, dass er selbst etwas tun musste.

Später, es war schon kurz vor Mitternacht, ging Jakob hinauf in den ersten Stock. Unten rumorten noch die letzten Gäste. Es war viel Schnaps geflossen an diesem Abend. Die Köpfe waren heißer geworden, die Worte zorniger. Zuletzt hatte es Verwünschungen gegeben und Drohungen gegen die französischen Besatzer sowie den Kaiser, der die Söhne der Bürger in den Krieg schickte, ihre

Töchter wiederum in die Schande. Kein Wort mehr von Freiheit, Gleichheit und Brüderlichkeit. Die Rechte der Menschen wurden immer noch mit Füßen getreten.

Ein Glück, dass Krummbiegel diese Flüche nicht mitbekommt, hatte Jakob gedacht, während er den betrunkenen Geschäftsmann betrachtete, der immer noch friedlich in der Ecke lehnte und schlief. Er hatte Heiner schließlich die Anweisung gegeben, den Alten nach Hause zu schaffen. Seine Dienstmagd würde ihn schon zu Bett bringen.

Leise betrat er Elisabeths Kammer. Magdalena war immer noch bei ihr, sie war aber zwischenzeitlich eingeschlafen und lag nun am Fußende des Bettes. Elisabeth allerdings war weiterhin wach, bewegungslos lag sie da wie eine Statue.

»Elisabeth?« Zögernd trat Jakob näher. »Elisabeth, hörst du mich?«

Ganz langsam wandte sie ihm ihr Gesicht zu.

»Elisabeth«, flüsterte er hoffnungsvoll, »kannst du reden? Kannst du mir sagen, was passiert ist? Wer es war?«

Ein Zittern glitt über ihre Züge. Sie presste die Lippen fest aufeinander, als lägen dahinter Wörter verborgen, die nach außen drängten, aber nicht hinausdurften. Schließlich schüttelte sie den Kopf, ganz langsam, aber deutlich erkennbar.

»Elisabeth, es ist wichtig.« Jäh kam ihm eine Idee: Wenn der Täter ein französischer Soldat war, hatte er sicherlich in seiner Muttersprache mit Elisabeth gesprochen. Vielleicht sollte er ausprobieren, wie sie auf den Klang des Französischen reagierte. Aber sollte er das wirklich riskieren? Er würde das Mädchen damit womöglich zutiefst verstören. Doch wenn es so lief, wie er es sich vorstellte, dann hatte er den entscheidenden Beweis. Und den brauchte er, um diesen dreckigen Verbrecher zu fassen! Langsam beugte er sich über das Mädchen und brachte seinen Mund an ihr Ohr. Dann flüsterte er: »*Comment ça va, mon amour? Tu es belle.*«

Kaum hatte er diese Worte ausgesprochen, begann Elisabeth, wie wild um sich zu schlagen und zu schreien. Jakob zuckte vor Schreck nach hinten. Er wäre fast gegen die Wand geprallt, wenn er sich nicht noch hätte abstützen können. Magdalena wurde unsanft vom Bett gestoßen.

Kurz darauf wurde die Tür aufgerissen, und Heiner stürzte herein, eine Kerze in der Hand. Hinter ihm drängten sich die Mägde, einige späte Gäste und Martin.

»Hinaus, hinaus!«, gebot Jakob mit raschen und entschiedenen Handbewegungen. »Hinaus mit euch. Sie hat geträumt, das ist alles. Sie hat nur geträumt.«

Magdalena hatte sich wieder gefangen und bemühte sich mit Leibeskräften, die schreiende Elisabeth zurück aufs Bett zu drücken.

»Still, mein Kind, ganz ruhig. Es ist alles gut. Du bist daheim, hörst du? Es ist alles gut.«

Jakob drängte sich am Gesinde vorbei die Treppe hinab und kam nach wenigen Augenblicken mit einer Flasche Himbeergeist wieder. Er zögerte einen Moment, dann wies er Magdalena an, Elisabeths Kopf festzuhalten, und träufelte etwas von der Flüssigkeit in ihren Mund. Elisabeth spuckte und prustete, doch Jakob war stärker. Unerbittlich flößte er ihr den Schnaps ein, bis sie sich keuchend erbrach. Ein säuerlicher Geruch breitete sich aus. Unvermittelt schrie Magdalena, als sei sie besessen, sie riss Jakob die Flasche aus der Hand und warf sie gegen die Wand.

Schlagartig wurde es still. Nur Magdalenas stoßweises Schluchzen war vernehmbar. Elisabeth lag wieder reglos da, den Mund noch halb geöffnet, die Augen diesmal aber geschlossen. Jakob beugte sich vorsichtig über sie. Das Mädchen schien in einen ohnmachtsähnlichen Schlaf gefallen zu sein.

Stumm drängte sich das Gesinde immer noch unter der Kammertür. Jakob drehte sich zu ihm um und gebot mit rauer Stimme:

»Jetzt aber alle fort! Martin, du schließt zu. Heiner, du schaust nach den Pferden und verriegelst den Stall. Und du, Simon, geh zu den Gästezimmern. Beruhige die Leute. Sag, es sei jemand krank geworden. Aber es sei nichts Ansteckendes, hörst du, Simon? Es sei nicht gefährlich, man möge den Lärm entschuldigen.«

Alle verschwanden in Windeseile, nur Martin drückte sich noch am Türrahmen herum.

»Hast du nicht gehört, was ich gesagt habe?«, herrschte ihn sein Vater an.

»Wird es wieder gut mit Elisabeth?«

Jakob sah seinen Sohn erstaunt an. Ihm war neu, dass Martin sich etwas aus Elisabeth machte. Als sie noch klein waren, hatte er das Mädchen oft geplagt, und Elisabeth hatte ihn gefürchtet. Später waren sich die beiden aus dem Weg gegangen. Jakob hatte es manchmal betrübt, dass sich seine zwei Kinder nicht mochten, aber er war ehrlich genug, um sich einzugestehen, dass er selbst die größte Verantwortung daran trug. Wie oft hatte ihm Magdalena vorgeworfen, dass er Martin offen bevorzuge und unfreundlich und barsch zu Elisabeth war. Er hatte sich dann stets selbst damit beruhigt, dass er Elisabeth eine große Aussteuer mitgeben würde. Außerdem wollte er in seinem Testament verfügen, dass Martin immer gut für sie zu sorgen und ihr jährlich eine schöne Summe auszuzahlen hatte.

Vorsichtig holte er das zerrissene Kettchen aus der Tasche seiner Weste hervor. Sollte er es in die Stadt zum Goldschmied bringen, um es reparieren zu lassen? Ob es Elisabeth dann überhaupt je wieder tragen würde? Vielleicht, wenn ihr Peiniger endlich bestraft war. Gleich morgen würde Jakob zum Amtmann gehen und dann mit ihm und den Gendarmen in das Soldatenlager eindringen, nun, da klar war, dass es ein Franzose gewesen sein musste, der Elisabeth so zugerichtet hatte.

»Bist du nun zufrieden?«

Jakob fuhr herum und blickte in Magdalenas vor Hass und Zorn erfüllte Augen. Ihre Haare hatten sich aus dem Zopf gelöst, Strähnen umgaben ihr Gesicht wie ein wilder Strahlenkranz. Unwillkürlich schauderte Jakob. So kannte er seine Frau gar nicht. Das war nicht die stille Magdalena, die stumm vor sich hin litt, die schon längst aufgegeben hatte, noch irgendetwas von ihrem Leben zu erwarten. Dieses Feuer in ihrem Inneren loderte nur noch für ihre geliebte Tochter. Und dieses Feuer schien sich jetzt in ihr ausgebreitet zu haben, schien ihr Inneres mit hellen und lodernden Flammen zu verbrennen.

»Du ... du ...«, fauchte sie.

»Magdalena, bitte.«

»*Du* bist an allem schuld, *du* allein!«

»Ich?«

»Ja, du! Hättest du Martin geschickt, deinen Bastard, wäre das nicht passiert. Aber der wollte wieder seine Kriegsgeschichten hören, und du hast ihm natürlich nachgegeben – die Lina hat's mir genau erzählt. Martin ist dein Augenstern, und es geschieht alles so, wie er es will.«

»Das ist nicht wahr. Du weißt, dass ich ihn zum Arbeiten anhalte und ...«

»Er *ist* dein Augenstern«, wiederholte sie unerbittlich. »Du hast ihn verzogen von Anfang an. Und dein eheliches Kind, deine eigene Tochter, gilt dir nichts! Wie oft hat sie dich angeschaut mit sehnsüchtigen Augen! Ich hab so oft weinen müssen, weil ich ihren Blick gesehen habe! Sie ist genauso dein Kind, nein, besser sogar als der Martin!«

»Magdalena!« Jakob verstummte. Was sollte er sagen? Sie hatte ja mit jedem Wort recht.

»Eines sage ich dir, Jakob Haug: Dein Bastard bekommt den *Markgrafen* nicht. Er gehört Elisabeth, sie ist die Erbin! In diesem Haus steckt *Kramer*-Geld – *mein* Geld! Und das von Krummbiegel, aber der wird's nicht mehr lange machen, säuft sich zu Tode. Da sorgst du schon dafür.«

Entsetzen ergriff Jakob. Sie hatte ihn durchschaut!

In diesem Moment begann Elisabeth, sich im Bett hin und her zu werfen. »Nein, nein!«, schrie sie immer wieder im Schlaf.

Magdalena stürzte sich laut heulend auf ihre Tochter und nahm sie in die Arme. Sie wiegte sie wie ein kleines Kind und summte. Aber es war keine Melodie, sondern vielmehr abgehackte, mit Schluchzern vermischte Töne.

Jakob flüchtete zur Tür. Er wollte weg von dem Leid und dem Hass. Bevor er aus der Kammer trat, drehte er sich jedoch noch einmal um. Magdalena sah ihm nach. Ihre Augen hatten sich verändert. Kein Feuer, keine Wut war mehr darin, nur noch stumpfes Ergeben. Ascheaugen, dachte er, nur noch Tod und Asche sind darin zu sehen. Ich muss hinaus, ganz schnell, ich halte das nicht mehr aus. Er lief die Treppe hinunter zur Haustür, doch die große, schwere Eingangstür zur Wirtschaft war verschlossen. Der Schlüssel aber steckte noch. Mit zitternden Händen öffnete er die Tür und trat nach draußen. Der Mond hing als bleiche Sichel am schwarzblauen Himmel. Er erhellte nur einige nahe Konturen in der tiefen, alles einhüllenden Dunkelheit. Trotzdem rannte Jakob davon. Es war besser, draußen zu sein, weg von seiner erbitterten Frau, seiner geschändeten Tochter. Alles hatte er falsch gemacht, alles zerstört. Was wusste er denn von seiner Familie? Was in ihnen vorging, sie sich erhofften, erträumten, fürchteten? Aber eines war ihm nun klar: Dass Magdalena ihn abgrundtief hasste. Schlecht hatte er ihr alles vergolten, was sie für ihn – für das Haus – getan hatte. Alles hatte er falsch gemacht, ein Sünder war er, und jetzt musste er dafür büßen!

Die herbstlich kühle Nachtluft strich ihm übers Gesicht, kühlte seine heiße Stirn. Dort drüben blitzte etwas auf, für einen kurzen Moment nur, dann lag alles wieder in tiefer Schwärze, die Wolken hatten sich vor den Mond geschoben. Aber Jakob hatte es genau gesehen. »Das Kreuz«, flüsterte er. Trotz aller Widrigkeiten, trotz Wind und Wetter war das Kreuz standhaft im Boden verankert geblieben. Auch er, Jakob Haug, und sein Haus würden standhaft bleiben. Irgendwann würden Schuld und Sünde von ihm gewaschen werden, so wie der Regen Dreck und Staub von dem Kreuz tilgte. Er würde das Haus voranbringen, und dann würde es Martin übernehmen. Elisabeth hingegen würde er gut verheiraten. Irgendein braver Bursche würde sich schon finden. Und Krummbiegel? Er dachte an die zusammengesunkene Gestalt. »Das wird sich finden. Es wird sich alles finden«, murmelte Jakob unbewusst vor sich hin und wurde mit einem Mal von tiefer Ruhe erfasst. Sein Herz schlug langsamer und gleichmäßiger. Es lag wie ein Stein in seiner Brust – wie ein glatter, kalter Stein.

Juli 1945

Es war still im Zimmer. Nur das heisere Brummen einer dicken Wespe, die wiederholt gegen die Fensterscheibe flog, war zu hören. Kurt Goldstein erhob sich langsam und entließ das Insekt in die Freiheit. Warme Luft wehte durch das offene Fenster herein. Jakob Haug verzog das Gesicht angesichts der Hitze. Immerhin zogen die Rauchschwaden dafür langsam hinaus.

Goldstein schloss die schweren, dunkelroten Brokatvorhänge – es waren die Vorhänge, die Jakob damals selbst ausgesucht hatte. »So, das hält die Sonne draußen, und wir bekommen trotzdem ein wenig frische Luft. Ist auch notwendig nach all dem, was Sie mir gerade erzählt haben.«

Jakob lächelte schwach. »Das war nun der erste Teil unserer Familienlegende. Wie Sie sehen, taugt der alte Jakob ganz und gar nicht zum Heiligen. Sein Andenken wird in der Familie aber dennoch hochgehalten. Er war schließlich derjenige, der den *Markgrafen* auf den Weg gebracht hat.«

»Mit allen Konsequenzen und mit allen Mitteln?«

»Mit allen Konsequenzen und mit allen Mitteln.«

Die beiden Männer sahen sich lange an. In Goldsteins Blick lag etwas, das Jakob nicht richtig deuten konnte.

Schließlich durchbrach der Offizier das Schweigen. »Was Sie am Schluss gesagt haben, erinnert mich an etwas.«

»Das mit dem Herzen, das zu Stein wird?«

»Ja, es erinnert mich an eine Geschichte, die mir meine Großmutter oft erzählt hat. Es war ihr Lieblingsmärchen. ›Aus der alten Heimat‹, wie sie immer zu sagen pflegte. Es ist die Geschichte eines Mannes, Peter Munk, der sein lebendiges, schlagendes Herz verkauft, dem Holländer-Michel, wenn ich mich recht erinnere, und an dessen Stelle einen Stein bekommt. So wird er zu einem reichen Mann, aber auch schrecklich böse und hart. Wenn ich mich richtig erinnere, treibt er sogar seine geliebte Frau in den Tod.«

»Die sinnigerweise auch Elisabeth heißt.« Jakob lächelte grimmig. »Der schwäbische Dichter Wilhelm Hauff hat diese Sage später aufgeschrieben und sie *Das kalte Herz* genannt.«

»Gibt es neben dem Bösen nicht auch einen Guten in der Geschichte?«

»Es gibt immer einen Guten und einen Bösen in solchen Geschichten«, antwortete Jakob. »In dem Fall war der Holländer Michel der Bösewicht und der Gute das Glasmännlein. Beide sind alte Sagenfiguren aus dem Schwarzwald.«

»Schatzhauser, Schatzhauser im grünen Wald«, zitierte Kurt Goldstein. »So ähnlich ging doch der Spruch, mit dem Peter das Glasmännlein beschwor, oder nicht?«

»Ja, so ähnlich. Und das Glasmännlein half ihm tatsächlich. Er bekam seine geliebte Frau Lisbeth am Schluss wieder. Und auch seinen Besitz und Wohlstand. Vor allem aber erhielt er sein Herz zurück, sein warmes, pochendes Herz, denn das Glasmännlein half ihm, den Holländer Michel zu überlisten. Ein Märchen eben.« Jakob zuckte die Schultern. »Im echten Leben geht es anders zu. Und es gibt auch nicht nur Gute und Böse. In jedem Menschen ist beides vorhanden.«

»Auch in Ihrem Ahnherrn?«

»Auch in dem.«

»Mir scheint, dass er auch eine gewisse Tradition begründet hat«, sagte Goldstein.

»In der Tat. Er hat nicht nur die Tradition des *Markgrafen* begründet als eines der renommiertesten Gasthäuser, sondern auch ...« Er zögerte.

»Sprechen Sie ruhig weiter. Auch die Tradition des kalten Herzens, meinen Sie, nicht wahr?«, warf Goldstein ein.

»Da mögen Sie recht haben. Ich würde es aber eher die ›Tradition des obersten Prinzips‹ nennen – des Prinzips, dass das Haus über allem steht, ihm und seinem Erfolg alles untergeordnet werden muss. Aber das stimmt eigentlich auch nicht ganz, wenn ich ehrlich bin. Denn nicht alle Haugs haben so gedacht. Und auch Jakob, der Gründer, hat am Schluss wieder ein warmes Herz bekommen. Aber es war nicht das Glasmännlein, das ihm dabei geholfen hat, sondern der tiefe Schmerz, den das Leben, von dem man immer glaubt, es sei plan- und beherrschbar, einem zufügen kann.«

»Erzählen Sie mir mehr.« Kurt Goldstein beugte sich nach vorne, stützte die Arme auf die Knie und sah Jakob gespannt an.

Und Jakob erzählte weiter und fragte sich dabei, woher die Großmutter Kurt Goldsteins die Geschichte vom kalten Herzen kannte.

November 1812

Der Wind fegte um die Ecke und fuhr Jakob eisig ins Gesicht. Missmutig zog er die Fellmütze tiefer über die Ohren, dann ging er mit vorsichtigen Schritten über den Hof, den eine dünne Schnee- und Eisschicht zu einer gefährlichen Rutschbahn gemacht hatte. Er öffnete die schwere Tür des Stalls, wo Simon gerade dabei war, eines der Zugpferde zu striegeln.

»Wo ist der Neue?«, fragte Jakob.

Seit gut einer Woche arbeitete ein neuer Knecht bei ihm. Heiner war vor einem Vierteljahr gestorben. Man hatte ihn eines Morgens zusammengekrümmt in seiner Kammer gefunden, seine Arme waren so fest um seinen Körper geschlungen, dass man sie auch noch in der Totenstarre nur mit Mühe auseinanderbringen konnte. Auf seinem Gesicht wiederum hatte ein Schatten der Qual gelegen. Heiner hatte in den letzten Wochen vermehrt über Schmerzen im Bauch geklagt. Der Doktor hatte gemeint, dass er an einem Magengeschwür gestorben wäre. Es sei in der Nacht durchgebrochen und hätte ihm unter großen Schmerzen den Tod gebracht.

Simon deutete wortlos nach hinten, wo der Neue leise vor sich hin summend den Stall ausmistete. Jakob betrachtete den neuen Knecht für einen Moment. Jung war er noch, aber bereits sehr kräftig und mit breiten Schultern. Sein Gesicht war über und über mit Sommersprossen bedeckt, was ihm etwas Kindliches verlieh. Er war stets höflich, arbeitete gut, doch Jakob wusste selbst nicht so recht, warum er ihn nicht leiden konnte. Vielleicht trauerte er noch zu sehr um Heiner, der so viele Jahre sein treuer Gefährte gewesen war.

»Komm her!«, pfiff er den Jungen an. »Du streust jetzt Sägemehl auf den Hof. In Kürze kommt die Baseler Kutsche, und ich will nicht, dass die Gäste gleich nach dem Aussteigen auf die Nase fallen.« Wenn es die Kutsche überhaupt bis hierher schafft, fügte er in Gedanken hinzu. Bei so einem Sauwetter wusste man nie, wie die Fahrt verlaufen würde.

In kleinen Schritten rutschte Jakob zurück zum Haus, stapfte den Schnee ab und betrat die Gaststube. Es war sehr wenig los an diesem späten Vormittag. In dieser Kälte gingen wirklich nur diejenigen aus dem Haus, die unbedingt mussten. Hinten in der Ecke, in der Moshe Katz einst immer gesessen hatte – der Jude lag nun ebenfalls schon einige Jahre unter der Erde –, steckten zwei groß gewachsene, hagere Männer über einer Landkarte die Köpfe zusammen. Sie waren am Abend zuvor angekommen, müde und durchfroren nach einem langen Fußmarsch. Auf dem Rücken hatten sie merkwürdige Gestelle getragen, auf denen alle möglichen Arten von Uhren befestigt waren: einfachere aus Holz mit einem schmalen, geschnitzten Rand, aber auch kunstvolle, deren Vorderseite bunt bemalt war, und ganz große, die prächtige Aufsätze aus geschnitzten Früchten, Tieren oder Blättern trugen. Ganz besonders gefielen Jakob die Uhren, an denen ein kleines Türchen angebracht war, das sich in einem bestimmten Zeittakt öffnete. Dann erschien ein kleiner Vogel, der laut und vernehmlich »Kuckuck« rief. »Was für eine wunderbare Handwerkskunst!«, hatte er zu den Uhrmachern gesagt und ihnen die Hände geschüttelt. Es sei doch eine großartige Sache, dass jetzt auch die einfachen Leute die Zeit messen konnten und nicht nur die vornehmeren Herrschaften, wie es früher der Fall war. »Das ist der Fortschritt«, sagte er dann wie so oft in letzter Zeit, »der richtige Fortschritt, der mehr bringt, als nur den Leuten die Köpfe abzuschlagen und Kriege zu führen.«

Freundlich begrüßte Jakob die wenigen Gäste im Schankraum und trat an den Tisch heran, an dem die beiden Handwerker – einer der beiden war recht alt, wirkte aber immer noch kräftig und tatenfroh, der jüngere war, der Ähnlichkeit nach zu schließen, sein Verwandter – über den weiteren Verlauf ihrer Reise diskutierten. Nach Karlsruhe und dann weiter nach Heidelberg und Mannheim wollten sie, erzählten die Männer ihm. Dort fänden ihre Uhren guten Absatz.

»Das ist ein hartes Brot!«, entgegnete Jakob nachdenklich. »Ihr müsst weit laufen für euren Verdienst und das auch noch mit der schweren Last.«

Die Männer nickten bedächtig. »Wohl wahr. Aber wir sind froh, dass wir dieses Gewerbe betreiben können. Und die Geschäfte laufen immer besser. Unsere Uhren haben einen guten Ruf.«

Der andere ergänzte: »Und unsere Familien können davon leben. Alle schaffen mit, sogar unsere Ahne. Und keiner geht mit hungrigem Bauch ins Bett. Das ist nicht überall im Schwarzwald so.« Das stimmte, viele Bauern waren arm, weil die Böden so karg und oft steil waren. Und es gab dort ja sonst nicht viel anderes zu tun, außer der Köhlerei. Die war ein saures Geschäft, genauso wie das Holzhauen und das Flößen.

»Dann sollten wir unbedingt auf das Wohl eures Gewerbes trinken, meine Herren. Einen Schoppen auf Kosten des Hauses!«

Die Männer nahmen dankend an und erhoben ihre Gläser.

»Auf den Spender und sein Haus!«, sagte der Ältere bedächtig und senkte danach die Stimme. »Und darauf, dass bessere Zeiten kommen mögen.«

Kurz herrschte Stille, dann fügte Jakob mit brüchiger Stimme hinzu: »Und darauf, dass endlich Frieden wird.«

Die Gläser klangen hell, so kräftig stießen sie miteinander an. Die Männer nahmen einen tiefen Schluck, und Jakob winkte die Schankmagd herbei, damit sie noch einmal nachfüllte.

»Mir scheint, Eure Wirtschaft läuft gut«, sagte der Jüngere der beiden nach einem kurzen Moment. »Ich war schon einmal hier – ungefähr vor zwei Jahren war das. Es hat sich seither aber einiges verändert.«

»Ja«, meinte Jakob, »man darf nicht stehen bleiben, gerade auch in unserem Gewerbe. Ich habe den Anbau vergrößern und darüber noch ein Stockwerk bauen lassen. Dort sind die neuen Gästezimmer untergebracht. Auch einen Salon für die Postkutschengäste haben wir eingerichtet.« Er erwähnte den Salon absichtlich als

Letztes, war dieser Raum doch sein ganzer Stolz. Bequeme Sofas und Sessel standen dort und feine Möbel aus Kirschbaum. Richtig vornehm sah er aus, dieser Salon, und jedes Mal, wenn er ihn durchschritt, empfand er eine tiefe Befriedigung. Das hob den *Markgrafen* empor, nicht einmal in der *Krone* der Pfäfflins gab es so etwas.

Das alles zu bezahlen war Jakob leichtgefallen. Er hatte keine neuen Schulden aufnehmen müssen, denn Krummbiegel war vor vier Jahren gestorben und die jährliche Gewinnausschüttung an ihn somit hinfällig geworden. Eines Morgens war der alte Mann beim Spazierengehen hingefallen. Man hatte ihn noch nach Hause bringen können, aber der Doktor hatte gemeint, es sei nichts mehr zu machen. Der Schlag habe ihn getroffen, was bei seinem unmäßigen Alkoholkonsum auch kein Wunder gewesen sei. Jakob hatte Krummbiegel noch besucht, sich an sein Bett gesetzt und ihm die Hand gehalten. Der Alte hatte ihn daraufhin kurz angeblickt, sogar die Mundwinkel in der Andeutung eines Lächelns verzogen, dann war er hineingedämmert in das Schattenreich, vor dem er sich bis zuletzt gefürchtet hatte.

Jakob hatte sich oft bang gefragt, was mit der Einlage in sein Gasthaus geschehen würde, wenn Krummbiegel starb, und verbrachte angstvolle Tage und Stunden bis zur Eröffnung des Testaments, aber der alte Geschäftsmann hatte Wort gehalten. Die Einlage ging in das Eigentum der Haugs über, allerdings nicht direkt an Jakob, sondern an Martin und Elisabeth. »Damit die nächste Generation das Haus weiterführen könne«, hieß es im Testament. Das hatte Jakob zunächst gar nicht gefallen, aber immerhin blieb das Geld in der Familie. Der Gedanke an seine Kinder bereitete Jakob kein Kopfzerbrechen, sie würden das tun, was er wollte. Wenn Martin nur ... Er strich sich über die Stirn. Ach, Martin ... Erst jetzt fiel ihm auf, dass die beiden Uhrmacher ihn anstarrten.

»Ist Euch nicht gut?«, fragte einer.

»Doch, doch«, wehrte Jakob ab und versuchte zu lächeln. »Ich freue mich, dass euch der Umbau gefällt.«

»Ja, sehr. Und wir freuen uns, dass Eure Geschäfte gut laufen.«

»Ja, ich kann mich nicht beklagen. Wir haben viele Gäste. Der Postkutschenverkehr hat zugenommen. Baden ist größer geworden, es ist nicht mehr so eng in unserem Land. So wurden in den letzten Jahren viele Geschäftsverbindungen geknüpft, und wir haben so neue Märkte erschlossen. Das ist der Fortschritt, wie ich schon sagte.«

Der Alte wiegte bedächtig den Kopf. »Ja, der Fortschritt. Jetzt will man sogar den Rhein begradigen, heißt es.«

»Höre ich da Zweifel aus Eurer Stimme?«, fragte Jakob höflich.

»Keine Zweifel darüber, dass es gelingen wird, nein. Aber ob es wirklich ein gutes Vorhaben ist?«

»Und ob, Vetter!«, fiel ihm der Jüngere ins Wort. »Denk daran, wie der Rhein manchmal wütet, wie er Häuser und ganze Dörfer verschlingt. Die schlimmen Krankheiten, die er beim Hochwasser bringt. Und da soll's nicht gut sein, wenn er gezähmt wird?«

»Es ist nie gut, die Natur beherrschen zu wollen. Sie wehrt sich nämlich irgendwann. Wir müssen lernen, mit ihr zu leben. Wir brauchen sie, das wissen gerade wir Schwarzwälder doch am besten.«

»Aber gerade wir Schwarzwälder sollten nicht krampfhaft am Alten festhalten, die Menschen bei uns erleben viel Not und Elend.«

»Liebe Wandersleut«, Jakob legte dem jüngeren der Handwerker die Hand auf die Schulter, »lasst uns nicht streiten. Jeder hat auf seine Weise recht. Trinken wir lieber noch einen Schoppen.«

Als Wirt durfte man niemals Partei ergreifen, das hatte Jakob von Anfang an so gehalten, und das hatte er auch seinem Sohn immer wieder versucht einzuhämmern. Aber hatte es ihn überhaupt interessiert? Ach, Martin ... Seufzend ging er hinüber zum Schanktisch, neben dem die großen Holzfässer standen, und zapfte einen halben Liter Hauswein ab. Das musste genügen, die beiden Schwarzwälder hatten sicherlich keinen verwöhnten Gaumen. Als er wieder zurückkehrte, zankten die beiden Handwerker aber bereits erneut über die Rheinbegradigung.

Jakob schenkte ein. »Der Fortschritt kommt, da könnt ihr

machen, was ihr wollt, und er wird viel Gutes bringen«, er neigte seinen Kopf zum Jüngeren, »aber er mag auch seine Nachteile haben«, er tat die gleiche Kopfbewegung zum Älteren. »Ich habe kürzlich etwas Interessantes gehört: Ein Mann – er kommt, glaube ich, aus Mannheim – soll an einem seltsamen Gerät basteln. Es hat zwei Räder, und man kann sich darauf im Sitzen vorwärtsbewegen. Ganz genau habe ich es noch nicht verstanden.«

»Ein großer Fortschritt!«, lachte der alte Uhrmacher laut auf. »So einen Quark habe ich noch nie gehört!«

Der Jüngere aber schien Feuer und Flamme. »Man kommt damit wirklich im Sitzen vorwärts?«

»So habe ich gehört. Recht schnell sogar.«

»Das wäre ja ... Man bräuchte keine Pferde mehr!«

»Na, das wird die Pferdehändler ja mal freuen.«

»Aber bedenkt doch, Gevatter! Ein Pferd kostet beständig Geld. So ein Fahrgestell hingegen ...«

Jetzt streiten sie sich sogar wegen dieses seltsamen Geräts, dachte Jakob resigniert. Inzwischen war ihm auch der Name des Erfinders wieder eingefallen – Drais hieß der sonderbare Mann.

Der neue Knecht kam herein. »Die Kutsche aus Freiburg ist angekommen, Herr Haug.«

»Ich komme gleich. Du weißt ja, was zu tun ist.«

»Freiburg.« Der jüngere Uhrmacher schnalzte mit der Zunge. »Gehört jetzt auch zum Badener Land.«

»Und Heidelberg«, ergänzte Jakob. »Es fahren inzwischen etliche Professoren mit der Postkutsche und auch viele Geschäftsleute.«

»Und unser neuer Markgraf ist jetzt Großherzog. Das will mir immer noch nicht so recht über die Lippen.«

»Dabei wollte er doch eigentlich König werden wie der Württemberger und der Bayer«, sinnierte der Jüngere.

»Völlig egal, wie der Karl Ludwig sich jetzt nennt, er hängt doch alleweil am Narrenseil der Franzosen. Vor allem, seit sein Großvater, der alte Markgraf Karl Friedrich, letztes Jahr gestorben ist. Er hat doch die Stéphanie de Beauharnais heiraten müssen, weil

Napoleon es ihm befohlen hat. Jetzt ist er dessen Schwiegersohn. Überall hocken die Verwandten vom Bonaparte, in ganz Europa und jetzt auch in Baden. Und wir bezahlen alles – mit Geld und dem Blut unserer Söhne. Es ist keiner da, der ihm Einhalt gebieten könnte. Sogar die Preußen mit ihrer ruhmreichen Armee hat er geschlagen. Gierig ist der Napoleon, er frisst uns irgendwann alle auf.«

»Benedikt, sei vorsichtig«, flüsterte der Alte, »da drüben sitzen welche mit langen Ohren. Wir sind doch im Bund mit den Franzosen!«

»Schöner Bund ist das«, höhnte der, der Benedikt hieß. »Von wegen! Rhein-Bund. So ein Unsinn! Unser Herr wurde dazu gezwungen wie die anderen auch. Und der alte Kaiser Franz hat abdanken müssen, es gibt kein Deutsches Reich mehr.«

Über Jakob war es wie eine tiefe Lähmung gekommen. Dabei musste er doch nach draußen, um die neu angekommenen Gäste zu begrüßen, und nachsehen, ob in der Küche alles bereit war. Magdalena konnte mittlerweile nichts mehr im Haus tun, sie lag mit ihrem geschwollenen Leib fast den ganzen Tag im Bett. Eigentlich müsste er auch nach ihr sehen, war die ganze Zeit noch nicht bei ihr in der Kammer gewesen, die sie seit Elisabeths Unglück bezogen hatte. Er biss sich auf die Lippen. Elisabeth ... eigentlich sollte seine Tochter mit den Mägden die Gästezimmer herrichten. Aber er hatte sie ebenfalls nirgends angetroffen.

»... und nun zieht er sogar nach Russland, in dieses große, weite Land. Wie kalt es da wohl jetzt sein mag?«

»Ich habe gehört, dass er Moskau sogar schon erobert haben soll«, mischte sich einer der Gäste am Nebentisch ein.

»Wie bitte?« Jakob löste sich aus seiner Erstarrung, er war plötzlich ganz aufmerksam.

»Ganz sicher weiß ich es nicht«, sagte der Mann am Nebentisch zögernd. »Hab's aufgeschnappt, als ich gestern in Karlsruhe war.«

»Wenn das stimmt, gehört Napoleon jetzt wirklich alles. Wer soll sich noch gegen ihn wehren?«, meinte ein anderer.

»Vielleicht gibt's dann ja endlich Frieden?«, warf ein dritter Gast, ein bärtiger Herr, ein.

»Unter dem?«, knurrte der Uhrmacher, der Benedikt hieß. »Der hat doch nie genug.«

»Mag sein. Solange nur unsere Buben heil wieder nach Hause kommen«, entgegnete der Bärtige.

»Ist Euer dabei?«, fragte der ältere Uhrmacher mitfühlend.

»Ja, mein Jüngster. Wir sind zum Amtmann gerannt, haben geschrieben, viele Eingaben gemacht, um ihn vor der Aushebung zu retten, aber nichts zu machen. Meine Frau heult sich die Augen aus. Strickt ständig Handschuhe und Socken. Als ob ihm das dort in der Ferne helfen würde!«

»Aber wenn sie tatsächlich in Moskau sind, dann kommen sie im Frühjahr womöglich schon wieder zurück. Vielleicht ist dann ja wirklich Ruhe.«

»Das glaubt Ihr doch selbst nicht!«, mischte sich ein rotwangiger Mann ein, der bisher unbemerkt in der anderen Ecke des Raumes gesessen hatte. Er trug einen gut geschnittenen grauen Gehrock und ein schwarzes Wams aus Filz. Am Haken hinter ihm hing ein breiter, spitz zulaufender Hut. Die Kleidung des Mannes erinnerte ein wenig an die Schwarzwälder Tracht, wie sie auch die beiden Uhrmacher trugen. Allerdings waren deren Hosen kürzer, sodass man die roten Strümpfe sehen konnte. Ein Holzhändler, vermutete Jakob. Viele der Kaufmänner waren derzeit unterwegs. Sie nahmen den Weg nach Norden, wo sie ihre Ware hinlieferten. Bis hinauf nach Holland wurden die Stämme sogar geschifft.

»Wie meint Ihr das?«, erkundigte sich der Herr, dessen Sohn in der *Grande Armée* dienen musste.

»Glaubt Ihr, die Leute lassen es sich auf Dauer gefallen, dass ihnen der Franzose den Stiefel in den Nacken drückt? Es gibt doch jetzt schon welche, die sich wehren. Die Tiroler zum Beispiel.«

»Und die Spanier«, ergänzte Uhrmacher Benedikt.

»Genau! Und es werden täglich mehr. Man redet sogar ganz offen davon, dass man sich wehren müsse. In Preußen beispielsweise ...«

»Dummes Geschwätz!«, fiel ihm ein weiterer Gast – ein Tuchhändler aus Rastatt, den Jakob gut kannte – aufgebracht ins Wort. »Was will man gegen den Kaiser und seine Armee ausrichten? Dem kommt keiner bei.«

»Das sagt Ihr bloß, weil Ihr an den Franzosen verdient. Verkauft ihnen doch den Stoff für die Uniformen.«

Unterdrücktes Gelächter plätscherte in kleinen Wellen durch den Raum. Der Tuchhändler wies diese Anschuldigung mit rotem Kopf von sich.

»Ich denke, dass der Napoleon einen großen Feind hat, dem er unterliegen wird«, sagte plötzlich der ältere Uhrmacher.

»Wer soll denn das sein?«

»Was redet Ihr da?«

»Wie meint Ihr das?«

Von allen Seiten drangen erregte Zwischenrufe zu dem Alten.

»Er selbst«, sagte der daraufhin bedächtig. »Napoleon ist sich selbst der größte Feind, weil er den Hals nicht voll genug kriegen kann. Irgendwann wird's zu viel, und dann erstickt er. S' gibt eine alte Weisheit, die hat mir auch meine Ahne schon immer gepredigt: Wer zu viel will, hat am Schluss nichts. Denkt an die Sage vom Kohlenpeter Munk! Der wäre auch fast an seiner Gier zugrunde gegangen, wenn ihm das Glasmännlein nicht geholfen hätte.«

»Vielleicht hat der Kaiser der Franzosen auch so ein Glasmännlein?«

Durchdringendes Gelächter war die Antwort.

»Solchen Leuten kann auch mit Zauberei nicht geholfen werden«, sagte der Alte mit einem feinen Lächeln. »Sie sehen die Wirklichkeit nicht, nur das, was sie wollen. Bis sie untergehen.«

Diesmal schwiegen die Zuhörer nachdenklich, dann löste sich die Stille auf und ging in ein erregtes, leises Gemurmel über.

Ja, bis sie untergehen, wiederholte Jakob den Satz des Uhrmachers innerlich. Und dabei viele andere in den Untergang mitreißen wie meinen Martin. Er ging hinüber zum Schanktisch und starrte blicklos in den Raum.

»Es bedrückt Euch, dieses Gerede, nicht wahr, Herr Haug?«

Der ältere Schwarzwälder war unbemerkt zu ihm getreten. Jakob sah ihn an. Der Blick des Mannes war fest auf ihn gerichtet. Seltsame wasserblaue Augen hatte er. Sie waren wie ausgewaschen – von der Last der Jahre vielleicht, von der Arbeit oder von Trauer? Jakob schüttelte den Kopf. »Nein, nein. Ich musste gerade nur an die jungen Kerle denken, die jetzt in diesem kalten Russland hocken. Sie werden hoffentlich im Frühjahr zurückkommen, wenn sie nun schon in Moskau sind.«

Der Uhrmacher wiegte nachdenklich seinen Kopf. »Wollen's hoffen, Herr Haug, wollen's hoffen, dass viele zurückkommen. Was sollen sie denn auch in dem weiten und kalten Russland? Habt Ihr auch Kinder? Entschuldigt meine Neugier, aber vorhin habe ich draußen beim Stall einen kleinen Jungen spielen sehen, ein hübsches Kind. Aufgeweckt ist er, hat mir von den Pferden erzählt. Jedes kennt er mit Namen, hat er gemeint. Der Knecht lasse ihn manchmal auf einem sitzen und führe ihn dann ganz langsam im Hof herum. Ist das Kind Euer Sohn oder der Enkel?«

Jakob ballte die Fäuste. Gleich nachher würde er sich den Simon vorknöpfen. Hatte der nichts Besseres zu tun, als diesen Bastard spazieren zu führen? Das vermaledeite Gesinde! Hinter seinem Rücken taten sie, was sie wollten. Vor allem verhätschelten sie diesen Wechselbalg entgegen seinem ausdrücklichen Befehl. »Er gehört zum Haus«, presste er zwischen den Zähnen hervor.

Der Uhrmacher, der den lodernden Grimm in Jakobs Augen sah, nickte schweigend und zog sich zu seinem Platz zurück, wo er sein Glas leer trank.

Jakob atmete scharf aus. Es war ihm, als ob er in den letzten Minuten nicht mehr hatte frei atmen können. Immer wenn die Sprache auf den Jungen kam, erging es ihm so. Verflucht sei dieses Kind! Dieser Bastard vergiftet mein Dasein. Sterben hätte er sollen, gleich nach der Geburt, aber mir zum Possen ist er am Leben geblieben. Und nicht nur das: Er strotzt sogar vor Gesundheit. Und die Leute sagen immer, er sei so ein hübsches Kind. Sie denken wohl, sie täten mir mit Komplimenten einen Gefallen. Und Elisabeth ... ich begreife es nicht. Wie sie dieses Kind überhaupt lieben kann? Das ist nicht Fleisch von meinem Fleisch, nur mir zuleide blieb es am Leben, dachte er verbittert. Genauso wie Magdalena. Wie ein unbeweglicher Klotz lag seine Ehefrau nur noch in ihrem Bett, keinen Handgriff tat sie mehr. Nur der Hass in ihr war noch lebendig.

»Mich kriegst du nicht«, sagte sie immer wieder und fletschte ihre Zähne zu einem grausamen Lächeln. »Mir wird's nicht wie dem alten Krummbiegel gehen, der sich mit deiner Hilfe zu Tode gesoffen hat. Ich bleibe so lange am Leben, bis du das Haus und alles andere auf Elisabeth überschrieben hast. Vorher sterbe ich nicht.«

Jakob ging hinaus in den frostklaren Tag, denn in der Schankstube wurde es ihm zu eng. Es war, als ob eine kräftige Faust ihm die Brust zusammendrückte. Doch als sein Blick auf das Schild über der Eingangstür fiel, konnte er wieder etwas freier atmen.

Da hing es, das Ding, um das er so heftig gekämpft hatte und das ihm dann endlich zugesprochen wurde, später sogar als erblich verliehenes Recht. Vergangenes Jahr, kurz nach Krummbiegels Tod, hatte er das Schild erneuern lassen. Viel prächtiger und kunstvoller als das alte sollte es sein. Für Jakob war es Sinnbild dafür, dass der *Markgraf* jetzt endgültig ihm allein gehörte. Und es war auch eine Erinnerung an Karl Friedrich, den früheren Markgrafen und späteren Großherzog, an dessen Huld und Gnade. Auf dem Schild war die neue badische Krone mit ihren geschwungenen Bögen abgebildet, darüber prangten eine Kugel und – passend zum Haus – ein Kreuz. Alle drei Objekte waren in Blau und Gold gehalten, darunter wiederum war ein verschlungenes M angebracht, flankiert von zierlichem Gitterwerk.

Seufzend wandte Jakob den Blick ab und schaute über die schneebedeckten Wiesen und Felder in Richtung der dahinter liegenden Gipfel der Schwarzwaldberge. Dann sah er plötzlich eine kleine vermummte Gestalt zum rückwärtigen Teil des Hauses schleichen.

»Halt!«, schrie er. »Komm sofort zu mir!«

Das kleine Menschlein blieb für einen Moment erschrocken stehen und kam dann zögernd einige Schritte auf Jakob zu.

»Noch näher!«

Als der Junge dicht vor ihm stand, senkte er den Blick.

Er weiß, dass er mich nicht anschauen soll, stellte Jakob mit grimmiger Befriedigung fest. Ich kann diese schwarzen Kohleaugen nicht sehen. Die kommen nicht von den Haugs, die kommen von wo ganz anders her. Mit diesen Augen hat auch *er* sie angeschaut – dieser Dreckskerl, der Elisabeth das angetan hat. Ich verstehe nicht, wie sie den Anblick dieses Kindes aushält. Es war ja beileibe nicht immer so, aber jetzt vergöttert sie den Knaben. Und der Täter ist davongekommen.

Auf einmal hatte er wieder das höhnische Lachen des französischen Offiziers im Ohr. Er sah die abfälligen Blicke der Soldaten, die ihn, Martin, Simon, Heiner und einige andere Burschen umringten.

»Wo sind die Beweise?«, hatte der französische Offizier damals gefordert. »Ihr kommt hierher und beschuldigt einen unserer Männer einfach so! Vielleicht hat Euch die Demoiselle Tochter – wie sagt man auf Deutsch – einen Bären aufgebunden?«

Die anderen Männer mussten Jakob zurückhalten, sonst hätte er sich auf den Offizier gestürzt, der es in all dem Elend auch noch gewagt hatte, Elisabeth zu beleidigen.

»Verschwindet!«, hatte der daraufhin gebrüllt. »Verschwindet auf der Stelle, sonst lasse ich Euch verhaften!« Die Soldaten hatten gefeixt und sich verschwörerisch zugezwinkert. Jakob war daraufhin zum Amtmann gelaufen und hatte gefordert, dass man die französischen Soldaten verhören möge. Aber aus Mangel an Beweisen hatte niemand etwas unternommen.

Was Elisabeth angetan wurde, blieb ungesühnt. Und jetzt erinnerte ihn dieser Bastard, das fleischgewordene Zeichen ihrer aller Schande, stetig daran.

»Wo willst du hin?«, fuhr Jakob den Jungen an und packte ihn am Arm.

»In die Küche. Zur Jule«, sagte der Bub schüchtern.

Wütend stierte Jakob ihn an. »So, zur Jule also. Willst wieder ein paar feine Bissen erbetteln, verzogener Balg. Die Küche ist kein Ort für dich. Merk dir das ein für alle Mal!«

Der Kleine antwortete nicht, seine Schultern aber bebten.

»Hast du mich verstanden?«

»Ja, Großvater.« Die Antwort kam unter leisem Schluchzen. Jetzt heulte der Bengel auch noch. Und wie er dieses »Großvater« hasste.

»Eines sage ich dir noch: Du redest gefälligst nicht mit den Gästen. Im Stall hast du übrigens auch nichts zu suchen. Hast du mich verstanden?«

»Aber ich wollte doch nur den Rössern etwas bringen. Jule hat mir den Abfall vom Gemüse gegeben. Die Pferde freuen sich, wenn ich komme.«

Jakob presste die Zähne zusammen, dass sie knirschten. Die elendigen Rösser! Martin war auch immer vernarrt in diese Viecher gewesen, obwohl er keine gute Hand für sie hatte. Die Tiere hatten Angst vor ihm, scharrten und schnaubten, wenn er ihnen zu nahe kam. Den Burschen da schienen sie aber zu mögen, das hatte Jakob schon ein paar Mal beobachtet. Dass die Pferde ihn mühelos zertrampeln könnten, störte den Kleinen nicht im Geringsten.

Jakob packte den Jungen an seinem linken Ärmel. Sein Mantel war aus gutem, festem Stoff, der Kragen hatte sogar einen Pelzbesatz. Genauso seine festen Stiefel. Elisabeth staffierte ihn aus wie einen Prinzen. Wo sie nur das Geld dafür herhatte? Wahrscheinlich steckte Magdalena dahinter. Dass sie den Jungen so verhätschelten, war nicht immer so gewesen, überlegte er wehmütig. Was war nur in die Weiber gefahren?

»Du lässt ihn sofort los!«, rief eine Stimme ruhig, aber entschlossen vom Haus her.

»Elisabeth.« Erschrocken lockerte Jakob seinen Griff. Der Junge rannte schnell zu seiner Mutter und verbarg sein Gesicht in ihrer Schürze. Zu seinem Ärger stellte Jakob fest, dass er verlegen wurde. Er, der Herr über Haus und Hof, duckte sich doch tatsächlich weg unter dem zornsprühenden Blick seiner Tochter.

»Du fasst ihn nicht mehr so grob an, hast du verstanden? Ich hab's dir schon oft gesagt. Er hat dir nichts getan.«

Doch, das hat er: Der Bursche existiert und stapft mit seinen gesunden Beinen über mein Hab und Gut. Jakob hob den Kopf und sah seine Tochter an.

Wie sehr Elisabeth sich in den letzten Jahren verändert hatte! Sie war immer noch zierlich, fast mager, aber sie hatte dennoch eine frauliche Figur mit wohlgerundeten Hüften bekommen. Das Haar trug sie in Zöpfen geflochten, die zu einer Krone aufgesteckt waren. Das Gesicht war schön mit feinen Zügen. Und die Augen – immer noch groß und glänzend – strahlten nun eine unglaubliche Wärme aus. Auch Elisabeths Wesen hatte sich verändert: Ihre Haltung hatte eine unbeugsame Stärke gewonnen, die ihn jedes Mal aufs Neue erschrecken ließ. Was war das für eine Kraft, die da in ihr schlummerte? Er konnte es nicht begreifen. Und diese geradezu äffische Liebe zu diesem vermaledeiten Balg, die konnte er noch weniger verstehen.

»Überall streift der Bengel herum – im Stall, in der Küche. Und er bettelt der Jule die besten Bissen ab«, brummte Jakob.

»Es ist sein gutes Recht, hier herumzustreifen. Es ist nämlich auch sein Stall. Es ist seine Küche, sein Essen, vergiss das nicht!«

»Es ist immer noch *mein* Stall und *meine* Küche und *mein* Haus! Diesem Balg gehört gar nichts!«

»Und ob«, antwortete sie in einem gelassenen Ton, der Jakob jedes Mal fast zur Weißglut brachte. »Das Kramer-Geld steckt hier überall drin, und Krummbiegel hat mir den halben Anteil seiner Einlage in den Betrieb überlassen.«

»Das Haus gehört mir – und Martin! Der wird einmal alles bekommen, und du wirst ausbezahlt. Und wenn du dich weiterhin so gegen deinen Vater stellst, kannst du sehen, wo du bleibst, du mit deinem Wechselbalg!«, stieß er hervor. Die Unbeugsamkeit der Tochter schnürte ihm fast die Kehle zu.

Elisabeth antwortete nichts mehr, sondern sah ihn nur streng an. Verachtung lag in ihrem Blick. Dann nahm sie den Jungen an die Hand und ging durch den Nebeneingang in die Küche.

Jakob wollte ihr noch etwas hinterherrufen, besann sich aber eines Besseren. Es brachte ja ohnehin nichts. Stattdessen stampfte er auf das Pflaster des Hofes und drehte sich zur großen Eingangstür um. Dort stand der ältere der beiden Schwarzwälder Uhrmacher, eingehüllt in einen Mantel aus schwerem Stoff und mit einem Hut auf dem Kopf. Auf seinem Rücken trug er das hölzerne Gestell mit den Uhren. Er warf Jakob einen vorwurfsvollen Blick zu und löste in ihm die brennende Notwendigkeit aus, sich zu verteidigen.

»Der Bengel ... immerzu ärgert er mich.«

»Er ist doch Euer Enkel.«

»Schöner Enkel«, murrte Jakob, »einer, den ich nie gewollt habe.«

»Wie kann man einen Enkel nicht wollen?«

»Das kann ich Euch sagen! Elisabeth war fünfzehn, als ...« Er konnte es nicht aussprechen. Wie schwere Klumpen lagen ihm die Erinnerungen an den schrecklichen Schicksalsschlag im Mund. »Sie war unterwegs, allein ... ein Franzose, ein Soldat ... versteht Ihr?«, presste er heraus.

Der Alte nickte verständnisvoll. »Aber das Kind kann doch nichts dafür. Warum bestraft Ihr es?«

»Das Kind ...« Jakob würgte die Worte hervor, als drohte er an ihnen zu ersticken. »Ihr wisst nicht, wie das ist. Es ist meine Schande – meine und Elisabeths.«

»Mir scheint aber, dass Eure Tochter das Kind sehr liebt.«

»Das war nicht immer so.«

Der alte Mann zog den Hut tiefer in die Stirn. Der Wind war stärker geworden und schlug mit eisigen Krallen um sich. Jakob deutete auf die Stalltür: »Wollen wir dort warten, bis Euer Gefährte kommt?« Er selbst blieb dicht neben dem Alten stehen, er wusste selbst nicht, warum. Dabei wurde er doch gebraucht, die Postgäste waren eingetroffen, das Mittagessen ... er musste nach dem Rechten sehen. Aber er blieb im Stall mit dem Alten, neben den dampfenden Leibern der Zugpferde, die gierig das Heu aus den Kruppen zogen und verschlangen. Bald würde Martin zurückkommen, und dann würde er seinen Sohn strenger unter seine Fuchtel nehmen, damit er eines Tages einen tüchtigen Wirt abgab. Jakob musste laut gesprochen haben, denn plötzlich fuhr die Stimme des Uhrmachers in seine Gedanken.

»Der Martin ist Euer Sohn, nicht wahr?«

Jakob nickte und erläuterte die Familienverhältnisse. Er gestand, dass er nicht immer ein guter Ehemann gewesen sei, aber alles in Ordnung bringen wollte.

»Was meint Ihr mit ›in Ordnung bringen‹?«, fragte der Alte. Aus seiner Stimme waren Erstaunen und Verurteilung deutlich herauszuhören. »Und Euer Enkel? Was bekommt der?«

Da war es wieder, das verhasste Wort. Ich habe keinen Enkel, wollte Jakob erwidern, stattdessen antwortete er: »Weiß ich noch nicht.«

»Dann solltet Ihr Euch Gedanken machen. Eure Tochter wird für seine Ansprüche kämpfen. Ihr solltet wirklich Ordnung schaffen. Wo ist denn Euer Martin überhaupt?«

Da brach es aus Jakob heraus: Bei diesem verdammten Russland-Feldzug sei er dabei, trotz aller väterlicher Drohungen und Ermahnungen. »Seit er ein Junge war, wollte er zu den Soldaten, wollte ein General werden.« Obwohl alle Welt Napoleon fürchtete und verachtete, war er weiterhin Martins großes Vorbild gewesen. Unbegreiflich war das. »Aber ich hoffe, im Frühjahr kommt er wieder zurück – wenn es wirklich stimmt, dass sie jetzt in Moskau sein sollen.«

Der Schwarzwälder sah ihn lange an.

Jakob wurde es immer unbehaglicher zumute. »So sagt doch etwas«, bat er schließlich.

»Russland ist ein riesiges, kaltes Land. Vielleicht werden nicht alle zurückfinden. Ihr solltet deshalb zur Sicherheit alles mit Eurer Tochter regeln.«

»Was meint Ihr damit?«, fuhr Jakob auf. Wollte er ausdrücken, dass Martin womöglich nicht …?

»Ich will damit sagen, dass ich Eure Tochter für eine starke Frau halte. Warum denkt Ihr, sie könne ein solches Haus nicht führen?«

»Elisabeth?« Auf einmal verspürte er ein seltsames Unbehagen. War alles falsch gewesen? Hatte er alles falsch gemacht? Auf einmal war ihm, als fühle er sein Herz wieder heftig schlagen, das sonst so ruhig und fest in der Brust lag.

Erst stockend, dann immer schneller begann er zu erzählen: »In den Tagen, nachdem es passiert war, lag Elisabeth nur im Bett, sprach nicht, aß nicht. Wir hatten Angst, dass sie stirbt. Aber dann stand sie doch auf, schleppte sich durchs Haus, versuchte, irgendetwas zu tun. Aber nichts gelang ihr. Sie ließ das Geschirr, die Gläser fallen, stand in der Küche herum und starrte Löcher in die Luft. Wenn jemand sie ansprach, rannte sie davon. Nach einiger Zeit aß sie wieder ein wenig, konnte es aber nicht bei sich behalten. Ich dachte, es käme von diesem entsetzlichen Schrecken, der über sie gekommen war. Meine Frau drängte und drängte, und ich holte schließlich den Doktor.« Er fuhr sich mit der Hand über die Stirn. »Ich träume, habe ich damals gedacht, als der Arzt sagte, dass Elisabeth ein Kind erwartete. Sie war doch selbst noch keine sechzehn Jahre! Ich habe ihn gepackt und geschüttelt, habe ihn angefleht. ›Macht es weg!‹, habe ich zu ihm gesagt. Selbst wenn er wollte, könnte er das nicht, hat er daraufhin gemeint. Das Kind sei schon zu groß. Dann bin ich zu Elisabeth gegangen. Ich habe sie geschlagen. ›Warum hast du nichts gesagt?‹, habe ich sie angebrüllt. ›Du musst es doch gemerkt haben!‹ Aber sie ist nur dagestanden, hat nichts erwidert. Ich bin daraufhin zu meiner Frau gerannt. ›Ihr Weiber wisst doch, was zu tun ist! Ihr kennt doch solche Mittel, dass das Kind weggeht.‹ Aber davon wollte Magdalena nichts wissen. Ich habe mir Rat geholt bei einem alten Weib in einem Nachbardorf, einer Kräuterhexe, wie die Leute sagen. Die hatte einen Trank gemacht, aber der hat nichts genutzt. Elisabeth hat nur schlimmes Bauchweh bekommen, das Kind aber ist geblieben. Ich musste zusehen, wie sie anschwoll, dick und breit wurde. Dabei war sie so ein zierliches Ding. Die Leute fragten sich schon, wie sie den großen Bauch überhaupt tragen konnte. Und dann, eines Nachts im Juli, war es so weit. Ich hatte gerade die letzten Gäste hinausgelassen und war für einen Moment draußen auf dem Hof geblieben. Es hatte so gut gerochen, nach Sommer, Heu und Blumen, und ich hatte noch gedacht, wie schön alles sein könnte, wenn diese verdammten Kriege nicht wären. Da hörte ich sie schreien! Ich konnte es nicht aushalten und bin davongerannt, ich weiß gar nicht mehr, wohin. Als ich später wiederkam, war alles ruhig, nur die Mägde schnatterten in der Küche und kochten Kaffee für die Hebamme. Elisabeth war sehr geschwächt, denn das Kind war sehr groß gewesen. Aber es atmete nicht, sondern war schon blau angelaufen auf die Welt gekommen. Eine der Mägde hatte das Kind in den Abstellraum gelegt, auf einen Haufen alter Lumpen, wo man darauf wartete, dass es endlich starb, so wie man es auch mit dem Vieh macht. Ich ging in die Kammer, schaute es an, dieses blaue, blutige Etwas, und dachte bei mir: Gelobt sei Gott, er tut das Richtige. Aber auf einmal fing das Kind an, sich zu regen. Es schlug mit den Armen um sich und schrie. Nein, es war vielmehr ein Quieken, ganz dünn wie bei einer kleinen Katze. Da kam Bewegung in die Frauen, sie stürzten sich auf ihn, wuschen ihn und machten sonst allerlei mit ihm. ›Lasst ihn sterben‹, habe ich gerufen, ›er darf nicht leben‹, aber sie haben nicht auf mich gehört. Selbst Magdalena hat sich des Kindes angenommen, sie hat sogar einige unserer guten Leinentücher zerrissen, um den Bastard zu wickeln. Es sei eine Sünde, nichts zu machen, wenn er doch schreit, wenn er leben will, hatte sie gemeint, und ich konnte nur lachen – eine Sünde mehr oder weniger, darauf kam es jetzt auch nicht mehr an. Magdalena brachte den Jungen dann zu Elisabeth, damit sie ihm die Brust geben konnte, doch die stieß ihn weg. ›Ich will es nicht sehen! Fort damit!‹, hat sie geschrien und sich ganz unsinnig gebärdet, dass wir erneut um sie fürchteten. Seht Ihr, sie wollte ihn gar nicht.«

»Das ist unter diesen Umständen verständlich«, sagte der Alte nachdenklich. »Vielleicht hat sie auch überhaupt nicht richtig verstanden, dass sie ein Kind erwartet.«

»Ich weiß nicht«, antwortete Jakob zögernd. »Am Anfang habe ich gedacht, sie kapiert's gar nicht. Sie war ja selbst noch ein Kind. Gut, sie wusste schon Bescheid – bei uns und wahrscheinlich auch bei euch gucken sich's die Jungen von den Tieren ab und reden untereinander. Wir, die Magdalena und ich, haben nie viele Worte darum gemacht. Vielleicht hat sie's auch erst gar nicht wahrhaben wollen. Aber dann ...«

Im Stall hing ein schwerer Dunst, die Pferde waren unruhig,

vielleicht störte sie die Anwesenheit der beiden Männer. Sein bestes Zugpferd warf den langen schmalen Kopf hin und her. ›Mohr‹ hatte Elisabeth ihn gleich nach seiner Geburt genannt, weil er so pechschwarz war, und Jakob hatte lachend gemeint, das sei wohl in der Tat ein treffender Name. Elisabeth hatte ihn daraufhin verblüfft angeschaut, und dann hatte sich ganz vorsichtig ein Lächeln auf ihr schmales Gesicht gestohlen. Was für ein seltener Moment war das gewesen in ihrem gemeinsamen Leben! Er räusperte sich mehrmals. War er wirklich ein so schrecklicher Vater gewesen?

»Am Ende, als ihr Bauch schon dicker war, da hat Elisabeth es, glaube ich, verstanden. Sie hat ein paar merkwürdige Sachen gemacht. Sie hat sich hingeworfen und gestoßen, mit Absicht, versteht Ihr, sodass sie an den Armen und Beinen ganz blau war. Und als das Kind da war, hat sie's, wie gesagt, absolut nicht sehen, geschweige denn nähren wollen. Die Mägde haben dann eine Flasche genommen, einen Lappen darüber gespannt und ein Löchlein hineingestochen. Sie haben ihn mit Ziegenmilch gefüttert, und er ist gewachsen und gediehen.«

Der Alte schaute ihn mit seinen blassen Augen durchdringend an. »Ich sage es noch einmal, er ist Euer Enkelkind!«

»Enkelkind …« Jakob knirschte wieder mit den Zähnen. »Als ich zum ersten Mal seine Augen gesehen habe, habe ich mich erschrocken, als läge der leibhaftige Gottseibeiuns vor mir. Diese schwarzen Teufelsaugen, die waren nicht von uns Haugs.«

»Auch da sage ich noch einmal: Er kann nichts dafür. Und er ist doch auch ein hübsches Kind.«

»Das Kind eines Verbrechers, eines Frauenschänders! Und jeden Tag erinnert er mich daran! Ich habe weiter gehofft, habe sogar darum gebetet, dass er sterben möge. So viele Kinder sterben, es gibt so viele Krankheiten. Als er dann zu laufen anfing, bekam er schlimmes Fieber. Ich war mir sicher, dass er es nicht überlebt, aber er ist zäh.«

»Zumindest das hat er wohl von den Haugs geerbt.« Der Alte lächelte. »Der Junge muss sogar ziemlich zäh sein, wenn er das alles überlebt hat und keinen hatte, der sich um ihn kümmerte, ihn auf den Arm nahm.«

»Doch, doch, es gab schon welche«, wehrte Jakob ab, der den Vorwurf heraushörte. »Die Mägde haben ihn immer wieder gestreichelt, ihn notdürftig eingekleidet. Auch Magdalena, obwohl sie häufig bettlägerig war, hat nach ihm gesehen, ebenso die Köchin Jule. Die hat ihm auch die guten Bröckelchen zugesteckt, obwohl sie wusste, dass ich's eigentlich nicht dulde.«

»Was fehlt denn Eurer Frau?«

»Der Doktor sagt, sie habe ein großes Geschwulst an der Leber. Man könne nichts machen. Und dann hat sie später noch der Schlag getroffen, war alles zu viel für sie. Jetzt liegt sie in ihrer Kammer wie eine Tote, und man muss sie ständig versorgen. Das ist eine Belastung fürs Haus, in einem fort muss man sich ständig um sie kümmern.«

Der Alte neigte seinen Kopf, als ob er so sein Mitgefühl ausdrücken wollte, und sagte mit milder Stimme: »Das ist schlimm. Versteht sie noch etwas? Kann sie noch sprechen?«

»Nicht mehr viel, ihr Mund hängt auch ganz schief herab. Bei Verstand ist sie aber schon noch.«

Und ob sie das ist, dachte er insgeheim grimmig. Wie sie mich ansieht, wenn ich ins Zimmer komme. Wie sie mich mit ihren Blicken verfolgt. Die hält der Hass am Leben, der pure Hass.

»Da habt Ihr wirklich ein schweres Los zu tragen, Herr Haug.«

»Das kann man wohl sagen.« Jakob fluchte innerlich. Der Alte kannte nicht mal das volle Ausmaß seines Leids – in der Stadt hockte ja noch Franziska und machte ihm das Leben sauer. Gut, ich sehe es ja ein, der Traum von der Hochzeit, vom Ehrbarmachen, der ist verflogen. Ich kann Magdalena jetzt weniger als zuvor verlassen. Auch wenn sie gesund wäre, täte ich's nicht, das wäre schlecht für den Ruf, für das Haus. Und was würde ich mir einhandeln? Eine dürre, fast zahnlose Vettel, kein junges Mädchen mehr mit schimmerndem Haar und dem Geruch nach Wiese und Heu. Jetzt roch sie nach Staub und geronnener Milch. Und dazu das ewige Gekeife: »Warum hast du den Buben nicht aufgehalten? Du hättest es ihm verbieten müssen! Warum hast du nichts getan?« Er musste dann immer ruhig bleiben, zum wer-weiß-wievielten Mal erklären, dass er alles versucht hatte, um Martin daran zu hindern, in den Krieg zu ziehen. Dass es diesmal aber nichts genutzt hatte. Er konnte ihn doch nicht ständig in den Keller sperren, der Junge war alt genug. Er verstand Franziskas Sorge, Martin war das Einzige, was ihr geblieben war. Er war ihr Faustpfand, ihre letzte Hoffnung, doch noch ins Haus zu kommen als Mutter des Erben. Aber noch lebte Magdalena und blockierte ihr den Weg.

Mit Magdalena fängt alles an, habe ich damals gedacht. Und schlecht habe ich ihr's gedankt. Vielleicht hörte mit ihr auch alles wieder auf. Aber die Kinder …?

»Ja, manchmal ist's schwer. Und jetzt kommt auch noch die Sorge um Martin dazu. Aber ich trag's, wie ich alles bisher getragen habe. Und Erfolg habe ich ja gehabt. Mit dem Haus geht's vorwärts.«

»Und der Junge?«, kam es kurz und bestimmt von der anderen Seite.

»Wird sich weisen. Ich wollte den Buben weggeben, zu braven Leuten. Aber Elisabeth wollte davon nichts hören.«

»Wie kommt es denn aber nun, dass Elisabeth den Jungen doch noch als ihr Kind angenommen hat?«

Jakob schloss für einen Moment die Augen. Er wusste genau, wann das gewesen war. Für einen Augenblick meinte er, wieder die Hitze des heißen Tages auf seinem Gesicht zu spüren und diesen ganz besonderen Geruch nach Sommer einzuatmen, so wie auch an dem Tag, an dem der Kleine geboren wurde.

»Es war ein schwüler Sommertag, kurz nach dem Geburtstag des Jungen. Am Nachmittag kam die Jule in den Schankraum. Der Junge sei schon so lange fort, sie mache sich langsam Sorgen. ›Er ist doch erst vier. Er kennt auch niemanden. Ich kann's mir gar nicht vorstellen, wo er steckt.‹ Er sei auch nicht bei den Pferden, dort habe sie zuerst gesucht, denn die Rösser liebte er über alles.«

Jakob hielt einen Moment inne, musste schlucken. »Auch beim Hund hatte Jule geschaut. Dort versteckte das Kind sich oft, legte sich in die Hütte, und Hasso kauerte neben ihm, leckte ihn ab, als ob er sein Junges wäre. Aber auch in der Hundehütte war er nicht.

Ich dachte mir, jemand habe ihn mitgenommen. Er hatte ja keine Angst, war Fremde gewohnt, obwohl ich ihm streng verboten hatte, sich vor den Gästen zu zeigen. Die Einheimischen wussten, wer er war, aber es hat sich keiner getraut, eine dumme Bemerkung zu machen. Nur der Pfarrer war einmal hier wegen der Taufe, aber den habe ich nach der Zeremonie gleich wieder weggeschickt.«

»Wie heißt Euer Enkel denn? Ihr habt seinen Namen noch kein einziges Mal genannt.«

Jakob räusperte sich mehrmals. Wieder so ein dicker Klumpen, der ihm im Hals steckte.

»Johann. Kann man sich das vorstellen? Vorher war er immer nur ›der Bub‹, hat auch darauf gehört. Bis sie ihn alle auf einmal Johann nannten. Ausgerechnet *Johann!*«

»Warum ist das so schlimm?«

»Johann heißt unser Ahnherr, der vor fast hundertfünfzig Jahren in Ettlingen lebte als angesehener Brauer und Kaufmann. Er war einer der reichsten Männer der Stadt, war sogar im Rat, und ausgerechnet den Bastard benennen sie nach ihm!«

Er sah den Alten erwartungsvoll an, der aber erwiderte nichts, sondern richtete seinen Blick nur auf die halb geöffnete Stalltür, wohl um zu sehen, ob sein Begleiter kam.

»Ich hab also gedacht, es hätte ihn jemand mitgenommen«, fuhr Jakob fort. »Er ist ein hübscher Bursche, das sah ich auch, und es war Zigeunervolk unterwegs. Vielleicht hatte er sich auch im Wald verlaufen. ›Wo soll ich ihn suchen?‹, habe ich zu den Weibern gesagt, war aber innerlich gottfroh darüber, dass das Kind weg war. Die Knechte murrten, da habe ich ihnen aber etwas gepfiffen. Dann kam sogar noch meine Mutter dazu, die damals noch lebte – sie war zu der Zeit schon nicht mehr richtig im Kopf, aber dass etwas los war, hatte sie doch mitbekommen. Sie hat mich so seltsam angeschaut und dann etwas Merkwürdiges gesagt, das ich nie vergessen werde: ›Dir wird's eines Tages ergehen wie dem Kohlenpeter.‹ Ich wollte sie später noch fragen, was sie damit meinte, doch sie ist kurz darauf gestorben.«

Der Alte nickte. »Eure Mutter meinte wohl die Geschichte vom

Kohlenpeter und dem steinernen Herz, die alte Sage aus dem Schwarzwald.«

»So ganz genau kenne ich sie nicht«, brummte Jakob.

»Dann lasst sie Euch bei Gelegenheit zur Gänze erzählen. Aber wo war der Junge denn nun?«

»Auf einmal stand Elisabeth da. Das Geschrei der Mägde hatte sie wohl aufgeschreckt. ›Was ist da los, Vater?‹, wollte sie wissen. Da hör ich auf einmal dieses Rattern, durch Mark und Bein geht es mir jedes Mal, wenn ich dieses Geräusch vernehme, denn genauso hatte es damals geklungen, als man Elisabeth zurückgebracht hatte: Holzräder auf Pflasterstein. Da kam ein Wagen angefahren, es war der Bursche von der Wiesenmühle, der Kornsäcke geladen hatte. Und hinten auf einem Sack schlief das Kind. Kasper und Simon nahmen den Jungen vorsichtig vom Wagen herunter. Er wachte nicht einmal auf, so erschöpft war er.«

»Wo war er denn gewesen, der Bub?«

Jakob kaute an seiner Unterlippe. Er sah das Bild noch genau vor sich. Wie das Kind halb tot in Simons Armen lag. Die Knechte, die Mägde, alle schwiegen. Und daneben stand die zu Stein erstarrte Elisabeth. Doch dann regte sich das Kind und schlug schließlich die Augen auf. Verwirrt schaute es um sich, und dann fiel sein Blick auf ihn, Jakob Haug. Nach einem winzigen Moment des Begreifens klammerte es sich an Simon fest und schrie: »Nicht schlagen! Nein, nein.«

»Ja, wo ist der Bub denn nun gewesen?«

»Er wollte es nicht sagen, hat nur geheult. Die Weiber haben ihn dann in die Küche getragen, um ihm etwas zu trinken und zu essen zu geben. Der Knecht, der ihn gefunden hatte, erzählte mir, dass er ihn am Wegrand Richtung Weilbach, einem Dorf westlich von hier, hatte liegen sehen. Erst hatte er gedacht, jemand habe ein paar alte Lumpen weggeworfen, aber dann habe er genauer hingeschaut und gemerkt, dass es der Junge vom *Markgrafen* war. Ich habe dem Knecht daraufhin zum Dank ein paar Taler in die Hand gedrückt, und er hat sich davongemacht. Aber das Seltsamste an der Sache war, was dann mit Elisabeth geschah«, fuhr Jakob nach einer kurzen Pause fort. »Sie rannte auf einmal hinter den Mägden her ... es war, als habe ihr jemand neues Leben eingehaucht. Ich weiß nicht, wie ich es sagen soll, aber mir war, als hätte sie sich aus der Versteinerung befreit.«

»Und was hat sie gemacht?«

»Ich bin hinter ihr drein. Ich wusste ja nicht, was sie vorhatte. In der Küche blieb sie dann stehen, die Hände ineinander verschlungen. Jule saß mit dem Kind im Arm da und gab ihm aus einem Becher zu trinken. Sein Gesicht war ganz rot und geschwollen, die Beine waren staubig und von Schmutz verkrustet. Er weinte nicht mehr, schluchzte nur noch ab und zu. Wo er denn gewesen sei, fragte man ihn. ›Auf der Straße und im Wald‹, hat er leise geantwortet. Er habe ›dorthin‹ gesucht. Was sei ›dorthin‹?, hat ihn eine der Mägde gefragt. ›Dorthin‹ ist der Ort, wo sein Vater ist, hat der Junge geantwortet. Martin habe ihm die Richtung gezeigt, und da sei er losgelaufen, um den Vater zu suchen. ›Ich muss doch einen Vater haben‹, hat er gesagt, ›jedes Kind hat einen. Ich wollte ihn suchen.‹ Die Jule hat dann gefragt, wie er denn den Vater erkennen wollte. Daraufhin hat der Junge den Kopf geschüttelt. ›Weiß nicht‹, hat er gesagt. ›Ich hab gedacht, wenn er mich sieht, weiß er, wer ich bin.‹«

Jakob fiel das Weitersprechen sichtlich schwer. »Als der Junge das erzählt hat, da habe ich den Martin angebrüllt, was er denn dem Burschen für einen Floh ins Ohr gesetzt habe. ›Er hat mich immerzu gefragt, wo sein Vater lebt, hat nicht lockergelassen‹, hat Martin erwidert. ›Da hab ich halt nach Westen gezeigt. Es stimmt ja auch, es war ja ein Franzose, und Frankreich liegt dort.‹ Am liebsten hätte ich ihn geprügelt in diesem Augenblick. Aber der Kleine hat dann gesagt ...«

Jakob musste sich die Worte förmlich abringen ... er fürchtete sich vor etwas, das von dem Schwarzwälder ausgehen könnte – kein Vorwurf, nein, beileibe nicht, es war etwas anderes ... Er konnte nicht sagen, was in diesem Blick lag, er konnte ihn fast nicht ertragen. »Der Junge hat gesagt, ich solle nicht böse mit Martin sein. Er habe ihm doch nur helfen wollen. ›Ich bin zu nichts nutze. Ich habe hier keinen Platz, so wie der alte Gaul, der nicht mehr arbeiten konnte und deshalb von Martin zum Abdecker gebracht wurde. Nur der Hasso und die Katze sind froh, dass ich hier bin, und der Simon und die Großmutter auch, aber die ist krank. Und die Jule hat mich auch noch ein bisschen lieb.‹ Als Johann das gesagt hatte, ist Elisabeth zu ihm hingestürzt, hat ihn in die Arme genommen und geweint. Ich glaube, sie hat alle Tränen vergossen, die sich seit dem Vorfall in ihr angestaut haben. Seitdem ist das Kind ihr Ein und Alles und seitdem streiten wir uns auch, weil ich's nicht leiden will und kann.«

»Wenn die Mutter den Jungen als ihr Kind anzunehmen vermag, dann müsst auch Ihr ihn als Euren Enkel annehmen«, sagte der Alte. »Erforscht Euer Gewissen. Es ist nicht gut, was Ihr da tut.«

»Gewissen!«, brach es aus Jakob heraus, und er blies die Backen auf, als höre er etwas ganz und gar Neues. Altmännergeschwätz, dachte er bei sich. Aber seltsamerweise hatte es doch gutgetan, darüber zu sprechen.

Benedikt, der jüngere Uhrmacher, tauchte auf, blickte sich suchend um und warf verwunderte Blicke auf die beiden Männer im Pferdestall.

Während sie sich die Hände zum Abschied schüttelten, wiederholte der Alte noch einmal leise: »Erforscht Euer Gewissen, Herr Haug. Und lasst Euer Herz sprechen.«

Während Jakob ihnen nachsah, wurde ihm plötzlich klar, was er die ganze Zeit über im Blick des Alten gesehen hatte: Keine Vorwürfe, nein, es war Mitleid gewesen. Unwillkürlich machte er eine wegwerfende Handbewegung. Mit einem Jakob Haug musste man kein Mitleid haben. Der Alte war doch nur ein Schwätzer, er sprach wie die Weiber. Und dennoch wollte es Jakob nicht recht gelingen, die Worte des Schwarzwälders zu vergessen.

Zäh und eintönig tropften die Tage und Wochen dahin, nur unterbrochen von den immer wieder aufheulenden Winterstürmen, die über das erstarrte Land fegten und an den mit Eiskristallen bedeckten Ästen und Baumwipfeln zerrten. Im Gasthof war es noch stiller als sonst im Winter. Die schlechte Zeit beginnt, pflegte Jakob zu sagen. Wer ging schon gerne aus dem Haus und ließ sich die Nase abfrieren, nur um einen Schoppen zu trinken? Auch der Postkutschenverkehr wurde weniger. So kurz vor Weihnachten waren nur noch selten Reisende über weite Strecken unterwegs. Die wenigen, die es taten, waren meist Geschäftsmänner, die noch rechtzeitig nach Hause zurückkehren wollten.

Jakob befand sich in einem kleinen Zimmer im Anbau, das er seit Neuestem als Kontor nutzte. Er saß an seinem Schreibtisch, den er sich bei einem Schreiner in Ettlingen hatte anfertigen lassen. Er war aus massivem Nussbaumholz und hatte links und rechts Schränke mit abschließbaren Türen. Der Schreiner hatte ihn damals überreden wollen, die Füße des Schreibtisches wie Adlerklauen zu gestalten – das sei der letzte Schrei, direkt aus Frankreich –, doch Jakob wollte mit diesem neumodischen Schnickschnack in Ruhe gelassen werden. Er wollte einen Tisch, der Respekt einflößte, wenn sich das Gesinde davor versammelte, um den Lohn ausbezahlt zu bekommen oder eine Strafpredigt wegen irgendeiner Verfehlung zu erhalten. Dieser Schreibtisch, fand Jakob, hob ihn weit über das Ansehen eines gewöhnlichen Schankwirts hinaus. Und dort, in dem linken Schränkchen, lagen die Kassetten, gefüllt mit dem Vermögen, das er in den letzten Jahren zusammengetragen hatte. Er hatte so viel verdient, dass er sogar Geld verleihen konnte. Er war natürlich immer vorsichtig, gab sein Geld nicht irgendwem, seine Schuldner kannte er sehr genau. Nachdenklich nahm er die Schuldverschreibungen aus einer der Kassetten und blätterte sie durch. Es waren fast ausschließlich Gastwirte aus dem Umland, die sich etwas von ihm geliehen hatten. Der *Lamm*-Wirt beispielsweise, dem stand das Wasser bis zum Hals. Ende des Jahres waren die Rückzahlungen der Wechsel fällig, und er wusste aus sicherer Quelle, dass der *Lamm*-Wirt nicht zahlen konnte. »Du weißt doch, Jakob, wie schlecht die Zeiten sind.« Ja, ja, er konnte die Ausreden des Wirts förmlich hören. Dabei lag die Wahrheit ganz woanders: Der Mann konnte nicht mit Geld umgehen, oft genug war er selbst sein bester Gast!

Eigentlich könnte Jakob ihn mit Beginn des neuen Jahres von

Haus und Hof jagen, so hätte er einen Konkurrenten weniger. Er könnte dessen alte, baufällige Wirtschaft abreißen und den Grund verkaufen – Grundstücke waren teuer geworden in der Stadt, denn die Geschäfte liefen nicht schlecht, seit Baden größer geworden war und der Fortschritt Einzug gehalten hatte. Aber Jakob hatte einen anderen Plan. Er würde den *Lamm*-Wirt nicht davonjagen, er würde ihm sogar noch mehr Geld geben, damit er seinen Gastraum und die Küche besser herrichten konnte, und das aus einem einzigen Grund: Der *Lamm*-Wirt hatte einen Sohn. Christoph war fünfundzwanzig Jahre alt und 1806 bei dem Feldzug gegen die Preußen dabei gewesen. Von dort hatte er ein lahmes Bein mitgebracht, das ebenfalls als Grund für die ewige Jammerei des *Lamm*-Wirts diente: »Der Bub kann keine große Hilfe sein, ich bräuchte dringend einen Knecht. Aber dafür reicht das Geld nicht.« Christoph war schon einige Male im *Markgrafen* gewesen, hatte Botschaften vom Vater überbracht oder war einfach auf ein Glas Bier gekommen. Ob's denn daheim im *Lamm* nichts zu trinken gäbe, hatten ihn die anderen Gäste grinsend gefragt, und der junge Mann war über das ganze Gesicht errötet und hatte scheu zur Seite geblickt, wo Elisabeth scheinbar unbeteiligt am Schanktisch stand und die Gläser putzte. Jakob war gleich aufgefallen, dass er ein Auge auf seine Tochter geworfen hatte. Auch der kleine Johann schien ihn nicht zu stören, im Gegenteil, er steckte ihm Süßes zu, und der Bub hatte wohl auch Vertrauen zu ihm gefasst.

Jakob starrte auf die Papiere, die vor ihm auf dem Tisch lagen. Sie waren Elisabeths Zukunft. Christoph würde sie heiraten, und wenn der alte Wirt sein Einverständnis verweigerte, würde er die Wechsel sprechen lassen. Leise kicherte er vor sich hin. Besser hat's gar nicht kommen können, sagte er sich.

Er schob die Papiere zusammen und legte sie sorgfältig in die Kassette zurück. Als er sie wieder in das Schränkchen schieben wollte, spürte er einen stechenden Schmerz in der Brust. Für einen Moment blieb er reglos sitzen. Links war das Herz, links tat es weh. Sollte er krank sein? Unmöglich, er fühlte sich so stark, als sei er ein junger Bursche!

Langsam ließ der Schmerz nach, auch das heftige Pochen, das er in letzter Zeit verspürte, verschwand, sein Herz lag wieder ruhig und fest im Körper.

Simon klopfte und meldete, dass die Postkutsche vorgefahren sei, »mit zwei Stunden Verspätung, Herr«. Ein Schneesturm sei bei Freiburg aufgekommen und habe die Fahrt erschwert.

Jakob nickte. Auf Eugen war eben bei jeder Witterung Verlass, er war einer seiner erfahrensten und ältesten Postillions. Kein Draufgänger wie beispielsweise dieser elende Cornelius, der damals die Kutsche in den Graben gefahren hatte.

Jakob ging hinunter in den Hof. Der Atem der Pferde bildete kleine weiße Wölkchen, ihre Leiber dampften in der frostigen Kälte. Ungeduldig scharrten sie mit den Hufen, sie wollten in den heimischen Stall. »Hast sie ganz schön angetrieben, was?«, begrüßte er Eugen, der auf dem Bock saß.

Der Kutscher grinste breit, sodass seine braun verfärbten Zahnstümpfe zu sehen waren. »Die letzte Strecke war gut zu fahren, und bei dem Wetter will man so schnell wie möglich in die warme Stube. Aber keine Sorge, ich war vorsichtig. Und jetzt habe ich einen mordsmäßigen Kohldampf.«

»Geh nur hinein. Elisabeth ist drinnen, sie wird etwas hergerichtet haben.«

Eugen nickte, dann deutete er mit dem Daumen nach hinten. »Sind nur drei Fahrgäste, wollen morgen weiter nach Frankfurt. Einer steigt in Karlsruhe aus.«

Simon riss die Tür auf, und drei Herren kletterten etwas steif aus der Kutsche. Sie blinzelten in die fahle Wintersonne und streckten sich. Jakob taxierte die Männer verstohlen. Es waren Geschäftsleute mit Mänteln aus dickem Stoff und breiten Pelzkragen. Sie trugen eine hochmütige, gönnerhafte Miene zur Schau, wie es weit gereiste und wohlhabende Leute taten. Jakob begrüßte die Herren und komplimentierte sie zum Speisezimmer. Währenddessen schirrte Simon die Pferde ab und führte sie in den Stall. Gleich würde er die neuen Zugtiere vorspannen, und die Reise konnte fortgesetzt werden.

»Einigermaßen pünktlich!«, sagte einer der Herren und rieb sich die Hände. »Ich muss sagen, Euer Kutscher ist trotz des Schneesturms gut gefahren. Hoffen wir, dass Eure Küche auch so gut ist.«

Jakob verneigte sich und murmelte einige unverbindliche Floskeln, dann ließ er die Mägde die Speisen auftragen: gebratene Gans mit Pflaumen und Kastanien. Er beeilte sich, den passenden Wein einzuschenken, und bemerkte zu seiner Erleichterung, dass es den Gästen gut zu schmecken schien. Jule wurde langsam alt und war leider nicht mehr auf der Höhe ihrer Kochkunst, aber die Gans war offenbar gut gelungen.

Die Herren unterhielten sich über ihre Geschäfte, und Jakob spitzte die Ohren. Es war immer interessant zu hören, was in der Welt vor sich ging. Einer der Männer sprach vom Fortschritt, ein Thema, das Jakob seit jeher faszinierte. Er bemerkte gar nicht, dass er mit der Weinflasche in der Hand stehen geblieben war und unverkennbar lauschte.

»Nun, Herr Wirt«, bemerkte einer der Herren amüsiert. »Ihr scheint Euch ja mächtig für unser Gespräch zu interessieren.«

»Verzeiht.« Jakob fuhr zusammen. Zu seinem Ärger bemerkte er, dass er errötete. »Aber Ihr habt gerade so interessant von einem Thema gesprochen, von dem ich kürzlich auch etwas gehört habe und das mir gänzlich unverständlich ist. Es geht – habe ich das richtig gehört – um die Begradigung des Rheins?«

»Ganz recht, Herr Wirt, ganz recht. Es gibt Pläne, dem Rhein ab Basel eine beachtliche Strecke lang ein geschlossenes Flussbett zu geben. Etwa zweihundertfünfzig Meter soll es breit werden. Ein Ingenieur namens Tulla hat diese Idee entwickelt und scheint zu glauben, dass dieses zweifellos kühne Unternehmen technisch umzusetzen ist.«

»Ja, und was will er damit bezwecken?«, fragte Jakob interessiert.

»Dass es keine Überschwemmungen mehr geben wird und infolgedessen auch keine Zerstörung mehr und weniger Krankheiten.«

Die anderen beiden Herren nickten zustimmend. »Man könnte den Rhein auch besser für die Schifffahrt nutzen. Was das alles für den wirtschaftlichen Aufschwung bedeuten würde!«

»Und mehr noch: Man könnte Land gewinnen.«

Jakob schwieg, er war tief ergriffen vor diesen Segnungen der Technik.

»Es gibt allerdings ein Problem«, bemerkte der Mann, der sich als Herr Wohlleben vorgestellt hatte – ein außerordentlich passender Name für einen reichen Kaufmann, wie Jakob fand.

»Ein Problem?«, fragte Jakob nach.

»Die Politik! Die Anrainerstaaten links des Rheins müssen mitmachen. Und in dem Punkt herrscht wohl nicht unbedingt Einigkeit.«

»Vor allem, da Baden nach dem Tod des alten Großherzogs machtpolitisch nicht ganz auf der Höhe zu sein scheint. Es hat nicht die Kraft, Forderungen zu stellen«, warf einer der anderen Herren ein, der außergewöhnlich lange Koteletten trug. Er schien überhaupt sehr auf sein Äußeres zu achten, denn der Schnitt seines dunkelblauen Rocks war exzellent, und die Manschetten seines Hemds von strahlendem Weiß. Ein Halstuch aus einem seidenen, sehr kostbar wirkenden Stoff vervollständigte das Bild der Eleganz.

»Baden ist doch jetzt Verbündeter des Kaisers. Sechs Jahre ist es immerhin schon her, seit der neue Großherzog die Adoptivtochter Napoleons geheiratet hat«, wandte Herr Wohlleben ein.

»Hier geht es eher um den Fortbestand des Hauses Baden«, mischte sich der Dritte ein, der bislang nicht viel gesagt hatte. »Die Großherzogin hat zwar im Oktober einen Sohn geboren, aber der ist nur wenige Stunden, nachdem er auf die Welt gekommen ist, gestorben. Bei der Geburt stand es auch schlecht um das Leben Stéphanies.«

»Die Ehe läuft nicht gut, habe ich gehört. Als frisch verheirateter Ehemann musste der damalige Erbprinz Karl stundenlang im Lehnstuhl vor dem Zimmer Stéfanies warten, bis er vorgelassen wurde.« Die Herren lachten amüsiert und prosteten einander zu.

Jakob staunte. Er hatte zwar auch schon das eine oder andere Gerücht gehört, aber dass es so schlimm stehen sollte? Man hatte damals Hoffnungen in die Verbindung gesetzt. Zudem wurde die neue Großherzogin als freundlich und charmant beschrieben.

»Es gibt allerdings noch einen weiteren Grund für die Krise im Haus Baden – den wohl wichtigsten, möchte ich fast sagen: Luise Karoline, Reichsgräfin von Hochberg«, meinte Herr Wohlleben.

Jakob kannte diesen Namen. Wer tat das nicht? Die Reichsgräfin hatte nämlich einen ausgesprochen schlechten Ruf im Land, obwohl das, wie er fand, auch etwas ungerecht war. Karl Friedrich hatte die Reichsgräfin nach dem frühen Tod seiner Gattin zur linken Hand geheiratet. Sie war eine Hofdame der verstorbenen Markgräfin gewesen, stammte aus dem niederen Adel, war somit nicht ebenbürtig und zudem vierzig Jahre jünger als ihr Ehemann. Dass sie als nicht standesgemäße Ehefrau beständig um das Schicksal ihrer Kinder besorgt war und mit allen Mitteln um die Ebenbürtigkeit und das Nachfolgerecht ihrer Söhne gekämpft hatte, war ihr deshalb nicht zu verdenken. Doch genau das brachte ihr wiederum den Ruf einer skrupellosen Intrigantin ein.

»Aber was hatte die Reichsgräfin von Hochberg mit dem Ableben des kleinen Prinzen zu tun?«, warf Jakob verwundert ein.

Wohlleben sah sich verstohlen im Speiseraum um, bevor er ihm mit gesenkter Stimme antwortete: »Es gibt Leute, die glauben – das sind wohlgemerkt nur Gerüchte –, dass der Sohn des Großherzogs gar nicht gestorben sei …«, hier machte er eine bedeutungsschwangere Pause, »… sondern entführt worden ist.«

Für die beiden anderen Kaufmänner schien diese Aussage nichts Neues zu sein, aber Jakob tat Wohlleben den Gefallen und war gebührend erstaunt.

»Alles nur Gerüchte, wie gesagt, es ist nichts bewiesen. Aber man munkelt, dass die Gräfin Hochberg dahintersteckt. Der Knabe soll an einem geheimen Ort versteckt gehalten werden. Er soll mit einem toten Kind aus einer Bauernfamilie vertauscht worden sein.«

»Das ist ja unglaublich!«, entfuhr es Jakob. »Kann das wirklich wahr sein?«

»Es ist – ich muss es nochmals betonen – nichts sicher. Aber diese Gerüchte gehen um.«

Jakob schüttelte den Kopf. »Dass ein Mensch so grausam sein kann – das mag ich nicht glauben!«

Der Elegante zupfte an seinen Manschetten und nahm noch einen Schluck Burgunder. »Es geht um die Krone, Herr Wirt, um viel Macht. Ihr glaubt gar nicht, was Menschen alles zu tun bereit sind, wenn es darum geht, Macht und Einfluss zu erlangen. Wenn mich das Leben etwas gelehrt hat, dann, dass der Mensch zu fast allem fähig ist. Ich sage Euch, die Zeiten werden nicht ruhiger werden, auch wenn der Kaiser der Franzosen nach diesem Feldzug fast alles unterworfen hat. Die Völker werden sich wehren, aufbegehren – auch hier in Baden! Und solange die Erbfolge noch unsicher ist … Die Bayern wollen die Pfalz zurück, und allenthalben gibt es Streit und Unfrieden. Ja, die Menschen sind zu vielem fähig, viele haben …«

»… ein Herz aus Stein!«, beendete Wohlleben den Satz seines Mitreisenden. Alle schwiegen betreten, und mit einer Verbeugung zog sich Jakob zurück.

Die Herren hatten beschlossen, im *Markgrafen* zu übernachten, da es jetzt früh dunkel wurde und dem Wetter nicht ganz zu trauen war. Jakob ging selbst durch die Gastzimmer, überprüfte alles aufs Genauste und wies die Mägde an, am Abend einen heißen Ziegelstein in die Betten zu legen. Außerdem sollte Glühwein bereitgehalten werden.

Als er wieder in das Erdgeschoss hinunterging, bemerkte er, dass die große Eingangstür einen Spalt offen stand. Und das bei dieser Kälte! Unwillig schüttelte er den Kopf und wollte die Tür gerade schließen, als Herr Wohlleben hereinschlüpfte, eingehüllt in einen pelzbesetzten Mantel und einen Zigarillo im Mundwinkel.

»Entschuldigt, Herr Wirt. Ich wollte nur kurz ein wenig frische Luft schnappen.«

Jakob verbiss sich eine tadelnde Bemerkung und geleitete den Gast höflich in den Schankraum. Die Begleiter von Herrn Wohlleben waren offenbar schon auf ihre Zimmer gegangen, die Menge der geleerten Gläser, die sie zurückgelassen hatten, deutete darauf hin, dass ihnen der Wein geschmeckt hatte.

»Leistet mir doch noch ein bisschen Gesellschaft, ich würde gerne noch einen Schoppen von Eurem Roten trinken.« Jakob holte ein Glas hervor, schenkte sich etwas Wein ein und setzte sich zu Herrn Wohlleben.

»Ein schönes Haus habt Ihr, fest gebaut und alles tadellos«, sagte der und blickte dem Rauch seines Zigarillos nach. »Ich habe im Garten ein schmiedeeisernes Kreuz gesehen, das stammt wohl noch aus alten Zeiten?«

Jakob erläuterte ihm die Geschichte des Mühlkreuzes. Als er von der kaum noch leserlichen Inschrift sprach, wiederholte Herr Wohlleben fast träumerisch seine letzten Worte: »›Die Arme Gottes‹. Das erinnert mich an etwas.« Er holte eine abgegriffene, schweinslederne Brieftasche hervor, viele Zettel, Rechnungen, Visitenkarten lagen darin in einem wilden Durcheinander. Schließlich zog er einen vielfach geknickten, etwas fleckigen Briefbogen heraus und faltete ihn vorsichtig auseinander. »Das hier könnte Euch gefallen. Ich finde, es passt auch zu Euch und Eurem Haus.« Lächelnd schob er Jakob das Stück Papier hinüber. Der nahm das Papier ebenso vorsichtig auf und versuchte zu entziffern, was darauf stand. Die Buchstaben waren zierlich geschwungen, aber die Tinte war schon sehr verblasst.

Allen Gewalten zum Trotz sich erhalten,
nimmer sich beugen, kräftig sich zeigen,
rufet die Arme der Gottheit herbei!

Er ließ das Blatt sinken und sah Herrn Wohlleben an. »Das ist wirklich schön. Wo habt Ihr das her?«

Herr Wohlleben lächelte etwas melancholisch.

»Vor vielen Jahren war ich in Weimar auf einer Geschäftsreise. Am Abend ging ich mit einigen Bekannten ins Theater. Es wurde ein Singspiel gegeben, *Lila* hieß es, glaube ich. Ein junger aufstrebender Dichter hatte es anlässlich der Vermählung des Herzogs von Sachsen-Weimar verfasst. Ihr werdet seinen Namen kennen, Johann Wolfgang von Goethe heißt er. Mir hat dieser Spruch so gefallen, dass ich meine Bekannten gebeten habe, ihn mir zu besorgen und zu schicken. Ich träumte damals von einer Familie und von einem großen Haus – und über der Eingangstür sollte dieser Spruch stehen. Aber leider ist nichts daraus geworden.« Der melancholische Ausdruck in seinem Gesicht vertiefte sich. »Aber die Geschäfte laufen immerhin gut, man muss zufrieden sein.« Er sah Jakob an und meinte mit gespielter Munterkeit: »Ihr könnt den Sinnspruch gerne haben, ich habe keine Verwendung mehr dafür.«

Jakob bedankte sich. »Ihr erweist mir eine große Ehre damit, dass Ihr glaubt, dass der Spruch zu mir und meinem Haus passt.«

Er nahm das Papier an sich und steckte es in die Brusttasche seiner Jacke. Dann wünschte er Herrn Wohlleben eine gute Nacht. Während er zur Küche hinüberging, um nach dem Rechten zu sehen, überschlugen sich seine Gedanken. »Nimmer sich beugen« – ja, das gefiel ihm! Und dann war von den »Armen der Gottheit« die Rede, das war viel besser als »die Arme Gottes«. Das klang viel erhabener, machtvoller. Mit dem christlichen Gott konnte er seit geraumer Zeit nicht mehr viel anfangen, er war ein Gott der Armen und Schwachen, der alten Weiber, die zu ihm beteten. Er, Jakob, würde verwirklichen, was Herr Wohlleben vorgehabt hatte, er würde den Spruch auf eine Tafel malen und am Eingang aufhängen lassen. Das war der Spruch, der zu ihm passte, zu ihm und seinem Haus!

Fast beschwingt wollte er gerade die Küche betreten, da traf er auf Elisabeth. Sie hielt den kleinen Johann an der Hand, der wiederum seinen Kopf in den Rockfalten der Mutter zu verbergen suchte. Er wusste, dass sein großer, finsterer Großvater ihm verboten hatte, ihn anzusehen. Elisabeth wollte an ihrem Vater vorbeigehen, aber er verstellte ihr den Weg.

»Lass mich durch«, sagte sie mürrisch, »ich muss dem Jungen etwas zu essen geben.«

Jule, die am Herd werkelte, bemerkte mit dem untrüglichen Instinkt des erfahrenen Dienstboten, dass ihre Anwesenheit nicht erwünscht war. Wortlos verschwand sie in der Vorratskammer und ließ Jakob und seine Tochter allein. Einige Minuten verstrichen. Der Junge kroch noch tiefer in das Kleid der Mutter, kein Laut kam von ihm.

»Elisabeth.« Jakob räusperte sich. »Ich denke, dass wir noch einmal über die Zukunft reden sollten.«

»Warum?«, gab sie bissig zurück. »Wir werden uns doch nicht einig. Ich will das, was mir zusteht. Nicht mehr und nicht weniger.«

»Immer wieder dieses törichte Gerede!« Jakob strich sich zornig über die Stirn. Es war ihr einfach nicht beizukommen. Elisabeth musste endlich seinen Willen akzeptieren und verstehen, dass es zu ihrem Besten war.

»Ich habe gerade mit Gästen gesprochen, die mit der Postkutsche gekommen sind. Weit gereiste, vornehme Herren. Die haben mir einige Dinge erzählt über den Rhein, ich kann's mir kaum vorstellen. Die Welt ist unsicher, sehr unsicher. Wir können nur unsere Arbeit machen, so gut es geht, und versuchen, irgendwie durchzukommen und auf den Fortschritt zu hoffen. Der kommt nämlich.«

»Als ob ich das nicht selbst wüsste. Was willst du also von mir?«

»Es geht mir einfach darum, dich gut versorgt zu wissen. Du kannst doch nicht …«

»… du musst nicht für mich sorgen. Darum geht es dir in Wahrheit doch auch gar nicht. Du willst mich einfach loswerden, mich und mein Kind, damit dein Bankert hier schalten und walten kann.«

»Sprich nicht so von deinem Bruder!«

Sie funkelte ihn wütend an. Es erschreckte ihn immer wieder, diesen lodernden Zorn in ihren Augen zu sehen. Vielleicht, weil er es einfach nicht fassen konnte, dass das kleine, verschüchterte Mädchen von damals dazu fähig war.

»Mein Bruder?« Sie spuckte die Worte verächtlich heraus. »Dem steht hier gar nichts zu. Jedenfalls nicht mehr als mir und meinem Jungen!«

»Dein Junge?« Jakob erstickte fast an diesem Wort.

»Ja, *mein* Junge und *dein* Enkel! Und ich verlange noch einmal, dass ich den *Markgrafen* übernehme. Martin kann man großzügig auszahlen.«

Noch so ein Wort – Enkel, dachte Jakob, ich kann das alles nicht mehr hören. Plötzlich stand er wieder vor seinen Augen, der alte Schwarzwälder. Warum verfolgte ihn dessen mitleidiges Gesicht immer noch? »Elisabeth, das kannst du nicht von mir verlangen!«

Sie war zum Tisch hinübergegangen und richtete eine Schale Milch und ein in kleine Stücke geschnittenes Brot für den Jungen her, der sich in der Zwischenzeit unter dem Tisch verkrochen hatte. Sie lockte ihn mit einigen schmeichelnden Worten hervor und setzte ihn auf einen Stuhl. Mit mütterlichem Stolz strich Elisabeth ihm über sein glänzendes Haar. »Du bist so ein hübscher Junge!«

Jakob starrte auf dieses Bild. Der Kleine war tatsächlich ein ausgesprochen hübsches Kind geworden, feingliedrig und gut gewachsen, mit dunklen Locken, die sein schmales Gesicht umrahmten, in dem zwei mit dichten Wimpern umkränzte dunkelbraune Augen funkelten. Ja, er war schön anzusehen, aber er war wohl auch das Ebenbild seines Vaters. Unwillkürlich drängte es über seine Lippen, was er dachte: »In ihm ist keine Spur von den Haugs.«

»In ihm steckt mehr Haug, als du dir vorstellen kannst. Johann ist auch mein Kind! Und jetzt sage ich dir noch etwas: Ich weiß, du willst mich verheiraten, und ich weiß auch, mit wem. Seit einiger Zeit kaufst du die Schuldscheine vom *Lamm*-Wirt auf. Aber ich werde seinen Sohn auf keinen Fall heiraten. Ich lasse mich nicht verkaufen.«

»Aber er mag dich und auch das Kind.«

»Ich lasse mich nicht verkaufen! Ich lasse nie wieder etwas mit mir machen, was ich nicht will!«

Er starrte sie an. Wie sie mit ihrem Vater sprach! Aber tief im Innern verstand er, was Elisabeth meinte, und er redete nicht weiter. Irgendwann würde sie von selbst zur Besinnung kommen.

Jule kam aus der Vorratskammer, um das Abendessen vorzubereiten, und Jakob ging hinaus in die frostklare Winternacht. Sein letzter Blick streifte seine Tochter, die neben dem Jungen am Tisch saß und ihm hingebungsvoll beim Essen zusah. Er konnte Elisabeth einfach nicht verstehen. Wie konnte sie dieses Kind auf einmal lieben? Der Junge könne nichts dafür, das sehe sie jetzt ein, hatte sie gesagt, nachdem man Johann wieder nach Hause gebracht hatte. Und dann hatte sie etwas hinzugefügt, das ihm seitdem schwer auf der Seele lag: »Er ist der Einzige, den ich habe und den ich lieben kann.«

Jetzt, in der Klarheit dieser Winternacht, ganz allein mit sich selbst, drängte sich ihm dieser Satz wieder auf. Er hatte Elisabeth nie richtig behandelt, er hatte sie zurückgestoßen, als sie nach Liebe verlangt hatte. Aber er hatte absolut nichts anfangen können mit diesem kleinen, zarten Kind, dieses unscheinbare Etwas konnte nicht sein Erbe werden. Jakob drehte sich um, er wollte zurück ins Haus. Die Kälte kroch ihm in alle Glieder, und drüben wartete die Gaststube. Wie kalt es wohl in Russland sein mochte? Hoffentlich saß Martin irgendwo, wo es warm war und er etwas zu essen hatte. Im Frühjahr sollte er ja wiederkommen, und dann konnte er seine neuen Pläne für das Haus in Angriff nehmen. Die Schankstube musste neu gestaltet werden, neue Möbel mussten her, und die Wände brauchten frische Farbe. Die Gäste dort waren ihm manchmal zu laut und auch zu gewöhnlich, aber es waren viele Stammkunden dabei, und die brachten gutes Geld, nicht nur die bessergestellten Gäste im Speiseraum. Sein Blick glitt zum Gemüsebeet. Der Garten musste unbedingt hinter das Haus, auch wenn Jule immer mäkelte, dass es dort zu wenig Sonne gab. Er wollte einen hübschen Pflanzgarten mit Blumen – am besten Rosen – und grünen Büschen, wie sie es in den Gärten der noblen Herrschaften gab. Die Gäste sollten nicht nur gut essen und trinken, sie sollten auch von etwas Schönem in Empfang genommen werden, wenn sie aus ihren Kutschen stiegen. Ja, sobald Martin zurückkam, würde er alles in Angriff nehmen. Und Elisabeth würde er gut versorgen. Wenn sie diesen Christoph nicht wollte, würde er eben einen anderen finden. Wie hieß es in dem Spruch? »Nimmer sich beugen.« Gleich morgen würde er die Tafel in Auftrag geben.

Erfüllt von neuer Energie und Zuversicht stieß Jakob die Tür zur Gaststube auf. Wohlige Wärme schlug ihm entgegen, aber auch die Dünste nach schalem Bier und Schweiß. Trotz der Kälte draußen waren doch einige Gäste gekommen. Allerdings saßen sie bis auf wenige Ausnahmen nicht, die meisten umringten einen kurzbeinigen, dicken Kerl, der gerade etwas Wichtiges zu verkünden schien. Jakob kannte den Mann, er war Schreiber beim Amtmann und ein hochnäsiger und geltungssüchtiger Mensch. Doch die Zuhörerschaft um ihn herum hing ihm förmlich an den Lippen.

»... und man sagt, dass nur wenige wiederkommen werden. Man müsse mit dem Schlimmsten rechnen.«

Jakob fühlte plötzlich eine unerklärliche Enge in der Brust, die ihm die Luft abschnürte. Er ließ sich auf den nächsten Stuhl fallen und riss an seiner Halsbinde. Sein Blick irrte Hilfe suchend durch die Gaststube. Jakobs Erscheinen war bemerkt worden, denn der Schreiber war verstummt und glotzte neugierig zu ihm herüber, während ihm einer der Umstehenden etwas ins Ohr flüsterte. Jakob sah zum Schanktisch. Dort standen sie dicht gedrängt, die Weiber, alle ohne Ausnahme. Sogar Jule war dabei. Sie klammerte sich an Elisabeth, die ihn mit einem merkwürdigen Ausdruck im Gesicht ansah. Er wollte rufen, es gelang ihm jedoch nicht. Er brauchte einen Schnaps, obwohl er – auch in Erinnerung an seinen Vater – Branntwein eigentlich verabscheute. Er musste diese Enge in seinem Köper irgendwie loswerden. Sein Herz lag nicht mehr ruhig und fest in seiner Brust, es zuckte und schmerzte, weil er wusste, dass etwas Schreckliches geschehen sein musste. Welche Nachrichten brachte dieser schmerbäuchige Zwerg? Warum sahen ihn alle so seltsam an?

Schließlich löste sich Elisabeth aus Jules Armen und kam auf ihn zu. »Vater«, sagte sie sanft. Wann hatte sie das letzte Mal so freundlich zu ihm gesprochen? Es musste also wirklich etwas geschehen sein. Und es konnte nur mit Martin zu tun haben.

»Was ist?«, flüsterte er.

»Wir wissen es nicht genau«, hauchte Elisabeth fast unhörbar.

Sie wissen es nicht? Dann war noch nichts verloren! Dummes Gesindel. Ihm so eine Angst einzujagen. Im nächsten Augenblick trat ein älterer Herr mit silberweißem Haar und einem gemütlichen und freundlichen Gesicht vor und sprach behutsam: »Euer Martin ist doch auch bei der *Grande Armée*, oder?«

Jakob nickte.

»Es ist so, dass die Armee vernichtend geschlagen wurde. Und betroffen sind scheinbar vor allem die badischen Soldaten.« Seine Stimme stockte. »Unsere Söhne ... siebentausend waren es ... fast alle tot. Vielleicht ist es kein Trost, aber die Männer waren unfassbar tapfer, sie haben ihre Pflicht getan bis zuletzt.«

Was redete der da? Welche Pflicht? *Tapfer?* Tapfer genug zum Verrecken in diesem riesigen Russland. Jakob erhob sich. Unsicher tappte er hinüber und holte eine Flasche Schnaps, die er ansetzte und fast bis zur Hälfte leerte. Jetzt ging es ihm besser, jetzt wollte er alles hören.

Der Schreiber ergriff wieder das Wort, wurde aber ständig unterbrochen von den Fragen und Rufen der anderen.

Währenddessen hatte Jakob sich auf einen Stuhl sinken lassen. Elisabeth stand dicht neben ihm, die Hand auf seiner Schulter. Die Worte des Schreibers drangen unendlich langsam in sein Bewusstsein. Es war die Rede von einem ungeplanten Rückzug der großen Armee, einem großen Brand in Moskau. Die Russen hatten ihre eigene Stadt angezündet, es gab keinerlei Vorräte mehr. Und Jakob hatte immer gedacht, Martin säße warm und sicher in diesem verfluchten Moskau, um dann im Frühjahr heimzukommen.

»An einem Fluss namens Beresina haben unsere Soldaten den Rückzug der Armee gedeckt, dabei sind die meisten umgekommen.«

»Warum gerade die Badener?«

Der Redner versuchte, die Zwischenrufe zu übertönen. »Weil sie bis zuletzt ausgeharrt haben unter dem Kommando des Markgrafen Wilhelm von Hochberg. Und dann bedenkt den Winter! Viele waren einfach erschöpft, viele sind auch verhungert. Gepriesen seien unsere badischen Söhne, die so tapfer waren, gepriesen sei der Markgraf von Hochberg.«

Wieder dieser verfluchte Name. Es musste wohl der Sohn der

Reichsgräfin gewesen sein. Verrecken hat er die badischen Söhne lassen. Erstochen, verhungert, erfroren. Und jetzt lag sein Martin irgendwo im russischen Schnee, geopfert wie so viele.

Wann sei es passiert, seit wann wisse man es?, schrien die Leute durcheinander.

Der Schreiber zögerte. Um Weihnachten herum sei die Nachricht gekommen. Der Kaiser sei mit einigen Getreuen in Paris angelangt. Man habe dem Volk die Nachricht nicht sofort bekannt geben wollen, um Schrecken und Panik zu vermeiden.

»Vor Kurzem war doch ein großer Maskenball im Schloss? Da hat man es also schon gewusst?!«

Der Schreiber wand sich. »Man wollte, wie gesagt, das Volk nicht beunruhigen und ...«

»Die Stéphanie hat auch mitgetanzt, die Tochter von diesem Scheusal«, rief ein älterer Mann dazwischen. »Sie soll eine der Eifrigsten gewesen sein. Dabei hat sie erst vor einem Vierteljahr ihr Kind begraben! Das weiß ich von meinem Vetter, der ist Kutscher am Hof. Kein Herz haben die, kein Herz!«

Jakob konnte sich später nicht mehr daran erinnern, wie er vom Schankraum hinauf in seine Stube gekommen war. Vielleicht hatte Elisabeth ihm geholfen. Er hatte sich wohl auf sein Bett geworfen, ohne sich auszuziehen. In seinem Kopf hämmerte es. O Martin! Wenn ich dich doch wärmen könnte, dich zudecken.

Sein Schlaf war schwer, durchzogen von quälenden Träumen, und sein Herz schlug in einem harten unregelmäßigen Rhythmus. Er träumte von tanzenden Schuhen, deren Geklacker ihn unablässig folterte.

Die nächsten Tage verbrachte er in fiebriger Geschäftigkeit. Vor allem aber musste er Franziska trösten, die unaufhörlich nach ihrem Sohn rief. Dann war er auf das Amt gerannt und zur Kammer, um Informationen einzuholen. Die Beamten dort hatten ihn nur mitleidig angesehen. Man wisse nichts Genaueres, er müsse abwarten, bis die Überlebenden nach Hause kämen, aber das würde noch dauern. Überlebende! Dieses Wort elektrisierte Jakob. Es gab also Überlebende – wenige zwar, aber es gab sie. Wenn Martin auch durchgekommen wäre? An diesen Gedanken klammerte er sich, rannte weiter jeden Tag auf das Amt, fragte Reisende aus, schrieb Eingabe um Eingabe, wie damals, als er um die Posthalterstelle gekämpft hatte. Er ließ sogar Messen lesen in der Kirche, deren Pfarrer Martin getauft hatte, obwohl er doch mit dem christlichen Gott eigentlich nicht viel anfangen konnte. Bei all dem vergaß er das Haus. Er bemerkte gar nicht, dass Elisabeth alle Angelegenheiten regelte und ordnete, dass die Geschäfte weiterliefen. Und das sogar sehr gut.

An einem warmen Maitag saß Jakob auf der Bank neben der Eingangstür und er nahm zum ersten Mal seit Monaten wieder seine Umwelt wahr. Er spürte die Wärme der Wand, an der er lehnte, er bemerkte die Farben der Blumen und Bäume, sog die Düfte des Gartens in sich auf und hörte das Schnauben der Pferde im Stall. Noch war alles ruhig, aber bald würde die Kutsche aus Frankfurt eintreffen. Jakob wollte sich erheben, er musste doch nach dem Rechten sehen, nach den Knechten rufen, aber es war ihm nicht möglich aufzustehen. Eine seltsame Schwäche hielt ihn zurück. Ob es da, wo Martin sich jetzt befand, auch so schön warm war? Plötzlich wurde ihm bewusst, dass er seinen Sohn nie wiedersehen würde. Es war eine Gewissheit, von der er nicht wusste, woher sie kam. Aber sie tat weniger weh als die Unsicherheit der letzten Monate. Sein Herz schlug wieder ruhiger. Was blieb, war der Schmerz, der ihn bis zum Ende seines Lebens begleiten würde.

Jakob schloss die Augen und versuchte, sich Martins Gesicht zu vergegenwärtigen, doch es blieb merkwürdig blass, hatte keine richtigen Konturen mehr. Als er die Augen wieder aufschlug, sah er in einiger Entfernung den kleinen Johann vor sich stehen, der ihn aufmerksam beobachtete. Sie blickten sich eine Weile stumm an. Großvater und Enkel. Er hält meinem Blick stand, dachte Jakob. Das gefiel ihm.

»Komm her!«, forderte er den Jungen auf, und zu seiner Überraschung kam er tatsächlich langsam näher.

»Hast du keine Angst mehr vor mir?«, fragte ihn Jakob, selbst ganz erstaunt.

Der Kleine schüttelte den Kopf, dass die nussbraunen Locken flogen. »Nein, jetzt nicht mehr.«

»Und warum nicht?«

Johann zuckte die Achseln. »Weiß nicht. Du bist traurig, deshalb bist du auch nicht mehr böse.«

Wenn es so einfach wäre, dachte Jakob. Aber der Bub hat etwas, ich weiß nicht richtig, was. Er musterte ihn genau und senkte seinen Blick in die schimmernden, ihm so verhassten Augen. Aber plötzlich schob sich ein anderes Augenpaar in seine Erinnerung, ein helleres zwar, aber der kecke, wache Blick war derselbe. Es waren die Augen des jungen Mannes, der sich in den Wassern der Alb betrachtet und über seine Zukunft, seine Pläne und Träume nachgedacht hatte.

Er erinnerte sich an Elisabeths Worte: »In ihm ist mehr Haug, als du glaubst.«

»Gib mir deine Hand!«, hörte Jakob sich sagen. »Es ist schön, dass wir uns endlich kennenlernen.«

Juli 1945

Kurt Goldstein hing im Sessel, die Beine weit von sich gestreckt. Die Zigarette hielt er schlaff zwischen den Fingern der linken Hand. Sie war in der Zwischenzeit erloschen, die Asche auf den Teppich gefallen.

Jakob starrte auf das kleine silbrig graue Häufchen. Normalerweise wäre er verärgert gewesen über eine solche Nachlässigkeit, aber jetzt war er mit den Gedanken weit weg. Er hing den Erinnerungen an eine ferne Vergangenheit nach, die auf eine merkwürdige Art doch so gegenwärtig waren.

»Was für eine Geschichte!«, sagte Goldstein schließlich mit einem tiefen Seufzer.

Jakob nickte. »Das ist nur ein Teil der Familienlegende. Laut meiner Großmutter hat Johann sie oft im Familienkreis erzählt – in unterschiedlichen Versionen, je nachdem, wie spät es war, wie viel er schon getrunken hatte und wer ihm zuhörte.«

Goldstein lachte. »Also haben sie sich angenähert, der alte Jakob und sein Enkel? Und auch Elisabeth?«

»Das auf jeden Fall. Wenngleich der alte Sünder letztlich doch auch unnahbar blieb. Er war kein Großvater, der Märchen erzählte und ›Hoppe Reiter‹ spielte. Aber er hat Elisabeth als Erbin eingesetzt, ihr noch zu Lebzeiten die Leitung des *Markgrafen* übertragen und zu seinem Enkel ein recht gutes Verhältnis aufgebaut – was umso bemerkenswerter ist, da er, so denke ich, dem Schicksal nie verziehen hat, dass es fast all seine Pläne durchkreuzt hatte. Die Familienlegende besagt auch, dass er auf dem Sterbebett behauptet habe, alle zu lieben – die Tochter, den Enkel und auch die schon damals verstorbenen Frauen. Aber das glaube ich nicht.

»Wann sind Magdalena und Franziska gestorben?«

»Kurz nachdem feststand, dass Martin wohl in Russland umgekommen war. Etwa 1814, glaube ich. Beide Frauen sind kurz nacheinander dahingeschieden. Wenn's nicht so traurig wäre, könnte man es fast witzig finden: Beide Frauen hatte Jakob fast zur gleichen Zeit geschwängert und sie auch fast gleichzeitig begraben. Franziska hat den Tod von Martin nicht verwunden. Und von Magdalena sagt man, sie habe die vollkommene Genugtuung noch abgewartet, dann jedoch habe sie nichts mehr am Leben gehalten.«

»Ich möchte wissen, wie Jakob gestorben ist. Hat ihn all das bedrückt, was er falsch gemacht hat? Was er anderen Menschen angetan hat? Oder ist er leichten Herzens gestorben, im Bewusstsein, dass er seinen Schwur erfüllt hat? Was sagt Ihre Familiengeschichte darüber?«

»Nichts, fürchte ich.«

»Ich habe gehört, er sei fromm geworden im Angesicht des Todes?«

»Einer wie Jakob Haug wird nicht fromm, auch nicht im Angesicht des Sensenmanns.«

Jakob sah sein Gegenüber mit zusammengekniffenen Augen an. Woher hatte der Offizier all die Informationen über seine Familie? Den Namen Goldstein habe ich vorher noch nie gehört. Wenn ich nur wüsste, wie seine Mutter heißt.

Laut sagte er: »Jakob wurde abergläubisch wie die meisten, die nicht glauben können. Mit dem Christengott konnte er nichts anfangen. Ich glaube auch nicht, dass er seine Taten bereut hat. In seinen Augen war das meiste richtig und gut, er hat den *Markgrafen* gegründet, ihn vorangebracht.«

»Aber das Mühlkreuz? Das hat er doch gehegt und gepflegt, oder nicht?«

Wieder wusste er etwas, dazu noch so ein Detail. Woher nur?

»Das war ebenfalls Aberglaube, nichts weiter. Das Kreuz ist ein Symbol für das Haus und seine Geschichte. Es hat sein Sach geordnet, wie man hier bei uns sagt. Elisabeth hat sich als tüchtige Nachfolgerin erwiesen, das hat er noch erlebt. Und Johann war ein vielversprechender junger Mann. Nein, nein, ich glaube, er war versöhnt mit allem. Er hat noch erleben dürfen, dass der Kaiser der Franzosen endgültig besiegt und verbannt wurde. Aber auch für ihn war das Jahr 1815 ein schwieriges Jahr.«

»Inwiefern?«

»In Wien tagte in diesem Jahr der europäische Kongress. Und wie so oft hat auch die große Politik das Schicksal der einfachen Leute unmittelbar beeinflusst. Es ging nämlich nicht nur um Grenzen und Macht, sondern unter anderem auch um die Frage, wie das Postwesen weiter gehandhabt werden sollte. Würde das Haus Thurn und Taxis weiter den Postverkehr des ehemaligen Deutschen Reiches ausüben? Das hätte ja auch unmittelbar Konsequenzen für die Posthalterstelle in Ettlingen gehabt. Nun, wie wir wissen, hat die Fürstin Therese gekämpft wie eine Löwin, und tatsächlich blieb dem Hause Thurn und Taxis dieses Privileg erhalten. Das war eine große Erleichterung. Jakob hat auch noch die Renovierung der Schankstube und die Neugestaltung der Hoteräume durchgeführt. Noch eleganter, noch schöner sollten sie werden. Zur Ausführung eines anderen Plans ist er allerdings nicht mehr gekommen. Er wollte den Anbau erweitern, um noch weitere Gästezimmer zu schaffen. Der *Markgraf* sollte mehr und mehr zu einem Hotel werden. Wie wir heute wissen, war seine Einschätzung vollkommen richtig: In der kommenden Friedenszeit nahmen Handel und Gewerbe zu, Bürger betrieben ihre Geschäfte über die engen Grenzen hinaus, reisten viel und brauchten dementsprechend Kost und Logis.« Jakob lächelte. »Es nötigt mir immer wieder Respekt ab, wenn ich mich an den alten Sünder erinnere. Der Fortschritt, an den er so unbedingt glaubte, breitete sich tatsächlich aus, erst langsam und leise, dann lauter und schneller, wie eine Welle, die immer höher steigt. Leider war dieser Fortschritt begrenzt, er umfasste nicht alle Bereiche des menschlichen Lebens. Das musste dann auch sein Urenkel Leopold, mein Großvater, schmerzlich erfahren. Aber Jakob hat noch so lange gelebt, um die Genugtuung zu haben, dass seine Erwartungen zumindest zum Teil bestätigt wurden. Die Idee vom erweiterten Hotelbetrieb haben dann Elisabeth und Johann aufgenommen, allerdings nicht ohne Kämpfe. Durch äußere Umstände, über die noch zu sprechen sein wird, war das Geld wieder knapp geworden. Elisabeths Prophezeiung, dass in dem Kleinen mehr Haug steckte, als man zu dem Zeitpunkt wissen konnte, bewahrheitete sich – sie waren Haug'sche Sturköpfe, alle miteinander.«

Goldstein lächelte. »Was ich Sie noch fragen wollte: Diesen Goethe-Spruch, hat er ihn wirklich aufschreiben und im Haus aufhängen lassen, bei all den Schicksalsschlägen?«

»Ja, aber erst drei Jahre später, nachdem er sich mit Elisabeth weitgehend ausgesöhnt und sich seinem Enkel angenähert hatte. Die Tafel hing zunächst in der Diele, über dem Eingang zur Schankstube. Und er hat an dem Spruch festgehalten, sein ganzes weiteres Leben lang. Auch alle anderen Haugs haben diesen Spruch beherzigt als ein Vermächtnis von Jakob dem Gründer.«

Goldstein öffnete den Mund, als wolle er etwas sagen, ließ es dann aber sein und bedachte Jakob mit einem unergründlichen Blick.

Mai 1828

Johann der Genießer

Tief sog er die Luft ein, die süß und schwer über dem staubigen Weg hing und ihn mit den Gerüchen seiner Kindheit liebkoste. Wie gut, dass er die letzte Strecke zu Fuß gegangen war. Der Postkutscher, ein älterer, knorriger Kauz, der beständig Tabak kaute, kannte ihn gut und hatte deshalb auch nichts dagegen einzuwenden gehabt, dass Johann schon einige Kilometer vor dem *Markgrafen* ausgestiegen war und den restlichen Weg alleine zurücklegte. Bereitwillig hatte er die Pferde angehalten, trotz des Protests der Reisenden im Inneren des Wagens.

»Soll ich der Mutter sagen, dass Ihr unterwegs seid?«, hatte er gefragt.

Johann hatte entschieden abgelehnt. »Nein, nein, das versteht sie nicht, warum ich nicht gleich auf dem schnellsten Weg komme. Ich fürchte, sie würde sich auch unnötig Sorgen machen.«

»Schon recht«, hatte der Kutscher genuschelt und seinen Tabak in hohem Bogen ausgespuckt. »Aber staunen wird sie, wenn sie den Herrn Sohn sieht. Ihr seid ein richtig vornehmer Herr geworden mit Eurem feinen Röckchen und der Halsbinde. Wie lange wart Ihr nicht mehr zu Hause?«

»Ein gutes Jahr. Und vorher war ich auch immer nur kurz hier. Wegen der Ausbildung.« Er war selbst ganz erschrocken darüber, wie lange sein letzter Besuch her war, er konnte es kaum glauben. Aber jetzt kehrte er mit jedem Schritt ein wenig mehr nach Hause zurück, und das Gefühl der Fremdheit, das er zunächst verspürt hatte, während die Kutsche sich Ettlingen näherte, war nun auch fast gänzlich verschwunden. Ja, es war richtig gewesen, das letzte Stück des Weges zu gehen. Die Mutter erwartete ihn sowieso erst morgen. Johann hatte sie überraschen wollen, und das würde ihm jetzt umso mehr gelingen. Außerdem gab es da noch einen anderen Grund, weshalb er früher als erwartet angereist war – einer, der seiner Mutter sicher nicht gefallen würde.

Hinter sich hörte Johann das Knirschen von Rädern, er drehte sich um und sah einen kräftigen Braunen, der einen schnittig gebauten Einspänner zog. Das Gefährt näherte sich schnell, hielt auf ihn zu und kam dann sanft zum Stehen.

»Ja, wen haben wir denn da?«, hörte Johann eine wohlbekannte Stimme und blickte in das lächelnde Gesicht von Hermann Pfäfflin, dem Wirt der *Krone*. »Wenn das nicht der Johann Haug ist? Kommst jetzt endlich nach Hause, da wird sich die Mutter freuen. Auf, steig ein!«

Johann wäre lieber weitergelaufen, andererseits freute er sich aufrichtig, den *Krone*-Wirt zu sehen. Er erinnerte sich noch gut daran, wie freundlich er zu ihm gewesen war, als er noch ein kleiner Junge war. Es hatte damals nicht viele Menschen gegeben, die ihm so unvoreingenommen und liebevoll begegnet waren. Mit der Zeit war es besser geworden, vor allem, nachdem sein Großvater ihn anerkannt hatte, aber Hermann, wie er ihn auch damals schon hatte nennen dürfen, war ihm immer zugetan gewesen – wenngleich ein ganz bestimmtes Interesse, das Johann erst später erkannte, dessen Verhalten bestimmt hatte.

»Siehst ja richtig vornehm aus«, bemerkte Hermann und nickte ihm anerkennend zu. »Und erwachsen bist du geworden, Sakrament, ein Mann, ein richtiger Mann.«

»Ich bin ja auch schon dreiundzwanzig Jahre alt, da wird's Zeit. Und mit dem Vornehmen ist's so weit auch nicht her. Ich war allerdings in einem sehr guten Haus in Baden-Baden tätig, da legt man schon Wert auf ein bestimmtes Benehmen und die äußere Erscheinung.«

»Ich weiß, die Mutter hat mir davon erzählt. Sie hat dich wohl auch öfter besucht?«

»Nicht so oft, wie ich es mir gewünscht hätte. Sie konnte das Haus ja nicht so lange alleine lassen.«

Er erinnerte sich noch gut an Mutters Besuche in den Jahren, in denen er im Hotel *Stéphanie Les Bains* gelernt hatte. Es hatte ihn immer gerührt, wie sie da gesessen hatte, in der riesigen Empfangshalle mit den Kronleuchtern, den dicken, schweren Teppichen und den eleganten Polstermöbeln. Ganz verloren hatte sie ausgesehen, die Wirtin *Zum Markgrafen*, Elisabeth Haug. Dabei war sie doch sonst eine so selbstbewusste und unerschütterliche Frau. Aber dann war sie aufgestanden, als sie ihn gesehen hatte, mit durchgedrücktem Rücken, in ihrem altmodischen schwarzseidenen Kleid, das noch eine hohe Taille hatte, und hatte sich bemüht, stolz und gleichmütig zu wirken.

»Ich bin froh, Johann, dass du hier bist, in diesem schönen Haus«, pflegte sie jedes Mal zu sagen. »Auch wenn wir uns kaum sehen können, auch wenn du daheim nötig wärst wie's tägliche Brot, bin ich froh. Du musst hierbleiben und weiterlernen.«

Johann wusste genau, dass sie eigentlich noch etwas anderes hatte sagen wollen, etwas, das aber nie über ihre Lippen ging. Typisch Haug. Sie kämpften mit so einfachen Sätzen wie »Ich vermisse dich« oder »Du bist in meinem Herzen«, als wären es Brocken, an denen man schier erstickte.

»Die Mutter hat mir erzählt, was für ein nobles Hotel das ist, in dem du lernst.«

»Ja, es ist eines der ersten Häuser am Platz«, sagte Johann stolz. »Und das will etwas heißen für einen Ort wie Baden-Baden. Man mag kaum glauben, was für eine auserlesene Gesellschaft man dort trifft. Du gehst auf der Straße und siehst an einer Ecke eine russische Großfürstin und an der anderen eine schwedische Prinzessin. Dort flaniert die Königin von Dänemark, und da spaziert der Großherzog.«

Der Wirt sperrte den Mund weit auf vor Erstaunen. »Und da warst du mittendrin?«

»Sozusagen«, antwortete Johann vergnügt.

»Da findest du dich bei uns doch gar nicht mehr zurecht.«

»Das wäre ja noch schöner! Jetzt will ich endlich der Mutter helfen und den *Markgrafen* weiter voranbringen, so wie's der Großvater gewollt hat.«

»Hast wohl große Pläne?«

Johann schnitt eine Grimasse. »So groß können die Pläne leider nicht sein. Wir mussten unser Erspartes opfern und haben trotzdem noch Schulden. Das Hochwasser der Alb vor fünf Jahren drückt uns immer noch. Wir haben die Ställe ganz neu bauen müssen und auch das Haus selbst hat gelitten.«

»Ich weiß. Hab's damals ja mit eigenen Augen gesehen. Kaum jemand ist verschont geblieben.«

»Ihr habt Glück gehabt.«

»Ja, Glück«, erwiderte Hermann Pfäfflin und zog ein Gesicht, als schmecke er eine unbekannte Speise. »Ja, Glück«, wiederholte er. »*Nur* die Keller sind uns vollgelaufen, und die Vorräte waren hin. Aber ja, uns ging's trotzdem besser als so vielen anderen. Dass dein Großvater das kurz vor seinem Tod noch hat erleben müssen.«

»Die Mutter meint, er habe das gar nicht mehr richtig erfasst. Hat immerzu davon geredet, dass man die Alb in ein Bett zwingen müsse, so wie den Rhein, an dem sie immer noch schaffen.«

Pfäfflin grinste. »An den Fortschritt und die Veränderung hat er immer geglaubt, dein Großvater. Davon war er nicht abzubringen.«

»Nur in einer Sache hat er unbedingt festgehalten: das Kreuz im Garten.«

»Ich weiß. Das war damals seine größte Sorge, dass das Kreuz noch steht und nicht vom Wasser mitgerissen wird.«

»In dem Punkt war er wirklich verflucht abergläubisch. Ebenso wie mit dem Spruch, der in der Diele hängt. Gott weiß, woher er den hatte. Immer wieder hat er ihn aufgesagt wie ein Gebet: ›Allen Gewalten zum Trotz sich erhalten …‹«

Beide lachten.

»Und das hat er sein Leben lang beherzigt. Dem hat er alles untergeordnet«, fügte Pfäfflin noch hinzu. Sie schwiegen und hingen ihren Gedanken nach, während der Braune in raschem Trab über die staubige Straße lief. Johann versuchte, sich das Gesicht seines Großvaters vorzustellen, aber es gelang ihm nur noch, das letzte Bild heraufzubeschwören: Jakob auf dem Totenbett, eine schmale, abgezehrte Gestalt unter dem weißen Leinentuch. Sein eingefallenes Gesicht mit den weißen Bartstoppeln hatte friedlich ausgesehen, ganz so, als sei er mit sich und der Welt im Reinen. Johann war froh, dass er noch rechtzeitig gekommen war, er hatte kurz vor Jakobs Tod dessen Hand gehalten und das sanfte Hinübergleiten ins Dunkel erlebt. Dieser Moment war auch deshalb so wichtig für ihn gewesen, weil er sich nun endlich vom Furcht einflößenden Gespenst seiner Kindheit lösen konnte, von diesem großen, strengen Mann, der ihm damals vorkam, als wäre er jederzeit bereit, ihn zu verschlingen. Ich habe die Angst vor ihm nie ganz abgelegt, gestand Johann sich ein. Auf meiner Existenz lag eine Schuld, die ich sehr lange nicht verstehen konnte. Aber mit Großvaters Tod wurde dieses schreckliche Geheimnis, die Umstände meiner Geburt, für mich enthüllt und schließlich für immer begraben. Und die Mutter hatte Johann nicht nur verziehen, sie hatte ihn zu lieben gelernt.

Als ob Hermann Pfäfflin seine Gedanken gelesen hätte, sagte er leise: »Du hast's ja wirklich nicht leicht gehabt mit ihm.«

»Vergeben, wenn auch nicht vergessen. Jakob hat's vor allem nicht leicht gehabt mit sich selbst. Aber am Schluss war alles gut. Kurz bevor er eingeschlafen ist, hat er allerdings etwas gesagt, was mich immer gewundert hat.«

Pfäfflin sah ihn neugierig an.

»Er hat gemeint, er habe sein Herz wiederbekommen. Sein lebendiges, zuckendes Herz. Bis heute verstehe ich nicht, was er damit gemeint hat.«

»Spinnereien eines alten, sterbenden Mannes. Dein Großvater war, wie gesagt, ziemlich abergläubisch, trotz aller Fortschrittsbegeisterung. So, wir sind gleich da, soll ich vorfahren?«

In seiner Stimme lag etwas, das Johann zuerst nicht deuten konnte. Aber dann sah er Pfäfflins Blick und dachte überrascht, dass dies wohl Sehnsucht sein musste. Der gute Pfäfflin trug seine Mutter nach so vielen Jahren also immer noch in seinem Herzen.

Elisabeth hatte damals, als er noch ein kleiner Junge gewesen war, etliche Verehrer gehabt. Junge Männer, die sich weder von der schlimmen Geschichte, die mit ihr verbunden war, noch von einem Kind abschrecken ließen. Einer war Johann besonders im Gedächtnis geblieben: Christoph hatte er geheißen. Er war immer freundlich und gut zu ihm gewesen. Aber auch den hatte seine Mutter kategorisch zurückgewiesen. Dann war Hermann Pfäfflin auf den Plan getreten. Sie hatten auf dem Markt in Ettlingen zum ersten Mal miteinander gesprochen. Elisabeth hatte dort mit einem Bauern gestritten, der den *Markgrafen* mit Eiern und Geflügel belieferte. Sie war mit der Qualität der Ware nicht mehr zufrieden gewesen. Auf einmal war Hermann Pfäfflin zu ihr getreten, hatte ihr die Hand entgegengestreckt und lächelnd gesagt: »Das ist doch die Elisabeth! Ich habe dich schon lange nicht mehr gesehen.« Die Mutter hatte erst gezögert, dann aber seine Hand genommen und sich mit ihm unterhalten. Später hatte sie gemeint, dass man diesen uralten Streit zwischen den Haugs und den Pfäfflins beilegen müsse, denn Hermann beispielsweise hätte doch gar nichts mit der Auseinandersetzung um die Posthalterstelle zu tun gehabt. Und so war der *Krone*-Wirt in ihr Leben getreten und hatte für Johann den Platz von Christoph eingenommen, denn fortan bekam er von ihm Süßes und liebe Worte. In den *Markgrafen* kam Hermann nie, er fürchtete den alten Jakob, von dem man wusste, dass er nicht so leicht vergaß. Aber er und Elisabeth trafen sich immer auf dem Markt oder bei geselligen Veranstaltungen. Sie unternahmen gelegentlich auch Spaziergänge.

Eines Tages war Hermann Pfäfflin plötzlich aus seinem und Elisabeths Leben verschwunden. Viel später war ihm klar geworden, dass die Mutter auch Hermann abgewiesen haben musste. Johann hatte sich oft gefragt, ob Elisabeth je mit dem Gedanken gespielt hatte, eine Ehe einzugehen, um so den Makel, der ihr in den Augen vieler Leute anhaftete, zumindest teilweise abzuwaschen und um einen Vater für ihr Kind zu bekommen. Aber es war ihr dann wohl doch nicht vorstellbar gewesen, auch nicht mit einem so sanften und guten Mann wie Hermann Pfäfflin.

Nach einer Zeit des Wartens, Hoffens und Trauerns hatte der *Krone*-Wirt schließlich dem Flehen seiner Eltern nachgegeben und die Tochter eines Weinhändlers aus der Ortenau geheiratet. Ottilie war nicht unbedingt schön zu nennen, sie hatte eine sehr scharfe Zunge und ein galliges Temperament, aber sie war eine unbestritten gute Wirtschafterin, tüchtig und fleißig. Die Ehe zu ihr festigte zudem die Geschäftsbeziehungen zwischen den Familien. Zwei Töchter schenkte Ottilie ihrem Hermann, ein Sohn wollte sich zum großen Bedauern aller nicht mehr einstellen.

Dass Hermann Pfäfflin eine Zeit lang den heftigen Wunsch gehegt hatte, dass zwischen seiner Ältesten, Luise, und ihm, dem Erben des *Markgrafen*, eine Beziehung entstehen würde, hatte Johann immer amüsiert. Hermann wollte sich auf diesem Umweg quasi eine indirekte Erfüllung seines Traumes, eine Verbindung mit der Familie Haug, doch noch ermöglichen. Beide Kinder aber taten ihm den Gefallen nicht. Luise, die ein recht hübsches Mädchen war, verlobte sich sehr früh mit einem Schreiber der Hofkammer. Johann hingegen hatte eher an anderen Mädchen Gefallen gefunden.

Hermann Pfäfflins sehnsüchtiger Blick berührte Johann so sehr, dass er, entgegen seines ursprünglichen Wunsches, dessen Angebot annahm, ihn zu Hause abzuliefern. Viel lieber hätte er aber noch einen kurzen Umweg in die kleine Gasse unweit des Badischen Tors eingeschlagen. Aber seine Mutter hätte es ihm nie verziehen, wenn sie erfahren hätte, dass er nicht auf schnellstem Wege nach Hause gekommen war. Es würde ohnehin noch genug Streit geben, wenn Johann ihr von seinen Absichten erzählte, da machte er sich nichts vor.

Pfäfflin lenkte seinen Wagen in den Hof des *Markgrafen*, der jetzt in der Morgensonne döste. Die Postkutsche war abgefertigt worden und stand hinten im Stall, wie man durch die weit geöffneten Tore sehen konnte. Von irgendwoher war Simons leises Pfeifen zu hören, der wahrscheinlich die Pferde versorgte. Eine dralle junge Frau im hochgeschürzten Rock kam aus dem Rücheingang. Sie war wohl eine der neuen Mägde, die Johann noch nicht kannte. Das Mädchen starrte mit zusammengekniffenen Augen auf die Neuankömmlinge, dann rief sie etwas nach hinten in die Küche, und auf einmal stand Elisabeth im Türrahmen.

Johann hatte plötzlich einen Kloß im Hals. Er hatte seine Mutter so selten gesehen in den letzten Jahren. Was, wenn sie sich fremd geworden waren? Ihr Leben war so verschieden verlaufen, es gab so vieles, das sie nicht geteilt, über das sie nicht gesprochen hatten. Elisabeth beschattete mit der Rechten ihre Augen, dann ließ sie die Hand fallen und wirkte plötzlich hilflos, wie sie da mit hängenden Schultern stand.

Hermann versuchte, das angespannte Schweigen zu durchbrechen: »Da schau, wen ich dir mitgebracht habe! Das ist doch eine Überraschung!«

Auf einmal kam Leben in die Wirtin. Sie rannte auf den Einspänner zu, Johann sprang herab, und dann lagen sie sich in den Armen. Es ist wie früher, dachte Johann. Die Mutter riecht, wie sie immer gerochen hat, nach gutem Essen und ein bisschen nach Wiese. Und sie umarmt mich, wie sie es immer getan hat. Als ob diese vier Jahre gar nicht gewesen wären.

Jetzt wurde es auf dem Hof lebendig. Simon, der auch schon alt und grau war, kam aus dem Stall gehumpelt und hieb ihm kräftig auf die Schultern. Die beiden älteren Mägde, die er noch von früher kannte, drückten ihm die Hand und rieben sich die feuchten Augen mit den Schürzenzipfeln. Die jüngeren Dienstboten standen beisammen und musterten ihn neugierig.

»Dass du jetzt schon kommst!«, sagte Elisabeth unter Weinen und Lachen. »Ich stecke noch mit beiden Händen im Teig für deinen Willkommenskuchen. Nun musst du eben bis morgen warten. Dass du ihn mir gebracht hast, Hermann! Komm herein und trinke einen Schnaps mit uns.« Rasch erteilte sie die nötigen Anweisungen, und alle bis auf Simon stoben auseinander.

»Unser Jüngelchen ist aber ein vornehmer Herr geworden«, sagte der Knecht behaglich grinsend, und Elisabeth musste lachen.

»Sein Großvater würde behaupten, dass er ein rechter Geck geworden ist«, antwortete sie, aber der mütterliche Stolz, mit dem sie ihren Sohn betrachtete, nahm ihren Worten die Schärfe.

Hermann Pfäfflins Blick ruhte indessen unverwandt auf Elisabeth. Seine Wangen waren ein wenig gerötet.

Ach du armer Kerl, dachte Johann gerührt. Nach all den Jahren hängt er immer noch so sehr an ihr.

Im Schankraum schenkte Elisabeth ein Kirschwasser ein und erkundigte sich bei Hermann, wann denn die Hochzeit seiner Ältesten stattfinden würde. Während sie dem Bericht des *Krone*-Wirts aufmerksam lauschte, hatte Johann endlich Gelegenheit, seine Mutter genauer zu betrachten. Sie war noch immer schlank und zierlich, wie sie auch als junges Mädchen gewesen war. Das Haar trug sie nun in der Mitte gescheitelt und der Mode entsprechend an der Seite zu Zöpfen eingerollt. Ein paar graue Strähnen waren die einzigen Hinweise auf ihr Alter, ansonsten war ihr Gesicht noch glatt und wurde beherrscht von ihrem großen, funkelnden blauen Augenpaar. Auch der schwermütige Ausdruck um ihren Mund war noch da. Seit er seine Mutter zum ersten Mal bewusst wahrgenommen hatte, war dieser Zug kennzeichnend für sie, ihre willensstarke und energetische Ausstrahlung vermochte er aber nicht zu vermindern.

Als sie Pfäfflin verabschiedet hatten, hakte Elisabeth sich bei Johann unter und sagte: »Komm, lass uns ein wenig herumgehen. Du bist doch sicher neugierig, was sich alles verändert hat. Dabei kannst du mir erzählen, wie es dir in der letzten Zeit ergangen ist und was du alles gelernt hast. Ist dir der Abschied denn sehr schwergefallen?«

»Nein, gar nicht. Ich freue mich, wieder hier zu sein«, entgegnete er. Stimmte das denn wirklich? Johann wollte ehrlich zu sich sein, er rief sich die imposante Eingangshalle des Hotels *Stéphanie les Bains* ins Gedächtnis, die Rezeption, die hohen Palmen vor dem Gebäude, die weitläufige Terrasse mit den zierlich geschwungenen Stühlen und Tischen und die bunten Blumengestecke. Wie prachtvoll war das alles gewesen, wie luxuriös, groß und vielfältig im Vergleich zum kleinen *Markgrafen*. All diese Eleganz, die ihn in den letzten Jahren umgeben hatte, wirkte nun jedoch wie ein merkwürdig ferner Traum, genauso wie die Gesichter der Menschen, mit denen er gearbeitet hatte und die ihm über die Jahre vertraut geworden waren. Wie seltsam, dachte er, obwohl ich mich vor dem Wiedersehen gefürchtet habe, fühlt es sich so an, als wäre ich nie weg gewesen. Hier ist mein Platz, war er schon immer, und gemeinsam mit der Mutter werde ich das Haus weiter voranbringen! Ich habe noch so viele Ideen. Es ist alles noch ein bisschen grobschlächtig hier, ein Gasthof mit Poststation eben, aber es soll etwas besonders Schönes daraus werden, ein Ort des Genusses und der Freude!

»Sieh dich um«, sagte Elisabeth, »alles ist wieder genauso schön wie früher, nein, sogar besser! Die Ställe mussten mit der Zeit alle abgetragen und neu aufgebaut werden, wie du weißt. Die Fundamente sind wieder gut, und der gesamte Verputz ist nun überall erneuert. Ein Glück, dass du das Hochwasser damals nicht miterleben musstest«, sagte sie leise. »Es hat unaufhörlich geregnet, die Alb wurde ein reißender Fluss, brachte alles Mögliche mit sich – Balken, Hausrat, tote Tiere, sogar Särge sollen dabei gewesen sein, habe ich gehört. Dann drang das Wasser in die Gassen ein, stieg Stockwerk um Stockwerk, sodass die Leute Todesangst bekamen. In der Nacht brach die Flut dann durch den Schlossgarten und schoss mit aller Gewalt hinüber zu uns. Die Keller und Vorratsräume liefen voll. Als es hell wurde, habe ich gleich die Zimmerleute gerufen, damit das Fundament gestützt wurde und nicht zusammenbrach. Du hast bei deinem Besuch damals ja noch einiges von den Schäden gesehen, aber das meiste war schon beseitigt.«

»Das war sicher eine Heidenarbeit!«, sagte Johann anerkennend. »Wie du das geschafft hast. Sieht alles sehr gut und solide aus. Wie hast du das bloß finanziert?«

»Das Angesparte ist draufgegangen«, sagte sie ruhig, aber er bemerkte den leicht vibrierenden Unterton in ihrer Stimme. »Und trotzdem haben wir noch Schulden machen müssen, das ist das Schlimmste. Du weißt ja, wie der Grundsatz deines Großvaters immer lautete: ›Nie mehr Schulden‹. Aber es ging eben nicht anders. Ich bin mehrere Male in Karlsruhe gewesen, im Bankhaus von Haber habe ich zuerst vorgesprochen. Die sind solide, habe ich mir gedacht. Sie haben mir einen Kredit gewährt, zu guten Bedingungen, wie ich meine. Das Geld sei knapp, hat man mir gesagt, und ich soll froh sein, dass ich ihn noch so günstig bekommen hätte. Der alte Herr von Haber war ein paar Mal Gast bei uns, er kannte mich und das Haus, und das hat wohl geholfen.«

Sie schwieg einen Moment, strich sich mit der Hand einige Haarsträhnen aus der Stirn. Das wird ihr sauer geworden sein, dachte er. Der Haug'sche Stolz ... Großvater wäre sicherlich nicht so empfindlich gewesen, bei allem, was ich so über ihn gehört habe, denn er hatte diesen maßlosen Ehrgeiz – nur dass diese Eigenschaft ihn in mancher Hinsicht skrupellos gemacht hatte. Die Mutter war da heikler.

»Ach ja«, sagte sie leise, »und Hermann hat mir etwas geliehen.«

»Hermann Pfäfflin?«

»Ja, ich wollte das Geld zuerst nicht annehmen, aber er hat es mir förmlich aufgedrängt. Aus alter Freundschaft, hat er gemeint. Er sei gut durch die letzten Jahre gekommen und das Hochwasser habe ihn nicht so schwer getroffen, da sei es nicht mehr als recht und billig, dass er mir hilft. Er wollte keine Zinsen dafür, aber das habe ich nicht geduldet. Wir haben auch alles aufgeschrieben und sind zum Notar gegangen. Ich wollte das so!«

Er streichelte sanft ihre Hand. »Du hast alles gut gemacht. Dass du mir aber gar nichts davon gesagt, mir nichts davon geschrieben hast!«

Sie lächelte und erwiderte den sanften Druck seiner Finger. »Hättest du davon gewusst, wärst du auf dem schnellsten Weg heimgekommen, um mir beizustehen. Ich wollte doch um jeden Preis, dass du deine Ausbildung fertig machst!«

Ach, Mutter, dachte er gerührt. Aber jetzt stehe ich dir bei! Laut sagte er: »Wichtig ist, dass wir jetzt gut wirtschaften. Wir müssen das Haus voranbringen, neue Gäste gewinnen. Wie läuft es denn momentan?«

Da lächelte Elisabeth auf einmal. Ihr Gesicht wurde weicher und gelöster und trug einen Anflug von schüchternem Stolz.

»Gut. Der Postverkehr wird zwar immer weniger einträglich,

aber wir haben an den Samstagen und vor allem sonntags sehr viele Gäste. Die meisten kommen mit der Kutsche aus Karlsruhe herüber, um das warme Wetter und den ersten Spargel zu genießen. Wir haben auch einige Übernachtungsgäste. ›Die Geschäfte laufen allenthalben immer besser, Frau Haug. Sie führen ein gutes Haus!‹, hat neulich einer zu mir gesagt. Und wir haben endlich Frieden, Baden ist so groß geworden, es gibt nicht mehr so viele Zollstationen, und es gibt auch einheitliches Geld. Das kurbelt die Wirtschaft überall an. Außerdem«, sie senkte unwillkürlich ihre Stimme, und ein Ausdruck der Besorgnis trat in ihre feinen Züge, »außerdem soll es noch viel besser werden, hat der Herr gemeint. Der Fortschritt komme jetzt nämlich mit Macht. Derzeit sollen viele Erfindungen gemacht werden. Der Mann hat etwas von einer großen Kutsche geredet, für die man keine Pferde mehr braucht. Eine Maschine soll sie mit Dampf antreiben. Ich kann mir das gar nicht vorstellen.«

»Dieses Gefährt nennt man Eisenbahn. Ich habe schon einiges darüber gehört. Wir hatten neulich ein paar Gäste aus England da, die begeistert davon berichtet haben. Diese Bahn gibt es dort schon seit einigen Jahren. Sie kann angeblich Menschen und Güter viel schneller und billiger transportieren.«

»Aber bedeutet das ...«

»Das Ende unserer Postkutschen.«

»Glaubst du das wirklich, Johann?«

»Ja, Mutter. Ich habe mit so vielen Menschen gesprochen, die wissen, was in der Welt vorgeht. Unser Ettlingen liegt noch ziemlich hinter dem Mond, nichts für ungut. Einer der Herren, von denen ich zuvor gesprochen habe, besitzt sogar große Fabriken im Norden Englands.«

»Fabriken?«

Er zog eine Grimasse. »Ja, noch so ein neumodischer Kram. Stell dir eine riesengroße Halle vor, so groß oder noch größer als die Prunkräume im Schloss. In dieser Halle stehen Maschinen, die mit Wasser und Dampf betrieben werden.«

»Wie diese Eisenbahn?«

»Genau! Er hat in seinen Räumen Maschinen, die mehrere Fäden auf einmal spinnen können – und das viel feiner als von Hand. Dazu noch die mechanischen Webmaschinen, die viel mehr produzieren als die alten Handwebstühle.«

Elisabeth hatte ihm atemlos zugehört. »Und diese Fabriken sind so groß, sagst du?«

»Riesig, Mutter, riesig! Und jetzt weißt du auch, warum die Eisenbahn so wichtig ist. Man kann die vielen Güter schnell transportieren, die Stoffe beispielsweise.«

Unwillkürlich seufzte die Mutter. »Aber was bedeutet das für uns?«

»Der englische Unternehmer hat zu mir gesagt: ›John‹, – John ist Englisch für Johann –, ›das ist die Revolution, die da seit einigen Jahren bei uns passiert. Sie ist mächtiger als die Revolution, die die Franzosen damals veranstaltet haben. Wir werden noch einiges erleben!‹«

»Wie hat er das wohl gemeint mit der Revolution?«

»Dass die Menschen die Möglichkeit haben, etwas aus sich zu machen, ganz egal, wo und als was sie geboren wurden. Ich sage dir, Mutter, im Hotel hatten wir Gäste, einfache Bürger wie du und ich, die waren so reich, dass mancher Graf oder Fürst scheele Augen bekommen hätte. Das war doch auch der Traum der französischen Revolutionäre, dass die Menschen frei von allen herrschaftlichen und ständischen Schranken sein sollen und gleich in ihrem Bemühen, ihr Leben zu gestalten, wie es ihnen beliebt. Und ich sage dir, auch wir können etwas aus uns und aus diesem Haus machen.«

»Ach, Johann«, sagte Elisabeth seufzend. »Ich fürchte, du hast zu viele Ideen aus deinem hochherrschaftlichen Hotel mitgebracht.«

»Mutter, verzeih mir, aber du denkst viel zu bescheiden. Wir können unsere Grenzen überwinden! Das hat der englische Herr auch gemeint. Er will uns einmal besuchen. ›Wenn Ihr das erste Haus am Platze habt, schreibt mir‹, hat er gesagt.« Johann lachte laut und ausgelassen. »Und ob ich ihm schreiben werde, bald sogar! Ach, Mutter, schau nicht so verzagt und mach dir auch keine Sorgen wegen der Schulden. Viele dieser Unternehmer hatten am Anfang Schulden, sie brauchten viel Geld, um ihre Fabriken zu bauen und die Maschinen kaufen zu können. Wer nicht wagt, der nicht gewinnt, das hat der Großvater auch immer gesagt. Hier sind die Leute noch viel zu zögerlich. Aber diese Revolution wird auch bei uns ankommen, verlass dich drauf.«

»Wie du redest, Johann. Wenn die Eisenbahn kommt und die Postkutschen nicht mehr fahren ... Angenommen, das passiert so, was machen wir dann? Wo kommen die Gäste her? Von denen aus Karlsruhe können wir alleine nicht leben.«

Johann legte den Arm um seine Mutter und küsste sie sanft auf den Scheitel. »So schnell wird es nicht gehen, für die Eisenbahn braucht man nämlich besondere Wege mit Schienen aus Eisen, auf denen die Wagen rollen können. Und da stehen wir noch ganz am Anfang. Noch mindestens zehn oder zwanzig Jahre wird es dauern, bis auch bei uns die ersten Eisenbahnen fahren werden. Bis dahin müssen wir dafür sorgen, dass in unserer Nähe eine Haltestelle zum Ein- und Aussteigen gebaut wird. Überlege doch einmal, Mutter, statt sechs Postkutschengästen kommen dann zwanzig, dreißig, ach was, noch viel mehr mit der Bahn. Sieh doch die Möglichkeiten, Mutter!«

Bevor Elisabeth darauf antworten konnte, kam eine der jüngeren Mägde auf sie zu, knickste und meldete in munterem Ton, dass das Essen für die Herrin und den jungen Herrn bereitstehe. Dabei schenkte sie Johann einen schmachtenden Blick. »Der ist so gut angezogen, richtig vornehm«, hatte sie vor dem anderen Gesinde in der Küche geschwärmt. Doch Rieke, eine der älteren Mägde, hatte sie ermahnt, nicht so ungebührliche Reden über die Herrschaft zu führen, und dann einige seltsame Bemerkungen gemacht, die die jüngeren Mägde nicht richtig verstanden. Irgendetwas Besonderes musste es mit dem jungen Herrn auf sich haben, sie würden schon noch draufkommen.

Elisabeth hatte den Blick der Magd bemerkt und schmunzelte. »Es scheint, du hast schon deine ersten Eroberungen gemacht,

Johann. Ich will gar nicht wissen, wie vielen Mädchen du in Baden-Baden den Kopf verdreht hast.«

Johann lachte wieder laut und fröhlich. »Dafür hatte ich keine Zeit, Mutter. Wenn ich nach dem Dienst in meine Kammer gegangen bin, war ich so müde, dass mich nicht einmal das hübscheste Mädchen der Stadt hätte reizen können.«

Das war natürlich nicht die ganze Wahrheit. Gelegentlich gab es dann doch ein Spiel mit den Augen, manchmal auch mehr oder weniger deutliche Angebote von Kolleginnen und den weiblichen Gästen.

Er war nur ein einziges Mal bei einem Gast schwach geworden, und das hatte er später bereut. Dabei hatte er sich rückblickend eigentlich glücklich schätzen müssen, dass ihr Verhältnis nicht herausgekommen war. Engerer Kontakt zwischen dem Personal und Gästen war streng untersagt, er hätte sicher seine Anstellung verloren, wenn jemand von seinem Geheimnis erfahren hätte.

Es war eine verheiratete Baronin aus der Nähe von Frankfurt gewesen, die ihm den Kopf verdreht hatte. Ihr Mann hatte hohe Spielschulden, erzählte man sich. Man durfte froh sein, dass er die Hotelrechnung bezahlen konnte. Angeblich weilte das Paar in Baden-Baden, weil die Baronin leidend sei und sich vom örtlichen Heilwasser Linderung versprach. In Wahrheit spielte der Herr Baron aber im Casino, während seine Frau sich langweilte.

Erst war es nur ein Spiel mit Blicken gewesen, zwischen der Baronin und ihm. Dann kam sie öfter an die Rezeption, wo er damals arbeitete. »Wo habt Ihr nur diese schönen dunklen Augen her? Ihr seid doch Kind dieses Landes, oder nicht? Welcher Vorfahre hat sich da wohl durchgesetzt?«, hatte sie immer wieder scherzend gefragt. Anfangs waren ihm die Anspielungen unangenehm gewesen. Sie hatten immer wieder die leidige Frage nach seiner Herkunft in ihm hochkochen lassen. Das traurige Bewusstsein, dass sein Erzeuger ein Vergewaltiger gewesen war. Aber dann hatte ein anderes Empfinden diese unseligen Gedanken überlagert: Das Gefühl, begehrt zu werden, trotz aller vermeintlicher Schuld, und das Verlangen, dieses Begehren zu erwidern. Plötzlich war nur noch eines wichtig für ihn – diese Frau zu erobern, mit ihr die Liebe zu erfahren. Anfangs war es schön gewesen, wie ein ekstatischer Rausch oder ein Traum. Doch aus dem war er dann allerdings schnell wieder erwacht. An einem Abend war die Baronin an die Rezeption gekommen und hatte geflüstert: »Bitte keinerlei Störung. Ich fühle mich nicht wohl.« Dabei hatte sie die Fingerspitzen an ihre Schläfen gelegt und Johann angeblickt. Es lag etwas Seltsames in ihrem Blick, das er zunächst nicht deuten konnte und ihn deshalb verunsicherte. Er äußerte sein Bedauern, fragte, was man für sie tun könne, stammelte etwas von Arzt und Apotheke. Aber sie winkte ab, murmelte: »Mein Gemahl hat heute Verpflichtungen, und meine Zofe hat Ausgang, ich brauche einfach Ruhe« und rauschte Richtung Treppe davon. Johann konnte sich noch genau erinnern, was sie an diesem Abend getragen hatte. Es war ein tief ausgeschnittenes, gelbes Kleid gewesen, das wunderbar mit ihrem kastanienbraunen Haar kontrastierte. Wie die Prinzessin aus einem Märchen, hatte er gedacht, während er ihr hinterhergeblickt hatte. Ich bin wirklich verrückt, hatte er damals gedacht – verrückt nach ihr und verrückt genug zu glauben, dass sie mich herausgefordert hat. Warum betonte sie sonst, dass sie allein sei und keine Störung wolle. Die nächsten zwei Stunden hatte er wie in Trance verbracht. Mechanisch hatte er neue Gäste begrüßt, hatte höflich und zuvorkommend Auskunft gegeben, hatte Schlüssel ausgehändigt und Beschwerden entgegengenommen. Seine Gedanken aber kreisten unablässig um das Zimmer im zweiten Stock, um den Blick und die milchweiße Haut und die kastanienbraunen Locken der Baronin. »Ist Euch nicht gut, Herr Haug?«, hatte sich der zweite Empfangschef, ein älterer Herr Namens Lerch, dann besorgt bei ihm erkundigt. »Ihr seht schlecht aus, habt Ihr Fieber?« Ja, Fieber hatte er, aber ein anderes, als Lerch sich das vorstellte. Ihm war heiß und kalt zugleich. »Jetzt geht schon, Ihr seht wirklich elend aus. Ich schicke nachher eines der Mädchen zu Euch herauf, falls Ihr etwas braucht.« Johann wehrte hastig ab. Er würde ohnehin nicht in seine Kammer gehen. Das Feuer der Erregung brannte in ihm. Er hatte sich bedankt, dann Lerch einen angenehmen Abend gewünscht und war zum Zimmer der Baronin geschlüpft. Er klopfte zaghaft, fürchtete, die Kammerzofe würde ihm öffnen und ihm mitteilen, dass die gnädige Frau sich nicht wohlfühle, aber dann hörte er nach einer langen Minute des Wartens ein geflüstertes »Ja?«. Es war zweifellos ihre Stimme. »Ich bin's, Jean.« Der Hoteldirektor hatte zu Beginn seiner Ausbildung verfügt, er möge sich Jean nennen, das klinge vornehmer als Johann und sei auch für die ausländischen Gäste leichter auszusprechen.

»Kommt herein.«

Vorsichtig öffnete er die Tür. Eine kleine Lampe erhellte das ansonsten dunkle Zimmer. Sie hatte im Bett gelegen, auf schwellenden, seidenen Kissen, und er hatte im Dunkeln die weißen Schultern gesehen und das Oval ihres Gesichts. Sie hatte ihm die Arme entgegengestreckt, und dann war alles untergegangen in einem Strudel der verwirrendsten Gefühle, die in einem Rausch ekstatischer Empfindungen gipfelten, die alles andere auslöschten. Das also war die Liebe, hatte er hinterher gedacht. Aber etwas stimmte nicht, ganz und gar nicht, ohne dass er sich richtig eingestehen konnte, was es denn nun wirklich war. Nein, das war keine Liebe, es war höchstens eine Facette davon, wenn auch eine wichtige.

Einige Tage später hatte Lerch ihn beiseitegenommen. »Herr Haug, es steht mir zwar nicht unbedingt zu, aber ich möchte Euch trotzdem etwas sagen, weil ich Euch sehr schätze: Ihr solltet auf Euch achtgeben. Glaubt mir, ich habe viel gesehen und mitbekommen in den Jahren, in denen ich in diesem und anderen Hotels gearbeitet habe. Ich habe Gäste getroffen, die sehr speziell waren, kalte und arrogante. Es waren aber auch weibliche Gäste dabei, an denen man sich die Finger verbrennen konnte. Deshalb passt bitte auf Euch auf, Herr Haug, damit Ihr Euch nicht in Gefahr begebt, wenn Ihr versteht, was ich meine.«

»Keine Sorge, ich habe Euch gut verstanden«, hatte Johann gesagt. Tat er das wirklich? Nun, es war dann ja zu einem schnellen Ende gekommen, zu einem beschämenden Ende, an dem er immer noch zu kauen hatte. Kein Mensch durfte es je erfahren!

»Wenn ich nur wüsste, was du jetzt gerade denkst«, drang die Stimme seiner Mutter in seine Gedanken. »Mir scheint, ich habe mit meiner Bemerkung gewisse Erinnerungen wachgerufen? Aber keine Sorge, ich werde nicht weiter nachfragen. Warum sollte ein junger Mann wie du nicht ab und zu eine kleine Liebelei gehabt haben.« Sie hakte sich lächelnd bei ihm unter. »Aber jetzt komm in den Speisesaal. Unsere neue Köchin Barbara wird zornig, wenn das Essen kalt wird. Ich bin gespannt, was du zu ihren Kochkünsten sagst. Barbara hat in einem guten Haus in Karlsruhe gearbeitet. Man hatte sie mir empfohlen, als ich händeringend nach einem neuen Koch gesucht habe. Die arme Jule wollte partout nicht einsehen, dass es nicht mehr ging, dabei wurde sie mit jedem Tag kränker und schwächer.« Sie schwieg für einen Augenblick betrübt, und er wusste, woran sie dachte. Jule war an der gleichen Krankheit gestorben wie seine Großmutter. Johann hatte kaum Erinnerungen mehr an Magdalena Haug, nur schemenhaft tauchte in seinem Bewusstsein eine Gestalt in einem Bett auf, mit grauen Haaren und einem geisterhaften Lächeln. Aber an Jule konnte er sich noch gut erinnern. Sie war eine der hilfreichen Feen gewesen, die dafür gesorgt hatte, dass er damals nicht völlig untergegangen war im schrecklichen Dunkel seiner ersten Kindheitsjahre. Sie hatte ihm zu essen gegeben und ihn in den Arm genommen. Eines Tages hatte die Mutter geschrieben, dass Jule sehr krank geworden sei. Ihr Leib sei aufgetrieben wie damals bei der Großmutter, sie leide aber keine Schmerzen. Der Arzt meinte, es sei nichts mehr zu machen, sie würde mit der Zeit immer schwächer werden. Doch bis zuletzt hatte sie noch in ihrer Küche gewerkelt und später auch der neuen Köchin kritisch auf die Finger geschaut, die das natürlich überhaupt nicht leiden mochte.

»Ich fürchte, Barbara ist ein wenig zänkisch«, meinte die Mutter auf dem Weg in die Gaststube. »Sie hatte Streit mit dem Wirt, bei dem sie zuletzt gearbeitet hat. Deshalb konnte sie auch so schnell kommen. Ich bin wirklich gespannt, was du zu ihrer Küche sagst.«

Er betrachtete den gedeckten Tisch im Speisesaal. Das Tischtuch war nicht akkurat gebügelt, es hatte verblichene Flecken, und das

Essen war lieblos angerichtet. Er sah verstohlen zur Mutter. Merkte sie das denn nicht? Der Großvater hatte immer gemeint, Elisabeth habe keinen Sinn für gutes Essen. Sie mochte auch nicht kochen, daher die verzweifelte Suche nach der neuen Köchin. Und sie hat auch keinen Sinn für Schönes, überlegte Johann, für nichts, was dem bloßen Genuss dient. Als ob sie sich das verboten hätte, so wie sie sich auch der Liebe gegenüber verschlossen hatte seit dem schrecklichen Erlebnis, dem er seine Existenz verdankte. Vorsichtig probierte er ein Stück vom Braten, der von einer dünnen braunen Soße umgeben war. Elisabeth beobachtete ihn gespannt. Sie selbst hatte das Besteck in der Hand, aber noch keinen Bissen getan.

Johann kaute langsam und bedächtig. »Das Fleisch ist nicht schlecht, es ist recht weich«, sagte er schließlich, »aber die Köchin hat es nicht sauber pariert. Sieh, hier ist noch eine Sehne. Ich weiß nicht, wie ich es sagen soll«, er kostete noch einige Stücke vom Gemüse und schließlich von den Nudeln, »aber es schmeckt irgendwie fantasielos. Würzt Barbara denn auch noch mit etwas anderem als mit Salz?«

Elisabeth ließ ihre Gabel sinken. Sie wirkte auf einmal sehr verzagt. »Ich habe mir schon gedacht, dass du nicht besonders begeistert sein wirst. Aber dass du das Essen gleich so schlimm findest … Ich muss zugeben, dass einige Stammgäste auch schon gemeint haben, es schmecke ihnen nicht mehr so gut wie früher bei der Jule.«

»Das ist schlecht, Mutter, ganz schlecht, wenn wir darauf setzen, dass nun vermehrt Gäste aus der Stadt kommen, die am Wochenende gut essen wollen.«

»Ich weiß, Johann. Gerade auf unsere Küche kommt es jetzt an. Jule war zwar auch keine Meisterköchin …«

»… aber sie hat immerhin handwerklich gut gearbeitet. Doch Barbara kocht nicht nur fantasielos, sondern auch lieblos. Ich werde nachher mit ihr reden.«

»Aber sei vorsichtig. Nicht dass sie alles hinschmeißt und geht. Du weißt, dass sie …«

»... ein schwieriges Temperament hat, jaja. Aber so geht es trotzdem nicht!«

»Was sollen wir nur tun, Johann?«

Die arme Mutter. Es hatte so viel auf ihr gelastet in seiner Abwesenheit. Sie hatte mit den wenigen Mitteln, die ihr zur Verfügung standen, den *Markgrafen* sicher durch die Schwierigkeiten und Fallstricke der letzten Jahre gebracht. Umso wichtiger war es, dass das Schiff mit ihm am Steuer nun wieder mehr Fahrt aufnahm, dass viele neue Gäste kamen und dass man sich auch über die Mauern Ettlingens hinweg einen guten Ruf erarbeitete. Und die Küche zu verbessern war der erste Schlüssel für ein wachsendes Renommee.

Das Gespräch mit der Köchin erwies sich als äußerst zäh und unbefriedigend. Sie knickste zwar tief vor dem jungen Herrn, machte aber zugleich unmissverständlich klar, dass sie sich nicht hineinreden lassen wollte in ihr ureigenstes Metier. Während des gesamten Streitgesprächs schaute sie Johann nicht direkt an, was ihn zunächst irritierte, bis er herausfand, dass sie leicht schielte. Nun, dafür kann sie nichts, dachte er, aber sie ist trotzdem eine unangenehme Person, und ich kann gar nicht sagen, warum. Vielleicht, weil sie kaum Haare hatte, die dünnen, hellblonden Strähnen waren zu einem ebenso dünnen Zopf geflochten. Vielleicht war es auch ihre Angewohnheit, beim Sprechen das Kinn fest auf die Brust zu drücken, was ihr zusammen mit dem schielenden Blick etwas Verstocktes verlieh. Verstockt waren auch ihre Antworten. Es täte ihr leid, wenn er das Essen schlecht fand, nuschelte sie und sah ihn von unten mit einem verschlagenen Blick an. Die Herrschaften, die in ihrer letzten Arbeitsstelle, dem Gasthaus *Stern*, gespeist hatten, seien jedenfalls immer sehr zufrieden gewesen.

»Ich sage ja nicht, dass das Essen schlecht war«, entgegnete Johann und bemühte sich, seine freundliche und zuvorkommende Miene beizubehalten. Insgeheim schwor er sich aber, als Erstes ihre Dienstzeugnisse einzusehen. Wahrscheinlich hatte man sie weggelobt, war froh, sie loszuwerden.

»Du solltest das Essen besser würzen. Es schmeckt, nun ja, ein wenig langweilig. Welche Kräuter verwendest du?«

Außer Schnittlauch und Petersilie wusste sie nichts zu sagen.

»Und was ist mit Kerbel, Koriander, Liebstöckel? Sehr gut sind auch Thymian und Estragon, Basilikum – wobei ich zugebe, dass diese Kräuter bei uns nicht so bekannt sind. Dennoch schmecken sie sehr gut, du solltest sie einfach mal probieren.«

Wieder traf ihn ein vernichtender, von Zorn erfüllter Blick von unten, sodass er unwillkürlich zurückzuckte.

»Ich habe gar nicht gewusst, dass Ihr in dem vornehmen Hotel auch in der Küche gearbeitet habt.«

Die hat Haare auf den Zähnen, dachte Johann, halb verärgert, halb belustigt. »Ich habe nicht in der Küche gearbeitet, aber ich habe den Köchen oft über die Schulter geschaut, weil mich ihre Arbeit sehr interessiert hat. Vor allem von Monsieur Pierre, dem Chefkoch, habe ich einiges gelernt. Er ist ein Meister seines Fachs, hat in Paris gelernt und später im *Grand Hotel* in Zürich, aber das wird dir nichts sagen.« Jetzt bin ich gemein, dachte er, aber sie fordert mich heraus mit ihrem störrischen und unangenehmen Betragen.

Die Köchin erwiderte nichts, sondern drückte ihr Kinn noch tiefer. Sie mochte wohl selbst gemerkt haben, dass sie nicht weiter gehen durfte.

»Wir werden später noch einmal darüber sprechen müssen, Barbara«, sagte Johann, wieder um einen freundlichen Ton bemüht. Als ob das etwas nützen würde, fügte er im Stillen hinzu. Verstockt, wie sie ist, wird sie nichts dazulernen. Wo nehme ich denn jetzt nur einen neuen Koch her? Die Küche ist doch das Wichtigste! Er seufzte leise, als sich Barbara mürrisch verabschiedete und sich wieder in ihr Reich zurückzog. Es wartet viel Arbeit auf uns, dachte er, aber gemeinsam werden wir es schon schaffen, Mutter und ich. Jetzt will ich aber erst mal in eine ganz bestimmte Gasse – zu meiner Sophie! Der Mutter sagte Johann, er ginge in die Stadt, um einige alte Freunde zu besuchen, die er schon lange nicht mehr gesehen hatte. Über Barbara würden sie noch sprechen.

»Geh nur, mein Junge«, sagte Elisabeth und lächelte nachsichtig. »Das Geschäftliche hat Zeit. Schau dich ruhig um im Ort, es hat sich einiges verändert.«

Er murmelte etwas von »schon gespannt« und wandte sich rasch ab, weil er ein schlechtes Gewissen hatte. Kaum war er wieder zu Hause, da belog er schon seine eigene Mutter! Aber Johann musste dieses Thema geschickt anfangen, denn wie er Elisabeth einschätzte, würde sie gegen diese Verbindung sein. Die Tochter eines armen Schuhmachers war nicht die richtige Partie für den künftigen Betreiber des *Markgrafen*. Sie brachte nichts mit in eine Ehe, hatte keine mit Geld gefüllten Schränke und Kästen und wusste auch nichts davon, wie man ein Gasthaus führte. Deshalb musste er vorsichtig sein und der Mutter Zeit geben. Wenn sie sah, wie er Sophie liebte, wie freundlich und liebenswert sie war, würde sie sich an den Gedanken gewöhnen und ihr Einverständnis geben. Mehr noch, sie würde Sophie schätzen lernen, würde sich freuen an ihrem Glück.

Johann ging die Alb entlang, die jetzt, leise murmelnd und behäbig fließend, ein friedliches Bild abgab. Hier hatte er Sophie im Sommer 1814 zum ersten Mal getroffen, als sie noch Kinder waren. Er sah sie noch genau vor sich, wie sie an einem heißen Sommertag in den sanften Wellen gestanden hatte, um sich abzukühlen. Vorsichtig war sie mit ihren nackten Beinen herumgetappt und hatte dann erschrocken innegehalten, als sie bemerkt hatte, wie er sie beobachtete.

Er war am anderen Ufer gestanden und hatte Kiesel in den Fluss geschleudert, sodass sie auf der Wasseroberfläche hüpften. Oft war er ganz allein dort gewesen, denn die anderen Kinder aus der Bürgerschule mieden ihn. Sie ärgerten Johann, riefen Schimpfwörter wie »Franzosenbankert«, wenn sie ihn sahen, und das tat weh. Er hatte damals die Bedeutung dieser Ausdrücke nicht ganz verstanden und seine Mutter danach gefragt. Er spürte, dass sich etwas Geheimnisvolles und Schlimmes um ihn und seine Herkunft spann.

Elisabeth hatte ihn aber nur auf die Stirn geküsst und gemeint, er solle nicht hinhören, wenn man ihm etwas hinterherrief. Sie würde ihm alles erklären, wenn er etwas älter sei. Und da stand auf einmal das Mädchen, nur wenig jünger als er, wie er später erfuhr, und starrte ihn mit großen Augen an.

»Was machst du da?«, hatte das Mädchen ihn gefragt und mit ihren großen veilchenblauen Augen entzückt dem Tanz der Kieselsteine zugesehen.

Diesen Sommer würde er nicht mehr vergessen. Zu Hause war es nicht schön gewesen, der Großvater, der sich ihm angenähert hatte, war immer noch wie erstarrt in der Trauer um diesen Sohn Martin, und die Mutter war sehr einsilbig und in sich gekehrt, all ihre Kraft gehörte nun dem *Markgrafen.*

Mit der Zeit wurde Sophie Johanns engste Vertraute. Er mochte das Mädchen gut leiden, fand, dass sie nett aussah mit den blonden Zöpfen. Sie war das zweite Kind des Schusters Schiele, den er ebenfalls sehr mochte, da er stets freundlich zu ihm war. Er zeigte Johann, wie man Schuhe fertigte, und erlaubte ihm sogar ab und an, einen Nagel in eine Sohle einzuschlagen. Von Frau Schiele bekam er manchmal ein Stück Kuchen oder Krapfen, wenn sie gebacken hatte.

Elisabeth hatte von seiner Freundschaft zu Sophie und seinen Aufenthalten im Haus der Schieles nichts mitbekommen. Sie hatte viel mit dem *Markgrafen* zu tun gehabt, nachdem der Großvater nicht mehr so viel Kraft hatte. Auch die anderen Kinder bemerkten nichts, und so lief es die ganzen Jahre, was ihn heute noch verwunderte, bis er nach Baden-Baden ging.

»Jetzt wirst du mich sicher vergessen«, hatte Sophie traurig geflüstert, als sie sich kurz vor seiner Abreise noch einmal getroffen hatten. »Bei all den vornehmen Leuten, mit denen du dich dort umgeben wirst. Bestimmt sind auch sehr hübsche Mädchen dabei.«

Johann war zunächst verblüfft über diese Aussage gewesen, dann hatte er sie genau gemustert und festgestellt, dass sie eine junge Frau geworden war, so wie er ein junger Mann. Das war ihm bisher nicht aufgefallen, sie war eben Sophie, die Gefährtin seiner Kindertage. Aber jetzt saß diese hübsche, junge Frau neben ihm, mit zwei festen Brüsten, die sich unter der weißen Leinenbluse abzeichneten. Die Zöpfe trug sie hochgesteckt und das fein gezeichnete Gesicht, das sie ihm zuwandte, hatte seine Pausbäckigkeit verloren.

»Versprich mir, dass du mich nicht vergisst«, hatte sie nochmals beim Abschied geflüstert, und er hatte lachend abgewehrt. »Dummes Zeug! Warum sollte ich dich denn vergessen!« Aber er hatte über all den neuen Eindrücken und den vielen Menschen, die seinen Weg kreuzten, doch nicht mehr so oft an sie gedacht. Und dann war die Baronin in sein Leben getreten und hatte ihm die Geheimnisse der Liebe erschlossen.

Johann bückte sich und nahm einen Kiesel auf, den er über das Wasser springen ließ. Er hatte es noch nicht verlernt. Mit einem kleinen Lächeln beobachtete er das behäbig dahinfließende Flüsschen, in dem sich das Blau des Himmels widerspiegelte – ein Blau, das ihn an Sophies Augen erinnerte.

Plötzlich aber tauchten auf dem Wasser Bilder auf, Bilder, die vorübertrieben auf den sanft dahinplätschernden Wellen. Er hatte diese Bilder vergessen wollen, hatte sie verbannt aus seinem Gedächtnis, seinen Erinnerungen. Jetzt waren sie auf einmal wieder da, traten machtvoll hervor, ausgerechnet jetzt, während er auf dem Weg zu Sophie war. Aber vielleicht ist es ganz gut so, sagte er sich. Vielleicht muss ich sie mir noch einmal vergegenwärtigen, damit ich sie dann endgültig vergesse, denn im Leben mit Sophie ist für so etwas kein Raum. Er sah das Gesicht der Baronin Lerchenfeld mit den vollen Lippen und den dunklen, schimmernden Augen, sah die weißen, üppigen Glieder, hingestreckt auf schwellenden Kissen, und sah die Arme, die sich ihm sehnsuchtsvoll entgegenstreckten. Das also ist die Liebe, hatte er damals staunend gedacht, staunend und berauscht. Dann aber war die Verzauberung gewichen, langsam, unmerklich, aber sie war gewichen. Wie ein Betrunkener war er zuerst gewesen, der dann aber spürt, wie das betäubende Gift seine Wirkung verliert und er nüchtern wird. Was tue ich denn, hatte er sich gefragt, die besorgten und vorwurfsvollen Blicke von Herrn Lerch im Rücken, wenn er sich die Treppen hochschlich, wieder und wieder. Was tue ich da, sie ist doch verheiratet. Zu der Angst vor der Entdeckung kam die Scham, auch sie schlich sich leise ein, und nach zwei Wochen merkte er, dass sich die Baronin zurückzog. Die Umarmungen wurden flüchtiger und der Abschied immer ungeduldiger. Ob es ihr genauso erging wie ihm? Aber bald entdeckte er, dass etwas geschehen war, etwas, was nichts mit Scham und Reue zu tun hatte, ganz und gar nicht. Sehr rasch aber verstand er. Ein neuer Gast war angekommen, ein Herr Sievert aus Hamburg. Er war einer dieser reichen Bürger, der dieser Revolution, von der der Engländer gesprochen hatte, sein Vermögen verdankte. Es musste ein sehr großes Vermögen sein, denn er bewohnte die teuerste Suite des Hotels und hatte einen großen Tross von Dienern dabei, von denen zwei besonders auffielen, zwei Schwarze in Livree, die die Attraktion für das Personal und die übrigen Hotelgäste waren. Sievert sei im Überseehandel tätig, wie man sich erzählte, er besitze mehrere dieser mit Dampf betriebenen Schiffe, die viel schneller und sicherer als die Segelschiffe waren. Bereits am zweiten Abend soupierte Herr Sievert mit Baron und Baronin Lerchenfeld, und als Johann durch die weit geöffnete Tür des Speisesaals ihren Tisch sah, wurde ihm schnell manches klar. Die Frau Baronin hatte ihre Netze ausgeworfen, und der Hamburger Kaufmann hatte sich rettungslos darin verfangen. Ein Kellner, einer seiner ehemaligen Kollegen aus der Zeit, als er im Restaurant gearbeitet hatte, war neben ihn getreten und hatte ihm ins Ohr geflüstert: »Der arme Kerl da drüben! Klebt schon an der Leimrute. Eigentlich sollte ich ja nicht von arm sprechen, denn er hat ja genug Geld. Aber er ist trotzdem arm dran, denn die zwei werden ihn ausnehmen wie eine Weihnachtsgans und ihm dann eine lange Nase machen. Finanziell wird er es verkraften und das Übrige sicher auch ... Er wird seinen Spaß haben und später um eine Erfahrung reicher sein.« Seine letzten Worte begleitete ein höhnisches Gelächter. Am liebsten hätte ihn Johann am weißen, steif gestärkten Kragen gepackt, aber er wusste, dass er recht hatte. »Die beiden reisen auf diese Masche«, fügte der Kellner leise hinzu. »Hab's von einer der Kaltmamsellen, die erst kürzlich aus Straßburg zu uns gekommen ist. Hat im *Esplanade* gearbeitet, und dort waren die Baronin und der Baron das Gesprächsthema. Sie haben sich einen reichen Tölpel geschnappt, sie hat sich ihm an den Hals geworfen und dann ... Na, errätst du's?«

»Dann hat der reiche Tölpel alles bezahlt?«, flüsterte Johann.
»Ganz genau. Und so wird's hier auch gehen, pass nur auf! Aber jetzt muss ich zurück, der Oberkellner schaut schon herüber.«

Johann hatte noch einen Moment die drei Personen am Tisch beobachtet. Der reiche Herr Sievert hatte den Kopf gegen die Baronin geneigt und lauschte mit offensichtlich tiefem Interesse ihren Worten. Er war groß und hager, hatte ein bleiches Gesicht und blonde Haare. Alles an ihm wirkte wie ausgewaschen, hatte Johann spontan gedacht, sogar die kalten blauen Augen waren irgendwie farblos. Kaum zu glauben, dass dieser Mann leidenschaftliche Gefühle hegen sollte. Aber wie er sie ansah ... und sie lächelte und schlug die Augen schmachtend zu ihm auf. Ja, er zappelte am Haken, und er wurde immer röter im Gesicht, der blasse Herr Sievert.

Ich war nur ein kleines Zwischenspiel, dachte er bitter, eine amüsante Abwechslung, mehr nicht. Und ich hab mir weiß Gott was eingebildet. Ja, sie beherrscht es perfekt, diese Spiel der Verführung. Was heißt Spiel? Unwillkürlich ballte er die Fäuste. Das ist kein Spiel, das ist so etwas wie ... ja, wie Gewalt. Nicht diese fürchterliche Gewalt, die man Mutter angetan hat, aber es ist doch eine Macht, die über einen Menschen ausgeübt wird und die diesen Menschen willenlos macht. Auch der Großvater hatte diese Gabe der Verführung, hatte sie genutzt, und er hatte so viel Schmerz über Menschen gebracht. Jetzt spürte er das Gefühl der Erbitterung, der Wut und der Scham, wenn er an diese Episode zurückdachte.

Einige Tage später waren Baron und Baronin Lerchenfeld abgefahren, in Begleitung von Herrn Sievert, der tatsächlich die Rechnung bezahlt hatte. Man wolle in den Süden ... Nizza, Cannes, Monte Carlo. Das Klima dort sei Herrn Sievert zuträglich, der Probleme mit der Lunge hatte, und er habe um ihre Begleitung gebeten, weil der Herr Baron sich dort gut auskannte, hatte die Baronin in blasiertem Ton Lerch anvertraut. Johann stand mit dem Rücken zu ihr und sortierte die Post, er hatte jeden Blickkontakt mit ihr ostentativ vermieden. »Das will ich meinen«, flüsterte ihm

Herr Lerch zu, nachdem die Frau Baronin mit dem Baron davongerauscht war, »dass er sich dort auskennt, meine ich. Er kennt sich überall aus, wo es Spielcasinos gibt. Na, wenigstens haben wir unser Geld bekommen, wenn auch von Herrn Sievert.«

An der großen Eingangstür, die von einem Pagen schwungvoll aufgerissen worden war, drehte sich die Baronin noch einmal um und schickte ein strahlendes Lächeln herüber. Falsche Schlange, hatte Johann gedacht und sich geärgert, dass er sie doch noch angeblickt hatte. »Auf Nimmerwiedersehen«, hatte Herr Lerch gesagt und einen übertrieben tiefen Diener gemacht.

In der Zwischenzeit war Johann vor dem schmalen Häuschen mit der Schusterwerkstatt und dem kleinen Laden im Erdgeschoss angekommen. Sein Herz schlug schneller. Jetzt keinen Gedanken mehr daran verschwenden, ermahnte er sich, nicht, wenn ich jetzt gleich Sophie gegenübertrete. Ich kann diese Geschichte nicht aus meinem Leben streichen, aber ich kann verhindern, dass sie mich weiter beherrscht. Nie wieder wird jemand so viel Macht über mich haben! Und dann wurde die Türe aufgerissen, und Sophie lag in seinen Armen.

»Dass du endlich hier bist«, stammelte sie unter Weinen und Lachen. »Die letzten Wochen waren so endlos lang. Aber jetzt ist alles gut.«

Johann küsste sie innig, dann zerrte sie ihn in den Laden und in das kleine Hinterzimmer, in der sich die Familie meistens aufhielt. Das Fenster mit den Spitzengardinen war weit geöffnet, die letzten Strahlen der Frühlingssonne fielen herein und zeichneten kleine goldene Kringel auf den blank gebohnerten Holzboden. Sophie zog ihn auf das grüne Plüschsofa mit der hohen Rückenlehne.

»Setz dich, du bist doch bestimmt müde von der Reise. Wie geht es dir? Wie geht es deiner Mutter? Was gibt es im Gasthaus? Ich habe gehört, es soll recht gut laufen?« Johann lachte und verschloss ihren unaufhörlich plappernden Mund mit einem weiteren Kuss.

Sie wurde rot und löste sich nach einer Weile sanft aus seiner Umarmung. »Entschuldige. Ich schwatze und schwatze, dabei habe ich dir noch nicht einmal etwas zu essen oder trinken angeboten.«

»Aber Sophie, das macht doch nichts. Ich bin nicht zum Essen hier, sondern weil ich dich so schnell wie möglich wiedersehen wollte.« Er strich zärtlich einige Locken aus ihrer Stirn und betrachtete sie aufmerksam. Er wusste wohl, warum sie so viel redete, es war die Verlegenheit, die bei der ersten Begegnung nach so langer Zeit aufkam. Ihm war es ja genauso ergangen, auch er war für einen Augenblick befangen gewesen und hatte eine seltsame Furcht verspürt. Jetzt war jedoch alles wieder, wie es sein sollte.

»Warum schaust du mich so an?«, fragte sie, noch mehr errötend. »Stimmt irgendetwas nicht? Habe ich mich verändert?«

»Aber nein, du bist höchstens noch hübscher geworden. Ich musste gerade nur daran denken, wie du damals so unerwartet vor mir gestanden bist in der großen Empfangshalle des Hotels. Du hast genauso dreingeschaut wie gerade eben.«

»Ja, das weiß ich noch genau. Ich war damals schrecklich aufgeregt – all diese Pracht und diese vornehmen Herrschaften! Ich kam mir vor wie eine Magd. Gleich werfen sie mich raus, habe ich gedacht. Und dann war da noch dieser große Mann mit der roten Uniform, der mich immer so komisch angeschaut hat.«

»Das war der Portier, Herr Schultheiß. Ich habe dir doch erklärt, was seine Aufgabe ist.«

»Ach, das weiß ich doch jetzt. Er sah trotzdem Ehrfurcht gebietend aus. Am liebsten wäre ich sofort wieder gegangen, aber ich wollte dich doch so gerne sehen.«

Johann schmunzelte. Er hatte gerade seinen Dienst an der Rezeption angetreten, als ihn Herr Lerch am Ärmel gezupft und mit einem verständnisvollen Lächeln auf eine kleine, zarte Gestalt gedeutet hatte, die ganz verloren in einem der Sessel im Foyer des Hotels hockte.

»Sophie?«, hatte er verblüfft gerufen. »Ja, Sophie, was machst du denn hier?«

Sie war daraufhin zum großen Empfangstisch getreten, an dem sie sich festhielt, als bedürfe sie einer Stütze. »Ich bin bei meiner Schwester, hier ganz in der Nähe, und ich wollte dich besuchen. Aber wenn du keine Zeit hast ...« Ängstlich war ihr Blick zu Herrn

Lerch gewandert, doch der hatte nur freundlich gemeint: »Es ist gerade nicht viel los. Herr Haug, führt die junge Dame in den Salon, um ihr etwas zu trinken anzubieten, wenn sie sich schon der Mühe einer Reise zu Euch unterzogen hat.«

Im Café hatte Sophie Johann dann stammelnd und stockend von ihrer älteren Schwester Susanne erzählt. Diese war nach ihrer Hochzeit auf einen Hof in der Nähe von Gernsbach gezogen. Vor Kurzem war sie mit ihrem dritten Kind niedergekommen. Die Geburt war schwierig, die Mutter und das Kleine waren nach der Geburt sehr schwach und erholten sich nur langsam. Da die beiden älteren Kinder noch recht klein waren und auch der Hof die Bäuerin für einige Zeit entbehren musste, hatte der Schwager darum gebeten, dass Sophie kommen möge, um zu helfen. »Und da der Hof nicht weit von Baden-Baden entfernt ist, habe ich gedacht, ich könnte mal nach dir sehen«, fügte sie in kindlicher Offenheit hinzu.

Johann war beschämt gewesen, ohne dass er richtig sagen konnte, warum. Vielleicht weil die Sache mit der Baronin noch nicht so lange zurücklag und ihn die Unbefangenheit und Naivität Sophies seltsam berührten. Was für ein Gegensatz doch zwischen diesen beiden Frauen lag! Vielleicht lag es aber auch daran, weil er sie belog. Sie hatte ihn nämlich noch gefragt, ob er überrascht sei, sie zu sehen, denn er habe bestimmt nicht mehr an sie gedacht. Das hatte er hastig abgestritten, und glücklicherweise hatte sie ihm geglaubt.

»Weißt du, was ich damals gedacht habe?«, fragte Sophie ihn jetzt und lächelte versonnen. »Ich hab mir vorgestellt, ich wäre in einem Schloss und gleich käme der Herrscher im prächtigen Königsmantel daher. Und genau in diesem Moment bist du gekommen, wie ein vornehmer Prinz hast du ausgeschaut in deinem Frack. Und dann hast du mir noch dieses wunderbare Getränk bestellt, das ich noch nie zuvor getrunken hatte – diese Schokolade! Die hat vielleicht fein geschmeckt!«

»Richtig, die Schokolade.«

»Ich kam mir vor, als wäre ich wahrhaftig in einem Schloss!«

Entzückt blickte Johann seine Sophie an. Wie das Mädchen sich immer noch an dieser Erinnerung erfreuen konnte. »Ich wollte dir damals eine kleine Freude machen. Ich dachte, die heiße Schokolade könnte dir vielleicht gut schmecken. Kaffee schien mir zu stark für dich.«

»Ja, so einen Kaffee kannte ich auch noch nicht, wir trinken immer Malzkaffee und den aus Zichorien.«

Sie strich mit ihrem Zeigefinger sanft über seine Stirn. »Wie gut du bist, schon immer gewesen bist. Deshalb habe ich dich auch von Anfang an lieber gehabt als alle anderen.«

»Sag das nicht, Sophie«, wehrte Johann schnell ab. »Das stimmt nämlich nicht. Ich mache mir bis heute die größten Vorwürfe, dass ich die Mutter im Stich gelassen habe. Gleich nach dem Hochwasser hätte ich zurückkommen müssen, um ihr zu helfen. Ganz alleine stand sie da mit den Schäden. Aber sie wollte das nicht, hat mir auch nicht viel erzählt, denn ich hatte gerade angefangen im Hotel. Ich sollte doch lernen und ...«

»Und recht hatte sie damit«, fiel Sophie ihm ins Wort. »Du bist doch ihr ganzer Stolz. Manchmal, wenn ich sie auf dem Markt gesehen habe, konnte ich hören, wie sie davon erzählt hat, dass du jetzt in einem sehr vornehmen Hotel arbeitest und dort alles Wichtige lernst, von der Pike auf. Wie ihre Augen dabei gefunkelt haben!«

Johann betrachtete die tanzenden goldenen Kringel des Sonnenlichts. Die Luft im Zimmer strich schmeichelnd über sein erhitztes Gesicht. Es roch nach Flieder. Im Zimmer der Baronin hatte es damals nach irgendeinem orientalischen Parfüm gerochen, schwer und betäubend hatte es in ihren Kleidern und in ihren Haaren gehangen. Betäubend – das war das richtige Wort, denn nie wieder würde er sich von dieser Macht der Verführung, der Gewalttätigkeit der Leidenschaft vergiften lassen! Er zog Sophie enger an seine Brust und küsste sie. Ja, der Duft von Flieder war richtig. Hier in seinem Zuhause, in den Armen Sophies, fühlte sich alles gut an. Von nun an sollte es nur sie geben und ihre klare und reine Liebe.

»Wie schön die Zeit in Baden-Baden war«, flüsterte Sophie.

»Weißt du noch? Unsere Spaziergänge am Fluss entlang? Du hast mir alles gezeigt, die prächtigen Gebäude, die Villen und dann …«

»… unser erster Kuss!«

»Du kannst dich noch daran erinnern?«

»Wie könnte ich das je vergessen? Es war genauso ein wunderbarer Frühlingsabend wie heute.«

»Und alles duftete nach Flieder.«

Sie schwiegen einige Zeit, ganz erfüllt von diesen Erinnerungen. Auf einmal verdüsterte sich Sophies Miene. »Und dann musste ich ganz schnell zurück.«

»Weil es deiner Mutter immer schlechter ging.«

Sophie nickte. »Als ich zurückkam, war sie schon nicht mehr bei sich, dämmerte in den Tod hinüber. Siehst du, das mache *ich mir* zum Vorwurf, dass ich zu spät gekommen bin. Sie hat gar nicht mehr gemerkt, dass ich da war.«

»Deine Mutter hat es bestimmt gespürt«, flüsterte Johann, den Mund dicht an ihrem Ohr.

»Es war alles so traurig. Das Einzige, was mir geholfen hat, war der Gedanke, dass du bald zurückkommen wirst.«

»Und jetzt bin ich hier.«

»Es war ein langes Jahr.«

»Ich weiß. Wie geht es deinem Vater?«

»Nicht gut. Er ist nicht mehr der Alte, kann den Verlust der Mutter nicht verkraften. Meine Schwester schreibt ihm ständig, dass er zu ihr kommen soll auf den Hof.«

Er hörte die unausgesprochene Frage in ihren Worten. »Das wird nicht nötig sein, Sophie. Er wird zu uns in den *Markgrafen* kommen, wenn wir endlich verheiratet sind. Du weißt, was wir uns geschworen haben, damals am Ufer der Oos. Wir müssen nur noch ein wenig Geduld haben.«

»Deine Mutter wird mich nicht wollen, das weiß ich genau, auch wenn du es immer abstreitest. Ich bin nur eine arme Handwerkertochter und ein dummes Ding dazu. Die soll nun die neue Wirtin vom *Markgrafen* werden?, wird Frau Haug denken. Nie im Leben!«

»Rede keinen Unsinn!«, antwortete er und schmiegte sich noch enger an sie. »Wir gehören zusammen, das wird die Mutter schon einsehen. Und alles andere kannst du lernen, tüchtig und gut, wie du bist. Sie hat aber gerade einige Sorgen, deshalb konnte ich noch nicht mit ihr sprechen. Wir müssen ein wenig warten.«

»Sorgen? Aber die Wirtschaft geht doch gut, dachte ich.«

»Nach dem Hochwasser hat sie Schulden machen müssen, um die Schäden zu beheben. Und mit der Küche läuft es leider auch nicht. Ach, wenn nur unsere Jule noch da wäre! Die war zwar auch keine Meisterköchin, aber im Vergleich zu dieser Barbara ...« Er seufzte tief.

Sie hob ihren Kopf und sah ihn besorgt an: »So viel Kummer habt ihr?«

Er gab ihr einen Kuss. »Keiner, der nicht zu beheben wäre. Aber lass mich nur machen, meine Liebste. Mit etwas Geduld geht es bald nicht nur mit uns vorwärts, sondern auch mit dem *Markgrafen*.«

Juli 1945

Kurt Goldstein hatte sich während der Erzählung Jakobs erhoben und war zum Fenster getreten. Ohne sich umzudrehen, fragte er: »Ihr Urgroßvater Johann hängt doch auch in der Ahnengalerie unten im Salon, oder nicht?«

»Ja, das ist das zweite Bild, gleich neben dem alten Jakob. Ein Glück, dass die Franzosen die Gemälde haben hängen lassen, wahrscheinlich konnten sie nichts damit anfangen. Marie hat mir erzählt, dass sie nur leicht beschädigt sind. Es ist übrigens eine schreiende Ungerechtigkeit, dass von Elisabeth kein Bild existiert.«

»Wenn Johanns Gemälde einigermaßen genau ist, sehen Sie ihm ebenfalls ein wenig ähnlich.«

Jakob lächelte. »Meine Großmutter hat immer gesagt, dass mit Johann die schwarzbraunen Augen und das dunkle Haar in die Familie gekommen sind. Wenn man es allerdings genau nimmt, sind diese Merkmale das Erbe eines Gewalttäters.«

Eine Weile herrschte Schweigen, dann drehte sich Goldstein um und kehrte zu seinem Sessel zurück: »Johann hat Ihnen doch noch etwas viel Wichtigeres vererbt: die Leidenschaft!«

»Ist das eine positive Eigenschaft?«

Kurt Goldstein zuckte mit den Schultern. »Ich denke schon, aber sie kann auch zum Verhängnis werden.«

»Das können Sie laut sagen. Und Johann hat das, glaube ich, genauso empfunden.«

»Ist er Ihrer Urgroßmutter tatsächlich ein Leben lang treu geblieben? Ausgerechnet er, mit seinem heißen Blut und seinem leidenschaftlichen Herzen?«

»So lautet zumindest die Familienlegende. Er hat sein Herz an eine Frau verschenkt, und dabei ist es geblieben. Die Ehe war natürlich Belastungen ausgesetzt, es herrschte nicht immer nur Glück und Sonnenschein. Ich will auch nicht ausschließen, dass es nicht doch auch Verlockungen gab. Er sah ja sehr attraktiv aus, wenn man den Erzählungen Glauben schenken darf. Aber er blieb letztlich seiner Sophie treu – in dieser Hinsicht bin ich ihm übrigens nicht ähnlich. Meine Ehe ist dann ja auch daran gescheitert.« Jakob verzog sein Gesicht zu einer Grimasse, die sowohl Spott als auch Trauer und Verlegenheit ausdrückte.

Goldstein beobachtete ihn aufmerksam. »Um auf Johann zurückzukommen ...«

»Ich kann mir denken, was Sie beschäftigt. Ich und andere aus der Familie haben sich oft gefragt, warum er so war, wie er war. Wenn man diese moderne Psychologie, von der ich im Grunde nicht besonders viel halte, bemühen möchte, dann nur aus einem einzigen Grund: Sie kann in bestimmten Bereichen doch einige interessante Anstöße geben. Wohl gemerkt, Anstöße, keine Antworten.«

Kurt Goldstein lächelte ironisch. »Die Herren Freud und Jung wären Ihnen sicher verbunden, wenn sie wüssten, dass Sie ihrer Wissenschaft wenigstens dieses zubilligen. Von welchen Anstößen sprechen Sie denn?«

Jakob merkte zu seinem Ärger, dass er sich in die Ecke gedrängt fühlte. Er wusste nicht, wie er sich ausdrücken sollte, hatte keine Worte für die Empfindungen, die ihn bedrängten, wenn er an seinen Urgroßvater dachte. »Nun ja, dieser Freud hat, wenn ich das richtig verstanden habe, darauf hingewiesen, dass der Mensch in Bezug auf sein Liebesleben besondere Beachtung verdient, weil ... ich weiß nicht, wie ich es sagen soll ...«

»Du meine Güte!« Kurt Goldstein wirkte sichtlich amüsiert. »Sie reden ja wie eine alte Jungfer. Ich wusste gar nicht, dass Sie so prüde sind.«

»Ich kenne mich in solchen Dingen nicht besonders gut aus«, antwortete Jakob. Er stellte sich wirklich dumm an, aber er wusste einfach nicht, wie er diese Gedanken formulieren sollte.

»Freud hat die Bedeutung der Sexualität für den Menschen besonders herausgehoben und verschiedene Arten von Krankheiten auf ein gestörtes Sexualleben zurückgeführt. Wenn ich mir die Geschichte Ihres Urgroßvaters vergegenwärtige, hatte er ein massives Trauma – die Vergewaltigung seiner Mutter, die letztlich zu seiner Existenz geführt hat, die schreckliche Kindheit in der frühen Phase, die Ablehnung durch Mutter und Großvater.«

»Ja, genau«, bestätigte Jakob erleichtert. Dieser Goldstein war wirklich ein fixer Bursche, brachte alles auf den Punkt. »Deshalb hat er die Leidenschaft gefürchtet, weil sie zerstörerisch sein kann und unkontrolliert Macht über den Menschen ausübt. Das hat er ja auch in der Affäre mit dieser Baronin erfahren. Und deshalb hat er meine Urgroßmutter auch so sehr geliebt und war ihr ein Leben lang ergeben.«

»Also auch in diesem Bereich kein kaltes Herz?«

»Ganz und gar nicht. Er hatte neben seiner Sophie nur noch eine zweite große Liebe: den *Markgrafen.* Aber was diese Liebe angeht, hat er nicht immer so kontrolliert gelebt, da war er zuweilen recht unvernünftig, man könnte sogar sagen leidenschaftlich.«

»Inwiefern?«

»Man kann mit Fug und Recht behaupten, dass er es geschafft hat, den *Markgrafen* fast in den Ruin zu führen.«

Kurt Goldstein sah ihn erstaunt an. »Tatsächlich? Ich dachte, nach allem, was ich über die Geschichte Ihres Hauses weiß, dass unter seiner Leitung der *Markgraf* einen großen Sprung nach vorne gemacht hat, mit gehobener Küche, die weithin bekannt war, und einer großen Zahl an angesehenen und prominenten Gästen?«

»Ja, aber das hat ihn einiges gekostet. Er hat in den Dreißiger- und Vierzigerjahren des Jahrhunderts weitere Kredite aufgenommen, obwohl die alten Schulden, die Elisabeth nach dem Hochwasser noch hatte, längst nicht getilgt waren!«

»Die Kredite wurden ihm trotz Schulden gewährt?«

Goldstein bot Jakob erneut eine Zigarette an, und er nahm einige tiefe Züge. »Ja, er hat diese Kredite bekommen, in dieser Zeit war das tatsächlich nichts Außergewöhnliches. Die Industrialisierung schritt voran, die Unternehmer brauchten Startkapital für Investitionen. Und Johann hatte durch seine Mutter gute Beziehungen zur Karlsruher Bank von Haber. Sie erinnern sich, von dieser Bank hatte Elisabeth einen Kredit gewährt bekommen. Die Familie Haber hatte 1829 vom Großherzog den Adelstitel erhalten. Hat ihr allerdings nicht viel genützt, denn die Tatsache ihrer Zugehörigkeit zum Judentum blieb in den Augen vieler Zeitgenossen ein Makel. Als Bankiers der Großherzöge hatten die Familienmitglieder allerdings Zutritt zu hohen und höchsten Kreisen. Einen der Söhne des Bankiers Salomon von Haber, Moritz, kannte Johann aus Baden-Baden, das in dieser Zeit immer mehr zu einer Sommerhauptstadt Europas wurde. Und dieser Moritz von Haber war ein Draufgänger und Abenteurer. Er hat sogar in der badischen Politik eine gewisse Rolle gespielt.«

»Eine Rolle, die nicht unwichtig war?«

»Das kann man wohl sagen. Den Gerüchten zufolge soll er der Vater von zumindest einer der großherzoglichen Prinzessinnen gewesen sein!«

Goldstein war verblüfft. »Tatsächlich?«

»Ja. Sein Name ist verbunden mit etlichen Skandalgeschichten. Er war seinerzeit einer der meistgehassten Männer Badens.«

»Also auch einer mit heißem Herzen. Und er war mit Ihrem Urgroßvater befreundet?«

Jakob grinste. »Wenn man es sich genau überlegt, wundert es einen gar nicht so sehr. Ganz konsequent war ja auch er nicht. Als meine Urgroßmutter und er endlich vor den Traualtar traten, war sie mit ihrem ersten Sohn hochschwanger. In der Familie wurde zwar immer wieder behauptet, das sei Strategie gewesen, um Elisabeth endlich ihre Zustimmung zur Heirat abzuringen, denn ohne den offiziellen Segen seiner Mutter wollte er nicht heiraten. Aber Johann war eigentlich kein Taktierer, deshalb glaube ich das nicht. Ich bin der Ansicht, er und Sophie haben es einfach nicht mehr ausgehalten. Elisabeth blieb lange starr in ihrer Abneigung. In ihren Augen war eine Schustertochter keine Frau für ihren Johann, insofern hat Sophie recht behalten. Aber Elisabeth hat ihren Widerstand aufgegeben, als sich Leopold angemeldet hat.«

»Leopold?«

»Mein Großvater.«

»Der Name war doch nicht üblich in Ihrer Familie, oder?«

Jakob schüttelte den Kopf. »Ganz und gar nicht. Er wurde nach dem damals regierenden Großherzog benannt.«

Kurt Goldstein hob die Augenbrauen.

»Nicht das, was Sie denken.« Jakob lächelte. »Johann hat sich nicht besonders für Politik interessiert – erst viel später, und daran hatte sein Sohn einen erheblichen Anteil. Großherzog Leopold wurde im Geburtsjahr des Haug'schen Nachkommen Herrscher und war vor allem in der Anfangszeit sehr beliebt. Er war übrigens der Erste aus der Hochberger Linie, nachdem die Zähringer ausgestorben waren.«

»Also hat die Reichsgräfin Hochberg doch noch ihr Ziel erreicht, ihrem Nachkommen den Thron zu sichern?«

»Ja. Sie hat es allerdings nicht mehr erleben dürfen – auch nicht, dass die mysteriöse Geschichte vom angeblich vertauschten badischen Erbprinzen die Gemüter wieder stärker aufwühlen würde.« Er beugte sich vor und blickte den jungen Offizier eindringlich an. »Wie doch alles verknüpft ist: der alte Jakob, der die Französische Revolution erlebt hat, in der die Menschen von der Freiheit träumten, und mein Großvater Leopold, der diesen Traum wieder aufgriff und mit aller Leidenschaft verfolgte, sodass es ihn fast das Leben gekostet hätte. Johann, der seinen Sohn ausgerechnet nach dem Großherzog benannte, der in seinen Badenern nicht nur Untertanen sah, sondern auch Bürger – dessen Schicksal wiederum mit dieser Geschichte vom falschen Erbprinzen verknüpft war –, und ein Moritz von Haber, der Johann gut kannte und der dann in den Wirren der Politik und der Leidenschaft untergehen sollte. Und über allem stand das Haus, in dem sich die Kämpfe, Wünsche, Leidenschaften und Träume der Haugs bündelten, bis der Tod mit harter Hand ihre Namen auslöschte.«

September 1834

Johann saß in seinem Kontor und lauschte. Von unten aus der Küche drang Lärm herauf. Es waren nicht nur die üblichen Geräusche, die man während der Zubereitung des Mittagessens hören konnte, es war das laute Keifen von Stimmen. Der Koch und eine der Mägde – vielleicht auch die Kaltmamsell – lagen sich wieder einmal in den Haaren. Wie oft hatte er ihnen schon gepredigt, dass die Gäste von ihren lautstarken Auseinandersetzungen nicht behelligt werden durften. Gab es Konflikte, hatte man diese leise auszufechten oder Johann direkt vorzutragen, damit er schlichten konnte. Dieser neue Koch würde nicht lange bleiben, das stand fest. Er arbeitete zwar nicht schlecht, hatte durchaus Gefühl und Hingabe für die Gerichte, die er zubereitete. Aber sein unseliges Temperament! Johann seufzte, als er, wie so oft, das Klirren von Geschirr hörte. Ständig schmiss der Koch mit Tellern und Schüsseln um sich, außerdem war er selbstherrlich und zu langsam. Es war ihm einfach nicht beizubringen, dass die meisten Gäste, vor allem die, die mit der Postkutsche kamen, es eilig hatten und er sich darauf einzustellen hatte.

»Einen Künstler treibt man nicht zur Eile an«, war stets seine Antwort. »Jedes gute Gericht braucht seine Zeit, und wem das nicht passt, der kann ja woanders essen!« Dieser eingebildete Laffe, dachte Johann unwillkürlich und ballte die Fäuste. Hält sich für unersetzlich. Aber da hatte er sich getäuscht!

Seit Wochen korrespondierte Johann mit Monsieur Pierre vom Hotel *Stéphanie Les Bains*. Er würde sich demnächst zur Ruhe setzen, hatte der Meisterkoch das letzte Mal gemeint, die Beine würden nicht mehr mitmachen. Ob er nicht unter der Schar seiner zahlreichen Schüler jemanden wüsste, der eine Stelle suchte, hatte ihm Johann nach ehrlich gemeinten Worten des Bedauerns zurückgeschrieben, und Pierre wiederum hatte versprochen, sich darum zu kümmern. Einen von ihm empfohlenen Koch einzustellen würde mit Sicherheit bedeuten, dass er einen noch höheren Lohn zu zahlen hatte, aber es musste sein.

Johann erhob sich und trat ans Fenster. Draußen standen die Stallknechte schon bereit, um die Postkutsche aus Basel in Empfang zu nehmen, die Pferde auszuschirren und zu versorgen. Er würde gleich selbst hinuntermüssen, um die Gäste zu begrüßen und in den Speisesaal zu geleiten. Noch fuhren viele Postkutschen, aber in absehbarer Zeit, davon war Johann überzeugt, würden sie abgelöst werden durch die Eisenbahn. Darauf musste er vorbereitet sein. Was den Glauben an den Fortschritt angeht, bin ich wohl wie Großvater. Johann verzog beim Gedanken an den alten Jakob die Lippen zu einem leichten Lächeln. Aber ich glaube auch fest an den Genuss. Je weiter es die Menschen bringen, desto besser und schöner wollen sie ihr Leben gestalten.

Er ging zur Tür, im Hinausgehen ließ er noch einmal den Blick über das Zimmer schweifen. Als er den alten Hauptbau mit einem neuen Seitenflügel versehen ließ, hatte er sich ein größeres Kontor zugestanden. Das alte Gasthaus war renoviert worden, im oberen Stock befanden sich jetzt ausschließlich die Privaträume der Familie. Elisabeth hatte die Veränderungen für völlig überflüssig gehalten – schließlich gab es ja Jakobs ehemaliges Kontor –, und auch über die Renovierung der Küche und die Vergrößerung und Neumöblierung des Speisesaals hatte sie den Kopf geschüttelt.

»Johann, das kostet doch alles!«, pflegte sie stets zu sagen, die Stirn sorgenvoll gerunzelt. »Ich weiß ja, dass du etwas vom Hotelbetrieb verstehst, aber ich sorge mich trotzdem.«

Meistens war es Johann dann gelungen, die Mutter wieder einigermaßen zu beruhigen. Ein Glück, dass sie ihm vertraute, denn hätte sie tatsächlich Einblick in die Bücher verlangt, wäre es um ihre Geduld geschehen gewesen. Doch die Zeiten verlangten Mut zum Risiko, da machte sich Johann nichts vor.

Seit Beginn des Jahres wurden immer mehr Zollschranken zwischen den deutschen Ländern aufgehoben und durch einen Zollverein ersetzt. Auch Baden, so hörte man, würde diesem bald beitreten. Das bedeutete, dass noch mehr Geschäfte getätigt werden und noch mehr Gäste – Kaufleute, Unternehmer – ins Land kommen würden. Nein, das Geld war gut angelegt, die Schulden würden getilgt werden, zwar nicht sofort, aber in absehbarer Zeit. Und dieses Kontor hier – zufrieden ließ er seinen Blick über den massiven Schreibtisch und die gepolsterten Stühle aus Kirschbaum gleiten – war richtig und angemessen. Wenn er an die kleine Kammer dachte, in der der Großvater seine Papiere wild durcheinander gestapelt und ohne Ordnung aufbewahrt hatte! Leise lachend schüttelte er den Kopf und ging hinunter in die Küche, aus der jetzt nur noch das Klappern von Töpfen und das leise Gefluche des Kochs zu hören waren. Die Kaltmamsell und die Küchenmägde hantierten schweigend am großen Tisch in der Mitte des Raumes, putzten Salat und richteten die Speiseplatten an.

»Louis, was war vorhin los? Ich habe den Lärm bis oben gehört.« Lackaffe, dachte Johann noch einmal, lässt sich Louis nennen, obwohl er eigentlich Ludwig heißt. Damit alle merken, dass er in Straßburg in einem guten Haus gelernt hat, bei einem französischen Maître.

Der Koch war gerade tief über eine Kasserolle gebeugt und kostete von der Bratensoße. Er machte ein verdrießliches Gesicht, das gerötet war von der Hitze des Herdes und somit gut zu seinem karottenroten Schopf passte, der ihm in steifen Büscheln vom Kopf abstand. Sein Haar war Louis' größter Kummer, er versuchte alles Mögliche, um es zu bändigen und durch den Einsatz irgendwelcher geheimnisvoller Mittel umzufärben, aber bislang war jede Bemühung vergeblich gewesen.

»Was los war?«, antwortete Louis endlich auf Johanns Frage. »*Mon Dieu*, was glaubt Ihr wohl? Madame dort drüben«, er deutete auf die Kaltmamsell, »war wieder einmal impertinent genug, meine köstliche Soße zu kritisieren.« Er war stolz auf seine gepflegte Ausdrucksweise und baute gerne französische Worte ein.

»Und deshalb dieser Zornesausbruch?« Johann deutete auf den Scherbenhaufen, der neben dem Herd lag. Louis verzerrte sein sommersprossiges Gesicht zu einer Grimasse, die sowohl Abscheu wie auch Zerknirschung ausdrückte. »Pardon, Monsieur, aber Ihr kennt mich. Wenn jemand die Qualität meines Essens beleidigt, werde ich zum Tier.«

Das wusste Johann sehr gut, ihm war aber auch klar, dass Louis gerne Theater spielte. »Schön und gut, Louis – das heißt, nein, es ist eben nicht schön und gut, wenn du dich so aufführst. Wenn die Gäste etwas von dem Tumult mitbekommen! Du weißt genau, dass ich so etwas nicht schätze! Aber lass mich einmal von der Soße probieren, dem Stein des Anstoßes.«

Schweigend reichte ihm Louis einen Löffel, und Johann kostete. Er ließ die Flüssigkeit für einen Moment auf der Zunge, rollte sie hin und her und versuchte, beim Schlucken das Aroma zurückzubehalten. Die Soße schmeckte nicht schlecht, die Kräuter, die jetzt in akkuraten Beeten im Garten wuchsen, hatten endlich ihre gewünschte Verwendung in der Küche des *Markgrafen* gefunden, aber sie schmeckte trotzdem irgendwie – Johann suchte nach dem passenden Ausdruck – einfallslos. Das sagte er auch seinem Koch, dessen Röte eine besorgniserregend intensive Färbung annahm. In den Augen der Kaltmamsell blitzte es indes auf, sie streifte Johann mit einem schadenfrohen Blick und wandte sich dann mit einem zufriedenen Grinsen wieder ihrer Tätigkeit zu.

»Einfallslos?«, ächzte der Koch.

»Ja, es fällt mir kein besserer Ausdruck ein. Es ist wie beim Wein: Die Soße hat keine Tiefe, sie hinterlässt keinen bleibenden Eindruck. Ich weiß nicht, woran es liegt. Du solltest vielleicht etwas Cognac verwenden. Wie hast du die Soße denn angesetzt? Fleisch und Knochen waren doch von guter Qualität, oder?«

»Natürlich die beste«, entgegnete der Koch voller Empörung. »Das Fleisch kommt vom Niederegger, und Ihr wisst, dass das der beste Händler weit und breit ist.« Er warf einen entrüsteten Blick in Richtung Kaltmamsell. »Einfallslos«, wiederholte er mit erstickter Stimme, »also wirklich!«

»Und du, Clara, solltest dich nicht in Belange einmischen, die dich nichts angehen«, wandte sich Johann mit strenger Stimme an die immer noch feixende Kaltmamsell. Streit unter dem Personal durfte es nicht geben, das wusste Johann noch zu gut vom *Stéphanie*. Letztlich litten immer die Qualität und das Renommee des Hauses darunter.

Die Kaltmamsell knickste und senkte verlegen den Kopf. Der Koch war durch Johanns Schelte noch nicht gänzlich besänftigt, aber die Arbeit musste weitergehen, denn den Geräuschen von draußen nach zu urteilen, war es höchste Zeit, das Essen aufzutragen.

Die Gäste waren bereits aus der Postkutsche ausgestiegen und reckten ihre steifen Glieder, als Johann aus dem *Markgrafen* trat, um sie zu begrüßen und ins Haus zu komplimentieren. Es waren zwei Geschäftsleute aus der Schweiz, ein eleganter Franzose aus Lyon, der, wie die zwei Damen in seiner Begleitung, in Offenburg zugestiegen war. Dazu kam noch ein schwarz gekleideter Geistlicher aus Baden-Baden.

Ich muss den Pfarrer nachher nach dem *Stéphanie* fragen, dachte sich Johann, und nach den Gästen, die im Sommer in der Stadt gewesen sind. Seit der badische Hof dort regelmäßig eine Art Nebenresidenz errichtet hat, war Baden-Baden zur Sommerhauptstadt Europas geworden. Für einen kurzen Moment spürte er einen leichten Anflug von Sehnsucht. Wie mein Leben jetzt wohl ausgesehen hätte, wenn ich im *Stéphanie* geblieben wäre? Vielleicht wäre ich Herr Lerchs Nachfolger geworden. Vielleicht wäre ich jetzt auch nicht mehr in Baden-Baden, sondern schon längst in Paris oder Rom? Doch dann schob er diese Sehnsucht zur Seite, verbannte sie in die dunkelsten Ecken seines Bewusstseins und öffnete weit die Augen, um das vor ihm liegende Bild ganz aufnehmen zu können: der gepflasterte Hof und das Haus mit dem in der Herbstsonne glänzenden Schild, das die stilisierte Markgrafenkrone zeigte. Golden und blau, so wie es der alte Jakob damals hatte anfertigen lassen. Wer brauchte schon Rom oder Paris?, dachte er zufrieden. Das ist mein Reich, mein Grund und Boden.

Hier bin ich mein eigener Herr, kann selbst entscheiden und die Dinge so bewegen, wie ich es will.

Um die Ecke des weiß verputzten Anbaus kam ein kleiner Junge gerannt, ein flinker Bursche mit gelocktem Haar, der pfeilschnell auf ihn zuschoss und sich in seine weit geöffneten Arme warf. Johann drückte sein Gesicht in das süß duftende Haar seines Sohnes und hielt ihn dann hoch, sodass der kleine Mann vor Freude jauchzte. Dann stellte er ihn wieder vorsichtig auf die Beine.

»Vater, Vater!«, rief der Kleine aufgeregt. »Weißt du, was ich gesehen habe? Die Mutter hat's nicht gesehen, aber ich ganz genau. Rate einmal!«

Johann kratzte sich am Kinn und tat so, als müsse er angestrengt nachdenken. »Also, ich komme beim besten Willen nicht darauf«, sagte er schließlich. »Du musst mir schon helfen.«

»Also gut. Es hatte ein schwarzes Wams und rote Strümpfe an und einen schwarzen Hut auf und …«

»Halt! Jetzt weiß ich's«, rief Johann und schlug die Hände zusammen. »Das Glasmännlein! Sage bloß, du hast das Glasmännlein gesehen!«

»Ja!«, rief der Kleine aufgeregt. »Das Glasmännlein! Es war ganz aus Glas, auch sein Pfeifchen, genau so, wie es in der Geschichte heißt, die mir die Großmutter erzählt hat. Und er hat geleuchtet und gefunkelt im Gras, so schön war das!«

Johann strich dem Jungen über das Köpfchen. »Das ist wunderbar! Du weißt, das Glasmännlein erscheint nur den Sonntagskindern. Und du bist ja eins.«

»Meinst du, es kommt wieder? Ich hab's nur ganz kurz gesehen, und als die Mutter näher gekommen ist, war es wieder weg.«

»Ganz bestimmt. Musst halt immer wieder das Verslein sagen, das dir die Großmutter beigebracht hat.«

Der Kleine begann eifrig, den Spruch aufzusagen, den er so fleißig auswendig gelernt hatte: »Schatzhauser im grünen Tannenwald, bist schon viel hundert Jahre alt …«

Mein kleiner Leopold, dachte Johann, während er den Jungen liebevoll betrachtete. Schon vier Jahre und so aufgeweckt. Vier

Jahre alt war ich auch, damals, als ich fortlief, um meinen Vater zu suchen. Meinen Vater, der mich liebhaben würde! Aber an die traurige Vergangenheit will ich nicht mehr denken, was jetzt zählt, ist die Gegenwart: das Haus, Leopold, der geliebt und behütet aufwächst, und Sophie, die mich aufrichtig liebt, in deren weichen Armen ich die Geborgenheit finden kann und deren Vertrauen mir stets hilft, mein Leben, das so wenig verheißungsvoll begonnen hatte, zu meistern.

Sophie kam nun ebenfalls hinter dem Haus hervor, sie ging langsam und schwerfällig. Ihr Gesicht war erhitzt, und einzelne Strähnen ihres Haares hatten sich aus dem Knoten gelöst und kringelten sich schweißfeucht auf Stirn und Nacken. Er beobachtete seine Frau aufmerksam. Die neuerliche Schwangerschaft war ihr eine große Last, wenn sie es auch nicht offen zugab. Bald würde es so weit sein, hatte die Hebamme gemeint. Johann machte sich heimlich Sorgen um seine Frau. Mit Leopold war zwar alles leicht und schnell gegangen, doch diesmal wirkte die Schwangerschaft wesentlich anstrengender. Sophie hatte einen hoch aufgewölbten Bauch und geschwollene Beine, es war ihr oft übel, und sie war auch einige Male in Ohnmacht gefallen. Wenn das Kleine nur erst einmal da wäre, gesund und kräftig, und Sophie befreit von ihrer Last! Johann wünschte sich ein Mädchen, ein zierliches, leichtfüßiges Ding, wie ihre Mutter es in jungen Jahren gewesen war. Er wollte die Kleine verwöhnen und necken, ihr die Zopfschleifen aufziehen und sich später von ihrem hübschen Lächeln um den Finger wickeln lassen. Nur manchmal, nach schweren Träumen, kamen ihm Zweifel und Ängste. Vielleicht lieber doch kein Mädchen, dachte er dann immer mit hämmerndem Herzen. Wie sollte er es beschützen? Was, wenn ihm das Gleiche widerfuhr wie Elisabeth? Er konnte das Mädchen doch nicht die ganze Zeit bewachen. Aber dann, im Licht des neuen Tages, waren auch diese Bilder verbannt, und er konnte sich freuen und der Geburt entgegenfiebern.

Sophie lächelte, als sie, eine Gießkanne in der Hand haltend, auf ihn zuging. Sie war zusammen mit dem Kleinen auf dem Friedhof gewesen, hatte die Gräber von Jakob und Magdalena gegossen und das der treuen Köchin Jule, die unbedingt auf demselben Kirchhof begraben werden wollte wie die Haugs. Auch die Gräber ihrer Eltern befanden sich dort. Sophies Vater, der alte Schuster, war vor zwei Jahren, kurz vor dem Umzug zu seiner Tochter in den *Markgrafen*, plötzlich verstorben. Man hatte ihn eines Morgens im Bett gefunden, ein friedliches Lächeln auf den Lippen. Johann hatte gedacht, dass er zufrieden gestorben war, weil er beide Töchter, vor allem seinen Liebling Sophie, versorgt wusste. Und er hatte ihr Kind, seinen jüngsten Enkel, noch erlebt.

Im Gegensatz zu Johann war Sophie davon überzeugt, dass das zweite Kind wieder ein Junge werden würde. »Wir werden ihn Friedrich nennen, nach meinem Vater«, hatte sie gleich am Anfang ihrer Schwangerschaft beschlossen, und er hatte zugestimmt, weil er insgeheim doch glaubte, dass es eine Elisabeth werden würde. Das wäre eine weitere Freude für die Mutter, schon Leopold liebte sie abgöttisch. »Das Licht meines Alters«, hatte sie ihren Enkel einmal in einer für sie ungewöhnlichen Gefühlsaufwallung genannt. Sophies Schwangerschaft hatte sie damals überrumpelt. Obwohl sie sehr zornig gewesen war, hatte sie ihre Zunge gehütet. Sie war eben eine typische Haug, wenn etwas nicht nach ihrem Kopf ging, grollte sie. Als Leopold dann aber das Licht der Welt erblickte, war alles wie vergessen. Sie war sogar zu einer geduldigen Lehrmeisterin für ihre Schwiegertochter geworden, die sich in ihre neue Rolle als Herrin des *Markgrafen* hineinfinden musste.

»Hast du schon von unserem Abenteuer gehört?«, fragte Sophie nun und stützte sich schwer auf ihn, während er einen Arm um sie legte.

»Er hat eine höchst aufregende Begegnung gehabt«, antwortete er lächelnd. »Das Glasmännlein hat sich gezeigt, habe ich gehört.«

»Mir leider nicht«, sie verzog ihr Gesicht in gespielter Betrübnis, »ich bin aber auch kein Sonntagskind.«

»Mutter, Mutter!«, rief Leopold und zog an ihrem Rock. »Wenn das Glasmännlein wiederkommt, werde ich ihm sagen, dass es bleiben soll, damit du es auch sehen kannst. Ich habe dann ja drei Wünsche frei, dann wünsche ich mir einfach, dass das Glasmännlein sich auch euch zeigt. Ich weiß sowieso nicht, was ich mir sonst wünschen soll, ich überlege schon immer. Geld soll man sich ja nicht wünschen, hat die Großmutter gesagt.«

»Was hat denn die Großmutter gesagt, was man sich vom Glasmännlein wünschen soll?«

»Sie hat gemeint, Verstand, aber ich weiß nicht so recht ... Der Kohlenpeter in der Geschichte wollte ein Pferd und ein Wägelchen. Aber das haben wir ja schon. Und dann wollte er noch eine Glashütte, aber so etwas brauchen wir nicht.«

»Also musst du dir genau überlegen, welche Wünsche du möchtest«, meinte Johann lachend. »Du hast ja noch ein bisschen Zeit.«

»Meinst du?«, erkundigte sich Leopold besorgt. »Wenn ich das Glasmännlein aber bald wiedersehe?«

»Es wird dich nicht drängen, glaube mir. Und jetzt geh zur Großmutter und hole dir ein Glas Himbeersaft mit kaltem Wasser. Du hast ja einen ganz heißen Kopf.«

Leopold rannte in das Haus. Man konnte ihn rufen hören: »Großmutter, Großmutter, was glaubst du, wen ich gesehen habe?«

Johann und Sophie sahen ihm nach. »Das werde ich nie vergessen«, sagte er nach einem kurzen Moment des Schweigens. »Wie unser Sohn verkündet, er habe gar keine Wünsche.«

»Wenn er doch immer so glücklich bleiben könnte«, stimmte Sophie ihm zu. »Ich fürchte nur ...« Sie vollendete den Satz nicht, aber Johann wusste, was sie meinte. Wenn man den Ort der Kindheit verließ und hinaustrat in das Leben, dann stellten sich automatisch bestimmte Vorstellungen ein, dann hing das Gelingen des Lebens an deren Erfüllung. Unwillkürlich musste Johann an sich selbst denken. Wie viele Wünsche ihn derzeit umtrieben: dass es der Familie gut ging, dass die Geburt mühelos verliefe und das Kind gesund sein möge! Aber er hegte auch sehr materielle Ansprüche, wenn er ehrlich war. Viele Gäste sollten kommen, das Haus seinen und ihren Ansprüchen genügen, die Schulden rasch geringer werden. Das waren sicher keine Erwartungen im Sinne des Glasmännleins, aber war es so schlimm, dass man sich auch von solchen Träumen leiten ließ? Sie brachten den Menschen voran, man durfte sich nur nicht zum Knecht seiner Wünsche machen, sonst bekam man ein Herz aus Stein. Das Geräusch von Rädern auf den Pflastersteinen riss ihn aus seinen Überlegungen.

»Was für ein vornehmer Wagen!«, flüsterte Sophie und zupfte ihn am Ärmel. »Wer mag das wohl sein?«

Johann kniff die Augen zusammen, um besser gegen das helle Licht der Sonne sehen zu können. Es war ein kleiner, eleganter Einspänner mit hohen Rädern und Ledersitzen, der von einem feurigen Rappen gezogen wurde. Das Pferd tänzelte unruhig auf der Stelle.

Auf einen Zuruf Johanns eilte einer der Stallknechte herbei und nahm das Pferd beim Zügel. Die hohe, schlanke Gestalt des neuen Gastes sprang vom Wagen und kam näher. Er trug einen dunkelblauen Gehrock mit einer in kräftigen Farben gehaltenen geblümten Weste und lange Lederhosen, dazu glänzende schwarze Stiefel. Der Mann kam ihm bekannt vor, diese lässigen Bewegungen, die Art, wie er so selbstbewusst und sorglos auf ihn zuging.

»Herr von Haber!«, rief Johann erstaunt. »Welche Freude! Ich grüße Euch! Herzlich willkommen im *Markgrafen!*« Die beiden Männer schüttelten sich lange die Hand, und Johann konnte sein Gegenüber ausgiebig mustern. Ja, das schmale gebräunte Gesicht mit den langen Koteletten und dem lockigen, schwarzen Haar war ihm sofort wieder vertraut, ebenso die dunklen, glänzenden Augen. Allerdings war er auch etwas älter geworden, feine Linien zogen sich die Mundwinkel hinab, und im Haar waren bereits einzelne graue Strähnen zu erkennen.

»Das ist Herr Moritz von Haber, den ich noch aus meiner Baden-Badener Zeit kenne«, stellte er Sophie den Herrn vor. »Ihm und seinen Brüdern gehört die badische Hofbank.«

Der Mann verbeugte sich tief vor Sophie, die ihm graziös ihre Hand zum Kuss reichte. Stolz beobachtete Johann, wie seine Frau unbefangen mit Moritz von Haber plauderte, den Kopf verbindlich zu ihm geneigt, mit einem leichten Lächeln auf den Lippen. Vor einiger Zeit noch wäre sie mit gesenktem Kopf dagestanden und hätte, wenn überhaupt, nur mit leiser, ängstlicher Stimme gesprochen. Ja, die schüchterne Handwerkertochter, die den Umgang mit einfachen Leuten gewohnt war, hatte sich zu einer selbstbewussten und charmanten Frau entwickelt, die die Kunst der belanglosen Konversation beherrschte, sich offen und freundlich gab, wie man es von der Gattin eines Gasthausbesitzers erwartete. Von Anfang an war sie begierig gewesen zu lernen, hatte sich das meiste von ihrer Schwiegermutter abgeguckt, die neulich wohlwollend bemerkt hatte, dass »die junge Frau sich mache«.

»Entschuldigt mein unangekündigtes Auftauchen«, wandte sich von Haber an Johann. »Ich war vor einigen Wochen in Baden-Baden und habe mich mit unserem gemeinsamen Freund Lerch unterhalten, der jetzt leider nicht mehr in Amt und Würden ist. Er berichtete von den großen Plänen, die Ihr für den *Markgrafen* hattet, da wurde ich neugierig und wollte mir unbedingt Euer Haus ansehen und Euch einmal wiedersehen. Dabei hätte ich nicht gedacht, dass ich auch Eure entzückende Frau kennenlernen würde.« Er verbeugte sich noch einmal tief vor Sophie und lächelte sie an.

Das Rot auf Sophies Wangen vertiefte sich. An Schmeicheleien von männlichen Gästen war sie mittlerweile gewöhnt, allerdings war dieser außerordentlich attraktiv.

Er ist immer noch der gleiche unverbesserliche Filou und Herzensbrecher, dachte Johann halb amüsiert, halb verärgert. Von Habers Ruf in Baden-Baden war damals ein ganz besonderer gewesen, und daran hatte sich wohl nichts geändert. Den kleinen Anflug von Eifersucht unterdrückend, bot er seinem Besuch an, das Haus zu besichtigen und dann eine kleine Erfrischung zu sich zu nehmen. Er zeigte ihm eifrig den neuen Speisesaal mit den großen Fenstern, durch die das goldene Licht der Herbstsonne fiel. Sein ganzer Stolz waren die drei Kristalllüster. Alles war zwar wesentlich bescheidener als im *Stéphanie*, aber dennoch geschmackvoll. Von Haber bewunderte die Ausstattung, ließ seine Hände über die Polsterung der Stühle gleiten, bewunderte die Damasttischdecken und das weiße Geschirr mit dem Goldrand.

»Sehr schön, mein lieber Haug. Etwas anderes habe ich von Euch auch gar nicht erwartet.«

Johann zeigte von Haber auch die Küche, wo die Mägde den unerwarteten Gast neugierig mit verstohlenen Blicken musterten. Hinterher war man sich einig, noch nie zuvor einen so eleganten und gut aussehenden Herrn gesehen zu haben. Auch Louis verbeugte sich tief: Das war ein Gourmet, das sah man gleich, an dem wären meine Kochkünste nicht verschwendet. Im Hinausgehen zischte Johann dem Koch zu: »Eine große Platte mit Horsd'œuvres, vor allem vom Roastbeef und vom Schinken, der gestern eingetroffen ist, aber schnell! Lass im Speisesaal servieren und öffne eine Flasche Burgunder dazu.«

Sofort machte sich Louis mit fliegenden Händen daran, die Wünsche seines Herrn zu erfüllen, und nutzte die Gelegenheit, um die Kaltmamsell in Küche und Vorratskammer herumzuscheuchen.

Nach einer kurzen Besichtigung eines der leeren Hotelzimmer zogen sich die beiden Herren in den Speisesaal zurück. Johann sah mit Missfallen, dass das Geschirr vom Mittagessen noch nicht vollständig abgetragen war, und gab der mit dem Burgunder herbeieilenden Magd entsprechende Anordnungen.

»Ein gut geführtes Haus, das muss ich sagen«, bemerkte Moritz von Haber.

»Ich hatte gute Lehrmeister«, antwortete Johann und goss die rubinrote Flüssigkeit in die Gläser. »Das Wichtigste ist, das Personal zu schulen. Die Mädchen und Burschen, die wir hier beschäftigen, kommen oft aus einfachen Verhältnissen. Da hat man einiges zu tun, ihnen die notwendigen Grundlagen beizubringen. Aber erzählt mir doch lieber von Euch und vom *Stéphanie!* Ich habe von Lerch schon länger nichts mehr gehört.«

Moritz von Haber hielt das Glas gegen das Licht und trank dann langsam und genießerisch einen Schluck vom Wein. »Ich muss sagen, das ist ein bemerkenswert guter Tropfen. Wo habt Ihr den denn her?«

Johann errötete vor Stolz. Von Haber war ein exzellenter Weinkenner, ein Lob von ihm bedeutete viel.

»Seit einiger Zeit beziehe ich einen Teil meiner Weine, vor allem die roten, von einem Händler, den ich noch aus meiner Baden-Badener Zeit kenne. Er beliefert auch das *Stéphanie*. Wir Haugs haben immer gute Weine ausgeschenkt, allerdings nur aus dem Badischen, dem Elsass oder aus der Pfalz. Ich hatte jedoch schon früh die Idee, französische Weine anzubieten, möglichst aus Burgund, wo bekanntlich die besten Rebsorten wachsen. Wie Ihr seht, konnte ich mir diesen Wunsch erfüllen.«

Moritz von Haber erhob sein Glas. »Auf Euch, mein Freund, und Eure Familie! Und auf den *Markgrafen*, der Euch alle Ehre macht!«

Nach einem weiteren kräftigen Schluck begann von Haber schließlich einige Anekdoten aus dem Hotel zu erzählen, in dem er regelmäßig verkehrte. Er berichtete, dass Herr Lerch sich guter Gesundheit erfreue und sich im Alter eine neue Beschäftigung zugelegt habe.

»Er züchtet jetzt Bienen!«

Johann war verblüfft. »Bienen? Darauf wäre ich im Leben nicht gekommen.«

Sein Gegenüber lachte. »Ich auch nicht. Aber wenn man genau darüber nachdenkt, ist so ein Bienenstock nichts anderes als ein kleines Hotel: Viele emsige Arbeiter, die damit beschäftigt sind, es einer Person, der Königin, bequem zu machen.«

Johann stimmte in sein Lachen ein. »Da mögt Ihr in der Tat recht haben. So habe ich das gar nicht gesehen.«

Die Tür öffnete sich leise, und Louis persönlich brachte die Platte mit den Vorspeisen. Johann tat seinem Gast auf, der mit sichtlichem Behagen aß und dabei weiter über den neuesten Klatsch aus Baden-Baden und Karlsruhe plauderte. Nur ein Thema mied von Haber beharrlich: die Gerüchte, die derzeit um das Großherzogliche Haus und um von Haber selbst kursierten.

Vor vier Jahren war Leopold aus der Hochberger Linie seinem Halbbruder Karl auf den Thron gefolgt. Viele Hoffnungen waren mit seiner Regentschaft verknüpft. Baden hatte noch unter Großherzog Karl eine Verfassung bekommen als einer der wenigen deutschen, fortschrittlichen Staaten. Aber der Geist der Freiheit, der sich zunächst über das Land ausgebreitet hatte, wurde Stück für Stück wieder vertrieben. Dieses merkwürdige Staatengebilde, das sich der »Deutsche Bund« nannte und in den Augen der Bürger nur ein fauler Kompromiss der mächtigen Fürsten auf die Forderungen nach einem geeinten deutschen Staat war, bestimmte in vielfacher Weise auch die badische Politik. Johann war, ganz im Gegensatz zu seinem Großvater und seiner Mutter, ein eifriger Zeitungsleser – ein guter Gastwirt musste schließlich über das aktuelle Geschehen Bescheid wissen, nicht nur, um mit den Gästen reden zu können, sondern auch, um bestimmte Entwicklungen für das Geschäft vorherzusehen. Mitten hinein in das belanglose Geplauder seines Gastes platzte er deshalb mit der Frage nach dem Großherzog Leopold und seiner Gattin heraus. Gleich darauf biss er sich auf die Zunge, denn die Frage war zu ungestüm gestellt, kam zu unvermittelt. Von Haber schwieg betreten, erschien seltsam berührt.

»Nun, wahrscheinlich habt Ihr auch von den Gerüchten gehört, die umgehen.«

»Teilweise ja.« Johann wand sich. Er war durch seine Ungeschicklichkeit auf gefährliches Terrain geraten. Aber wenn es einer wissen musste, dann Moritz von Haber. Er verkehrte viel bei Hofe und war, wie jeder wusste, der Günstling der Großherzogin!

»Man munkelt, dass die Ehe zwischen Leopold und Sophie, ich weiß nicht, wie ich es sagen soll ...«

»Sie ist sehr unglücklich«, von Haber sprach aus, was Johann dachte. »Jeder weiß das. Dabei hatte alles so hoffnungsvoll begonnen. ›Mutzerle‹, hat sie ihn anfangs liebevoll genannt, wusstet Ihr das?«

»Die Ehe war arrangiert wie die meisten in adligen Kreisen, oder nicht?«

»Ja. Man wollte die Hochberger Linie mit dieser Ehe aufwerten, nachdem klar wurde, dass die Zähringer mit Großherzog Ludwig aussterben würden. König Gustav von Schweden war strikt gegen die Verbindung seiner Tochter mit einem nicht standesgemäßen Bewerber, einem morganatischen Prinzen. Aber was sollte er tun?

Er selbst war ja verbannt aus seinem Reich, ein König ohne Land und ohne Macht.« Von Habers Gesicht hatte sich verdüstert. Das Schicksal des badischen Großherzogspaares schien ihm sehr nahe zu gehen.

»Was ist dann passiert?«, fragte Johann behutsam. »Ich meine, weshalb hat sich ihr Verhältnis so verändert?«

Von Haber blickte in sein Glas mit dem rot funkelnden Burgunder. »Warum stirbt die Liebe wohl, scheinbar so völlig ohne Grund?«

Weil es keine echte Liebe ist, dachte Johann. Was man für Liebe hält, ist oft nur der Rausch der Leidenschaft, der alles verzehrt und verbrennt – auch den Verstand und alles Gute im Menschen.

»Ihr sagtet gerade *scheinbar* ohne Grund«, hakte Johann weiter nach. »Vermutet Ihr, dass etwas anderes dahintersteckt?«

»Es wird zu viel geklatscht und getratscht, vor allem in Hofkreisen.« Von Haber nahm einen tiefen Schluck. »Gerüchte sind ein Gift, das Menschen und ihr Vertrauen ineinander zerstört. Und in diesem ganz speziellen Fall ist es ein besonders niederträchtiges.«

Johann schwieg. Er spürte, dass sein Gast jetzt mehr zu sich selbst sprach als zu ihm.

»Ihr habt es gut«, sagte von Haber schließlich. »Ihr lebt hier in diesem idyllischen Örtchen, das nichts von Intrigen und Bosheit weiß. Ab und an kommen Reisende, die etwas Tratsch mitbringen, aber im Grunde ist doch alles weit weg.«

»Ihr vergesst, dass ich die mondäne Welt durchaus kenne.«

»Ja, natürlich«, von Haber rieb sich die Stirn. »Ich rede bestimmt in Rätseln zu Euch. Nun, Ihr habt sicher von diesem unglücklichen Jungen gehört, der vor einigen Jahren aus dem Nichts aufgetaucht ist.«

Johann nickte. »Ihr meint diesen Kaspar Hauser?«

»Ganz genau. Er schien schwachsinnig zu sein, hatte wohl lange Jahre völlig isoliert und im Verborgenen gelebt. Und gleich rankten sich die seltsamsten Gerüchte um diesen merkwürdigen Findling.«

»Er soll angeblich kein Geringerer gewesen sein als der badische

Erbprinz, der Sohn von Stéphanie Beauharnais und Großherzog Karl von Baden, der …«

»… eigentlich gleich nach der Geburt verstorben sein soll, genau. Angeblich hat das Kind aber gelebt und wurde mit einem anderen, toten Säugling vertauscht. Ihr habt sicher auch davon gehört?«

»Es wurde viel davon geredet, dass die Reichsgräfin von Hochberg hinter diesem Tausch stecke, um so ihren Ältesten Leopold auf den badischen Thron zu bringen.«

»Ganz genau. Da tauchte also plötzlich dieser komische Bursche auf, die Spekulationen wurden kräftig angeheizt, und dann hat man ihn fünf Jahre später erstochen aufgefunden. Im letzten Jahr war das. Von den Tätern wiederum keine Spur. Der wahre Erbe Badens, Opfer eines Komplotts! Und wer, glaubt Ihr, steckt dahinter?« Moritz von Haber blickte ihn gespannt an.

Johann zuckte die Schultern. »Nun, es wurde gemunkelt …« Wie schwer es ihm fiel, das auszusprechen, vor allem, da sein Gegenüber so aufgebracht wirkte. »Also, ich habe gehört, die Großherzogin Sophie selbst stecke hinter der Tat.«

Von Haber stieß pfeifend Luft aus, als habe er in den letzten Minuten nicht geatmet. »Jawohl, Sophie von Baden. Sophie, die fürchtete, dass ihr Mann die Krone wieder verlieren könnte, falls Kaspar Hauser als rechtmäßiger Erbe anerkannt werden würde!«

»Aber das ist doch Unsinn, oder nicht?«

Moritz von Haber nahm ein elfenbeinernes Zigarrenetui aus der Brusttasche seines Gehrocks. »Bedient Euch, das sind kubanische, von einem meiner Kunden, der sie importiert.« Er zündete sich eine Zigarre an und reichte Johann Feuer, der nur zögernd zugegriffen hatte. Johann war kein Raucher, hatte nie besonderen Geschmack daran gefunden, aber er wollte von Haber nicht brüskieren, vor allem nicht jetzt, da er so aufgewühlt war.

»Es ist nicht nur Unsinn, es ist völlig absurd, so etwas zu denken. Aber hier geht es um Politik und um Macht. Neben der Liebe ist die Machtgier die Kraft, die Menschen dazu treibt, die ungeheuerlichsten Dinge zu tun. Es gibt Differenzen zwischen Großherzog Leopold und den beiden wichtigsten und größten deutschen Staaten, Preußen und Österreich. Und die blicken seit einiger Zeit mit großem Missfallen auf ihn. Denen käme ein willfähriger Herrscher gerade recht!«

Johann schwieg nachdenklich. So hatte er das noch nie gesehen. Hinter all diesen dummen Gerüchten konnte also doch mehr stecken als zunächst vermutet.

»Es läge also im Interesse des jetzigen badischen Herrschers – genauer gesagt, in dem der Großherzogin, dieser stolzen Frau –, den gefährlichen Nebenbuhler zu beseitigen.« Von Habers Stimme klang bitter. »Sophie ist, ich meine, *wirkt* abweisend, manche halten sie für hochmütig. Das mag darauf zurückzuführen sein, dass sie eine sehr strenge, von Standesbewusstsein geprägte Erziehung genossen hat. Leopold hingegen gilt als freundlich und liebevoll, ihm traut man eine solche verbrecherische Tat nicht zu. Die Großherzogin soll sich ihm anvertraut haben, wird behauptet, und angeblich deckt er die Tat, um einen Skandal zu vermeiden. Aber seit ihrem Geständnis soll die Ehe völlig zerrüttet sein. Die eigene Frau eine Mörderin – das ist wahrlich etwas Ungeheuerliches!«

Johann betrachtete Moritz von Haber aufmerksam. Warum regte dieser sich so auf? Ein leiser Verdacht begann sich in ihm zu entwickeln. Das Verhalten von Haber schien ihm wirklich sonderbar.

»Diese ungeheuerliche Geschichte geht noch weiter, Herr Haug. Wusstet Ihr, dass die Großherzogin guter Hoffnung ist? In ungefähr zwei Monaten soll das Kind kommen. Auch Eure Familie scheint vor einem sehr erfreulichen Ereignis zu stehen, wie ich vorhin bemerkt habe. Ich wünsche Euch alles Gute!«

»Herzlichen Dank«, antwortete Johann, »meine Sophie wird ebenfalls in ungefähr zwei Monaten niederkommen. Das muss wohl ein gutes Omen sein«, sagte er und bemühte sich, heiter und zuversichtlich zu klingen. Aber von Haber ging nicht auf den milden Scherz ein.

»Aber was meint Ihr damit, dass diese ungeheuerliche Geschichte weitergehe?«, versuchte Johann deshalb, das betretene Schweigen des Bankiers zu brechen.

»Nun, da die Klatschmäuler davon überzeugt sind, dass die Ehe nur noch zum Schein bestehe, kann das Kind ja folglich nicht von Leopold sein!« Von Haber verzerrte sein Gesicht zu einer höhnischen Fratze. »Es gibt verschiedene Theorien, wer der leibliche Vater sein könnte!«

Vorsicht, ermahnte sich Johann im Stillen, jetzt keine dummen Fragen stellen. »Ich bin sicher, diese Lügengebilde werden bald alle in sich zusammenfallen«, sagte er schließlich zu seinem Gegenüber.

»Wollen wir es hoffen«, entgegnete von Haber und strich sich über die Augen, als verscheuche er einen bösen Traum. »Es schmerzt mich auch, dass bestimmte Kreise, deren Anliegen ich zu einem gewissen Grad teile, diese Gerüchte aus höchst durchsichtigen Motiven streuen.« Er bemerkte Johanns fragenden Blick und sagte ungeduldig: »Die Liberalen, meine ich. Viele von ihnen wollen eine Republik. Was läge da näher, als dem Großherzog die Legitimität abzusprechen. Ihr seht, Leopold wird von zwei Fronten in seiner Stellung angegriffen: einerseits von den Fürsten des Deutschen Bundes, die ihm seine freisinnige Haltung übel nehmen. Andererseits von den Liberalen, die ihm übel nehmen, dass er sich mit den Fürsten gutstellen will – durch die Wiedereinführung der Pressezensur zum Beispiel. Die ganze Situation wäre zum Lachen, wenn sie nicht so tragisch wäre.«

Johann erwiderte bedächtig: »Das mag schon alles stimmen, aber deshalb gleich einen Mord begehen?«

»Wie ich bereits gesagt habe, Herr Haug: die Machtgier und die Liebe …«

Johann musste an den alten Jakob denken, der den Umsturz in Frankreich anfangs gutgeheißen und sich dann aber erschrocken und angewidert von den Taten der Revolutionäre abgewandt hatte. Dass gute Ideale immer Schlechtes hervorbringen mussten, es war zum Verzweifeln!

»Erinnert Ihr Euch an das Fest auf Schloss Hambach vor zwei Jahren?«

»Ja, man hat bei uns in der Gaststube viel darüber gesprochen.

Die Presse durfte ja fast nichts berichten, und der Staat hat dann die Zügel noch mehr angezogen, die Überwachung wurde schlimmer und schlimmer.« Er dachte an die hitzigen Diskussionen am Abend, die lauter und aufgeregter wurden, je mehr Wein und Schnaps floss. Immer wieder hatten sich die Gäste aber auch erschrocken umgesehen und zur Ruhe ermahnt. Der Kerl mit der Brille dort hinterm Kachelofen oder der vornehme Herr, der so unbeteiligt tat – alle hätten sie Agenten der Obrigkeit sein können. Wer seine Meinung sagte, brachte sich unweigerlich in Gefahr. Aber die Stimmen, die nach Veränderung riefen, wollten trotzdem nicht verstummen. Man verlangte Freiheit und Gleichheit wie damals, als sein Großvater Jakob noch hinter der Theke stand und man begierig die Nachrichten aus Frankreich aufnahm. Das sagte er auch zu von Haber.

Der wiederum nickte: »Das ist meine Hoffnung. Dass sich diese Ideen eines Tages doch noch durchsetzen werden. Ihr könnt Euch vermutlich denken, warum gerade ich so begierig darauf warte?«

Johann schwieg erstaunt. Der Sohn eines der einflussreichsten und reichsten Männer des Landes – einer, der am Hof verkehrte – wartete auf revolutionäre Veränderungen.

»Weil ich nicht länger der ›Saujude‹ und der ›verfluchte Israelit‹ sein möchte. Glaubt mir, all unser Geld kann den Makel unserer jüdischen Herkunft nicht tilgen. Ich weiß, wovon ich rede.«

Johann erinnerte sich plötzlich an ein paar Episoden aus seiner Baden-Badener Zeit. Wie das dortige Personal hinter vorgehaltener Hand über die jüdischen Gäste gelästert und selbst der jüngste Page abfällig vom ›Itzig‹ gesprochen hatte, der die teuerste Suite bewohnte. Seine Mutter hatte ihm einst auch von Moshe Katz erzählt, dessen Geld im *Markgrafen* steckte und der sich trotzdem bescheiden in die hinterste Ecke des Schankraums gesetzt hatte, ganz für sich allein. Der alte Jude hatte ebenso sehr auf die Revolution gehofft, die auch ihm dieselben Rechte wie allen anderen bringen sollte.

Johann versuchte, sich vorzustellen, was es bedeutete, nicht dazuzugehören. Von Haber mochte zwar in die besten Häuser und an den Hof geladen werden, wirklich willkommen war er dennoch nicht.

Er hatte in Baden-Baden davon reden hören, dass Haber immer wieder in Duelle verwickelt war. Er sei eben ein Hallodri, ein *homme à femmes,* hatte Lerch bemerkt, und Johann, der als Kind der Grenze Französisch verstand, hatte genau gewusst, was Lerch damit gemeint hatte. Haber ging aus allen Duellen siegreich hervor, aber das alles trug nicht zu seiner Beliebtheit bei. Man wollte ihn wohl auch provozieren, denn hinter seinem Rücken sprach man ihm die Ebenbürtigkeit, die Satisfaktionsfähigkeit ab. Je mehr Duelle er gewann, desto verhasster wurde er.

»Nehmt einmal die Bienen, die Euer lieber Herr Lerch züchtet«, unterbrach von Haber Johanns Gedanken. »Könnte ein solches Bienenvolk nicht ein schönes Vorbild für die menschliche Gesellschaft sein? Alle schwirren sie herum, wie sie wollen, ganz ihrer Tätigkeit hingegeben. Sie sind frei und gleich!«

»Gleich?«, fragte Johann missbilligend. »Inwiefern sollen sie gleich sein? Da gibt es doch die Königin.«

»Ja, die Königin ist wichtig, denn sie hält das Volk zusammen. Meiner Meinung nach muss es eine Autorität geben, die einen Staat vereint. Aber innerhalb dieses Gefüges sollte der Einzelne frei und gleich sein können.« So etwas wie Sehnsucht schwang in seiner Stimme mit.

»Ich verstehe nichts von Bienen, aber Eure Meinung, dass Freiheit und Gleichheit für alle gelten sollten, teile ich. Was wiederum die Notwendigkeit eines Herrschers anlangt … ich gestehe, darüber habe ich mir noch nicht so viele Gedanken gemacht. Ich bin ein einfacher Gastwirt und …«

»Aber nicht doch«, entgegnete Haber. Er schien das vorherige, für ihn wohl aufwühlende Thema nicht weiter vertiefen zu wollen. Seine düstere Miene verschwand, er war auf einmal wieder der charmante, beredte Mann. »Ihr seid kein einfacher Gastwirt. Ihr habt noch viel vor, das merke ich. Ich werde heute bei Euch nächtigen, und morgen erzählt Ihr mir, in welche Richtung Eure Pläne gehen.«

Später, als er neben Sophie in der Schlafkammer lag, starrte Johann an die Decke. Obwohl er hundemüde war, konnte er nicht einschlafen. Zu viele Gedanken schwirrten in seinem Kopf herum. Sophie schmiegte sich an ihn, sie atmete schwer. Er legte seine Hand auf ihren hochgewölbten Leib.

»Ist dir das Kleine sehr beschwerlich?«, flüsterte er und gab ihr einen zarten Kuss.

»Es geht. Bald ist es ja überstanden«, hauchte sie. »Johann?«

»Ja?«

»Für den Fall, dass es doch ein Mädchen wird, nennen wir es Elisabeth nach deiner Mutter.«

»Oder Luise nach deiner Mutter.«

»Am besten geben wir ihr beide Namen. Und wenn es ein Junge wird? Soll er dann nicht doch Jakob heißen?«

»Nein«, gab Johann heftiger zurück, als er wollte. »Kein Jakob. Mutter würde es auch nicht wollen. Es liegt kein Segen auf diesem Namen, das hat sie damals schon gesagt, als Leopold auf die Welt kam. Das Kind soll Friedrich heißen nach deinem Vater, wie wir es beschlossen haben.«

»Ein kleiner Fritz«, sagte Sophie zufrieden, »das ist schön. Wenn das der Vater noch erlebt hätte.«

Johann verspürte einen Anflug von schlechtem Gewissen. Der alte Jakob hatte so viel für den *Markgrafen* getan. Aber die Mutter …? Nein, sie hatte ihrem Vater letztlich nicht verzeihen können, auch wenn der am Schluss noch versucht hatte, ihr Verhältnis in die richtigen Bahnen zu lenken.

»Dieser Herr, der heute Mittag aus Baden-Baden gekommen ist …«

»Herr von Haber?«

»Ja. Er war sehr charmant.«

»Und er ist ein unverbesserlicher Schürzenjäger. Sein Ruf war legendär, nicht einmal vor den Hofdamen hat er haltgemacht. Die Großherzogin hatte das sogar geduldet, sie hat eine ausgesprochene Vorliebe für ihn. Und du bist ja wohl auch nicht unempfindlich für ihn.«

Sophie lachte und kniff ihn in die Seite. »Was redest du denn da? Für mich gibt es nur dich. Aber zugegeben, er ist wirklich eine beeindruckende Erscheinung.«

Johann fiel auf einmal wieder das seltsame Verhalten von Habers ein, als er von den Eheproblemen des herzoglichen Paares und den Gerüchten um die neuerliche Schwangerschaft der Großherzogin gesprochen hatte. Vielleicht mochten sich er und die Adlige ja doch mehr, als gut und schicklich war?

»Was macht Herr von Haber noch mal?«, fragte sie leise.

»Er lässt dir wohl keine Ruhe«, neckte er sie. »Er ist der Sohn Salomon von Habers, der in Karlsruhe die badische Hofbank betreibt. Vor fünf Jahren hat die Familie den erblichen Adel erhalten. Allerdings ...« Er zögerte.

»Was meinst du?«

»Allerdings sind damit bestimmte Vorurteile der Gesellschaft nicht ausgeräumt. Die von Habers sind Juden, und das ist in den Augen vieler Menschen ein Makel, wie du weißt.«

»Ach, so ein Unsinn. Herr von Haber ist so viel vornehmer als die meisten Leute, die wir kennen.«

»Gegen die Schranken in den Köpfen kommt man nicht an. Von Haber ist reich, vornehm, wie du sagst, gut aussehend, der Großherzog schätzt ihn ... Das schürt den Neid der Leute. Sie versuchen dann, irgendetwas zu finden, um ihn kleinzureden.« Er musste unweigerlich an von Habers Bild vom freien und gleichen Bienenvolk denken. »Wegen seiner charmanten Art Frauen gegenüber hat sich von Haber auch oft mit eifersüchtigen Ehemännern duellieren müssen, das wird nicht unbedingt zu seiner Beliebtheit beigetragen haben. Das Perfide daran war aber, dass man ihm trotz seiner Duellsiege absprach, überhaupt satisfaktionsfähig zu sein. Erst forderte man ihn heraus – und er hat jede Herausforderung angenommen –, und dann gab man ihm zu verstehen, dass er nichts wert sei und die Beleidigungen hinzunehmen habe.«

»Das ist gemein.« Sophie schien aufrichtig empört zu sein.

»Man hat ihm wegen der Duellgeschichten sogar den Zutritt zu einigen Gesellschaften in Baden-Baden verwehrt. Sein Vater hat ihn wohl auch deshalb ins Ausland geschickt, um ihn aus der Schusslinie zu nehmen. Gleichzeitig konnte sein Sohn die Interessen des Bankhauses in Spanien und England vertreten. Moritz von Haber kehrte in dieser Zeit trotzdem immer wieder für kurze Zeit nach Hause zurück. Bei einem seiner Aufenthalte im Hotel habe ich ihn schließlich kennengelernt.« Er lächelte.

»Der arme Herr von Haber«, wiederholte Sophie mitfühlend.

»Jetzt aber genug davon, sonst werde ich noch eifersüchtig.« Johann nahm Sophie in die Arme und gab ihr einen Kuss. »Schlaf jetzt, meine Liebe. Du und das Kleine brauchen Ruhe.«

Während Sophie die Augen schloss und langsam in den Schlaf glitt, dachte Johann nochmals über den Verlauf seines Gesprächs mit Moritz von Haber nach. Wenn es wirklich stimmte, dass der Bankier eine intime Beziehung zur Großherzogin genoss und womöglich sogar der Vater ihres ungeborenen Kindes war, dann gnade ihm Gott, dachte er bei sich im Stillen.

»Also, Herr Haug, in welche Richtung gehen Eure Wünsche?«, fragte Moritz von Haber nach dem Frühstück. »Ihr habt doch sicher noch große Pläne?« Er lehnte sich entspannt zurück und beobachtete den bläulichen Rauch seiner Zigarre.

Wünsche, dachte Johann, wieder Wünsche ... war das wirklich ein glücklicher Zustand, keine Wünsche zu haben? War man nicht glücklicher, wenn man Wünsche hatte und sie sich erfüllen konnte?

»Ihr habt recht«, sagte er. »In der Tat habe ich Pläne. Sie gehen in zwei Richtungen.« Er holte tief Atem und bemühte sich, der Aufregung, die sich seiner bemächtigt hatte, Herr zu werden. Ruhig, Johann, du bist ein seriöser Gastwirt und Hotelier, kein kleines Kind, das seinen Wunschzettel schreibt und abgibt.

Von Haber sah ihn aufmerksam an, ein leises Lächeln zuckte um seine Lippen, aber er sagte nichts, nickte Johann nur aufmunternd zu.

»Ihr habt ja gesehen, dass ich einen neuen Anbau errichtet habe, um den Hotelbetrieb zu erweitern. Das hat mich viel Geld gekostet, aber ich möchte trotzdem den neuen Flügel vergrößern, um noch mehr Zimmer anbieten zu können, die auch anspruchsvoller ausgestattet sind. Wir haben immer mehr Geschäftsleute zu Gast. Es herrscht seit einiger Zeit Frieden, und die Wirtschaft floriert, die Krise der letzten Jahre ist überwunden, und es gibt keine Zollschranken mehr. Baden als Grenzland betreibt auch mehr Geschäfte mit der Schweiz und Frankreich, mit denen wir seit einiger Zeit ja wieder in guter Nachbarschaft leben.«

»Obwohl die Franzosen nicht aufhören können mit ihren Revolutionen. Vor vier Jahren haben sie ihren Bourbonen-König endlich zum Teufel gejagt, wobei der jetzige, der sogenannte ›Bürgerkönig‹, keine echte Verbesserung darstellt«, warf von Haber ironisch ein.

»Da mögt Ihr recht haben. Jedenfalls, die Geschäfte gehen gut, die neuen Erfindungen aus England …« In diesem Moment dachte Johann wieder an den Engländer aus dem *Stéphanie les Bains*, wie es ihm wohl ging, ob er überhaupt noch am Leben war und diese Revolution miterleben konnte? »Jedenfalls, diese neuen Erfindungen treiben die Wirtschaft voran.«

»Mit noch nicht absehbaren Folgen«, stimmte von Haber zu. »Ich weiß, wovon Ihr redet! Die Banken sollen immer mehr Geld herbeischaffen … das Kreditwesen bläht sich auf. Wenn man nur immer wüsste, welche Investition wirklich zukunftsträchtig ist.«

»Davon verstehe ich leider nicht allzu viel«, sagte Johann mit Bedauern. »Aber ich sehe, dass es vorangeht. Vielen Bürgern geht es besser, manchen sogar sehr gut. Und sie werden immer beweglicher, die Draisine beispielsweise …«

»… hat nicht ganz das gebracht, was sich ihr Erfinder versprochen hat, obwohl man mit dem Ding wirklich schnell unterwegs ist, und es braucht keinen Hafer.«

Johann stimmte in das Lachen von Habers pflichtschuldigst ein. »Ich denke auch mehr an die Eisenbahn, davon verspreche ich mir wirklich viel.«

Von Haber betrachtete nachdenklich seine Zigarre. »Das glaubt mein Vater auch. Es soll wohl eine badische Staatsbahn gegründet werden. Jedenfalls gibt es Überlegungen in Baden, eine Eisenbahn in England bauen zu lassen, in Manchester. Als Prototyp sozusagen.«

»Überlegt, was das bedeutet!« Jetzt konnte Jakob seine Aufregung nicht mehr verbergen.

»Für Euch bestimmt mehr Gäste ...«

»Viel mehr! Schon mein Großvater hat diese Entwicklung vorausgesehen und vom Ausbau des Hotelbetriebs geträumt. Aber Alter und Krankheit haben das letztlich verhindert, und dann kam noch das Hochwasser, das uns finanziell jeden Spielraum genommen hat. Wir mussten uns sogar verschulden, aber das wisst Ihr ja. Dank des großzügigen Kredits Eurer Bank sind wir über die Runden gekommen.«

Moritz von Haber beugte sich leicht vor und musterte ihn mit einem eindringlichen Blick. »Und die zweite Richtung?«

»Wie bitte?«

»Ihr sagtet, Eure Pläne gehen in zwei Richtungen.«

»Ach ja.« Johann richtete sich im Sessel auf und drückte den Rücken durch. »Ich möchte unsere Küche verbessern«, sagte er eindringlich. »Unsere Küche muss ein Markenzeichen unseres Hauses werden. Abgesehen von den Geschäftsleuten ... ich habe gerade am Ende der Woche so viele Gäste, aus Karlsruhe und den anderen umliegenden Städten beispielsweise. Es kommen sogar Leute vom Hof, aus dem Heer, aus der Verwaltung! Wisst Ihr, wer letzthin mit seiner Familie bei uns gespeist hat? Der Finanzrat Nebenius!«

Von Haber stieß einen Pfiff aus. »In der Tat ein nobler Gast. Der Vater unserer Verfassung!«

»Und deshalb spiele ich mit dem Gedanken, einen zusätzlichen Koch einzustellen und mehr Küchenpersonal. Louis, mein jetziger Koch, ist nicht schlecht. Ich will ihn auch behalten, auch die Kaltmamsell hat sich als Gewinn für die Küche erwiesen. Er und sie können sich zwar nicht leiden, denn Louis ist ziemlich eingebildet. Er lässt sich auch nichts sagen. Und gerade im Hinblick auf Fleisch und Soßen bleiben noch einige Wünsche offen und deshalb ...« Johann schwieg für einen Moment, über sich selbst erschrocken.

Was redete er da? Ein zweiter Koch stand außerhalb jeder Diskussion – viel zu teuer.

»Und deshalb?«

Johann holte tief Luft. »Und ebendeshalb würde ich gerne einen zweiten Koch einstellen. Er soll unsere Küche verbessern, und wenn es so läuft, wie ich mir das denke, werden wir ihn auch brauchen.« So, jetzt war es heraus. Er hatte selbst nicht gewusst, warum er diesem Mann seine geheimen Wünsche anvertraute, Wünsche, die er sich selbst nicht richtig eingestanden hatte.

Von Haber musterte ihn immer noch aufmerksam. Vielleicht erriet er, was in ihm vorging. »Wisst Ihr was«, sagte er schließlich, »kommt doch in den nächsten Tagen in der Bank vorbei. Ich will übernächste Woche wieder ins Ausland, nach Spanien.« Er lächelte versonnen. »Dort, wo es warm ist, sehr warm. Es ist vielleicht ganz gut, wenn ich für einige Zeit wieder von hier verschwinde, versteht Ihr?« Er runzelte dabei die Stirn und presste die Lippen fest zusammen. Irgendetwas schmerzte ihn sehr und beunruhigte ihn auch, dachte Johann. Wenn es das ist, was ich inzwischen vermute … dann ist es wirklich besser, wenn er für einige Zeit fortgeht.

»Sagen wir nächsten Mittwoch? Wir könnten uns um elf Uhr treffen und dann zusammen ein Mittagessen einnehmen. Es gibt ein neues Gasthaus, ganz in der Nähe der Bank, es soll sehr gut sein. Das könnten wir ausprobieren und im Hinblick auf die Küche im *Markgrafen,* die bald zu den besten des Landes zählen wird, einige Anregungen mitnehmen.«

Er erhob sich und schüttelte Johann lange und kräftig die Hand. »Danke«, sagte er schließlich, »danke für Eure Gastlichkeit und die Gespräche. Sie haben mir viel bedeutet.« Beim Gehen drehte er sich noch einmal um. »Ich denke, wir werden eine erfolgreiche Unterredung haben. Ich halte Euch wirklich für einen ausgezeichneten Hotelier und Restaurantbetreiber. Das Wort Gastwirt verbietet sich bei Euch. Ihr verfügt über Eigenschaften, die man nicht erlernen kann, die man hat oder nicht hat. Ihr habt sie! Ihr könnt zuhören, seid absolut vertrauenswürdig, und Ihr verfügt über den nötigen Weitblick. Es war sehr angenehm hier bei Euch.« Dann verneigte er sich noch einmal und ging hinaus.

Johann starrte lange die geschlossene Tür an, strich sich dann über die Stirn wie ein Träumender. Jetzt drängten sich noch einmal alle Gedanken mit Macht in sein Bewusstsein. Was hatte er vor? War er verrückt geworden? Hat nicht die Mutter immer wieder gepredigt, man dürfe sich nicht zu sehr verschulden? »Ich hab's schweren Herzens tun müssen nach der Überschwemmung. Aber es war immer der Grundsatz deines Großvaters, du weißt ja ...« Aber gerade der Großvater war ein schlechter Kronzeuge gewesen, dachte Johann und starrte immer noch zur Tür. Hinter sich hörte er Sophies Schritte. Sie klangen schwer. Wenn nur die Geburt endlich hinter ihnen läge. Er machte sich Sorgen. Aber Sophie war gesund und kräftig. Die Geburt von Leopold war einfach gewesen, warum nicht auch diese? Sollte es tatsächlich ein Sohn werden, wie sie meinte? Dann stand das Haus auf zwei Paar kräftigen Beinen. Umso wichtiger war es, dass es voranging. Der Großvater hatte doch auch Geld geliehen, das wusste er, obwohl die Mutter nicht viel darüber erzählt hatte. Aber es war das Geld von Moshe Katz in das Haus gesteckt worden, Geld, das wieder zurückbezahlt worden war. Und dann gab es ja damals noch diesen Krummbiegel – das war eine merkwürdige Geschichte. Dieser Krummbiegel hatte auch Geld investiert, aber in dem Fall war das meiste bei den Haugs geblieben. Durch Erbschaft, wie die Mutter immer wieder betonte. Krummbiegel hatte sich zu Tode getrunken, um diese Tatsache rankte sich auch etwas Geheimnisvolles, über das nie gesprochen wurde, nur dass ausgemacht gewesen war, dass das Geld im Todesfall bei der Familie bliebe, als Erbe sozusagen.

Es war doch etwas Merkwürdiges um den Tod des alten Krummbiegel gewesen, er konnte nicht sagen, warum er das glaubte, es war nur ein Gefühl! Ach was, Gefühl, dachte Johann. Ich werde mir anhören, was Moritz von Haber mir vorschlägt, mehr nicht. Und ich werde gut überlegen! Dann löste er sich endlich aus seiner Erstarrung.

An dem besagten Mittwoch ließ Johann die Pferde schon früh anschirren. »Die beiden Braunen und den neuen Zweispänner – und wisch noch einmal mit dem Lappen drüber«, wies er den jüngsten Stallknecht an, dann verabschiedete er sich von Sophie und versprach, so schnell wie möglich wiederzukommen. Schließlich hob er Leopold in seine Arme, küsste ihn und bat den Jungen, gut auf die Mutter aufzupassen, was der Kleine feierlich zusagte.

Elisabeth stand vor der großen Eingangstür und musterte Johann mit zusammengezogenen Augenbrauen. Er trat zu ihr. »Du schaust mich an wie damals, als ich in die Schule ging und du jeden Morgen überprüft hast, ob ich auch ordentlich und sauber aussehe«, sagte er lachend und bemühte sich, heiter und unbefangen zu wirken.

»Du gehst in Geschäften nach Karlsruhe?«, fragte seine Mutter mit strenger Stimme, ohne auf seine scherzhafte Bemerkung einzugehen.

»Genau«, bekräftigte er.

»Haben diese Geschäfte etwas mit dem kürzlich erfolgten Besuch des Herrn von Haber zu tun?«, examinierte sie weiter.

Johann vermied es, seiner Mutter direkt in die Augen zu sehen. Sie würde merken, dass ich lüge, dachte er. Ich muss so nah wie möglich an der Wahrheit bleiben, ohne alles zu gestehen.

»Ja, unter anderem. Ich will auch noch zu Dieterle gehen wegen der letzten Lieferung. Die war ganz und gar nicht in Ordnung.«

Elisabeth nickte, ihr Misstrauen aber blieb. »Es ist deine Sache, Johann. Ich habe dir das Haus übergeben. Aber denke daran, was ich dir immer wieder gesagt habe!«

Er küsste sie sanft auf die Wange. »Keine Angst, Mutter, ich weiß, was ich tue.«

Er stieg auf den Kutschbock und fuhr schwungvoll in einer großen Kurve vom Hof. Dabei winkte er mit der Peitsche Sophie und Leopold zu.

Als er wiederkehrte, warf die Herbstsonne schon lange Schatten. Die Berge des Schwarzwalds traten bläulich umschattet eindrucksvoll hervor.

Im Frühjahr hatten sie Sophies Schwester in dem kleinen Dorf nahe Baden-Baden besucht. Auf dem Nachhauseweg hatte sie ihm angeboten, am Hotel *Stéphanie* vorbeizufahren und nachzusehen, was es dort Neues gab. Doch Johann hatte abgelehnt und es vorgezogen, einen langen Spaziergang mit seiner Familie im Wald zu machen. Der Kleine war begeistert gewesen von den Baumstämmen, die aufeinandergestapelt am Wegrand lagen, und von den wunderbaren, gelben Ginsterbüschen, den angeblichen Goldbäumen des Glasmännleins.

Ein leises Lächeln spielte um Johanns Mund, als er an diesen Tag zurückdachte. Er zog die Zügel an und hielt mit einem scharfen Ruck vor dem Stall. Wo waren die Knechte? Sie hätten sein Kommen doch längst hören müssen? Doch der Hof blieb weiterhin menschenleer. Da bemerkte er den Einspänner des Doktors am Straßenrand, das Pferd war nachlässig an den Gartenzaun gebunden. Johanns Lächeln erstarb. Für einen kurzen Moment war er gelähmt vor Angst, dann sprang er mit zitternden Knien herunter, stürzte zur Tür und riss sie auf. Auch die Gaststube war wie ausgestorben! Aber von nebenan, aus der Küche, drang Stimmengewirr. Johann rannte hinüber. Die Mägde standen eng beieinander am Spültisch, einige tupften sich mit ihrem Schürzenzipfel die Augen. Am Herd werkelte Louis mit hochrotem Gesicht, er wirkte seltsam fahrig.

»Was ist los? Was ist passiert?«

Ein Aufheulen der Mägde war die Antwort. Die Kaltmamsell trat bleich aus der Gruppe und schien als Einzige in der Lage, das Geschehene einigermaßen in Worte zu fassen: »Die gnädige Frau ... Die Wehen sind gekommen, gleich heute Morgen, nachdem Ihr weggefahren seid«, stammelte sie.

Johann wurde schwindlig, für einen Moment tappte er ziellos umher, dann fand er den Weg zur Treppe, zog sich mühsam hoch und sah sich seiner Mutter gegenüber, die ihn oben bereits mit von Tränen geröteten Augen erwartete.

»Komm, Johann«, sagte sie, bemüht, ihrer Stimme Festigkeit zu verleihen. »Ich habe dich gehört. Komm zu Sophie.«

Sophie lebt! Gott sei Dank, sie lebt! Erleichtert atmete Johann durch.

»Ja, sie lebt«, sagte Elisabeth, als habe sie seine Gedanken erraten. »Den Tag über sah es böse aus. Der Doktor meint aber, sie wird durchkommen. Jetzt haben wir wieder guten Grund zur Hoffnung.«

Johann entfuhr ein weiterer tiefer Seufzer.

»Und das Kleine?«

Elisabeth nahm ihren Sohn an der Hand und zog ihn hinüber in ihre Stube. Dort stand die Wiege, die Johann damals zu Leopolds Geburt in Auftrag gegeben hatte. Sie war bunt bemalt mit zierlichen Blumengirlanden in Rot, Blau und Grün. In dieser Wiege lag ein winziges Kind. Im ersten Moment wirkte es so, als würde das Kind schlafen, dann bemerkte Johann aber die bläuliche Farbe der Haut.

»Dein Sohn«, flüsterte Elisabeth, als wollte sie das Kleine nicht aufwecken. »Er hat nach der Geburt nur kurz gelebt, eine Stunde vielleicht. War zu schwach, hat die Hebamme gesagt. Er ist viel zu früh gekommen. Der Kleine hat nicht gelitten, Johann, er ist einfach eingeschlafen.«

»Aber warum?« Johann konnte nicht weitersprechen. Elisabeth verstand ihn jedoch auch ohne Worte.

»Das weiß man nicht. Der Doktor sagt, es passiere immer wieder, dass Kinder zu früh kommen. Ich habe noch nach dem Pfarrer schicken lassen, er kam gerade rechtzeitig, um ihm die Nottaufe zu geben. Friedrich soll er heißen, hat Sophie gesagt.«

»Ja«, sagte Johann, »das hat sie sich gewünscht.« Er fühlte sich auf einmal so hilflos und schwach.

»Geh zu deiner Frau«, sagte Elisabeth leise und nahm ihn wieder bei der Hand.

Sophie lag reglos in den Kissen. Für einen Moment fürchtete Johann, sie sei ebenso tot wie ihr Kind, aber dann sah er, dass sich ihre Brust schwach hob und senkte. Sie musste gemerkt haben, dass er da war, denn sie streckte eine schmale, blau geäderte Hand nach ihm aus. Als er sie mit seinen Fingern umschloss, spürte er, dass sie leicht zitterte.

»Unser Fritz«, hauchte sie, »er ist nicht lange bei uns geblieben.« Die Worte kamen stoßweise. Das Sprechen kostete sie die äußerste Anstrengung, deren sie fähig war. »Und ich konnte ihm nicht helfen.«

»Ich glaube, er wollte seine Mutter sehen, bevor er ging.« Johann drückte ihre Hand und streichelte ihr dann sanft über das Gesicht. »Jetzt geht es ihm gut.«

»Bist du sicher?«

»Ganz sicher.«

»Du hast bestimmt recht«, seufzte Sophie, »er ist bei seinen Großeltern und seinem Urgroßvater ... und bei Gott.«

Nach einer Weile hob er den Kopf und bemerkte, dass Sophie eingeschlafen war. Sie atmete ruhig, und die Züge ihres Gesichts hatten sich entspannt.

Der Doktor, der sich nach diesem langen Tag im Speisesaal gestärkt hatte, kam leise herein und legte Johann die Hand auf die Schulter. Es bestehe keine Gefahr mehr, soweit er das beurteilen könnte. Und der Kleine – es täte ihm leid, aber so etwas käme vor. Sophie würde aber noch viele gesunde Kinder bekommen können.

Was für ein Trost, dachte Johann. Er wandte sich vom Arzt ab und ging wieder hinüber in die Stube seiner Mutter. Elisabeth saß neben der Wiege auf einem Stuhl und hielt Totenwache. Auf dem Nachttisch hatte sie eine Kerze angezündet. Johann trat an die Wiege, nahm behutsam das Kind heraus und hielt es in seinem Arm. Es trug ein gesticktes Hemdchen, das Sophie kürzlich angefertigt hatte, und lag in Leopolds altem Steckkissen. Johann betrachtete seinen Sohn lange, als müsse er sich alles genau einprägen: den zarten Flaum auf dem Köpfchen, die kleine Nase und die winzigen Fingernägel. Ein vollkommener kleiner Mensch, dachte er, aber zu klein und zu schwach für die Welt, in die du zu früh hineingeboren bist. Während du verzweifelt um dein Leben gekämpft hast, saß ich im eleganten Kontor des Herrn Moritz von Haber, um mir Geld zu leihen – unvernünftig viel Geld. Hätte ich das nicht tun sollen? Werde ich so dafür bestraft? Unwillkürlich schüttelte Johann den Kopf. Gott konnte doch nicht so grausam sein und Sophie und den Kleinen als Werkzeug der Strafe benutzen. Aber welchen Sinn hatte dieser Tod dann? Dass ich erkenne, wie alle meine Träume und Hoffnungen zu Staub zerfallen können? Wie glücklich war ich noch vor wenigen Stunden, als ich den Vertrag unterschrieben habe. Unser Kredit wurde großzügig aufgestockt und zu sehr guten Konditionen.

»Ihr seid ein Mann der Zukunft, in Euch und Eure Pläne investiere ich mein Geld gerne«, hatte von Haber gesagt.

Zukunft ... die wahre Zukunft lag hier tot in seinen Armen.

In diesem Moment spürte er eine Hand auf seinem Rücken. Elisabeth war aufgestanden und neben ihn getreten. »Du solltest nach Leopold sehen«, flüsterte sie. »Simon hat ihn in den Stall zu den Pferden genommen. Ich fürchte, er ist ziemlich verstört. Er weiß ja gar nicht richtig, was passiert ist.« Sie lehnte ihr Gesicht an seine Schulter. »Leg den Kleinen zurück und lass ihn seinen langen Schlaf schlafen. Das Leben geht weiter. Sicher, das ist ein abgedroschener Satz, aber er stimmt. Ich weiß, wovon ich rede.«

Johann nickte stumm und legte das kleine Bündel vorsichtig in die Wiege zurück, dann küsste er seiner Mutter die Hände und ging hinunter zu Leopold in den Stall.

Kaum hatte er seinen Vater gesehen, warf sich der Bub in seine Arme. Sein Gesicht war blass und zeigte Spuren von Tränen.

»Vater, es war so schlimm! Alle haben geschrien und sind herumgerannt. Und ich durfte nicht zur Mutter. Und dann ist die Großmutter gekommen und hat gesagt, dass ich einen kleinen Bruder habe, der aber gleich wieder zum lieben Gott gegangen ist. Hat es ihm hier nicht gefallen? Ich wollte ihn doch so gerne sehen.«

Johann drückte den Lockenkopf des Jungen an seine Brust. Mein armer Sohn, dachte er, jetzt liegt das Fortbestehen des Hauses zum dritten Mal nur auf einem Paar schmaler Kinderschultern. Erst Jakob, dann ich, dann Leopold. Der Arzt hatte zwar behauptet, dass Sophie noch viele Kinder bekommen könnte, jedoch glaubte Johann seltsamerweise nicht an diese Prophezeiung. Aber immerhin hatte er an diesem Tag das finanzielle Fundament für die Zukunft, für dieses Kind und für dieses Haus gelegt.

Nach einer schlaflosen Nacht betrat Johann am nächsten Morgen die Küche. Der Alltag musste weitergehen, neue Gäste wurden erwartet, im Schankraum saßen trotz der frühen Stunde schon einige Leute und freuten sich auf Speis und Trank, und der Speiseplan für die kommenden Tage musste mit Louis besprochen werden. Ein kurzer Blick an den Herd überzeugte ihn, dass alles wie am Schnürchen lief. Einige Mägde hatten zwar rot geränderte Augen, aber alle taten ihre Pflicht. Auch draußen schien der Schrecken des gestrigen Abends wie vergessen. Elisabeth und Leopold standen in der offenen Stalltür und unterhielten sich mit Simon. Eine der Schecken würde an diesem Tag vielleicht ihr Fohlen bekommen, und Simon hatte Leopold versprochen, dass er helfen dürfe, das Neugeborene mit Stroh abzureiben.

»Was willst du?«, fragte Elisabeth, als sie das Gasthaus betrat und Johann sie mit einem traurigen Blick empfing. »Sei froh, dass der Kleine so schnell vergessen hat und dass deine Leute arbeiten wie immer. Du hast sie gut geschult.«

Das war ein großes Lob, er spürte es. Seine Mutter sagte immer die Wahrheit, Schmeicheleien waren ihr fremd. Er freute sich, aber er musste noch etwas loswerden. »Mutter, ich muss dir etwas gestehen. Ich war gestern bei von Haber in der Bank und habe einen größeren Kredit aufgenommen.«

»Darf ich fragen, wie viel Geld er dir leiht?«

Er nannte ihr die Summe, und sie wurde bleich. »Mein Gott, Johann, das ist viel zu viel!«

»Ich weiß, Mutter, deswegen mache ich mir jetzt Vorwürfe. Auch weil ich einfach weggefahren bin, um Geschäfte zu machen. Weil ich nicht da war, als mein Kind starb. Während Sophie um ihr Leben kämpfte.«

Elisabeth schwieg für einen Moment. Er konnte ihren Gesichtsausdruck nicht richtig deuten, aber als sie antwortete, klang ihre Stimme fest und entschlossen. »Hör damit auf, Johann. Was hat das eine mit dem anderen zu tun? Dein Kind wäre auch gestorben, wenn du hiergeblieben wärst, und Sophie hättest du auch nicht wirklich helfen können. Deine Urgroßmutter Anna würde sagen, dass der Gewissenswurm an dir nagt.«

»Der Gewissenswurm?«

»Ja, so hat sie es immer genannt, wenn man etwas angestellt hatte. Ein schönes Bild, nicht wahr? Dir ist nicht wohl wegen des Kredits. Du siehst das Risiko. Und schließlich habe ich dir oft genug eingebläut, nicht zu viele Schulden zu machen. Manchmal denke ich, dass ich dich nicht nach Baden-Baden hätte schicken dürfen. Du hast zu viele hochfliegende Pläne von dort mitgebracht.« Elisabeth zog ihren Sohn zu sich heran und nahm ihn in die Arme. »Andererseits bist du jemand, der immer den Kopf in den Sternen haben wird. Und du hast ein warmes Herz.«

»Du meinst … so wie in Leopolds Lieblingsgeschichte?«

»Ganz genau. Wer ein warmes Herz hat, der lebt wahrhaftig, der hat Hoffnungen und Träume. Kann sein, dass du ein schlechtes, riskantes Geschäft mit von Haber abgeschlossen hast, aber sei's drum. Mir ist es lieber, dass du bist, wie du bist. Wir werden einfach weiterkämpfen, Johann, denn wir lieben das Haus und unsere Familie. Jetzt geh wieder hinüber zu deinen Gästen, und ich schaue derweil nach Sophie«, schloss sie und gab Johann einen liebevollen Schubs.

In der Gaststube ging es in der Tat schon hoch her – Bauern aus der Umgebung sowie Krämer und Handwerker drängten sich dort, denn es war Markt, und man wollte sich vorher noch stärken. Johann erkannte auch seinen ehemaligen Lehrer unter den Gästen wieder. Fridolin Sauer war ein kleiner, dürrer Mann, dem die weißen Haare in wirren Strähnen vom Kopf abstanden. Statt einer Krawatte hatte er sich ein bunt gemustertes Tuch um den Hals geschlungen. Sauer fühlte sich als Künstler, wie Johann wusste. Er malte düstere Bilder, und düster war auch sein Blick auf die Welt. Seit einigen Jahren verzehrte er die kärgliche Pension, die ihm die Großherzogliche Hofkammer gewährte, oft und gern im *Markgrafen*, weil dort ein guter Tropfen ausgeschenkt wurde und Johann einer seiner liebsten Schüler gewesen war.

Jetzt führte Sauer gerade wieder das große Wort an seinem Tisch, und auch die Nachbarn um ihn herum schienen ihm aufmerksam zuzuhören.

Als Johann näher trat, hörte er ihn mit seiner hohen Stimme rufen: »… und da sagt also dieser junge Dichter, dass diese Regierung nicht von Gott sei, sondern vom ›Vater der Lügen‹ und dass …« Der Lehrer brach ab, als er Johann bemerkte. Mühsam erhob er sich – Sauer litt seit einiger Zeit an schwerem Rheuma – und schüttelte Johann die Hand. Im Namen aller Anwesenden drückte er ihm sein Mitgefühl aus über das so schnelle Hinscheiden des kleinen Erdenbürgers.

»Ihm ist bestimmt viel erspart geblieben. Möge das ein Trost für deine Familie sein.«

Johann, den diese Worte nicht wirklich aufzumuntern vermochten, bedankte sich, und der übliche Lärm setzte langsam wieder ein. Die Mägde liefen durcheinander, schenkten nach und nahmen Bestellungen entgegen. Von draußen hörte Johann das Horn des Postillions, das die Ankunft einer Postkutsche verkündete. Er wollte hinaus und die neu eingetroffenen Gäste begrüßen, aber Sauer hielt ihn am Arm fest.

»Johann, auch wenn es gerade vielleicht nicht ganz passend ist, möchte ich dir etwas zum Lesen geben.« Er zog aus seiner Brusttasche einige bedruckte Blätter, die am Rand zum Teil eingerissen waren. »Nimm nur, ich habe zu Hause noch weitere Exemplare.«

Johann betrachtete die Papiere skeptisch. »Danke, Herr Sauer, aber was ist das?«

»Ein junger Schriftsteller aus dem Hessischen hat das verfasst, Georg Büchner heißt er. Der Druck wird gerade in allen deutschen Ländern verteilt und erregt gewaltiges Aufsehen. *Friede den Hütten! Krieg den Palästen!* heißt der Artikel. Du musst ihn unbedingt lesen!« Sauers Griff um Johanns Arm wurde fester und seine Stimme eindringlicher. »Gerade Leute wie du, gescheite, kluge Menschen, die ihren Mann stehen – dank des Schulbesuchs nützliche Glieder unserer Gesellschaft geworden sind …«

Johann entzog sich dem Lehrer sanft, aber bestimmt. Ihm war

klar, dass der gute Herr Sauer einer von den Liberalen war. Sie schienen sich schnell auszubreiten, vor allem in Baden. Erst kürzlich hatte er mit von Haber wieder darüber gesprochen.

»Die Badener sind freiheitsliebende Leute«, hatte Haber gemeint, »das macht unsere Nähe zu Frankreich.«

Nun, mein französisches Erbteil macht sich in dieser Hinsicht nicht bemerkbar, überlegte Johann, ganz und gar nicht. Mir gefällt auch vieles an unserem Staat nicht ... die Zensur und die Tatsache, dass meine Gäste aufpassen müssen, was sie sagen. Überall sind diese verfluchten Spitzel. Vor allem gefällt mir jedoch dieses merkwürdige Gebilde nicht, das sich Deutscher Bund nennt und zu nichts anderem taugt, als die Leute unter der Knute zu halten. Aber wie viele sind hier schon gesessen und haben ihre Träume von Freiheit und Gleichheit gesponnen, und nichts hat's gebracht, trotz der Revolution!

Er werde den Text heute Abend in aller Ruhe lesen, versicherte Johann dem etwas enttäuscht dreinblickenden Herrn Sauer, bevor er den Schankraum verließ. Im Hinausgehen warf er das Papier dann achtlos in eine Kommode im Flur und stopfte es ganz nach hinten, wo die Talglichter lagen. Das fehlte gerade noch, solche Schriften in meinem Haus, dachte er sich. Ein Wirt durfte keine Meinung haben, er hatte neutral zu sein, da stimmte er ganz mit dem Großvater überein. Dieses elende Schankzimmer mit den Leuten, die dort immer politisieren mussten ... Am liebsten hätte er diesen Raum schon längst abgeschafft! »Aber sei vernünftig, Johann«, hatte Elisabeth geantwortet, als er ihr einmal von seiner Absicht, den Raum zu schließen, erzählt hatte. »Auch von diesen Gästen leben wir, momentan sogar noch besser als von den vornehmen Herrschaften.«

Seine Mutter hatte ja irgendwo recht, gestand sich Johann dann ein. Er wollte auch nicht abschätzig wirken. Viele der Gäste kannte und mochte er, seit er ein Kind war. Aber sein Traum vom *Markgrafen* sah einfach keinen Schankraum mehr vor.

Johann setzte ein verbindliches Lächeln auf und nahm die neuen Gäste in Empfang, die noch um die Postkutsche herumstanden und das Ausladen ihres Gepäcks beobachteten. Eine vornehme Dame in Taubengrau mit ihrer Kammerzofe, zwei junge Herren in eng geschnittenen schwarzen Röcken mit hohen Kragen. Ihre Halstücher waren *comme il faut* gebunden, kein Vergleich mit dem des Fridolin Sauer. Reich, stolz und eingebildet, dachte Johann, als er den beiden Männern die Hand gab. Diese Sorte kenne ich noch zu gut aus dem *Stéphanie*. Die jungen Männer wollten weiter nach Baden-Baden, erzählten sie ihm, sie blieben nur zum Mittagessen. Die Dame mit der Zofe – die Fahrgastliste wies sie als eine Gräfin Hochstätt aus dem Herzogtum Hessen aus – wollte wiederum über Nacht bleiben. Sie sei auf dem Weg zu ihrer Tochter in die Schweiz.

Johann war froh, dass die Herrschaften das Geschrei vorhin im Schankraum nicht mitbekommen hatten. Sie hätten sicherlich keinerlei Verständnis für diese wirren, umstürzlerischen Reden gehabt! Auch er wollte davon nichts hören, denn er war überzeugt davon, dass sich nie etwas ändern würde. Das hatte er auch zu Moritz von Haber gesagt.

»Es wird immer ein Oben und Unten geben, das hat mein Großvater oft gesagt. Wenn sich etwas ändert, dann die Lebensumstände der Menschen durch die neuen Erfindungen wie die Eisenbahn.«

»Aber wenn sich die Lebensumstände ändern, werden sich auch die Menschen ändern«, hatte Moritz von Haber enthusiastisch eingeworfen. »Daran glaube ich unbedingt. Deshalb investiert die Haber'sche Bank auch in einige dieser neuen Firmen, die diese Erfindungen umsetzen. Ich habe beispielsweise erst gestern mit einem Herrn Kessler gesprochen, der hier in Karlsruhe ein Maschinenbau-Unternehmen betreibt. Er will eine Lokomotive bauen – hier in Baden –, stellt Euch das einmal vor! Keine Importe mehr aus England. Das gibt Arbeit, Haug; wenn sich die Lebensumstände bessern, und das werden sie, werden auch die Menschen ... fast hätte ich gesagt, besser ... aber doch, ja, sie werden besser. Ich sehe Euch lächeln, Haug, aber ich bin überzeugt davon, dass die Rohheit und die Dummheit aus der Armut kommen. Ich habe letzthin in unserer Bibliothek nach den Büchern gesucht, die meine Mutter sehr geschätzt hat. Sie war sehr belesen, müsst Ihr wissen. Ich denke oft an sie, gerade in der letzten Zeit.«

Über sein Gesicht war wieder das melancholische Lächeln geglitten, das Johann schon vom letzten Besuch her kannte.

»Sie hat einen Autor besonders geschätzt, er ist vor zwei Jahren gestorben, und viele sagen, er sei der bedeutendste Schriftsteller der Deutschen. Sein Name war Goethe, Johann Wolfgang von Goethe, bestimmt habt Ihr von ihm gehört?«

Johann bejahte. »Leider habe ich noch nichts von ihm gelesen, habe nur unsere Gäste in Baden-Baden von ihm sprechen hören. Ein Gastwirt hat wenig Zeit für das Lesen von Büchern«, hatte er entschuldigend hinzugefügt. »Ich kenne lediglich ein Zitat von ihm, das sozusagen als Hausspruch auf einer Tafel in unserer Diele hängt. Aber sonst weiß ich gar nichts von ihm.«

»Auch ich muss gestehen, dass ich fast nichts von ihm kenne, mein Favorit ist zudem ein Dichter aus dem Schwabenland, Friedrich Schiller. So viel Feuer, so viel Leidenschaft, man glaubt kaum, dass es ein Schwabe ist, der das geschrieben hat. Aber ich schweife ab. Zurück zu Goethe …«

Johann hatte in diesem Moment voller Unbehagen gedacht, dass sie sich auf einem Feld bewegten, auf dem er sich gar nicht auskannte und auf dem er sich auch nicht wohlfühlte. In der Zwischenzeit hatte Haber begonnen, ihm von seiner Begegnung mit Goethe zu erzählen, seiner literarischen Begegnung. »Ich kenne ihn ja nicht richtig, muss gestehen, dass mir zur systematischen Lektüre bislang die Zeit fehlte, aber beim Durchblättern bin ich doch auf einige interessante Äußerungen gestoßen: ›Edel sei der Mensch, hilfreich und gut‹ – nun, das bringt es doch auf den Punkt, nicht wahr, das sollte unser Glaubensbekenntnis sein, dann wird alles besser.«

Schöne Worte, hatte Johann gedacht, mehr nicht. Aber vielleicht war es gut, dass diese Worte geschrieben und festgehalten wurden als Mahnung, als Ziel. Ich würde auch gerne edel sein … wenn das Geschäft es zuließe.

Juli 1945

Kurt Goldstein wirkte amüsiert. »Und? Hat das Geschäft es zugelassen?«

»Nur bedingt. Wie es so schön in Jakobs Wahlspruch heißt: ›kräftig sich zeigen‹.« Jakob musste lächeln. »Das ist wirklich ein typischer Haug-Satz, wie Sie vielleicht schon gemerkt haben. Aber Johann hat im Gegensatz zu seinem Großvater die Rohheit und Gemeinheit, die tatsächlich oft mit der Armut und dem Kampf ums Überleben einhergeht, nicht geerbt. Gut, die ersten Jahre seiner Kindheit waren furchtbar, aber er konnte sie abstreifen und wuchs dann in sehr geordneten Verhältnissen auf. Ich will nicht sagen, dass es besser gewesen wäre, wenn er etwas von Jakobs Gerissenheit gehabt hätte, aber er war eben Johann – mit seinem Träumen von Schönheit, Eleganz und Genuss und mit dem warmen Herzen. Das hat den *Markgrafen* aber leider fast in den Ruin geführt.«

»Der Kredit?«

»Ja, er war an das Haus Haber gebunden und wurde schließlich vom Strudel, der zum Untergang der Bank führte, mitgerissen. Und dann spielte auch noch die Familie Pfäfflin eine unheilvolle Rolle in diesem Schreckensszenario!«

»So schlimm stand es also?«

»Ziemlich schlimm.«

»Aber Sie sind doch wieder herausgekommen aus dem Strudel?«

»Ja, das sind wir, aber nur mit viel Glück.«

»Dann ist wohl das Glasmännlein zu Hilfe gekommen?« Der Offizier grinste. »Immerhin war Ihr Großvater Leopold doch ein Sonntagskind!«

»Nein«, antwortete Jakob schmunzelnd, »ganz so märchenhaft war es nicht, obwohl mein Großvater tatsächlich ein Sonntagskind gewesen ist. Es ist letzten Endes jemand gekommen, der Geld mitgebracht hat.«

»Eine Frau, vermute ich.«

»Richtig! Meine Großmutter Luise.«

»Also keine Heirat aus Liebe, sondern eine, die gut fürs Geschäft war?«

Jakob seufzte. »Ja, so war es wohl. Aber es ist auch eine gute Ehe gewesen. Leopold war dankbar für diese tüchtige Frau. Er und Luise haben fest zusammengehalten, obwohl sein Herz …«

»… für jemand anderen schlug!«, vollendete Goldstein den Satz.

»Sein Herz schlug für mancherlei Dinge, die in seinem Leben dann aber keinen Platz hatten.«

»Bevor Sie mir gleich mehr davon erzählen, noch eine Frage: Taucht dieses Flugblatt noch einmal auf? Es müsste sich um den *Hessischen Landboten* gehandelt haben, oder?«

»Genau. Sie kennen sich aber gut in der deutschen Literatur aus.«

»Deutsch war die Muttersprache meiner Großeltern und ist es immer noch. Bis heute sprechen wir zu Hause Deutsch. Trotz allem …«

»Trotz allem«, wiederholte Jakob leise. Wer war dieser Kurt Goldstein?

»Das Flugblatt taucht in der Tat wieder auf. Und es steht in unmittelbarem Zusammenhang mit den Dingen, für die das Herz meines Großvaters schlug und die ihn dann fast das Leben gekostet hätten.«

»Sie machen mich neugierig.«

Januar 1848

Johann betrachtete sich im großen Spiegel, der neben der Kirschbaumkommode hing. Er war zufrieden. Der neue Gehrock, den er sich vom Schneider in Ettlingen zu Weihnachten hatte anfertigen lassen, passte tadellos. Er drehte sich nach links und nach rechts. Der Wollstoff mit dem feinen Glanz war eine gute Wahl gewesen. Er hatte zunächst befürchtet, die Taille könnte zu eng geschnitten sein, aber der Schneider hatte ihn beruhigt: »Ihr könnt das tragen, Herr Haug.«

Johann strich sich über das immer noch füllige, dunkle Haar, das er jetzt etwas kürzer und nach hinten gekämmt trug. Für jemanden, der die vierzig überschritten hatte, sah er noch sehr gut aus. Dabei hätte er eigentlich genug Gründe gehabt, um graue Haare zu bekommen – vor allem wenn die Gerüchte aus Karlsruhe wirklich stimmen sollten ...

In diesem Moment ging die Tür des Ankleidezimmers auf, und Sophie trat ein. Sie strahlte ihn an, und er gab das Lächeln zurück, allerdings nur oberflächlich. Sie schien das zu bemerken, denn als sie näher trat, sah er ihren sorgenvollen Blick, mit dem sie ihn musterte.

»Guten Morgen, Johann. Gibt es schlechte Nachrichten? Du wirkst irgendwie kummervoll.«

Johann wehrte hastig ab und bemühte sich um einen heiteren Klang in seiner Stimme.

»Nein, nein. Mich hat vorhin nur der Radau gestört. Da unten geht's zu, als sei eine Räuberbande eingebrochen.«

»Nun ja, Ausräumen geht nun mal nicht ohne Lärm.«

In ihrer Stimme schwang ein leiser Tadel mit, und er verstand.

Sie wollte ihn darauf hinweisen, dass der Krach auf seine Anordnung zurückzuführen war. Johann hatte nämlich kurz vor Weihnachten der Familie und dem Gesinde verkündet, dass gleich in den ersten Tagen des neuen Jahres einige Renovierungsarbeiten durchgeführt werden sollten.

»Es verirrt sich in dieser Zeit sowieso kaum ein Gast hierher, die Kutschen verkehren wegen des Wetters nur unregelmäßig oder sind fast leer. Also wollen wir die Zeit nutzen.« Er hatte aufgezählt, was seiner Ansicht nach alles getan werden musste. Im Hinausgehen hatte er noch Leopolds halblaut geflüsterte Worte gehört: »Immer diese ewige Renoviererei!« Aber er hatte beschlossen, dem keine Beachtung zu schenken.

Johann küsste Sophie auf den Scheitel und hielt sie dann an beiden Händen von sich ab, um sie zu mustern.

»Ein neues Kleid?«

»Ja, aus dem Stoff geschnitten, den du mir aus Straßburg mitgebracht hast. Ich liebe diese Farbe!«

»Die Farbe deiner Augen«, sagte er sanft.

»Das Material ist so fein, und dennoch wärmt es. Du hast einen guten Blick für das Edle, Johann.«

»Es passt zu dir«, sagte er, verzog kurz darauf aber missbilligend das Gesicht, als von unten wieder der Lärm heraufdrang. »Wo hast du das Kleid nähen lassen?«

»Bei Minchen Großmann. Ich weiß, du hältst sie für eine vertrocknete alte Jungfer, die kaum Ahnung von der Schneiderei hat«, sagte sie schnell, als sie sein ironisches Lächeln sah. »Aber du tust ihr unrecht. Sie studiert immer die neuesten Journale und kopiert die Schnitte. Das hier zum Beispiel«, sie drehte sich, sodass der feine Stoff sanft um ihre Figur schwang, »das hat sie aus einer Zeitschrift aus Paris.«

»Es ist gut geschnitten«, gab Johann, wenn auch widerwillig, zu. Er konnte Minchen nicht leiden. Diese kümmerliche, leicht bucklige Gestalt stieß ihn ab. Dabei war Minchen stets freundlich, fast sogar schon unterwürfig ihm gegenüber. Aber das Kleid war in der Tat gut geschnitten, mit seinen bauschigen, weiten Ärmeln, der schmalen Taille und dem weiten Rock. Sophie sah immer noch sehr hübsch aus, aber in ihr Gesicht hatten sich einige feine Linien eingegraben. Er wusste, woher sie kamen.

Sie bemerkte, dass er sie genau musterte, und sah scheu zur Seite. »Was ist mit dir?«, fragte sie mit stockendem Atem.

Er biss sich auf die Lippen. Sie hatte seinen Blick falsch gedeutet. Sie meinte wohl, er sehe vorwurfsvoll auf ihre schmale Gestalt, den flachen Bauch, da kein zweites Kind mehr gekommen war. Dabei hatte Johann ihr immer wieder versichert, dass er nicht im Traum an so etwas dachte. »Wir haben Leopold, unseren gesunden und prächtigen Jungen. Was wollen wir mehr?«, pflegte er zu sagen, wenn er merkte, dass der Kummer sie erneut zu beherrschen drohte. Doch gelegentlich übermannte sie die Trauer, und dann saß sie stundenlang am Fenster und starrte hinaus in die Ferne. Diese wenigen dunklen Augenblicke gingen vorüber, sicher, Johann fühlte sich allerdings jedes Mal schrecklich hilflos. Er wollte für seine Frau da sein, konnte es aber nicht. Eine unüberbrückbare, unsichtbare Wand stand zwischen ihnen. Vor allem hasste er es aber, dass auch er sich selbst nicht von diesem schrecklichen Gefühl des Verlusts befreien konnte.

Manchmal hatte er den Doktor aufgesucht und ihn gefragt: »Wir haben doch ein Kind, hätten auch noch gerne ein zweites gehabt, warum kann meine Frau denn keine weiteren mehr empfangen?«

Der Arzt hatte dann stets mit den Schultern gezuckt. »Ich weiß es nicht, Herr Haug. Vielleicht hat sie Angst vor einem weiteren Verlust.«

Das verstand er und verstand es doch nicht. Er hasste es auch, wenn der Doktor versuchte, ihn mit dem Hinweis auf Leopold zu trösten. Und genau das Gleiche tat er ja selbst, Tölpel, der er war. Er war so hilflos, wollte ihr doch helfen, aber er konnte es nicht. Ja, sie stand zwischen ihnen, diese unsichtbare Wand, die sich nicht wegschieben, nicht überbrücken ließ. Vor allem, weil er einen Gedanken nicht unterdrücken konnte: Wenn ich da gewesen wäre, damals ... als es passiert ist. Stattdessen hatte er Geldgeschäfte gemacht, unvernünftige Geldgeschäfte. Er bemerkte, dass ihn Sophie immer noch besorgt ansah.

»Johann, sag mir ...«, flüsterte sie zögernd. Es kostete sie sichtlich Überwindung, ihre Frage auszusprechen. »Ich verstehe nicht viel von Geschäften, aber sage mir, stimmt es, dass die Spinnerei kurz vor dem Bankrott steht? Ihr Kapital stammt doch hauptsächlich vom Bankhaus Haber, genau wie unseres.«

Vor zwölf Jahren war in Ettlingen eine Spinnerei und Weberei gegründet worden, die sich schnell zu einer der größten Fabriken Badens und eine der ersten Aktiengesellschaften entwickelte und ungefähr tausendfünfhundert Menschen beschäftigte. »Den Aktiengesellschaften gehört die Zukunft«, hatte Moritz von Haber bei Johanns letztem Besuch in Karlsruhe bemerkt, als sie über die neue Zeit gesprochen hatten. »Deshalb investieren wir auch in diese neue Form. Der Fortschritt, lieber Haug, braucht viel Kapital.«

»Und wenn die Fabrik nicht floriert?«, hatte Johann daraufhin gefragt.

Von Haber hatte sorglos gelacht. »Dann ist das Kapital *perdu*. Der Schlüssel ist, vernünftig zu investieren! Nicht zu viel, sondern genau das richtige Maß.«

Aber die Bank hatte sich verschätzt, was dieses Maß anging, denn mittlerweile standen neben der Spinnerei auch andere wichtige Unternehmen Badens auf der Kippe. Überall steckte das Haber'sche Geld drin, ebenso wie im *Markgrafen*. Was, wenn sie angesichts der schlechten Lage nun ihr Geld zurückhaben wollten? Undenkbar! Johann zwang sich zu einem Lächeln.

»Gerüchte, Sophie, noch weiß man nichts Genaues«, versuchte er, seine Frau und sich selbst zu beruhigen.

»Wir sind doch nicht betroffen? Ich meine ...«

»Nein, nein«, log er wieder. »Mach dir keine Sorgen.«

»Ich weiß nicht, Johann«, sagte Sophie nachdenklich. »Vielleicht bin ich altmodisch, aber all diese Neuerungen machen mir Angst. Die riesigen Fabriken nehmen den armen Handwerkern die Arbeit weg. Minchen sagt, die Qualität der Stoffe sei nicht mehr zu vergleichen mit der Ware von früher. Ich bin eine Schuhmacherstochter, ich weiß, wie stolz Vater auf seine Schuhe war, wie sorgfältig er gearbeitet hat.«

»Sophie, der Fortschritt lässt sich nicht mehr rückgängig machen. Wir müssen heraus aus der Enge der alten Zeit. So wie die Stadttore jetzt Stück für Stück abgebrochen und die Häuser weit über die alten Mauern hinaus gebaut werden, so müssen auch wir in unserem Denken über die alten Grenzen hinauswachsen.« Er legte behutsam seinen Arm um ihre Schulter und führte sie zum Fenster. »Schau her, der *Markgraf* liegt nun fast in der Stadt, nicht mehr außerhalb ihrer Mauern.«

»Ja, aber ...«, setzte sie zögernd an.

»Und wer kann sich solch einen guten Stoff, wie du ihn trägst, überhaupt noch leisten?«, führte Johann weiter aus. »Die Stoffe mögen schlechter sein, aber sie sind billiger. Und die Leute, die jetzt in der Fabrik arbeiten, bekommen einen sicheren Lohn. Denk nur an die Hungeraufstände der vergangenen Jahre, an die Missernten und Teuerungen. Den Menschen ging es schlecht, gerade in der letzten Zeit.«

»Ja, da magst du vielleicht recht haben«, antwortete sie nicht gänzlich überzeugt. »Vielleicht werden Hunger und Not weniger, aber wenn ich den Leuten dabei zusehe, wie sie in die Fabrik strömen, dort den ganzen Tag schuften und abends mit den gleichen grauen Gesichtern herauskommen, dauert mich das.«

Unwillkürlich musste Johann an die Bienen denken, von denen von Haber einst gesprochen hatte. Vielleicht waren diese Tiere ja gleich, überlegte Johann, aber sicher nicht frei. Im Gegenteil.

Der Lärm unten war verebbt, da klopfte es an die Tür, und Leopold streckte seinen Kopf herein.

»Komm nur, mein Junge«, sagte Johann. »Wie sieht's aus?«

»Alles ausgeräumt, Vater. Wir haben die Möbel in die Schankstube gestellt. Die Handwerker sind gerade gekommen. Der Meister will dich sprechen wegen der Tapete im Speisesaal.«

Voller Stolz betrachtete Johann seinen Sohn. Leopold war einen halben Kopf größer als sein Vater, schlank mit breiten Schultern und kräftigen Armen. Die einstmals blonden Locken waren dunkler geworden – jetzt hingen allerdings auch noch eine Menge Spinnweben darin. Er war eitel, sein Leopold, das wusste Johann – auch darin war er ganz der Sohn seines Vaters, aber jetzt war er schlicht schmutzig. Plötzlich bemerkte Johann, dass Leopold ein ebenso fleckiges, an den Kanten eingerissenes Stück Papier in der Hand hielt.

»Was hast du da, mein Sohn?«

»Ach, nichts Besonderes. Ich habe es in der Kommode gefunden, die neben dem Eingang steht. Vermutlich hat es einer der Gäste mal hineingestopft. Ich wollte es eigentlich wegwerfen, aber dann fand ich es ganz kurios. Ich würde es mir später gerne in Ruhe anschauen.«

Johann sagte nichts, streckte nur auffordernd seine rechte Hand nach dem Papier aus, das Leopold nur widerwillig freigab. Er warf einen kurzen Blick auf die fett gedruckte Überschrift: *Der Hessische Landbote* und darunter *Friede den Hütten! Krieg den Palästen!*

Nach all den Jahren war dieser Wisch doch tatsächlich wieder aufgetaucht! Und ausgerechnet sein Sohn hatte ihn gefunden! Laut las er die Worte auf dem Papier vor und fragte Leopold mit gerunzelter Stirn: »Und das nennst du kurios?«

Leopold sagte nichts, sondern blickte stumm zu Boden. Johann wiederum seufzte. Die Empfänglichkeit seines Sohnes für solches Gedankengut war bedrückend. Das Bild seines alten Lehrers Fridolin Sauer drängte sich vor sein inneres Auge. Ihm hätte das sicherlich gefallen, dachte Johann grimmig.

Woher hatte Leopold nur dieses Interesse für Politik? Wie oft hatte er ihm eingebläut, dass er als Gastwirt neutral zu bleiben hatte. Doch Leopold schwärmte lieber für diesen Friedrich Hecker, einem dahergelaufenen Winkeladvokaten aus Mannheim, der, noch keine vierzig, schon Abgeordneter im Landtag war und dort von sich reden machte. Ein Radikaler war er, der die Monarchie abschaffen wollte! Wegen ihm hatte Leopold sogar überlegt, länger auf der Bürgerschule zu bleiben, um später Jura studieren zu können. Er wolle die Rechte der kleinen Leute, der Armen und Schwachen vertreten, hatte er mit leuchtenden Augen verkündet.

Johann schauderte immer noch, wenn er an dieses Gespräch zurückdachte, damals hatte er seinem Sohn unmissverständlich klargemacht, welchen Weg er für ihn vorgesehen hatte: »Du wirst im *Markgrafen* mitarbeiten und dir das notwendige Rüstzeug aneignen. Dann lernst du wie ich in einem guten Haus, vielleicht sogar in mehreren! Was hältst du davon, in ein anderes Land zu gehen, nach Frankreich beispielsweise? Das würde dir doch sicher gefallen, oder?«

Leopold hatte sich gefügt, aber Johann traute diesem Frieden nicht. Zu Recht, wie es schien, denn jetzt hatte sein Sohn diesen revolutionären Schwulst wieder ausgegraben und schien sehr interessiert!

Sophie war zu Johann getreten, um ebenfalls einen Blick auf das Papier zu werfen. »Georg Büchner, wer ist das?«, fragte sie.

Johann zuckte mit den Schultern. »Keine Ahnung. Der alte Sauer hat die Schrift damals in die Gaststube gebracht, am Stammtisch verteilt und wie üblich eine seiner flammenden Reden gehalten. Das ist schon viele Jahre her. Ich hatte keine Ahnung, dass dieses Papier überhaupt noch existiert.«

»Lass es ihn doch lesen, Johann«, bat sie schmeichelnd. »Sei froh, dass er so interessiert ist und so gerne liest. Wie viele Burschen in seinem Alter haben nur Unfug im Kopf.«

Ich wäre froh, wenn Leopold mehr Unfug und weniger von diesen umstürzlerischen Ideen im Kopf hätte, dachte Johann sorgenvoll. Sophie schien deren potenzielle Gefahr nicht klar zu sein. Hatte es nicht im letzten Jahr diverse Aufstände und Krawalle in den deutschen Ländern gegeben, weil es den Menschen so schlecht ging? Und auch in Frankreich brodelte es wieder einmal. Es sah so aus, als ob die Franzosen jetzt auch ihren Bürgerkönig zum Teufel jagen wollten. Eine Republik wollten sie haben, genau wie dieser Hecker. Ein Schwelbrand schien sich auszubreiten, einer musste nur ein Streichholz entzünden und dann ... Johann wollte sich nicht vorstellen, dass sein Leopold da mittendrin war! Sein Sohn las seit einiger Zeit mit wachsender Begeisterung allerlei aufwieglerisches Zeugs. Nicht nur Politisches, auch diese »Mondschein-

Poesie« von Rittern, holden Maiden und der großen Liebe. Romantiker nannten sich die Burschen, die das verzapften. Und zu allem Überfluss steckten sie Leopold damit an, und das gerade in einem Alter, in dem er für das andere Geschlecht empfänglich wurde.

»Ich will das erst selbst lesen«, sagte Johann und steckte das Papier in seine Brusttasche. »Geh du schon mal hinunter zum Meister, Leopold, und sage ihm, dass ich gleich nachkomme.« Erzürnt verließ sein Sohn das Zimmer, dabei knallte er laut vernehmbar mit der Tür.

Johann runzelte die Stirn. Er hatte das seltsame Gefühl, einen Fehler gemacht zu haben, indem er seinen Sohn so vor den Kopf stieß. Das nächste Mal würde der Junge nicht mehr so vertrauensselig sein, dachte er mit einem Anflug von Beklemmung. Der Bursche wird achtzehn, wie soll ich kontrollieren, was er alles tut und denkt?

»Ich will noch kurz nach Mutter sehen«, bemerkte Johann im Hinausgehen zu seiner Frau. »Sie sieht seit ein paar Tagen etwas kränklich aus.«

»Ich habe Elisabeth auch schon gefragt, ob sie sich unwohl fühlt«, bekannte Sophie. »Aber du kennst sie ja. Sie würde nie zugeben, wenn es ihr nicht gut ginge.«

Elisabeth saß in ihrer Kammer neben dem Bett. Sie war zwar schon vollständig angekleidet, ihre Hände aber lagen müßig im Schoß. Das war ungewöhnlich, um diese Zeit werkelte sie meist schon in der Küche oder irgendwo anders im Haus.

»Ich habe dich nicht heruntergehen hören und dachte, ich sehe mal nach dir«, sagte Johann, während er ihr einen Kuss auf den Scheitel hauchte.

»Es gibt ja nichts zu tun«, antwortete sie. »Du hast das Haus heute geschlossen, weil du mal wieder einiges richten lassen willst. Und Übernachtungsgäste haben wir zurzeit auch keine.«

Elisabeth wirkte müde. Johann vermisste ihre Energie, ihre lebendige Teilnahme an allem, was um sie herum geschah. Ihr Körper wirkte erschlafft. Die Art, wie sie dasaß und die Schultern hängen ließ, gefiel Johann gar nicht. Und in letzter Zeit trägt sie immer nur Schwarz, dachte er. Diese Farbe steht ihr nicht, macht sie älter und trauriger.

»Ich gehe später nach unten und schaue, dass das Gesinde alles ordentlich reinigt und wieder einräumt«, bemerkte sie noch.

Für einen Moment herrschte unbehagliches Schweigen zwischen den beiden. Sie fühlt sich unwohl, dachte Johann.

»Musste das sein?«, durchbrach sie schließlich die drückende Stille. »Diese ständigen Verschönerungsarbeiten, jetzt im Speiseraum und auch noch in der Rezeption?«

Ja, der *Markgraf* hatte nun einen richtigen Eingangsbereich. Vor ein paar Jahren hatte Johann einen Empfang im neuen Anbau einrichten lassen und dafür zwei der vorderen Hotelzimmer geopfert. Zuvor war die Aufnahme der Gäste im Schankraum erfolgt, was ihn zunehmend gestört hatte.

»Verstehe mich nicht falsch, Johann. Ich möchte mich nicht in deine Angelegenheiten einmischen, auch weil du nach diesen Jahren in Baden-Baden viel mehr Ahnung vom Gewerbe hast als ich. Aber ich mache mir trotzdem meine Gedanken und bekomme auch einiges mit von den Lieferanten und den Reisenden. Und vor allem im Schankraum wird, wie du ja weißt, viel getratscht.«

Dieser vermaledeite Schankraum schon wieder, dachte Johann. Sophie und vor allem seine Mutter hatten sich heftig dagegen gewehrt, als er ihn verkleinern und den Rest in eine Weinstube umwandeln wollte. Das hatten sie nun davon: Es wurden weiter lästerliche Reden gegen die Obrigkeit in seinem Haus geschwungen. Von dort hatte Leopold sicher auch seine famosen Ideen. Er spürte, dass Elisabeth ihn forschend ansah.

»Was ich in letzter Zeit zu hören bekomme, beunruhigt mich, Johann. Es macht mir schlaflose Nächte.«

»Was meinst du, Mutter?«, entgegnete er lahm, wusste er doch eigentlich genau, was sie meinte.

»Politisch gärt es allenthalben. Die Ideen, die schon in meiner Kindheit und Jugend in den Köpfen der Menschen steckten und ihr Blut in Wallung brachten, sind immer noch lebendig. Die radikale Opposition wird stärker und lauter. Alles ist im Umbruch. Die neuen Maschinen, die Fabriken ... Das macht vielen Angst. Erst kürzlich hat mir Otto Häberlin, von dem wir einen Teil unseres Gemüses beziehen, davon erzählt, dass seine Tochter und ihr Mann nach Amerika auswandern wollen. Der Schwiegersohn gibt seine Schmiedewerkstatt auf, er macht nämlich keine Geschäfte mehr. Aber etwas anderes macht mir noch sehr viel mehr Sorgen.« Jetzt sah sie ihn fest an.

»Dieser Hang zum ›Investieren‹, zum Schuldenmachen, den alle derzeit haben. Genau das tust du auch, Johann. Nein, schüttle nicht den Kopf. Ich will gar nicht wissen, wie viel Haber'sches Geld mittlerweile im Haus steckt. Und wenn es stimmt, was die Spatzen von den Dächern pfeifen, ist die Bank in Schieflage geraten? Stimmt das, Johann?«

Er bemühte sich, eine gelassene Miene zu zeigen, obwohl er erschrocken war. Seine Mutter war doch besser informiert, als er dachte. Hatte sie nicht sonst immer betont, dass sie an dem, was in der Welt passierte, kein wirkliches Interesse mehr habe? Aber was sollte er ihr jetzt sagen? Die Wahrheit? Die wusste er ja nicht einmal selbst. Er kannte auch nur die Gerüchte, die überall herumgingen, war eingesponnen in Ungewissheit und Angst. Das konnte er Elisabeth allerdings nicht sagen. Sie durfte nichts merken, durfte sich keine Sorgen machen, das war er ihr schuldig.

»Ja, es kursieren schon wieder Geschichten über die Haber-Bank«, sagte Johann so unbefangen wie möglich. »Seit diesem Skandal vor fünf Jahren zerreißen sich die Leute doch immer wieder das Maul über sie.«

»Skandal?«, wiederholte Elisabeth überrascht. »Was meinst du damit?«

»Ich dachte, du wüsstest es ... Nun gut, es war vor etwa fünf Jahren. Damals ging es um Moritz von Haber. Nach dem Tod seines Vaters sollte er gemeinsam mit seinen Brüdern die Bank leiten, er verbrachte allerdings die meiste Zeit im Ausland und kehrte erst vor zehn Jahren endgültig nach Karlsruhe zurück.«

»Scheint ja ein recht unternehmungslustiger Herr zu sein und ein, wie soll ich sagen … schwieriger Charakter«, bemerkte Elisabeth trocken.

»Es liegt nicht an ihm, ich meine nicht nur.« Ohne es selbst zu bemerken, erhob Johann seine Stimme. »Zugegeben, er mag vielleicht leichtfertig sein und manches nicht allzu ernst nehmen. Er genießt das Leben, aber das ist kein Vergehen. Nein, diese Vorbehalte gegen ihn rühren daher, dass er Jude ist und die Leute neidisch auf seinen Reichtum sind. Sein Vater, der alte Salomon von Haber, kam einst aus dem Osten, aus Breslau, und hat eine beispiellose Karriere gemacht. Er ist Hofbankier geworden und schließlich auch in den erblichen Adelsstand erhoben worden. Das erregt doch Missgunst. Wie oft hast du mir von Moshe Katz erzählt und von seiner Sehnsucht, die gleichen Rechte wie alle anderen zu haben.«

»Und was war nun genau mit diesem Skandal?«, hakte Elisabeth nach, ohne näher auf Johanns letzte Bemerkung einzugehen. Ihre Stimme klang außergewöhnlich scharf. Johann zögerte. Wie sollte er seiner Mutter die Vorgänge erklären, die sich in einer für sie fremden Welt abgespielt hatten?

»Nun, Moritz von Haber hatte Zugang zur guten Gesellschaft, er genoss die Protektion des Großherzogs.« Und allem Anschein nach auch die der Großherzogin, fügte er im Stillen hinzu.

»Vor allem in diesen Kreisen gab und gibt es aber auch viele, die Juden verachten. Moritz von Haber wiederum hat ein loses Mundwerk und ein hitziges Temperament, was ihn in diesen Kreisen nicht gerade beliebter macht. Er hatte vor langer Zeit während eines seiner wenigen Heimataufenthalte einen Streit mit einem Offizier. Eigentlich hätte von Haber den Soldaten zum Duell herausfordern müssen, aber er durchschaute dessen Absicht, ihn zu provozieren. Vielleicht hielt er das Ganze damals auch nur für eine lächerliche Provinzposse. Wie dem auch sei: Vor fünf Jahren, nachdem sein Vater gestorben und er nach Baden-Baden zurückgekehrt ist, um gemeinsam mit seinen Brüdern die Leitung der Bank zu übernehmen, hat ihn diese unselige Geschichte wieder eingeholt.«

»Inwiefern?«

»In Baden-Baden sollte, wie so oft, ein Hofball gegeben werden. Moritz von Haber hatte auch eine Einladung erhalten. Doch als der Offizier, der ihn damals beleidigt hatte, davon erfuhr, gab er bekannt, nicht an der Veranstaltung teilnehmen zu wollen. Von Haber habe damals keine Forderung zum Duell ausgesprochen und so seine Ehre verloren. Und mit so jemandem wolle er nichts zu tun haben.«

»Wie kindisch«, meinte Elisabeth kopfschüttelnd.

Johann nickte. »Das sehe ich auch so, aber Soldaten haben einen strengen Ehrenkodex, und aus diesem kindischen Spiel wurde deshalb leider schnell blutiger Ernst.«

Elisabeth hob die Augenbrauen. »Es kam dann doch noch zu einem Duell?«

»Ganz genau – es kam aber nicht unbedingt so, wie man es erwartet hätte. Ein russischer Offizier war es nämlich, der Oberleutnant Göler, der den Beleidiger zum Duell aufforderte, weil dieser zuvor die damals von ihm erwartete Herausforderung Habers nun hohnlachend abgelehnt hatte. Jetzt trat also dieser russische Offizier als Stellvertreter Habers zu einem Pistolenkampf an. Beide erlagen ihren Verletzungen, die Schuld daran wiederum gab man dem armen von Haber.«

»Das ist ja furchtbar!«

»Es geht noch weiter: Bei der Beerdigung Gölers drang eine wilde Horde in von Habers Haus ein und hat alles geplündert und zerstört.«

»Was war mit der Polizei?«

Johann winkte ab. »Die war völlig überfordert. Von Haber hat mir später erzählt, dass viel zu wenig Soldaten in der Rathauswache postiert waren, obwohl es Warnungen gegeben hatte.« Seine Stimme stockte, er musste sich mit der Hand über die Augen streichen, um die Bilder wegzuwischen, die sich in seinem Inneren gebildet hatten. Er war zwar nicht direkt Zeuge des Verbrechens gewesen, Moritz von Habers Erzählungen waren aber so lebendig gewesen, dass es Johann vorgekommen war, als hätte er neben ihm gestanden. »Sie haben schreckliche Dinge gerufen, ›Juden raus‹

und ›dreckiger Mörder‹. Und dann haben sie ihn in ›Schutzhaft‹ genommen. Sie haben ihn zum Rathaus gebracht, von wo er hilflos zusehen durfte, wie der Mob eifrig an der Zerstörung seines Hauses gearbeitet hat.«

»Woher kommt nur dieser Hass, Johann? Ich kann es nicht verstehen. Man hat damals auch Moshe Katz beleidigt ... Aber keiner wäre auf die Idee gekommen, sein Hab und Gut zu stehlen oder zu zerstören. Bringt das die neue Zeit mit sich, auf die du so hoffst?« Elisabeth schaute ihn eindringlich an.

Johann schüttelte nachdenklich den Kopf. »Ich weiß es nicht, Mutter. Ich denke, vieles hat sich zum Besseren gewandt, aber einiges ist sicher auch schwieriger geworden.«

Ja, die Zeiten waren nicht einfach, und es war jetzt umso wichtiger, einen kühlen Kopf zu bewahren. Johann musste den *Markgrafen* sicher durch diese stürmische See steuern, die gerade an allem rüttelte, was fest und gut verankert schien.

»Aber Johann, sag mir, liegt es wirklich allein an dieser Duell-Geschichte, dass der Ruf von Habers so schlecht ist?« Elisabeth kostete es sichtlich Überwindung weiterzusprechen. »Man erzählt sich, dass er und die Großherzogin einen Umgang pflegen, der weit über jedes Maß des Schicklichen und Erlaubten hinausgeht.«

Trotz des ernsten Themas kräuselten sich Johanns Lippen spöttisch. Wie seltsam gewunden und umständlich sie sich ausdrückte. »Du meinst, dass sie ein Verhältnis haben?«

Elisabeth sah ihn nur an.

»Ich weiß, dass Derartiges gesprochen wird, habe aber keine Ahnung, ob das wirklich stimmt.«

»Aber du kennst von Haber doch, Johann. Ihr verkehrt freundschaftlich miteinander.«

»Wir haben nie eingehender über seine Beziehung zum Hof und zur Großherzogin gesprochen.« Das stimmte nicht ganz. Während von Habers Besuch vor vielen Jahren, kurz bevor der kleine Friedrich gestorben war, war in der Tat von der Großherzogin die Rede gewesen. Von Haber hatte damals mehr zu erkennen gegeben, als ihm vielleicht bewusst gewesen war. »Sie stehen sich nah, das ist allgemein bekannt«, setzte er hinzu. »Die Großherzogin hatte ihn vor einiger Zeit sogar mit einer heiklen Mission beauftragt. Sie wollte ihren Bruder, den letzten Wasa, zum König von Schweden machen, und Haber sollte vor Ort dafür werben – aber ohne Erfolg.« Johann holte tief Luft. »Und was die Gerüchte angeht, dass das letzte Kind des Herzogpaares, die Prinzessin Cäcilie, in Wahrheit das leibliche Kind von Habers sei ...«

»Ja, stimmt das denn?« Elisabeth schien auf einmal ganz aufgeregt.

»Das weiß ich leider ebenfalls nicht. Man sagt, der Großherzog lebe schon länger nicht mehr mit seiner Frau zusammen. Wegen dieser unseligen Kaspar-Hauser-Geschichte. Schon bei der Geburt der Prinzessin Marie, die fast gleichzeitig mit unserem Fritz auf die Welt kam, hat man getuschelt.« Beim Gedanken an seinen verstorbenen Sohn Friedrich hatte Johann plötzlich einen Kloß in seinem Hals. Er musste sich mehrmals räuspern. »Aber das ist alles Klatsch und Tratsch, Mutter. Nichts davon ist bewiesen.«

»Und dennoch: Sollte dieses Geschwätz es tatsächlich fertigbringen, die badische Hofbank, dieses stolze und reiche Haus der von Habers, in solche Schwierigkeiten zu stürzen? Kann das wirklich sein, Johann?«

Er zuckte hilflos mit den Schultern.

»Moritz von Haber ist gar nicht mehr im Land, oder?«, fragte Elisabeth zaghaft.

»Seit der Erstürmung seines Hauses hält er sich vor allem in Frankreich auf. Er, dem man so viel Unrecht zugefügt hat, musste das Land verlassen, die Übeltäter hingegen wurden freigesprochen oder nur zu milden Strafen verurteilt. Eine Schande ist das.«

»Und wie weit hängen wir in dieser Geschichte mit der Haber'schen Bank mit drin, Johann? Was ist mit uns? Was ist mit dem *Markgrafen*?«

Wenn ich das nur wüsste, dachte Johann bitter. Ich höre ja auch nur die Gerüchte. Die Bank soll nicht mehr liquide sein, heißt es, manche sprechen davon, dass bald die Zahlungen eingestellt werden würden. Auch andere Bankhäuser seien von dieser Situation betroffen. Sie haben zu viele Wechsel ausgestellt, zu viele Kredite gegeben, zu riskant spekuliert. Die Kessler'sche Maschinenfabrik in Karlsruhe, die Zuckerfabrik in Waghäusel und die Spinnerei und Weberei hier in Ettlingen – alle stehen sie auf der Kippe. Wenn es wirtschaftlich weiter bergab geht, bleiben bald auch unsere Gäste weg. Und wenn die Bank den Kredit kündigt oder gar die sofortige Rückzahlung verlangt ... nicht auszudenken! Ich stehe doch mit so viel Geld in der Kreide!

»Wir müssen uns keine allzu großen Sorgen machen.« Johann bemühte sich, optimistisch und zuversichtlich zu klingen. »Du siehst ja selbst, dass wir gut dastehen. Wir haben uns einen tadellosen Ruf erworben, haben Stammgäste, die vor allem unsere Küche schätzen, auch das Übernachtungsgeschäft läuft gut, wenn auch die Posthalterstelle nicht so viel einbringt, wie wir uns das wünschen.«

»Was ist, wenn es bald gar keine Postkutschen mehr gibt?«, fiel ihm seine Mutter ins Wort.

»Dann kommen die Gäste eben mit der Eisenbahn.«

Sie seufzte. »Du mit deiner Fortschrittsgläubigkeit! Darin bist du doch ein echter Haug. Und du meinst also, dass wir diese Krise durchstehen werden?«

»Ich gehe fest davon aus.«

»Und wenn die Haber'sche Bank falliert?«

»Auch dann«, sagte er gegen seine eigene innere Überzeugung.

Der sorgenvolle Blick Elisabeths lichtete sich. Ein warmes Lächeln glitt über ihr Gesicht und verjüngte es. Sie war auf einmal wieder die Mutter, die er kannte: kraftvoll, stark und liebevoll. Jemand, den das Leben nicht gebrochen hatte, sondern der unbeirrt seinen Weg gegangen war.

»Meine Großmutter hat früher immer davon gesprochen, dass die Haugs echte Schwarzwälder seien: In Bezug auf dich und deinen Großvater trifft das voll und ganz zu.«

»Wie meinst du das?«, fragte Johann neugierig nach.

»Nun, ich habe dir doch erzählt, dass die Haugs im Mittelalter leibeigene Bauern waren, die einem Kloster gehörten. Von den

Klöstern ging damals die Rodung und Besiedlung des Schwarzwalds aus, und viele hörige Bauern konnten Vergünstigungen oder sogar die Freiheit erlangen, wenn sie sich an dieser Arbeit beteiligten. So auch unsere Vorfahren. Sie wollten immer schon mehr vom Leben. Die Großmutter hat gemeint, dass die Schwarzwälder sich dadurch von anderen unterscheiden, dass sie immer nach oben blicken – sozusagen über die Bäume hinweg, die sie umgeben. Nach ihrer Freilassung sind die Haugs an den Fuß des Schwarzwalds gezogen, weil sie dort noch weiter, bis zum großen Strom und darüber hinaus blicken konnten. Und du hast ihn auch, diesen Weitblick. Deshalb bin ich trotz aller Sorgen ruhig. Du wirst schon alles richtig machen.«

Gerührt nahm Johann die Hand seiner Mutter und hauchte einen langen und innigen Kuss auf den blau geäderten Handrücken.

»Danke für dein Vertrauen. Diese Geschichte solltest du auch einmal Leopold erzählen.« Der trägt nämlich seine Nase auch weit nach oben und lässt sich nichts sagen, dachte er mit leisem Spott, aber auch mit Stolz. Wenn ich nur wüsste, wohin er blickt und was er dort sieht.

Mühevoll erhob sich Elisabeth und ging hinüber zu ihrer Kommode. Sie hatte einst ihrer Mutter Magdalena gehört und war Teil ihrer Aussteuer gewesen. Leuchtend bunte Rosenblüten rankten sich auf dem Möbelstück. Elisabeth öffnete behutsam die obere Schublade, zog ein Kästchen heraus, dem sie wiederum etwas Kleines entnahm. Für einen Moment betrachtete sie den Gegenstand nachdenklich, dann drehte sie sich um und streckte Johann ihre Hand entgegen. Ein goldenes Kettchen mit einem Kreuzanhänger lag darin.

»Das sieht aus wie unser Mühlkreuz«, bemerkte Johann verblüfft. »Woher hast du es, Mutter?«

Elisabeth blickte über seine Schulter hinweg zum Fenster. Mittlerweile hatte sich eine blasse Wintersonne hervorgewagt, sie schmolz die dünne Schneedecke weg, die sich über Nacht auf das

Haus und die Wiesen gelegt hatte. »Es war ein Geschenk«, sagte sie so leise, dass Johann sie nur schwer verstehen konnte. »Von einer sehr feinen und edlen Dame, die vor langer Zeit einmal unser Gast war – damals, in den wirren Tagen der Revolution. Ich hatte noch nie zuvor etwas so Schönes von jemandem bekommen. Sie war so freundlich zu mir, hat mich gesegnet.«

Ihre Stimme wurde rau. Johann kam es so vor, als müsse sich seine Mutter jedes weitere Wort mühsam erkämpfen.

»Ich habe es immer getragen, bis ... ich trug es auch an jenem Tag, als ...« Auf einmal liefen ihr Tränen über die Wangen.

Johann konnte sich nicht daran erinnern, seine Mutter in der Vergangenheit weinen gesehen zu haben, weder als ihr Vater gestorben war noch als das Hochwasser Schäden am Haus verursacht hatte. Und auch nicht bei dem viel zu frühen Tod des kleinen Friedrich. Elisabeth verbarg ihren Schmerz tief in ihrem Innern. Er vermutete, dass das mit dem großen Schicksalsschlag in ihrem Leben zusammenhing sowie mit ihrem schier unbesiegbaren Willen, sich von nichts und niemandem aus der Bahn werfen zu lassen. Auch darin war sie eine echte Haug: »nimmer sich beugen ...«

Er nahm sie in die Arme und wiegte sie sanft hin und her, wie sie früher ihn und auch Leopold getröstet hatte. Lange verharrten sie so. Unaufhörlich rannen die Tränen über Elisabeths Wangen, sammelten sich in ihren Mundwinkeln und tropften dann auf das dunkelgraue Wollkleid mit den schwarzen Biesen. Endlich, nach einer kleinen Ewigkeit, wie es Johann schien, richtete sie sich energisch auf und tastete in den Taschen ihres Kleides nach einem Tuch. Sie wischte sich über das Gesicht und blickte ihn aus rot geränderten Augen an.

»Verzeih, Johann«, sagte sie leise. »Ich weiß nicht, was über mich gekommen ist. Das Kettchen, die Erinnerungen ...« Statt einer Antwort drückte Johann sie erneut fest an sich.

»In letzter Zeit träume ich auch manchmal davon. Ich dachte, ich hätte alles tief in mir begraben, aber jetzt kommt alles wieder ... deshalb ... das Kettchen muss weg. Ich habe daran gedacht, es wegzuwerfen, aber ich habe es nicht fertiggebracht. Es ist doch in so guter Absicht verschenkt worden. Und der Anhänger sieht tatsächlich aus wie unser Mühlkreuz, das uns beschützt. Zwar hat es mir nur Unglück gebracht, aber ich kann es trotzdem nicht so einfach wegwerfen – gerade jetzt, wo wir doch wirklich jeden nur möglichen Glücksbringer nötig haben. Was soll ich nur tun, Johann?«

Er betrachtete für einen Moment das Schmuckstück, dann steckte er es in seine Brusttasche. »Wenn es dir recht ist, nehme ich das Kettchen an mich.«

Sie wollte widersprechen, aber er winkte ab. »Lass gut sein, Mutter. Ich bewahre es für dich auf, bis wir entschieden haben, was damit geschehen soll. Es besteht kein Grund, das Kettchen wegzuwerfen. Du weißt doch selbst, wie viel Aberglauben in solchen Dingen steckt. Sag dir doch einfach, dass dir die Kette nicht nur Unglück gebracht hat, sondern …«

»… mir auch dich gebracht hat. Das ist mehr als ein Ausgleich für alles andere.« Sie atmete tief durch. »Du hast recht, wir warten ab und überlegen. Vielleicht ist das Pech darin ja schon aufgebraucht.«

Elisabeth schien inzwischen getröstet und beruhigt, deshalb lief Johann hinunter, wo die Handwerker und das Gesinde auf ihn warteten. Während er den Gang zur Treppe entlangging, betrachtete er nachdenklich das zarte Ranken- und Wildrosenmuster der Tapeten, die er ausgesucht hatte. Auf eine seltsame Art tat ihm ihr Anblick gut. Vielleicht war es aber auch der magische Einfluss des Kettchens, das nun in seiner Brusttasche ruhte, dachte er mit einem schiefen Grinsen.

Im Flur rumorten jetzt die Handwerker, aber die Gaststube war leer bis auf Sophie, die ganz entrückt in einer Ecke saß und las. Sie war offensichtlich bis vor Kurzem noch damit beschäftigt gewesen, die Tische zu polieren. Eine offene Büchse und etliche Tücher lagen vor ihr auf dem Tisch, und der süße Duft von Bienenwachs hing in der kalten Luft. Das schätzte er an Sophie: ihren Fleiß und ihren Blick für das, was zu tun war. Die Tische hatten in der Tat eine Auffrischung nötig gehabt, und jetzt, da die Gaststube geschlossen war, bot sich die Gelegenheit dafür. Aber dann hatte sie wohl ihr Buch aus der Tasche gekramt und sich ganz im Lesen verloren.

Johann trat behutsam näher. »Bist mal wieder auf der Reise ins Land der Ritter und Feen?«

Erschrocken fuhr Sophie zusammen. Sie errötete. »Ja, das stimmt«, lachte sie etwas verlegen. »Ich bin wirklich auf einer Reise. Nach Italien, um es genau zu sagen.«

Er nahm das Buch mit dem roten Leineneinband und der Schrift auf dem Rücken aus ihren Händen. »*Aus dem Leben eines Taugenichts*«, las er laut. »Das ist ja ein seltsamer Titel.«

»Ich bin durch Zufall darauf gestoßen. Ein Gast hat es vor einigen Wochen liegen lassen. Ich habe gestern Abend angefangen, darin zu lesen, und kann gar nicht damit aufhören.« Sie lächelte ihm halb bittend, halb entschuldigend zu. »Es ist so spannend!«

Johann las stirnrunzelnd den Namen des Autors, der ebenfalls in goldenen Buchstaben auf die vordere Einbandseite geprägt war: »Joseph von Eichendorff. Der Name sagt mir nichts. Ist das auch einer von deinen Romantikern?«

»*Meine* Romantiker – wie das klingt. Ich habe früher schon einige Gedichte von ihm gelesen. Im Hausalmanach, den du abonniert hast. Sie sind wunderschön. Eines hab ich sogar auswendig gelernt: *O Täler weit, o Höhen, o schöner, grüner Wald. Du meiner Lust und Wehen andächt'ger Aufenthalt.* Ist das nicht wunderschön?« Ihre Stimme klang jetzt eifrig, und in ihrem Gesicht machte sich eine zarte Röte breit, die es verjüngte und verschönerte.

Wie vorhin bei Mutter, dachte Johann. Was liegt nur auf uns, dass wir immer wieder diese Zeichen des Leides tragen. Und jetzt sieht Sophie auf einmal wieder aus wie das junge Mädchen, das damals an der Alb gesessen und in das ich mich verliebt hatte. Wir sind uns fremd geworden, das Leid um den Tod unseres Kindes hat uns nicht zusammengeschweißt, jeder trauerte für sich alleine.

»Das klingt wirklich schön«, antwortete er liebevoll. Er wollte diese Sophie, die ihn jetzt anstrahlte, noch für einen Moment festhalten. »Und um was geht es in diesem Buch?«

»Die Geschichte handelt von einem Müllersohn, der nicht gerne arbeitet und von seinem Vater deshalb fortgejagt wird. Mit nichts als seiner Geige zieht er hinaus in die Welt, um sein Glück zu machen. Und er trifft tatsächlich auf eine Kutsche mit zwei vornehmen Damen, die ihn auf ein Schloss mitnehmen. Und stell dir vor, er verliebt sich in die jüngere von den beiden, doch sie scheint wegen ihres Standes unerreichbar. In Wahrheit ist sie aber eigentlich gar keine Adlige. Eines Tages verschwindet die Frau dann plötzlich, und er wandert bis nach Italien, um sie zu suchen. Weiter bin ich noch nicht gekommen. Ach, die Geschichte ist so lustig, ich wünschte, du würdest sie auch einmal lesen.«

Das war gefährliches Terrain. Seine Frau war so erfüllt von diesem Buch, er durfte sie jetzt nicht enttäuschen oder gar vor den Kopf stoßen, obwohl ihm die Geschichte doch reichlich verwirrend und seltsam erschien.

»Das werde ich gewiss, meine Liebe. Es klingt sehr interessant.« Johann nahm sich in diesem Augenblick tatsächlich vor, die Erzählung Sophie zuliebe zu lesen, er wusste im selben Moment aber auch, dass er vermutlich nicht über die ersten Sätze hinauskommen würde. Ihn interessierte die Wirklichkeit, und die war aufregend genug.

»Ach, Johann«, drang Sophies Stimme an sein Ohr. »Wie gerne würde ich einmal nach Italien fahren, ganz frei und unbeschwert, auf der Suche nach dem Glück!«

Einige Gäste des *Stéphanie* hatten Johann damals von ihren Reisen nach Italien berichtet, es musste dort wirklich traumhaft sein. Noch in Baden-Baden hatte er sich vorgenommen, später einmal fremde Orte zu besuchen, aber das war dann nicht mehr möglich gewesen, weil der *Markgraf* ihn ganz in Anspruch genommen hatte. »Eines Tages fahren wird dorthin, das verspreche ich dir. Und wir reisen nach Frankreich, an die Riviera, und ich möchte auch einmal London sehen.« Das waren die Orte, von denen von Haber ihm immer wieder erzählt hatte. War nicht auch die Baronin mit Mann und Liebhaber an die Riviera gefahren? Ja, er hatte auch seine Sehnsuchtsorte, die waren jedoch an den Rand gedrängt worden, aber irgendwann, wer weiß?

Johann zog Sophie auf die Beine und küsste sie zärtlich. Einige Augenblicke verharrten sie in liebevoller, inniger Umarmung, bis die Tür zum Schankraum aufgerissen wurde und Leopold seinen Kopf hereinstreckte. Als der junge Mann seine Eltern sah, grinste er frech.

»Nun, was hast du jetzt wieder gefunden?«, knurrte Johann. Ausgerechnet in dem Moment, in dem sich Sophie und er so nahe waren wie schon lange nicht mehr, musste der Bengel stören.

»Gefunden?«, dehnte Leopold das Wort und feixte immer noch. »Na ja, wie man's nimmt. Getroffen habe ich auf jeden Fall Hermann Pfäfflin, der eben vorgefahren ist. Er will ein gutes neues Jahr wünschen, hat er gesagt. Und er hat noch jemanden mitgebracht.« Sein Grinsen verwandelte sich in ein Strahlen, gleichzeitig bekam er rote Backen.

Sieh mal einer an, dachte Johann amüsiert. Ich bin gespannt, wer Hermann Pfäfflin wohl begleitet.

»Bring Herrn Pfäfflin und seine Begleitung in den Speiseraum und sag deiner Großmutter Bescheid. Und gehe in die Küche, man soll einen Glühwein bereiten und einen Teller mit Gebäck bringen. Deine Mutter und ich kommen gleich.«

Leopold trollte sich, und Johann wandte sich wieder Sophie zu, die in der Zwischenzeit ihre Schürze abgelegt hatte und nun ordnend über ihr Haar strich. Sie sah wieder ernster und auch ein wenig betrübt aus. Von der lieblichen und fröhlichen Frau war keine Spur mehr zu sehen. »Ich fürchte, jetzt musst du deine Reise nach Italien ein Weilchen unterbrechen«, sagte er, eifrig bemüht, die heitere, innige Stimmung zwischen ihnen wieder zu erwecken.

Sophie erwiderte sein Lächeln, jedoch etwas gezwungen. »Das macht nichts. Es ist nett, dass Pfäfflin trotz der Kälte gekommen ist, um uns ein gutes neues Jahr zu wünschen.«

»Alte Liebe rostet nicht, wie man so schön sagt. Wenngleich ich fürchte, dass seine Liebe immer noch sehr einseitig ist.«

Hermann Pfäfflins Frau Ottilie war letztes Jahr gestorben. Sie war eigentlich nicht krank gewesen, hatte noch wie eh und je in der Wirtschaft gearbeitet, doch dann war sie plötzlich umgefallen, einfach so. Sie hatte in der Küche gelegen, wo sie zuvor noch mit dem Schälen von Kartoffeln beschäftigt war, das Messer ganz fest in ihrer Hand. Johann, Sophie und Elisabeth waren auf Ottilies Beerdigung gewesen. Hermann Pfäfflin hatte hilflos und verloren gewirkt, selbst der schwarze Trauerrock schien viel zu groß für ihn. Beim Leichenschmaus in der *Krone* hatte er dann verkündet, seinen jüngeren Bruder zu sich nach Ettlingen zu holen und das Gasthaus mit ihm gemeinsam weiterzuführen. »Meine Töchter haben kein Interesse an der Wirtschaft, sie sind beide gut verheiratet«, hatte er mit einem betrübten Seitenblick auf die beiden zu Johann und Sophie bemerkt. Zwei Jahre nach der Jüngeren hatte auch die ältere Tochter geheiratet, einen Weinhändler aus der Ortenau, der mit den Pfäfflins geschäftlich verbunden war. Beim Leichenschmaus hatten beide Pfäfflin-Mädchen mit ihren Männern an der langen Tafel gesessen, zwei bleiche und zänkische Frauen, deren einziges Band nur noch die Gehässigkeit war, mit der sie die jeweils andere belauerten.

Daran erinnerte Johann sich, als er unvermittelt zu Sophie sagte: »Mir tut Hermann Pfäfflin leid. Er hat zwei eingebildete Gänse als Töchter und jetzt nur noch seinen Bruder als letzten Ankerpunkt. Hab ihn schon seit Ewigkeiten nicht mehr gesehen. Weißt du, ob er endlich in Ettlingen angekommen ist?«

»Kurz vor Weihnachten, habe ich gehört. Er soll auch seine Tochter und seinen kleinen Sohn mitgebracht haben. Seine Frau ist ja angeblich auch schon vor einiger Zeit verstorben.«

»Sein Ruf soll nicht der beste sein«, sagte Johann.

»Nun, ich denke, wir werden ihn gleich kennenlernen. Wer könnte sonst die Begleitung Hermann Pfäfflins sein?«

Sophie wandte sich zur Tür, aber Johann hielt sie zurück. »Nur noch einen Moment. Wir werden verreisen, ich verspreche es dir, sobald es wärmer geworden ist und ruhiger.«

Sophie sah ihn besorgt an. »Du hast Sorgen, Johann, das spüre ich. Willst du sie nicht mit mir teilen?«

Johann versuchte zu lächeln, es gelang ihm aber nicht so recht. Für einen Augenblick geriet er in Versuchung, ihr seine Ängste anzuvertrauen. Aber nein, er durfte Sophie nicht damit belasten. Sie hatte schon genug zu kämpfen mit der harten Arbeit von früh bis spät und mit der Trauer um Friedrich, die nicht weichen wollte. In einem war sich Johann aber sicher: Sie mussten unbedingt mehr Zeit füreinander finden und sich wieder näherkommen.

»Es ist nichts, Sophie. Zumindest nichts, was der Rede wert wäre. Das ewige Auf und Ab, wie es im Geschäftsleben halt so ist. Und im Sommer verreisen wir, hörst du!« Den letzten Satz sagte er eindringlich, es lag ihm wirklich viel daran, der Rest jedoch klang falsch, das merkte er selbst.

Sophie blickte ihren Mann skeptisch an, aber schließlich stahl sich ein sanftes Lächeln in ihr Gesicht. »Das wäre schön! Meinst du, wir schaffen es nach Italien?«

»Auf jeden Fall!« Er glaubte in diesem Augenblick selbst felsenfest daran. Dann bot er ihr den Arm, und sie traten hinaus.

Auf dem Weg zum Speisezimmer fügte sie hinzu: »Aber wir sollten auch einmal wieder in den Schwarzwald fahren.«

»Zu deiner Schwester?«

»Nein, nein, einfach mitten hinein in den Wald. Dieses Gedicht von Eichendorff, von dem ich dir vorhin erzählt habe...«

»Was ist damit?«

»Die letzten Zeilen habe ich mir auch gemerkt, weil ich sie so schön fand. Willst du sie hören?«

»Sehr gerne.«

»*Und mitten in dem Leben, wird deines Ernsts Gewalt, mich Einsamen erheben, so wird mein Herz nicht alt.*«

Johann lauschte ihren Worten. »Das ist wirklich schön«, murmelte er. »Wirklich schön.« Er war tatsächlich ergriffen. Wie wunderbar wäre es, ein immer junges, lebendiges, schlagendes Herz zu haben!

Sophie und Johann betraten gemeinsam den Speiseraum, wo bereits alle versammelt waren. Hermann Pfäfflin, der sich neben Elisabeth gesetzt hatte, erhob sich und schüttelte Johann lange und ausgiebig die Hand. Er war noch mehr geschrumpft, sah aus wie ein verhutzelter Apfel. Neben ihm erhob sich ein schlanker, hochgewachsener Mann, der unverkennbar die Pfäfflin'sche Physiognomie aufwies, im Gegensatz zu Hermann jedoch ein sorgfältig gestutztes Oberlippenbärtchen, pomadisiertes Haar und etwas zu starkes Parfüm trug. Er verbeugte sich gemessen vor Sophie und reichte Johann seine Fingerspitzen.

Lackaffe, dachte Johann verächtlich. Theodor war ihm schon immer unsympathisch gewesen und jetzt, da er unverkennbar ein Stutzer geworden war, noch entschieden mehr. Seine Tochter allerdings – Johann hielt unwillkürlich den Atem an – war eine echte Schönheit! Das Mädchen hatte rotbraunes Haar, das sich, nach der neuesten Mode frisiert, zu beiden Seiten ihres feinen, ovalen Gesichts lockte, ihre Augen wiederum glänzten wie polierte Kastanien. Brombeeraugen, dachte Johann spontan. Kein Wunder, dass Leopold vorhin so gegrinst hatte. Jetzt saß er linkisch neben dem Mädchen und gaffte sie unverhohlen an. Halb ärgerlich, halb belustigt bat Johann die beiden Herren, sich wieder zu setzen, und hörte sich Hermanns Erzählungen an. Endlich sei sein Bruder mit den Kindern von Dresden wieder nach Ettlingen gekommen, um ihn in der Führung der *Krone* zu unterstützen. Seine Nichte Amanda empfehle er vor allem den beiden Haug'schen Damen, die er ihr schon in jeder Hinsicht als Vorbild gepriesen habe. Er wäre sehr dankbar, wenn sich Elisabeth und Sophie – er verneigte sich gegen beide Frauen – der mutterlosen Nichte annehmen würden.

Johann betrachtete Amanda aus den Augenwinkeln. Sie erinnerte ihn an irgendjemanden – die vollen roten Lippen, der schlanke Hals –, er konnte nur nicht genau sagen, an wen. Tief unten, in den verschlossenen Kammern seines Gedächtnisses regte sich ein anderes Bild, aber er schob diesen Gedanken weg, wandte sich dem Gespräch zu, das mittlerweile an Lebhaftigkeit zugenommen hatte.

Theodor Pfäfflin erzählte gerade von seinen Reisen, die ihn in einige Teile Europas geführt hatten, wobei er seine Zuhörer im Unklaren darüber ließ, was er genau dort getrieben hatte. Flüchtig durchzuckte Johann der Gedanke an Sophies Taugenichts, der scheinbar ebenso ziellos in der Welt unterwegs war. Allerdings bezweifelte er, dass Theodor Pfäfflin von der Suche nach Liebe angetrieben wurde oder zumindest nicht nach einer unrentablen. Dass er eine Frau mit großer Mitgift geheiratet hatte, deutete er während des Gesprächs mehr als nur einmal an. Dann zog er eine stark riechende Zigarre, eine Cohiba, wie er lässig bemerkte, hervor und zündete sie an. Sein Schwiegervater, den viele Geschäftsbeziehungen in den Süden führten, habe ihm oft eine Kiste mit Zigarren mitgebracht und er habe Geschmack an den starken Rauchwaren gefunden.

»Womit handelte Euer Herr Schwiegervater?«, erkundigte sich Sophie ehrlich interessiert.

»Mit Geschirr. Klingt seltsam, ich weiß, aber es sind in der Tat edle Stücke. Das in Sachsen hergestellte feine Meißener Porzellan exportierte er in alle möglichen Teile Europas. Im Gegenzug erwarb er dort Majolika- und Fayence-Geschirr und verkaufte es an Liebhaber im Norden. Auf einer seiner Geschäftsreisen hat er übrigens auch seine spätere Frau, meine gnädige Schwiegermutter, kennengelernt. Eine Spanierin aus Sevilla.«

»Aha, daher also der südliche Einschlag bei Eurem Fräulein Tochter?«, bemerkte Johann, und Theodor Pfäfflin lächelte.

»Manche sagen, sie sei das Ebenbild ihrer Mutter.«

»Wir hörten, dass Eure Frau vor einiger Zeit verstorben ist. Dafür möchten wir Euch unser aufrichtiges Beileid aussprechen«, sagte Elisabeth mit gedämpfter Stimme.

»Ja, meine liebe Gemahlin hat mich, hat uns verlassen.« Theodor Pfäfflin senkte theatralisch den Kopf, wohl als Zeichen seiner Trauer, seine Stimme aber hatte eher gelangweilt geklungen, als hätte er einen eingeübten Vers aufgesagt.

»Eine seltsame Laune des Schicksals, uns beiden Pfäfflins fast zur gleichen Zeit die Gattin zu nehmen.«

»Ich bin froh, dass Theodor eingewilligt hat, in die alte Heimat zurückzukehren, um mir beizustehen«, warf Hermann eifrig ein. »In Dresden war es ja auch schwierig für ihn, nachdem sein Schwager das väterliche Geschäft übernommen hat und ihn ...«

»Langweile die Herrschaften doch nicht«, warf Theodor Pfäfflin hastig ein. »Unsere Familienangelegenheiten sind nicht von Interesse.«

Sieh einer an, dachte Johann amüsiert. Was hast du wohl zu verbergen, mein Freund? Denn dass du freiwillig in unser beschauliches Städtchen gekommen bist, nehme ich dir nicht ab. »Wie fühlt Ihr Euch in der neuen Heimat, mein Fräulein?«, wandte sich Elisabeth an Amanda. Das Mädchen hatte bislang schweigend dagesessen. Nur bei der Erwähnung ihrer Mutter hatte sie das Taschentüchlein gezückt und sich damit die Augen getupft.

»Es ist doch sicher eine große Umstellung für Euch, aus der großen, mondänen Residenzstadt Dresden hierher in unser kleines, ruhiges Örtchen zu kommen, oder nicht?«

»Ach nein, gar nicht«, sagte sie mit samtener Stimme. »Mir gefällt es hier, alle Leute sind so freundlich.«

Auch das hörte sich wie einstudiert an, trotzdem traf Johann der Klang ihrer Stimme wie ein Schlag. Dieser leicht heisere Unterton ... Sie klang wie die Baronin. Dieses Mädchen war ihr auf seltsame Weise ähnlich. Wie sie ihren grazilen Hals neigte, wie sie einen ansah. Johanns Blick glitt hinüber zu Leopold, der wie verzückt dasaß und das Mädchen mit halb geöffnetem Mund angaffte. Du lieber Himmel, dachte Johann, zuerst revolutionäre Ideen im Kopf haben und jetzt auch noch in den Fängen dieser Sirene stecken. Als ob ich nicht schon genug Sorgen hätte! Leopold muss weg, so schnell wie möglich.

Er spürte, dass Sophie ihn verstohlen anstupste. »Herr Pfäfflin meinte gerade, dass ihm unser Haus außergewöhnlich gut gefalle, mein Lieber«, sagte sie leise.

»Verzeihung, ich war für einen Moment abgelenkt«, erwiderte Johann. »Wir bemühen uns, das Haus auf einem guten Niveau zu halten.«

Theodor Pfäfflin erging sich in weiteren Lobpreisungen und begann auf einmal, seltsame und, wie Johann fand, auch unangemessene Andeutungen zu machen. Er sprach von Investitionen und dem Mut zum Risiko, gerade in diesen Zeiten. »Wir von der *Krone* sind da bodenständiger, wenn ich das so sagen darf. ›Langsam voran‹, war immer der Wahlspruch der Pfäfflins, und wir sind nicht schlecht damit gefahren.«

Johann hörte ihm mit wachsendem Zorn zu. Was willst du mir damit sagen, infamer Kerl? Dass wir leichtsinnige und größenwahnsinnige Hasardeure sind?

»Ihr sagtet doch, Euer Herr Schwiegervater handle mit Geschirr, nicht wahr?«, fiel er seinem Gegenüber unhöflich ins Wort und legte die größtmögliche Herablassung in den Ausdruck »Geschirr«. Theodor Pfäfflin tat ihm auch prompt den Gefallen und errötete vor Ärger.

»Ihr erwähntet etwas von Majolika und Fayence, das interessiert mich. Ich habe eine Vorliebe für erlesenes Geschirr, und Ihr spracht ja vorhin auch so freundlich davon, wie schön Ihr unsere Tischwäsche und unser Porzellan findet.«

»Ich kann Euch einige gute Adressen nennen, wo Ihr diese Art Geschirr begutachten und kaufen könnt.«

Johann bedankte sich höflich, nachdem er die hochgezogenen Brauen Sophies und den warnenden Blick seiner Mutter bemerkt hatte.

Die Gäste verabschiedeten sich nach dem nochmaligen Austausch guter Wünsche für das kommende Jahr. Johann bemerkte das verkniffene Lächeln Theodor Pfäfflins, als er ihm die Hand zum Abschied reichte. Wir werden keine Freunde, dachte er grimmig. Ihm missfiel auch, dass Sophie Amanda Pfäfflin für die nächsten Tage zum Nachmittagskaffee eingeladen hatte, vom darauf folgenden enthusiastischen Lächeln seines Sohnes ganz zu schweigen.

»Musste das denn sein?«, nörgelte er, nachdem sich die Tür hinter den Pfäfflins und Leopold, der die Herrschaften nach draußen begleiten wollte, geschlossen hatte.

»Sie ist ein mutterloses Kind, Johann, und Hermann hat uns ausdrücklich darum gebeten«, entgegnete Sophie.

»Kind?« Johann war aufgebracht. »Sie ist doch kein Kind mehr! Hast du gesehen, wie Leopold sie anschaut?«

»So sind junge Leute eben.«

»Und *ihn* kann ich nicht ausstehen!«

Elisabeth war näher getreten. »Du meinst Theodor Pfäfflin?«
»Genau den.«
»Die Leute in Ettlingen erzählen sich, er sei ein Spieler. Er soll die Mitgift seiner Frau verspielt haben. Danach lebte er vor allem auf Kosten seines Schwiegervaters, und als der starb, drängte ihn der Schwager aus dem Geschäft. Er hat ihm sein Erbteil ausbezahlt, damit er sich nicht weiter einmischt.«
»Von dem Geld wird bald auch nicht mehr viel übrig sein«, warf Johann gehässig ein. »Irgendetwas sagt mir, dass man sich vor diesem zwielichtigen Burschen in Acht nehmen muss.«
»Aber Liebster«, Sophie nahm seine Hand, »was kann er dir schon anhaben?«
»Ich weiß es nicht. Dennoch habe ich ein ungutes Gefühl.«
Johann begab sich in sein Kontor und nahm am Schreibtisch Platz. Vor ihm lagen verschiedene Papiere, Rechnungen und Angebote von Lieferanten, die auf Beantwortung warteten. Aber er saß nur regungslos da und starrte ins Leere. Warum hegte er eine solche Abneigung gegen Theodor Pfäfflin, diesen Nichtsnutz? Seine Reaktion war sicher nur auf seine derzeitigen Sorgen zurückzuführen. Seine Nerven ... Er rieb sich die Stirn. Wenn nur endlich Nachricht aus Karlsruhe käme.
Vor einigen Tagen hatte Johann an die Brüder von Haber geschrieben. Sie hatten ihm mitgeteilt, dass Moritz an der Gründung einer Bank in Darmstadt beteiligt sei und dass man ihm so schnell wie möglich seine neue Adresse zusenden wolle. Vielleicht konnte Moritz ihm noch einmal helfen! In der Zwischenzeit war Johann zur Untätigkeit verdammt, ein Zustand, den er über alles hasste. Wenn er nur alles hinter sich lassen könnte, frei sein wie dieser Taugenichts mit der Geige und dem frohen Herzen. Er schüttelte den Kopf. Aber nein, das wäre nicht das Leben gewesen, das zu ihm passte.

Drei Wochen später kam Leopold völlig aufgelöst in das Kontor.
»Vater! Du ahnst nicht, wer in der Gaststube sitzt!«
»So aufgeregt, wie du bist, kann das nur der Großherzog per-

sönlich sein«, bemerkte Johann sarkastisch. Er war gerade dabei, die neu eingetroffenen Rechnungen zu studieren und zu überlegen, wie er seine Ausgaben senken konnte. Qualität und nochmals Qualität, predigte er seinen Angestellten immer. Aber die hatte eben auch ihren Preis.

Leopold verharrte im Türrahmen. Er grinste. »Viel besser, Vater, viel besser!«

»Wer kann besser sein als der Großherzog?«

»Der Abgeordnete Friedrich Hecker!« Er sprach in geradezu ekstatischem Ton.

Johann runzelte die Stirn. Hecker ... den Namen kannte er, aber woher? Geistesabwesend fragte er nach: »Wer soll das sein?«

»Du willst mir doch nicht sagen, dass du Friedrich Hecker nicht kennst?« Leopold schien richtig aufgebracht. »Hecker! Der Abgeordnete der zweiten Badischen Kammer, einer der Wortführer der liberalen Opposition!«

»Ach so, *der* Hecker! Jetzt fällt es mir wieder ein.« Johann legte die Papiere zur Seite und wandte seine Aufmerksamkeit ganz seinem Sohn zu. »Die Zeitungen waren in der letzten Zeit ja voll von Artikeln über ihn. Er scheint jetzt ganz zu den Radikalen übergewechselt zu haben, nach allem, was ich gelesen habe. Bist du sicher, dass es sich bei unserem Gast um *diesen* Hecker handelt?«

»Ja, ganz sicher. Ich habe ihn doch in Offenburg gesehen.« Kaum hatte er diese Worte ausgesprochen, schwieg Leopold betreten.

Sein Vater sah ihm scharf ins Gesicht. »Wie bitte?«

»Du weißt doch, dass ich letzten September mit der Großmutter in Offenburg war. Bei der Hochzeit von Emmas Enkelin, erinnerst du dich?«, erklärte Leopold rasch, um seinem Aufenthalt in Offenburg noch einen ehrbaren Anstrich zu geben.

»Ja, richtig.« Jetzt erinnerte sich Johann tatsächlich. Emma war eine Dienstmagd gewesen, die einige Jahre bei Haugs gewesen war. Sie war Elisabeth und vor allem auch ihm sehr zugetan gewesen und war auch damals dabei, als der kleine Johann nach mehrstündiger Suche endlich gefunden wurde. Johann dachte später oft daran, wie sie ihn im Arm gehalten hatte und mit dem Schürzenzipfel sein Gesichtchen abgeputzt hatte. Oft waren es Tränen gewesen, die sie wegwischte. Emma hatte relativ spät geheiratet, einen Handwerker, dem sie schon lange versprochen war, und war dann in ihre Heimat, nach Offenburg, zurückgegangen. Aber der Kontakt zu ihrer alten Herrschaft war nie abgerissen. Sie war öfter zu Besuch gekommen und hatte alles, was die Haugs betraf, stets mit großem Interesse verfolgt. Zur Hochzeit ihrer ältesten Enkeltochter hatte sie einige Male freundlich, fast schon drängend eingeladen, und Elisabeth, die die gute Emma gerne einmal wiedersehen wollte, war schließlich mit Leopold nach Offenburg gefahren.

»War der Herr Hecker etwa auch zur Hochzeit eingeladen?«
»Nein, nein, natürlich nicht, aber ...«
»Aber?«
Leopold seufzte. »Am selben Tag war eine große Versammlung im *Salmen*. Es war ziemlich langweilig auf der Hochzeitsfeier, und da habe ich gedacht, ich gehe einfach dorthin.«
»Da hast du dir gedacht, du gehst lieber zu einer Versammlung von Radikalen und Revolutionären?«
Leopold wirkte sichtlich empört. »Ich bin aus Interesse hingegangen. Ich wollte wissen, was die Leute für Ideen vertreten, welche Meinung sie haben.«
»Wenn es stimmt, was in den Zeitungen steht, sind das geradezu verrückte Meinungen und Ideen!«
»Vater«, Leopold trat jetzt vor den Schreibtisch und sah Johann mit durchdringenden Augen an. »Unserem Land geht es nicht gut, das weißt du doch selbst. Ist es gerecht, dass man den Bürgern ihre wesentlichen Rechte vorenthält? Ist es gerecht, dass Menschen in diesem Land nicht sagen dürfen, was sie denken, dass Arbeiter wie Sklaven behandelt werden, während einige wenige in Saus und Braus leben und sich an den vielen Armen mästen? Nein, ist es nicht. Es muss sich etwas ändern!«
»Bravo!« Johann klatschte in die Hände. »Du hörst dich ja schon ganz so an wie diese Herren Revolutionäre. Dann bist du

wohl auch dafür, dass wir unseren Großherzog wegjagen und eine Republik errichten?«

»Was wäre denn daran so verkehrt? Wir sind freie Menschen mit dem Recht auf eine eigene Meinung und dem ungehinderten Austausch unserer Gedanken. Was spricht dagegen, dass wir uns diejenigen wählen, die den Staat in unserem Namen lenken und nicht im Namen eines Herrschers?«

Irgendwie hat er recht, gestand sich Johann ein. Es ist irgendetwas dran an dem, was er sagt, zum Kuckuck! Aber wie soll das gelingen? Es ist doch bisher immer gescheitert, alle Versuche endeten in Chaos und Blut.

Leopold stand schwer atmend vor ihm, seine flammende Rede hatte ihn sichtlich mitgenommen.

Wie jung er noch ist, dachte Johann mit aufsteigender Zärtlichkeit. Er weiß doch gar nicht, worauf er sich da einlässt. Lieber Gott, die Zeiten sind so unruhig, alles gerät in einen Wirbel der Unordnung und Anarchie, hilf mir, ihn zu beschützen. Er rang sich ein Lächeln ab. »Gut, Leopold, das sind deine Ansichten. Wir können später weiter darüber reden. Ich werde diesen Gast, der dir so am Herzen liegt, selbstverständlich persönlich begrüßen. Aber warum sitzt er in der Schankstube? Es ist Mittagszeit, er wird sicher etwas essen wollen. Wir führen ihn in den Speiseraum, schließlich ist er Abgeordneter.«

Bei den ersten Worten seines Vaters hatte Leopold die Stirn gerunzelt. Er mochte es ganz und gar nicht, wenn man ihn nicht ernst nahm. Aber die Anweisung, Hecker im Speisesaal zu servieren, schien ihn wieder zu versöhnen, und so wandte er sich zur Tür.

»Ich komme sofort nach, sorge dafür, dass Herr Hecker gut bedient wird.«

Bevor Johann in den Speiseraum ging, suchte er seine Mutter. Sie war, wie zu erwarten, in der Küche und hatte ein Auge auf die Teller, die in rascher Folge den Raum verließen.

»Hast du einen Augenblick Zeit?«, fragte er sie.

Sie nickte und ging wortlos in den großen Vorratsraum nebenan.

»Was gibt's?«, erkundigte sie sich, den Blick ungeduldig auf die

Tür zur angrenzenden Küche gerichtet. »Ich habe zu tun, das weißt du selbst.« Trotz ihres Alters ließ Elisabeth es sich nicht nehmen, weiterhin tüchtig mitzuhelfen.

Wie sie vor ihm stand, den Rücken durchgedrückt und die Hände unablässig über die Schürze streichend, als könnten sie keinen Moment ruhig sein, war es wieder die rastlose Elisabeth, die er kannte.

Wie geschickt hatte diese energische, fleißige Frau den *Markgrafen* in meiner Abwesenheit geführt. Und jetzt setze ich vielleicht alles auf Grund mit meinen hochfliegenden Plänen.

»Ich weiß«, sagte er in begütigendem Ton, »ich habe nur eine Frage an dich. Erinnerst du dich noch an deine Reise nach Offenburg im letzten September?«

»Als Leopold und ich bei der Hochzeit von Emmas Enkelin waren? Aber ja, warum?«

»Hast du bemerkt, dass Leopold die Hochzeitsgesellschaft verlassen hat und zu einer Versammlung der radikalen Liberalen gegangen ist?«

»Ja, das habe ich. Er hat mich sogar um Erlaubnis gefragt.«

»Und du hast sie ihm gegeben?«, fragte er ungläubig zurück. »Er ist doch noch ein Kind und …«

»Nein, er ist kein Kind mehr. Er ist ein junger Mann mit bemerkenswerten Einsichten und Ideen.«

»Bemerkenswert?«, stieß Johann hervor.

»Ja, bemerkenswert! Endlich ein Haug, der mehr im Kopf hat als nur dieses Haus.«

Johann starrte seine Mutter ungläubig an. Hatte er richtig gehört? »Ausgerechnet du sagst so etwas?«

»Ja, ausgerechnet ich! Seit ich denken kann, habe ich im Schankraum mitbekommen, wie die Menschen sich sehnen – nach Freiheit, mehr Gerechtigkeit, nach genügend Nahrung und Kleidung! In meinen jüngeren Jahren habe ich mich wenig um die Politik gekümmert, das war schließlich Männersache. Aber jetzt denke ich anders! Ich habe mich lange mit Leopold darüber unterhalten.«

Johann war völlig verblüfft. Davon hatte er überhaupt nichts be-

merkt. Vielleicht, weil er glaubte, Leopold von Anfang an klargemacht zu haben, dass er seine Ideen für gefährlich und töricht hielt.
»Teilst du Leopolds Ideen wirklich?« Er wollte nicht ironisch klingen, auch nicht schulmeisternd, aber es interessierte ihn.
»Nicht alles, beileibe nicht.« Elisabeth lächelte. »Dafür bin ich wohl auch zu alt. Ich kann mir beispielsweise nicht vorstellen, dass es unserem Land besser geht, wenn der Großherzog weg ist und stattdessen einige unserer Abgeordneten regieren. Das gibt nur Streit und Gezänk. Der Großvater war stets der Meinung, dass es immer ein Oben und Unten geben müsse, um die Ordnung zu erhalten. Aber andere Dinge leuchten mir ein.«
»Und die wären?«
»Dass man den Menschen endlich ihre Rechte zubilligt. Dass man den Armen hilft und die Rechte der Reichen einschränkt. Ich bin nur eine einfache Frau, ich kann mich nicht so gut ausdrücken. Leopold weiß mehr davon, viel mehr. Er hat mir erzählt, dass etliche Frauen von Abgeordneten sich politisch betätigen. Manche schlugen scheinbar sogar vor, dass Frauen auch wählen dürfen sollen.«
»Da sei Gott vor!« Johann schüttelte sich innerlich. »Da sei Gott vor!«
Elisabeth musste lachen. »Was hast du nur für altbackene Ansichten. Habe ich dich so erzogen?«
Ihr Sohn starrte sie an. Er und altbacken? Er kannte seine Mutter gar nicht wieder. Und plötzlich erinnerte er sich: »*Ich lasse nie mehr in meinem Leben etwas mit mir machen, was ich nicht will!*« Das hatte Elisabeth vor langer Zeit einmal gesagt. Er musste diesen Satz noch als Kind gehört haben. Wieso eigentlich hatten Männer Macht über Frauen? Und wenn jemand diese Macht in ihrer brutalsten Form zu spüren bekommen hatte, dann war das Elisabeth. Aber seine Mutter war immer ein selbstständiger und tatkräftiger Mensch gewesen, sie hatte ihr Leben auch ohne einen Mann gemeistert. Doch diesen Aspekt hatte er noch nicht gesehen. Waren seine Ansichten vielleicht wirklich so verstaubt und altbacken? Musste er seine Überzeugungen überprüfen?

Es klopfte heftig an die Tür. Ohne das »Herein« abzuwarten, stürzte Leopold in die Kammer. »Wo bist du denn, Vater?«, fragte er ungeduldig. »Herr Hecker hat schon bestellt. Er will im Schankraum bleiben, dort fühlt er sich wohl, sagt er. Herr Hecker wünscht Rehrücken. Ich kümmere mich gleich selbst darum. Alles muss sehr gut aussehen und schmecken.«

Seine Großmutter bugsierte ihn energisch hinaus. »Lass mich das machen, Leopold. Du und dein Vater, ihr geht zum Gast. Das Essen bringe ich gleich nach.«

Johann hatte die Szene amüsiert, aber auch zufrieden beobachtet. Sieh an, dachte er, Leopold hat das Handwerk ja doch im Blut.

Im Schankraum herrschte eine mühsam unterdrückte Aufregung. Die Anwesenden taten zwar unbeteiligt, tuschelten aber eifrig und warfen neugierige Blicke auf den Herrn, der in der Ecke am Kachelofen saß. Einige beherztere Männer traten an ihn heran, um sich mit ihm zu unterhalten. Johann begrüßte seinen prominenten Gast zuvorkommend. Er war neugierig auf diesen Hecker, der die Gemüter derart erhitzte und in den so viele ihre Hoffnungen setzten, darunter auch sein Sohn, der nun geradezu ehrfürchtig vor dem Mann stand. Bei diesem Anblick spürte Johann unwillkürlich Ärger in sich aufsteigen. Sein Leopold, der sonst so kritisch gegenüber Autoritäten war, stand jetzt da wie ein dummer Schuljunge!

Friedrich Hecker neigte zur Begrüßung freundlich den Kopf und gratulierte Johann zu dem schönen und gepflegten Haus. »Die badische Gastlichkeit wird überall gerühmt, und Sie tragen Ihren Teil dazu bei, Herr Haug!«

Johann bedankte sich für das Kompliment. Ihm fiel auf, dass Hecker ihn mit »Sie« angesprochen hatte, wie es wohl in großen Städten immer üblicher wurde. Währenddessen servierte Elisabeth den Teller mit dem Rehrücken. Johann warf einen kurzen Blick darauf. Alles war appetitlich angerichtet, die rosafarbenen Fleischscheiben lagen auf einem Spiegel aus köstlicher brauner Soße, das Gemüse und die Spätzle waren sorgfältig um das Fleisch herum drapiert und mit einem Kräutersträußchen und dunkelroten Preiselbeeren dekoriert. »Macht die Teller nicht zu voll, das ist Bauernart«, hatte Johann seinem Küchenpersonal immer wieder eingebläut. Alle Sinne des Gastes mussten von dem Gericht verwöhnt werden. Das Auge sollte sich an dem appetitlichen Teller erfreuen, die Nase den feinen, nicht zu aufdringlichen Duft von Thymian, Rotwein und Wild wahrnehmen, und schließlich sollte der Gaumen auf das Exzellenteste verwöhnt werden.

Johann zog sich unter einer Verbeugung zurück und wünschte einen guten Appetit, den der Herr Abgeordnete auch zu haben schien, denn er aß mit sichtlichem Behagen. Leopold hingegen beobachtete den verehrten Gast nervös von der Seite aus, immer auf dem Sprung, um nachzuschenken oder jeglichen anderen Wunsch zu erfüllen.

Als Johann später den leeren Teller Heckers abräumte, entfaltete sich zunächst eine oberflächliche Konversation über die außergewöhnlich gute Qualität des Essens, und auf einmal war Johann mittendrin in einer politischen Diskussion, die er eigentlich hatte vermeiden wollen. Hecker war auf die Offenburger Versammlung zu sprechen gekommen, die auch Leopold besucht hatte, und wollte wissen, ob Johann die Schrift über die »Forderungen des Volkes in Baden« kenne und was er davon halte. Johann antwortete vorsichtig, er habe in der Zeitung davon gelesen und stehe manchem durchaus aufgeschlossen gegenüber, aber ...

»Ach, jetzt kommt das berühmte Aber!«, verkündete Hecker. »Lassen Sie mich raten: Ihnen missfällt unsere Forderung nach der Vertretung des Volkes beim Deutschen Bund sowie sämtliche konsequente Maßnahmen, die auf die Gleichheit aller Bürger abzielen, habe ich recht?«

»Nun ja«, wand sich Johann, »manche der aufgelisteten Punkte scheinen mir etwas zu radikal.«

»Zu radikal?«, rief Hecker feurig. »Da ist er wieder, der ewige Vorwurf! Wir wollen zu viel zu schnell! Aber ich sage Ihnen, Herr Haug, es kann gar nicht radikal und schnell genug gehen! Wir stehen am Abgrund, viele wollen es nur nicht wahrhaben, sondern bleiben gefangen in der Enge ihres spießbürgerlichen Lebens wie der gute Herr Biedermeier. Ich nehme an, Sie haben von diesem Langweiler schon gehört?«

Beklommen nickte Johann. Auf was hatte er sich da eingelassen? Er blickte sich um: Alle Gespräche im Schankraum waren verstummt, die Gäste starrten nun unverwandt zum Tisch, an dem sich Hecker in Rage redete. »Ja«, sagte Johann schließlich. »Mein Sohn hat mir einige Gedichte in den *Fliegenden Blättern* gezeigt. Dieser Biedermeier ist wohl eine Kunstfigur?«

»Eine genial erfundene. Wie er denken sehr viele im Land, leider auch in unserem liberalen Baden. Es muss Schluss sein mit dem Wegducken, jetzt ist es an der Zeit zu handeln! Auch anderswo gibt es schon Unruhen. Die Leute wehren sich. Wissen Sie überhaupt, dass es in Berlin Hungeraufstände gibt, Brotkrawalle, Kartoffelkriege? Dass im letzten Jahr Tausende von Menschen ausgewandert sind, die in ihrer Verzweiflung über die Missstände in der Heimat keinen anderen Ausweg mehr gesehen haben, als nach Amerika zu gehen? Und wissen Sie, dass die drei größten Fabriken unseres Landes vor dem Aus stehen, weil die geldgebenden Banken maßlos und unverantwortlich spekuliert haben! Was das bedeutet, brauche ich Ihnen wohl nicht zu sagen. Die Arbeiter organisieren sich, Herr Haug, da braut sich etwas zusammen. Deshalb muss schnell gehandelt werden, schnell und radikal. Wir müssen endlich die Einheit Deutschlands schaffen, wir brauchen eine Verfassung, in der die Rechte der arbeitenden Menschen und soziale Maßnahmen festgeschrieben werden! Wir brauchen die Freiheit!«

Bravo-Rufe wurden laut, viele Gäste standen auf und applaudierten. Leopold rief mit leuchtenden Augen und enthusiastischer Stimme: »Unser Abgeordneter Hecker, er lebe hoch, hoch!«

Johann fühlte sich klein angesichts dieser Brandrede. Was sollte man auf so etwas antworten? Nicht alle Anwesenden hatten sich erhoben und waren in den Jubel eingefallen – er sah es wohl. Das gab ihm wieder Mut. Nach einer Weile kehrte Ruhe ein, und Hecker wandte sich mit einer entschuldigenden Geste seinem Gastgeber zu. »Verzeihen Sie, dass ich Ihre Wirtschaft in einen politischen Versammlungsort umgewandelt habe.«

»Das alles liegt Euch am Herzen, das verstehe ich sehr gut«, antwortete Johann beflissen. »In Euch brennt ein Feuer, für das ich Euch bewundere.« Er bemerkte, dass Leopold ihn angesichts dieser Äußerung erstaunt von der Seite ansah. »Aber seht, in dieser Gaststube ist die Welt schon so oft verändert worden – nur in Worten, versteht sich. Taten hatten bislang keinen Erfolg, im Gegenteil!«

Er blickte hinüber zur Küchentür, in dessen Rahmen Elisabeth stehen geblieben war und ebenfalls den Worten Heckers gelauscht hatte. »Meine Mutter könnte Euch einige Geschichten darüber erzählen, wie viele Opfer diese großen Ideen gekostet haben!«

»Das glaube ich Ihnen gerne, Herr Haug. Und ich verstehe auch Ihre Bedenken. Einige meiner politischen Freunde wollen einen anderen Weg gehen, auch in der Hoffnung, dass sich die Dinge langsam von selbst zum Besseren entwickeln und so weniger Opfer kosten. Aber sehen Sie«, er winkte Leopold herbei und legte ihm einen Arm über die Schulter, »es geht doch vor allem um unsere Jugend. Die soll in einem freien und gerechten Staatswesen aufwachsen. Das wünsche ich mir auch für meine Kinder. Mein Arthur wird zwar erst fünf, Erwin liegt noch in der Wiege, und unsere Malvina ist gerade zwei, aber ich kämpfe auch für ihre Zukunft – und ich wünsche mir, dass meine Söhne so prachtvolle und hoffnungsvolle Männer werden, wie Ihrer einer ist.«

Leopold errötete.

»Ich hoffe, Ihren Sohn in nicht allzu langer Zeit auf der politischen Bühne begrüßen zu dürfen – und als Kollegen am Großherzoglichen Oberhofgericht. Er hat mir von seinen Plänen erzählt, Jura zu studieren und in die Politik zu gehen.«

Johann stand da wie vom Donner gerührt. Leopold wiederum hatte die Gesichtsfarbe gewechselt und mied den Blick seines Vaters. Hecker mochte die plötzlich auftretende Spannung zwischen Vater und Sohn gespürt haben, denn er sagte nichts mehr, obwohl ihm augenscheinlich noch einiges auf dem Herzen lag. Stattdessen verlangte er die Rechnung, aber Elisabeth trat dazwischen und erklärte, er sei ihr Gast gewesen. Überhaupt sei es eine große Ehre, ihn in ihrem Haus bewirten zu dürfen.

Hecker ließ ein großzügiges Trinkgeld auf dem Tisch liegen und verabschiedete sich lange und herzlich von ihr. »Nicht nur für meine Söhne, auch für meine Tochter wünsche ich mir eine Zukunft, in der sie frei und ohne Hindernisse ihren Weg finden kann«, sagte er. »Sie sind eine Frau, die das, so denke ich, trotz aller Widrigkeiten geschafft hat. Meinen Respekt, liebe Frau Haug.«

»Nicht ganz, Herr Hecker«, entgegnete Elisabeth mit feinem Lächeln, »und nicht ohne große Widerstände. Aber ich danke Euch und wünsche Eurer Tochter, dass sie es leichter haben möge. Ich wünsche es allen Frauen.«

Wunderbar, dachte Johann, jetzt habe ich gleich zwei Revolutionäre in der Familie! Er folgte Hecker zur Tür. Im Vorbeigehen zischte er Leopold zu: »Warte auf mich in meinem Kontor. Sofort!«

Leopold wurde jetzt kalkweiß im Gesicht.

Hecker bestieg die Kutsche, die ihn nach Karlsruhe bringen sollte. Von Konstanz sei er gekommen, erzählte er Johann. Der schüttelte missbilligend den Kopf. Konstanz, das war auch so ein revolutionäres Nest im Land. Dort hatte Hecker wahrscheinlich seine Gesinnungsgenossen getroffen.

»Ich bedanke mich für die Gelegenheit, im berühmten *Markgrafen* zu speisen.«

»Ihr schmeichelt mir!«

»Wirklich ein sehr schönes Haus, das Sie da haben, Herr Haug.«

Das war Balsam für Johanns aufgebrachte Seele. Er verneigte sich leicht. Der Abgeordnete sah gut aus mit seinem schwarzen Vollbart und den dunklen langen Haaren. Sein Anzug zeigte eine gewisse nachlässige Eleganz, und statt einer Krawatte hatte er ein Halstuch locker um den Kragen geschlungen. Ja, er sah gut aus, auch wegen des Selbstbewusstseins, das er ausstrahlte.

»Er ist mir sympathisch, trotz seiner Ansichten«, sagte Johann zu sich selbst, während er der fahrenden Kutsche nachblickte. Möge sein heißes Herz ihn gut leiten. Nicht so wie meines, das uns vielleicht in den Bankrott führen wird. Nein, nein, Johann ballte die Fäuste. Ich habe aus dem *Markgrafen* etwas gemacht, das hat der

Mann ja gerade selbst gesagt. Diese Sorgen werden mich deshalb nicht bezwingen!

Leopold ging unruhig vor dem großen Schreibtisch auf und ab, als Johann das Kontor betrat und die Tür hinter sich zuwarf. Er bedeutete seinem Sohn, sich zu setzen.

»Ich stehe lieber, wenn es dir recht ist«, wehrte der aber hastig ab.

»Mir egal«, knurrte Johann. »Du kannst dir denken, warum ich mit dir sprechen will?«

Leopold senkte den Kopf. »Ja«, flüsterte er fast unhörbar. »Wegen dem, was Herr Hecker am Schluss gesagt hat.«

»Ich muss also von einem Fremden erfahren, dass mein Herr Sohn nicht daran denkt, meine Nachfolge zu übernehmen, wie es ausgemacht war, sondern viel lieber Jurist werden will und Politiker! Ich habe gedacht, dass diese kindischen Hirngespinste ein für alle Mal begraben waren.«

»Vater.« Leopold stützte sich auf dem Schreibtisch ab und blickte seinem Vater ins Gesicht. »Es tut mir leid, dass du es so erfahren musstest, ich wollte dir meinen Entschluss schon lange mitteilen. Du warst aber so ... abweisend in letzter Zeit. Mutter meint, du hast Sorgen, da wollte ich dich nicht damit behelligen.«

»Dein Vorhaben steht also schon fest. Und deine Mutter weiß davon?« In Johanns Stimme grollte es, obwohl ihm die Haltung seines Sohnes auch ein wenig Respekt abnötigte. Die Tatsache, dass dieser geradeheraus und ohne Ausflüchte oder Beschwichtigungen gesprochen hatte, gefiel ihm.

»Großmutter weiß es auch«, gestand Leopold leise.

»Das ist ja eine regelrechte Verschwörung!«

»Das ist so nicht richtig, Vater. Ich wollte es dir doch sagen«, wiederholte Leopold, der seinen rastlosen Marsch vor dem Schreibtisch wieder aufnahm. »Sieh, ich bin von der Lateinschule abgegangen, weil du es gewünscht hast. Ich wäre eigentlich lieber dortgeblieben, weil ich auf die Universität gegangen wäre, um Jura zu studieren. Denn ich wollte für die Gerechtigkeit kämpfen. Aber das weißt du ja.«

Johann schnappte nach Luft. Allmächtiger! Sein Sohn, sein einziger Sohn, war ein Träumer! »Ich nehme an, du möchtest deinem großen Vorbild Hecker nacheifern?«

»Was wäre daran so schlecht?« Leopold sah seinen Vater durchdringend an. »Ich bewundere ihn für seinen Mut, so wie ich alle Männer und Frauen bewundere, die sich für ihre Überzeugung einsetzen. Dieser Georg Büchner beispielsweise, der diese großartige Flugschrift geschrieben hat, musste fliehen, sonst wäre er eingesperrt worden. Nur weil er für die Rechte des Volkes kämpfte.«

»Du hast diesen Text also gelesen? Wo ist der überhaupt?«, schnaubte Johann empört.

»In meinem Zimmer. Die Großmutter hat ihn sich auch angesehen und war ganz begeistert.«

Also auch Elisabeth! Was war nur in sie gefahren? Das war tatsächlich eine Verschwörung! »Du wirst mir nachher diese Flugschrift bringen. Und ich verbiete dir ein für alle Mal, dich weiter mit diesem revolutionären Kram zu beschäftigen. Und du wirst nach Genf gehen, ins *Bellevue*. Es ist ein erstklassiges Haus. Ein ehemaliger Kollege aus meiner Baden-Badener Zeit ist dort Vizedirektor und hat eingewilligt, dir eine Ausbildung in diesem renommierten Hotel zu gewähren. Es ist schon alles besprochen. Viele wären glücklich, eine solche Möglichkeit zu bekommen.«

In Wahrheit war noch nichts ausgemacht, nur die Möglichkeit einer Lehre in der Schweiz war brieflich erörtert worden. Johann hatte zunächst eine Ausbildung in Frankreich für Leopold ins Auge gefasst, im Süden – Nizza, Marseille, großartige Häuser gab es da. Doch in Frankreich war es wieder einmal zu unruhig geworden, deshalb kam es zum Briefwechsel mit dem Vizedirektor des *Bellevue*. Johann war in dieser Angelegenheit saumselig gewesen, die Sorgen um den Kredit hatten alles überlagert, aber jetzt war es höchste Zeit. Der Junge musste dringend fort, um auf andere Gedanken zu kommen. Er musste auch weg von den braunen Augen Amandas, die eine geradezu magische Wirkung auf ihn auszuüben schienen. Das fehlte gerade noch – die Tochter dieses Stutzers in seinem Haus! Theodor Pfäfflin war ihm innerhalb kürzester Zeit geradezu verhasst geworden! Auf schamlose Weise hatte dieser vom freundlichen Angebot der Frauen Gebrauch gemacht und war seither fast jeden Tag mit seiner Tochter vorbeigekommen, um sich die »Annehmlichkeit vornehmer weiblicher Gesellschaft zu ermöglichen«. Dabei machte er zu Johanns Unbehagen auch reichlich von kostenlosem Speis und Trank Gebrauch. Ja, Leopold musste unbedingt fort, weg von diesen Leuten!

Johann wandte seine Aufmerksamkeit wieder seinem Sohn zu, der ihn mit verkniffenem Mund trotzig ansah. Ein typischer Haug eben, dachte Johann und war trotz des Ernstes der Situation ein wenig belustigt.

Leopold öffnete den Mund, als wollte er noch etwas sagen, aber er besann sich und ging wortlos aus dem Kontor.

Johann wiederum setzte sich zurück an den Schreibtisch. Je länger er über die Reaktion seines Kindes nachdachte, desto unbehaglicher fühlte er sich. Dieses zornige Flackern in seinen Augen, die ganze Haltung – unbeugsam und stolz ... je älter er wurde, desto mehr ähnelte er seiner Großmutter. Johann öffnete das linke Fach seines Schreibtisches. Er wollte umgehend einen Brief nach Genf aufsetzen. Als er jedoch nach dem Bogen Papier griff, berührte er die kühle Oberfläche des Kettchens, das ihm seine Mutter kurz nach Neujahr gegeben hatte. Johann nahm es heraus. Das Schmuckstück lag seltsam schwer in seiner Handfläche, er überlegte kurz und warf es dann wieder zurück. Dort wäre es gut verwahrt, bis er sich entschieden hatte, was damit geschehen sollte. Vielleicht kam ja der Tag, an dem das Glück wieder seinen Einzug hielt.

März 1848

Es war noch früh. Zäh hing die Dunkelheit vor dem Fenster, auch das Zimmer war noch in tiefes Schwarz gehüllt. Nur die Petroleumlampe warf einen zaghaften Lichtstrahl auf den Schreibtisch, an dem Johann saß. Er hatte alte Papiere hervorgeholt, in denen er seit Tagen immer wieder blätterte, in der Hoffnung, dass sich die Zahlen durch häufiges Studieren verändern würden. Vor wenigen Stunden war er vom Bellen des Hundes aufgeweckt worden und konnte dann nicht mehr einschlafen wie schon so oft in den vergangenen Wochen. Nach langem Hin- und Herwälzen war er dann schließlich aufgestanden und in sein Kontor geschlichen, wo er sich unbeobachtet seinen Sorgen widmen konnte, die sich an ihm festgesetzt hatten wie Schmeißfliegen. Die Welt war durcheinandergewirbelt, und auch sein Reich bebte. Überall lauerten tückische Strudel, die alles zu verschlingen drohten, was bisher Gewohnheit, Alltag, Sicherheit bedeutete. Es kam ihm vor, als läge ein Unheil über ihm und seiner Familie, das sie unaufhörlich umhertrieb. Und ein ganz spezieller Fluch rührte von einer Hexe, die aus Fleisch und Blut war: Amanda Pfäfflin. Sie hatte Leopold regelrecht zu ihrer Marionette gemacht. Aber viel schlimmer schien ihm jetzt diese Heimsuchung, die von diesen revolutionären Ideen ausging, denen sein Sohn immer mehr anhing. Und diese Ideen schienen Gestalt anzunehmen. Vor ungefähr drei Wochen hatten die Franzosen ihren sogenannten »Bürgerkönig« zum Teufel gejagt und ihr Land erneut zu einer Republik erklärt. Es gärte dort aber dennoch weiter, denn die Arbeiter stellten immer mehr Forderungen. Ja, die Bienen hatten sich nicht nur gegen ihren Herrscher aufgelehnt, sie stachen jetzt sogar zu.

Johann erhob sich seufzend von seinem Stuhl und trat an das Fenster. Draußen wurde es langsam hell, und er konnte die vagen Umrisse des Stalls und des Seitenflügels ausmachen. Damals, während der ersten großen Französischen Revolution, hatte man im Schankraum noch darüber diskutiert, ob das Gewitter auch nach Baden ziehen würde. Nun jedoch schienen viele Menschen dieses Unwetter tatsächlich zu spüren. Veränderung lag in der Luft. Auch Leopold studierte die Zeitungen, brachte Flugschriften mit, die in großer Zahl von Hand zu Hand gingen, fragte Reisende aus, die aus den großen Städten kamen, verfasste und empfing Briefe. Eigentlich hätte Johann darauf bestehen sollen, zu erfahren, wem und was genau sein Sohn da schrieb, aber er hütete sich. Er wollte Leopold nicht noch mehr gegen sich aufbringen. Ganz im Gegenteil: Sein Plan war es, Leopold für die Ausbildung in Genf zu gewinnen. Da konnte er keinen Streit mit ihm gebrauchen. Johann hoffte, dass bald die Zusage seines ehemaligen Kollegen eintraf und er Leopold fortschicken konnte, bevor er in seinem revolutionären Furor irgendeine Dummheit beging. Überall gab es Versammlungen und Protestkundgebungen, in Mannheim hatte man gar die Einberufung eines Parlaments verlangt. Auch in Heidelberg traten Abgeordnete zusammen, um ein deutsches Parlament vorzubereiten. Ein einiges Deutsches Reich – für Johann war das unvorstellbar. Aber Leopold war fest überzeugt davon, dass es gelingen könne. Er hatte sogar eine Fahne mit den neuen Nationalfarben Schwarz-Rot-Gold über seinem Bett aufgehängt.

Johann starrte jetzt immer noch düster aus dem Fenster, wo der neue Tag zaghaft an Farbe gewann. Ja, sein Junge musste fort in die sichere Schweiz! Er setzte sich zurück an seinen Schreibtisch und lauschte den ersten vereinzelten Geräuschen, die von unten aus der Küche und dem Schankraum heraufdrangen. Er liebte dieses morgendliche Erwachen. Sein Blick blieb an der Kommode hängen, die gegenüber seinem Schreibtisch stand. Dort waren sie aufgereiht, seine neuesten Errungenschaften. Ein Lächeln glitt über sein Gesicht. Wie schön sie aussahen, die beiden Vasen und die große

Schale mit dem Fuß. Weiß gebrannte Keramik mit makelloser Oberfläche, und darauf leuchtete die blaue Malerei.

»Dieses Blau ist typisch für Majolika«, hatte ihm der Händler versichert, als er mit ihm durch seine Verkaufsräume geschritten war, und Johann war wie verzaubert gewesen von der Anmut dieses vielfarbigen Geschirrs, das menschliche Kunstfertigkeit geschaffen hatte. Sophie liebte ihre Gedichte und Romane, Leopold die Ideen der Revolution, aber er brauchte Schönheit, die er sehen und greifen konnte. Die Majolika-Stücke waren teuer, das lag an dem weiten Weg aus Italien, den die Ware zurücklegen musste, hatte der Händler entschuldigend gesagt. So hatte Johann sich nur drei Stücke geleistet.

Er stand auf und trat zur Kommode. Sein Zeigefinger strich über die Oberfläche, zeichnete die blauen Ranken und Blüten auf den Vasen nach. Diese Berührung spendete ihm seltsamerweise Trost, wenngleich sie seine Sorgen nicht mildern konnte. Im Gegenteil: Das Bankhaus Haber war in Auflösung begriffen!

»Wir haben ja schon Ende des letzten Jahres alle Zahlungen eingestellt, wie Ihr wisst«, hatte Louis von Haber ihm gesagt, als er ihn im Februar in Karlsruhe empfangen hatte. »Wir bemühen uns um unsere guten Kunden, Herr Haug, das könnt Ihr mir glauben. Wie es heißt, soll es bald eine staatliche Garantie für die drei großen badischen Firmen geben. Somit sind auch die Arbeitsplätze gerettet. Wie gesagt, wir bemühen uns, aber …«

Dieses »aber« hatte im Raum gehangen wie schwüle Luft. »Aber« hieß, sie konnten nichts aktiv für ihn tun. Johann hatte daraufhin beklommen gesagt, dass er immer noch keine Nachricht von Moritz von Haber erhalten habe. Der Bruder sei immer noch in Darmstadt mit der Gründung einer neuen Bank beschäftigt, hatte man ihn dann wieder einmal abgespeist. Er werde sich bestimmt bald melden.

Die Kontortür öffnete sich mit einem leisen Quietschen. Johann wandte den Kopf und sah, dass Sophie in der Tür stand.

»Du bist schon auf?«, fragte er und streckte ihr beide Hände entgegen. Sie kam näher, und er umarmte sie. Dabei verspürte

Johann eine leichte Ungeduld, für die er sich gleich darauf schämte. Immer ein unbekümmertes Gesicht zu machen, nach außen gelassen zu wirken, während die Probleme einen aufzehrten, kostete so viel Kraft!

»Was heißt ›schon‹?«, lächelte sie. »Es ist höchste Zeit, in der Wirtschaft unten ist alles auf den Beinen. Die ersten Gäste erwarten ihr Frühstück. Keine Angst, alles läuft wie am Schnürchen«, warf sie schnell ein, als sie die Sorgenfalten auf seiner Stirn bemerkte. »Ich bin eigentlich nur nach oben gekommen, um dir Guten Morgen zu wünschen. Du warst ja schon fort, als ich aufgewacht bin.«

Sie hielt einen Moment inne und blickte ihn forschend an. Er wiederum sagte nichts, sondern versuchte nur, so heiter wie möglich auszusehen.

Etwas unsicher fuhr Sophie fort: »Dann werde ich mal nach Leopold sehen. Er hätte eigentlich schon lange unten sein müssen und beim Auftragen helfen. Wahrscheinlich hat er mal wieder verschlafen«, warf sie hastig ein, als sie sah, wie sich der Mund ihres Mannes unwillig verzog.

»Das gefällt mir aber gar nicht. Er hat auf seinem Platz zu sein, und zwar pünktlich!«

Das Auftragen und Servieren gehörte zu den Dingen, die Leopold verabscheute. Aber Johann vertrat den Standpunkt, dass der künftige Wirt möglichst alles kennen und beherrschen musste. So war es auch bei ihm gewesen unter den wachsamen Augen von Elisabeth und Jakob. »Höchste Zeit, dass er nach Genf geht!«

»Ach, Johann.« Seufzend wandte sie sich ab und ging zur Tür. Bevor sie jedoch den Raum verließ, drehte sie sich noch einmal um. »Ist es denn richtig, was wir tun?«

Wenigstens sagt sie »wir«, konstatierte Johann mit einer gewissen Befriedigung. Dennoch antwortete er mit ungewohnter Schärfe: »Selbstverständlich ist es das!«

»Aber seine Wünsche gehen doch in eine ganz andere Richtung.«

»Ja, und zwar in die falsche! Höre zu, Sophie ...«, er trat zu ihr und nahm erneut ihre Hände, »du weißt doch selbst, dass das die Hirngespinste eines kindischen und unreifen Jungen sind.«

»Manches von dem, was er da sagt, klingt eigentlich recht durchdacht«, antwortete sie bekümmert.

»Ach was! Angelesenes Zeug ist das. Willst du denn wirklich, dass unser Einziger einen Weg geht, der unsicher und auch gefährlich ist?« Im gleichen Moment wurde ihm klar, dass er diese Worte »unser Einziger« nicht hätte gebrauchen sollen.

Sophie wurde blass, Tränen stiegen ihr in die Augen. »Wenn wir nur mehr Kinder gehabt hätten«, flüsterte sie traurig. »Wenn unser Fritz gelebt hätte, dann könnte Leopold das tun, was er will.«

Johann starrte seine Frau an. Wie oft hatte er gedacht, was Sophie nun ausgesprochen hatte. Wenn das Haus nicht nur auf einem einzigen Paar Schultern lasten würde! Er selbst hatte das zwar nie so empfunden, für Leopold, dem das Haus nichts bedeutete, war diese Tatsache aber eine Bürde. Das wurde Johann immer mehr bewusst. Gegen diese Überzeugung sagte er aber: »Er bekommt einmal ein Erbe, um das ihn jeder beneiden wird. Einen solchen Besitz zu leiten und zu mehren, das ist eine wunderbare Aufgabe.« Dann verstummte er. Was, wenn von diesem Besitz nicht mehr viel übrig blieb und er seinem Sohn gar nichts mehr vererben konnte? Wenn er alles verlieren würde, weil er sich zu sehr verschuldet hatte?

Sophie hatte wohl sein Mienenspiel gesehen und richtig gedeutet, denn sie bemerkte teilnahmsvoll: »Ganz sicher scheinst du dir aber nicht zu sein, oder?«

»Er ist noch zu jung, um selbst entscheiden zu können, wie er sein Leben gestalten will. Er soll alles lernen, was es in unserem Metier zu lernen gibt. Und er soll hinaus in die Welt – raus aus dem engen Ettlingen, so wie der Held aus deinem Roman. Wie viele junge Leute wären froh über diese Aussichten! Wenn er zurückkommt, reden wir weiter. Vielleicht ist er dem *Markgrafen* nach seiner Ausbildung auch nicht mehr so abgeneigt. Wir werden sehen.«

»Das ist aber nicht der einzige Grund, weshalb du ihn wegschicken willst, nicht wahr?«, fragte sie nach kurzer Pause.

Er nickte. »Amanda Pfäfflin ...«

»Ich habe gesehen, dass Leopold sie gerne mag. Sie ist sehr hübsch und ...«

»... eine raffinierte kleine Kokette«, fiel er seiner Frau barsch ins Wort. »Leopold ist für sie wie eine Marionette, die man nach Belieben lenken kann. Und er merkt es nicht.«

»Sie ist jung. Da ist es verzeihlich, wenn sie ihre Wirkung auf das andere Geschlecht ausprobiert. Sie hat spanische Wurzeln, ist heißblütiger als unsere Mädchen hier.« Sophie lächelte ein wenig. »Sie versucht ja auch, mit dir zu kokettieren.«

»Mit mir?«

»Ja, ist dir das noch nicht aufgefallen? Du guckst ja auch immer wie ein alter Brummbär. Aber wie sie dich anblickt ...«

»Das fehlte noch, um Himmels willen!«, rief er aufgebracht. »Nicht nur den Sohn, auch den Vater! Diesen Typ Frau verabscheue ich! Ich kenne ihn aus Baden-Baden, aus dem *Stephanie*«, fügte er rasch hinzu, als er Sophies fragenden Blick bemerkte. »Und selbst wenn man für das junge Mädchen ein wohlwollendes Urteil zu fällen vermag, so gibt es immer noch ihren schrecklichen Vater, der gegen jegliche Form einer Verbindung mit den Pfäfflins spricht!«

»Er ist zwar immer sehr freundlich und zuvorkommend, aber ich gebe zu, dass er auch mir nicht geheuer ist.«

»Er ist ein Spieler und womöglich noch Schlimmeres! Wie die biederen Pfäfflins zu solch einem Familienmitglied kommen, ist mir ein Rätsel. Vor dem muss man sich in Acht nehmen!« Er lächelte grimmig. »Der Empfangschef in Baden-Baden, mein guter Herr Lerch, hat immer gepredigt, dass ein guter Hotelier ein Gespür für Menschen haben muss. Deshalb sage ich dir nochmals, Sophie: Vor diesem Menschen muss man sich hüten!«

Als ob das Schicksal ihm einen besonders bösen Streich spielen wollte, klopfte es in diesem Moment an der Tür, und eine der Mägde trat ein, um zu melden, dass Herr Pfäfflin angekommen sei und ihn zu sprechen wünsche.

Sophie und Johann sahen sich wortlos an.

»Führe ihn in den Salon. Sag ihm, dass ich gleich komme.« Er wandte sich an seine Frau. »Wie im Theater – aufs Stichwort. Er ist eben ein Schmierenkomödiant!«

»Was er wohl will zu dieser frühen Stunde?«, wunderte sich Sophie.

»Es wird nichts Rechtes sein, was den Wichtigtuer herführt. Ich werde ihn schnell abfertigen«, entgegnete Johann. »Und noch eines, Sophie: Lass Leopold vielleicht doch noch eine Stunde schlafen. Er hat gestern ja auch bis spät im Schankraum geholfen.«

Sophie belohnte Johanns Geste mit einer Kusshand, die sie ihm im Gehen durch den Raum zuwarf. Johann gab ein Lächeln zurück und trat für einen kurzen Moment noch einmal an seine Kommode. Zärtlich strich er wieder über die feine, glatte Oberfläche der Majolika-Vase. Diese vollendeten Formen, diese keuschen Farben – tiefes Blau und strahlendes Weiß. Das ist wahrscheinlich eines der wenigen guten Dinge, die Theodor Pfäfflin bewirkt hat – mich auf dieses wundervolle Geschirr aufmerksam zu machen.

Schließlich fuhr er sich glättend übers Haar und rückte die Krawatte zurecht, bevor er in den Salon hinunterging, wo Theodor Pfäfflin sich mit Elisabeth unterhielt und dabei mit abgespreiztem kleinen Finger eine Tasse Schokolade trank.

Affektierter Kerl, dachte Johann, pfui Teufel! Und wie er wieder aussieht, der Geck. In seine abfälligen Gedanken mischte sich aber auch ein Hauch von Neid auf dessen exquisite Kleidung. Den eng geschnittenen erbsengrünen Rock aus einem feinen glänzenden Wollstoff hätte nicht jeder tragen können.

Als er Johann bemerkte, sprang Theodor auf und verneigte sich. Zu tief, wie Johann fand. Sein Misstrauen wuchs schlagartig. Nach dem üblichen Austausch von Höflichkeiten bedachte Pfäfflin Elisabeth mit einer Reihe von völlig übertriebenen Komplimenten und entschuldigte sich dann für seinen frühen Besuch. »Mein bester Herr Haug, es trieb mich förmlich zu Euch, da ich unbedingt mit Euch sprechen muss.«

Elisabeth, die seine Schmeicheleien ungerührt zur Kenntnis genommen hatte, verstand diesen Wink und verabschiedete sich.

»Ich muss noch in der Küche nach dem Rechten sehen. Ihr wisst ja selbst, wie es in einem Gasthaus zugeht.«

Theodor Pfäfflin dienerte eifrig und richtete besonders herzliche Grüße von Amanda aus. »Ihr ahnt nicht, wie beglückend es für meine Tochter ist, so wohlwollend in Eurem Kreis aufgenommen worden zu sein. Ich fürchte, dies ist schon mehr ihr Zuhause als das Pfäfflin'sche Heim.«

Johann setzte ein grimmiges Lächeln auf. Wenn Theodor glaubte, er könne seine Tochter als neue Herrin des Hauses installieren, dann hatte er sich schwer getäuscht. Nur über meine Leiche! Das Gesicht des Mädchens mit ihren dunklen Augen und dem schwellenden Mund schob sich vor sein inneres Auge. Ihre Schönheit war vordergründig, so wie die wilden Blüten und Früchte eines Brombeerstrauchs nicht darüber hinwegtäuschen konnten, dass sie eigentlich aus einem Dornengestrüpp hervorgingen.

»Also, Pfäfflin«, Johann vermied es geflissentlich, die Anrede »Herr« zu benutzen, »was führt Euch so dringend zu mir?«

Sein Gegenüber beugte sich zu ihm vor. »Ich habe heute Morgen einen Brief von einem meiner engsten Freunde aus Karlsruhe bekommen. Und was er schreibt ... Ich sage Euch, lieber Herr Haug ...« Genießerisch zog Pfäfflin die Preisgabe seiner Informationen hinaus. »Dort ist der Teufel los!«

»Und weshalb?« Johann gab sich betont ruhig. Den Gefallen, auf sein Spielchen einzugehen, würde er dem Kerl wahrlich nicht tun.

»Nun ...«, Pfäfflin fixierte Johann mit einem gehässigen Blick, »es scheint, dass die Haber'sche Bank endgültig *perdu* ist. Sie hat Konkurs angemeldet und dabei noch einige andere Banken in den Abgrund mitgerissen.« Pfäfflin betonte die Worte »Konkurs« und »Abgrund« geradezu genießerisch, als schmecke er einem guten Wein nach. »Die Frage ist natürlich, wer noch alles mit den Banken zugrunde gehen wird. Die Minister versammeln sich täglich beim Großherzog zur Krisensitzung, erzählt man sich. Schließlich hängen auch die größten badischen Firmen am Haber'schen Geld.«

Die Katastrophe war also eingetreten. Johanns Hoffnungen

waren sowieso unrealistisch gewesen, hatten mehr der Beschwörung des Glasmännleins geglichen, als dass sie einen realen Hintergrund gehabt hätten.

»Man befürchtet Unruhen. Bekannte aus Berlin haben mir berichtet, dass es auch dort rumort. Allein die Lokomotivenfabrik Borsig hat kürzlich vierhundert Arbeiter entlassen. Man muss sich das mal vorstellen! Eine große Firma mit besten Zukunftsaussichten! Es sollen überall Barrikaden gebaut werden, auch in Wien. Überall gärt es! Ihr wisst ja, dass die Bürger immer lauter ihre Forderungen erheben – und jetzt auch noch die Arbeiter!« Theodor Pfäfflin hielt inne, offenbar zutiefst befriedigt von der Wirkung seiner Rede.

Johann war es nicht mehr länger möglich, seine Betroffenheit zu verbergen. Haber war also *perdu*. Aber warum erzählte ihm der Kerl das so dramatisch? Was wollte er?

Als hätte er seine Gedanken erraten, sagte Pfäfflin mit einem süffisanten Lächeln: »Ihr fragt Euch jetzt sicher, warum ich hergekommen bin und Euch das alles erzähle. Nun, ich sprach vorhin davon, dass viele Unternehmen mit der Bank in den Abgrund gerissen werden. Der Großherzog wird wohl darauf drängen, für die großen Fabriken Staatsgarantien zu geben. Aber wer bürgt für die kleinen Kunden von Habers?« Er sah Johann lauernd an.

Der wiederum zuckte mit den Achseln.

»Es hängt natürlich alles davon ab, wie der Bankrott abgewickelt wird. Welche Gläubiger es gibt, welche Forderungen sie erheben.«

»Gewiss«, antwortete Johann mit brüchiger Stimme.

»Um es auf den Punkt zu bringen«, sagte Pfäfflin in gedehntem Ton und legte die Fingerspitzen aufeinander. »Ich weiß, dass auch in Eurem Betrieb Haber'sches Geld drinsteckt, eine nicht unbeträchtliche Summe sogar.«

»Und woher habt Ihr diese Informationen?«, gab Johann kurz und schnell zurück. Zorn stieg langsam in ihm hoch. Wer hatte Pfäfflin seine finanzielle Situation verraten? Ob Mutter etwas ihm gegenüber erwähnt hätte? Unmöglich! Elisabeth war absolut loyal und eine gewiefte Geschäftsfrau, niemals würde sie einem Dritten gegenüber solche Dinge preisgeben. Ruhig bleiben, ermahnte er sich. Wahrscheinlich spielte Pfäfflin nur mit ihm, wollte ihn aus der Reserve locken.

»Ach Gott, Herr Haug«, erwiderte Theodor Pfäfflin immer noch in gespreiztem Ton. »Ich habe gute Beziehungen zu den ersten Kreisen, vergesst das nicht. Der Name meines Schwiegervaters hat mir schon so manche Tür geöffnet, auch hier in Baden.«

Johann konnte seinen Zorn nicht länger unterdrücken. Er stand abrupt auf. »Ich denke, unsere Unterhaltung ist jetzt beendet.«

»Langsam, langsam, Herr Haug.« Pfäfflin bewegte sich nicht einen Zentimeter, sondern schlug gemächlich seine Beine übereinander. »Ich komme doch jetzt erst zu meinem eigentlichen Anliegen. Ich möchte Euch nämlich einen Vorschlag machen.«

»Ach ja?« Johann setzte sich wieder und trommelte mit den Fingerspitzen auf der Lehne des Sessels, um deutlich zu machen, dass jede weitere Minute vertane Zeit für sein Gegenüber sei.

»Mein Schwager hat mir die Geschäftsanteile meiner seligen Frau zur treuhänderischen Verwaltung für meine Kinder übertragen.«

Sein Tonfall ließ darauf schließen, dass diese Transaktion nicht ganz reibungslos vonstattengegangen sein musste. »Ich habe die feste Absicht, dieses Geld vernünftig und gewinnbringend anzulegen.« Sein durchtriebenes Lächeln vertiefte sich. »Und ich habe deshalb beschlossen, einen Großteil des Geldes in den *Markgrafen* zu investieren.«

»Der *Markgraf* ist ein Familienbetrieb, und ich habe nicht die Absicht, nach Teilhabern zu suchen.«

»Ich denke, es wird Euch gar nichts anderes übrig bleiben. Die Summe, mit der Ihr bei der Haber-Bank in der Kreide steht, ist doch ziemlich hoch. Ich könnte mit meinem Geld einen Großteil der Schulden übernehmen.«

Johann brach der Schweiß aus, er spürte auf einmal ein merkwürdiges Gefühl der Enge in der Brust. »Ich sage Euch nochmals, dass wir ein Familienbetrieb sind und gedenken, es auch zu bleiben.«

»Was das anlangt«, antwortete Pfäfflin geschmeidig, »glaube ich, dass sich unsere Familien in absehbarer Zeit auch auf anderer Ebene verbinden werden.«

»Wenn Ihr auf meinen Sohn und Eure Tochter anspielt, so erkläre ich Euch entschieden, dass ich einer solchen Verbindung niemals zustimmen werde, genauso wie ich auch Euer Angebot entschieden zurückweise.«

Die Maske des gewandten Charmeurs fiel plötzlich von Theodor Pfäfflin ab. Grimm flackerte in seinen Augen. Johann hielt seinem Blick jedoch stand. Er musste unwillkürlich an seinen Großvater denken. Hatte Jakob nicht in einer ähnlichen Situation gesteckt mit diesem Napoleon-Verehrer Krummbiegel? Er hatte damals dessen Angebot angenommen, aber Krummbiegel war auch ein solider Geschäftsmann gewesen, Pfäfflin hingegen ein Schlitzohr. Ihn gierte es danach, den *Markgrafen* zu besitzen. Die *Krone* war ihm wohl zu eng und zu spießbürgerlich. Niemals würde er es zulassen, dass jemand anderes in seinem Reich den Ton angab, schwor sich Johann. Dann erhob er sich so selbstbewusst, wie es ihm nur möglich war. »Ich denke, Ihr solltet jetzt gehen, Pfäfflin. Die besten Empfehlungen an Euren Herrn Bruder und das Fräulein Tochter.«

Pfäfflin öffnete den Mund, um etwas zu entgegnen, doch in diesem Moment wurde die Tür zum Salon aufgerissen, und Sophie stürzte herein. Johann konnte an ihrem Gesicht ablesen, dass etwas geschehen sein musste. Währenddessen erhob sich Theodor Pfäfflin, elegant, verbeugte sich gegen Sofie, die ihn nicht wirklich zu beachten schien, und verschwand mit undurchsichtiger Miene.

»Liebste, was ist denn geschehen, du bist ja ganz außer dir?« Johann ergriff Sophies Arm und führte sie zum nächstgelegenen Sessel. Er bemerkte, dass sie zitterte.

Seine Frau kramte ein Blatt Papier aus ihrer Schürze hervor und streckte es ihm entgegen. »Leopold ist fort! Hier, lies!«

Johann konnte den Sinn ihrer Worte gar nicht richtig erfassen. Verwirrt nahm er das Papier entgegen und versuchte, das Gekritzel, das darauf stand, zu entziffern.

Liebe Eltern,
bitte verzeiht mir, aber ich muss weg und für die große Sache der Revolution kämpfen. Endlich ist die Zeit gekommen, um die Rechte des Volkes einzufordern! Mich hält hier nichts mehr, ich muss hinaus, um die Freiheit für uns alle mitzuerringen. Grüßt die Großmutter und macht Euch bitte keine Sorgen.
Euer Euch liebender Sohn
Leopold

»Kein Wort davon, wohin er gegangen ist«, flüsterte Sophie heiser.

Johann merkte, dass seine Knie nachgaben, und ließ sich auf einen Sessel fallen. »Wo lag der Zettel?«

»Auf seinem Bett«, antwortete Sophie mit erstickter Stimme. »Ich bin in sein Zimmer gegangen, um nach ihm zu sehen. Aber er war nicht mehr da. Ach, Johann, wo kann er nur sein?« Sie begann zu weinen, die Tränen liefen über ihre hochroten Wangen.

Johann fühlte sich so kraftlos wie noch nie zuvor in seinem Leben. Erst Pfäfflin und jetzt das! »Hast du im Haus und in den Ställen nachgesehen?« Im selben Moment wusste er, wie unsinnig diese Frage klang. Leopold war ganz sicher in der Nacht fortgelaufen. Deshalb hatte der Hund auch gebellt.

»Ich habe das Gesinde gefragt, keiner hat etwas gesehen. Auch die Pferde sind alle noch da.«

»Hat er Kleidung mitgenommen?«

»Ich glaube nicht!« rief sie und sprang auf, als verleihe ihr dieser Gedanke neue Kraft. »Ich schaue gleich nach. Vielleicht kommt er ja doch bald wieder.«

Mühsam erhob sich Johann, um ihr zu folgen.

In Leopolds Zimmer angekommen, riss Sophie die Türen des Kleiderschranks auf und durchwühlte die Schubladen der Kommode. »Er hat Wäsche mitgenommen und auch einige Hemden. Und die Joppe, die er im Stall trägt. Johann, was hat das zu bedeuten? Wo kann er nur sein?«

Johann schlang einen Arm um seine Frau, aber er stützte sich mehr, als dass er sie hielt. Plötzlich tauchte Elisabeth in der Tür auf, kreidebleich im Gesicht. So sah sie immer aus, wenn sie spürte, dass etwas Schlimmes vorgefallen sein musste.

Als halbwüchsiger Junge war Johann einmal in die Alb gefallen. Der Fluss hatte Hochwasser geführt, und er drohte in den Wassermassen unterzugehen. Glücklicherweise war es ihm gelungen, sich an einem Brückenpfeiler festzuhalten. Einige Männer, die zufällig über die Brücke liefen, hatten schließlich seine Hilferufe gehört und ihn herausgezogen. Als man ihn tropfnass nach Hause gebracht hatte, hatte seine Mutter ihn mit ebendieser Gesichtsfarbe empfangen.

»Was ist passiert?«, fragte Elisabeth nun mit stockender Stimme.

»Leopold ist fort«, brachte Johann mühsam hervor.

»Aber wohin? Warum?« Sie trat näher und blickte sich um.

Sophie ließ sich weinend auf Leopolds Bett fallen. »Er schreibt, dass er an der Revolution teilnehmen will, um für die Rechte des Volkes zu kämpfen.«

»Aber welche Revolution?«, fragte Elisabeth hilflos.

»Mutter, es geht doch alles drunter und drüber, man erwartet bewaffnete Kämpfe. Nicht nur die Bauern, auch die Arbeiter gehen auf die Straße. Die Bürger wollen mehr Rechte, die Einheit Deutschlands. Und Leopold ist mittendrin!«

»O Gott!« Jetzt ließ sich auch Elisabeth neben Sophie aufs Bett sinken. Betretenes Schweigen breitete sich im Zimmer aus. Nur das Ticken der Schwarzwalduhr, die Johann seinem Sohn zum zwölften Geburtstag geschenkt hatte, war noch zu vernehmen. Der Junge hatte eine große Freude an der kunstvoll geschnitzten und mit Blumen und Früchten verzierten Uhr gehabt, die Johann von einem der Händler, die regelmäßig im *Markgrafen* einkehrten, erworben hatte. Vor allem der Kuckuck, der zu jeder vollen Stunde aus seinem Fensterchen herausgeschossen kam, hatte Leopold entzückt.

Jetzt hätte Johann die Uhr am liebsten von der Wand gerissen und zertrampelt. Dieses dumme Kind! Wusste Leopold denn überhaupt, worauf er sich einließ? Das war kein Spiel, bei einer Revolution wurde nicht nur geprügelt wie bei den Bauernaufständen im Odenwald oder im Schwarzwald, da wurde geschossen und mit Bajonetten aufeinander eingehackt!

»Johann, was können wir nur tun?«, drang Sophies Stimme verzagt an sein Ohr.

»Nichts«, sagte er heiser. »Wir können nichts tun.«

»Aber wir müssen ihn suchen, ihn zur Vernunft bringen!«

»Wo willst du ihn denn suchen, Sophie? Wir haben keine Ahnung, wo er sich aufhält. Er könnte überall sein – in Karlsruhe, Offenburg, Heidelberg, Mannheim. Wenn er mit der Eisenbahn gefahren ist, könnte er schon über alle Berge sein.«

Die Eisenbahn, dachte er, ausgerechnet dieses viel gepriesene Symbol des Fortschritts bringt meinen Sohn zur Revolution – und vielleicht sogar in seinen Tod. Da war er, der unaussprechliche Gedanke, aber er verdrängte ihn schnell wieder. So etwas durfte er nicht annehmen, geschweige denn laut aussprechen – schon gar nicht vor den Frauen.

»Ich fahre in die Stadt«, sagte Johann entschlossen. Es war besser, irgendetwas zu tun, als mit diesen furchtbaren Vorstellungen ringen zu müssen. »Vielleicht hat jemand etwas gesehen oder gehört.«

Sophie stand schwerfällig auf und trat auf ihn zu. Sie drückte ihr Gesicht an seine Brust und flüsterte: »Du wirst ihn finden, Johann, nicht wahr? Du *musst* ihn finden!«

»Ja, das werde ich«, murmelte er in ihr Haar, das nach Maiglöckchen roch. »Ein erster Frühlingsgruß«, hatte er zu ihr gesagt, als er ihr dieses Parfüm vor wenigen Wochen aus Karlsruhe mitgebracht hatte. »Es soll ein schöner Frühling werden für uns alle!« Was für ein naiver Tölpel bin ich gewesen, dachte er jetzt. Alles ist viel schlechter geworden, so schlecht, wie ich es mir nicht ausdenken konnte.

Juli 1945

»Und? Hat er Leopold wiedergefunden?«, fragte Kurt Goldstein, der während Jakobs Erzählung seinen Blick nicht eine Sekunde von ihm abgewandt hatte. Das ist wohl damit gemeint, wenn man sagt »jemandem an den Lippen hängen«, überlegte Jakob und fühlte sich geschmeichelt. Goldstein hatte während seiner Erzählung nicht einmal mehr zur Zigarette gegriffen.

»Zunächst blieb Leopold spurlos verschwunden. Dann kam ein erstes Lebenszeichen aus Offenburg. Im Laufe des März hatten dort mehrere Versammlungen der radikalen Linken stattgefunden. Die wollten nicht weniger als eine Republik in Baden wie im neu zu schaffenden Deutschen Reich.«

»War er eigentlich alleine, als er von zu Hause fortgelaufen ist?«

»Zunächst ja. Später hatte er sich aber einer Gruppe von Studenten angeschlossen, die er bei der ersten Versammlung in Offenburg kennengelernt hatte. Sie hatten wohl heimlich korrespondiert.«

»Und Johann und Sophie haben davon nichts mitbekommen?«

»Sie waren völlig ahnungslos. Leopold hatte auch nur zum Schein Johanns Genfer Plänen zugestimmt. In Wirklichkeit hatte er aber anderes im Sinn. Er nötigt mir immer noch Respekt ab, der junge Mann, der mein Großvater werden sollte. In der Familie erzählt man sich, dass meine Ururgroßmutter gesagt habe: ›Endlich ein Haug, der mehr im Kopf hat als nur das Haus.‹«

»Ein ziemlich harter Spruch.«

»Aber wahr. Ich habe mir oft überlegt, dass Leopold so naiv gar nicht gewesen sein konnte, wenn es ihm gelungen ist, einen gewieften Geschäftsmann wie meinen Urgroßvater zu täuschen. Später hat er allerdings immer wieder gesagt, dass er sich sehr schäme,

seine Familie so hinters Licht geführt zu haben. Aber er wollte unbedingt für die Revolution kämpfen, davon war er ganz erfüllt!«
»Für die Revolution.«
»Ganz genau.«
»Sie scheinen wirklich stolz zu sein auf Ihren Großvater.«
»Durchaus.«
»Was hat er Ihnen erzählt von sich und der Revolution?« Goldstein lächelte. Etwas süffisant, wie Jakob fand.
»Reden Sie nicht so ironisch daher«, sagte er mit gespielter Strenge. »Die Situation war sehr ernst, ebenso Leopolds Einstellung dazu. Anfang April ging Leopold nach Konstanz und nahm am sogenannten ›Heckerzug‹ teil.«
»Heckerzug?«
»Leopolds großes Vorbild, Friedrich Hecker hatte im April 1848 zum bewaffneten Kampf aufgerufen, nachdem seine Ideen in der Frankfurter Nationalversammlung keine Mehrheit fanden. Die gemäßigten Abgeordneten wollten die Monarchie beibehalten und waren auch Heckers Vorschlag, die Rechte der Arbeiter zu stärken, abgeneigt. Also rief er zur Revolution auf. Mit fünfzig Mann zog er von Konstanz aus los und war der festen Überzeugung, dass sich die Menschen ihm in Scharen anschließen würden. Das war allerdings eine sehr naive Annahme, wenn ich das so sagen darf. Im Südbadischen lebten damals vor allem Bauern, die zwar wollten, dass es ihnen besser ging, von einer Revolution aber Abstand nahmen. Ich weiß nicht, wie groß der ›Heckerzug‹ letztlich geworden ist, ein paar Hundert Mann vielleicht.«
»Und Leopold war dabei?«
»Er war mittendrin! Was umso fataler war, als es schließlich zu einem Scharmützel zwischen den Revolutionären und den Truppen des Deutschen Bundes kam. Es gab sogar einige Tote. Viele Leute wurden verhaftet, auch die, die nicht unmittelbar am bewaffneten Kampf beteiligt waren. Gegen Tausende von Badenern wurde ermittelt, Misstrauen machte sich in der Bevölkerung breit. Für Sophie, Elisabeth und Johann war dieses Ereignis eine Katastrophe, denn sie vermuteten Leopold zu Recht im Gefolge seines

Idols. Beständig fragten sie sich, was mit ihm geschehen war. Zum Glück brachte die erste Nachricht von ihm eine gewisse Erleichterung. Leopold hatte einem seiner Mitstreiter, der aus der Nähe von Ettlingen stammte und wieder zurück nach Hause wollte, einen Zettel mit ein paar flüchtig hingekritzelten Zeilen mitgegeben. Darin stand, dass Leopold mit Hecker und ein paar wenigen Getreuen nach Straßburg geflohen war.«

»Er war also am Leben!«

»Ja, aber die Erleichterung war nur von kurzer Dauer. Von Hecker wurde berichtet, dass er die Sache der Revolution als gescheitert ansah. Nachdem ihm die Ausweisung aus Straßburg drohte, wanderte er im September schließlich nach Amerika aus.«

»Da hatten Ihre Urgroßeltern sicher große Angst, dass Leopold ihm folgen würde. Viele haben damals den Sprung über den großen Teich gewagt«, setzte Goldstein fast träumerisch hinzu.

»Nach dem endgültigen Scheitern der Revolution sind die Badener zuhauf geflüchtet. Vor dem Hunger, aber auch, weil sie Verfolgung und Unterdrückung fürchteten«, bestätigte Jakob.

»Ich habe einmal gelesen, dass es allein in Baden ungefähr achtzigtausend Menschen gab, die zu dieser Zeit nach Amerika ausgewandert sind«, sagte Goldstein.

Und wieder einmal verblüfft er mich mit seinem Wissen, dachte Jakob. Er räusperte sich. »Sie kennen sich wirklich gut aus in der deutschen Geschichte. Verzeihen Sie meine indiskrete Frage, aber Ihre Familie kommt nicht wohl ursprünglich aus Deutschland?« Jakob wartete gespannt. Wie würde Goldstein reagieren?

Doch der Offizier schwieg, zog stattdessen eine weitere Zigarette aus seiner Packung und zündete sie an – unendlich langsam, wie Jakob fand. Die Sekunden rannen zäh. Von draußen hörte man Lachen und dann einige Pfiffe. Die Soldaten vertrieben sich offenbar die Zeit.

Schließlich antwortete Goldstein kurz und abweisend: »Ja.«

»Ist Ihre Familie auch zu dieser Zeit emigriert?«, fragte Jakob weiter in der Hoffnung, seinem Gegenüber mehr Informationen entlocken zu können.

»Im Jahr 1850, um es genau zu sagen. Sie haben vorhin bei der Erwähnung der Auswanderer übrigens eine dritte Gruppe vergessen zu nennen. Neben den politisch Verfolgten und den Hungrigen gab es noch die Verachteten, die gesellschaftlich Isolierten. Wie die Juden zum Beispiel. Meine Urgroßeltern haben ihre Heimat verlassen, weil sie nicht mehr daran glaubten, dass sich in der Alten Welt etwas an ihrer Situation ändern würde.«

»Und deren Heimat war Baden?«, bohrte Jakob so behutsam wie möglich weiter.

Goldstein grinste auf einmal, diese seltsame Entrücktheit war verschwunden, er schien wieder ganz bei sich und in der Rolle zu sein, die er in ihrem Gespräch spielte. »Sind Sie aber neugierig! Ja, meine Vorfahren kamen aus Baden. Mein Urgroßvater betrieb einen Viehhandel im Südschwarzwald.«

Irgendetwas regte sich in Jakobs Unterbewusstsein.

»Aber ich bin auch neugierig, Herr Haug, und deshalb will ich wissen, wie es mit Ihrem Großvater weitergegangen ist.«

Nur mühsam fand Jakob zur Haug'schen Familiengeschichte zurück. Dieser Goldstein ... Wenn er nur wüsste ...

»Nun, Leopold hat sich von Straßburg aus in die Schweiz durchgeschlagen. Irgendwie lustig, nicht wahr? Johann wollte ihn ja die ganze Zeit dorthin schicken. Leopold ging aber nicht nach Genf, sondern blieb in Basel. Es muss keine sehr angenehme Zeit gewesen sein, viel hat er jedenfalls nicht darüber erzählt. Nach Baden traute er sich nicht zurück, er hatte Angst, verhaftet zu werden. Gelegentlich schickte er allerdings Nachrichten nach Hause. Da er keine feste Adresse angegeben hatte, konnten ihm seine Eltern nicht antworten. Alle fragten sich natürlich, wovon der Junge in der Schweiz gelebt hat. In der Familie wurde immer wieder gemunkelt, er habe sich in Gasthäusern als Kellner verdingt, davon habe er schließlich etwas verstanden. Später bestätigte sich das, und das war ebenfalls die reinste Ironie! Denn eines wissen wir auf jeden Fall: In der Zeit bis zu seiner Teilnahme am ›Heckerzug‹ hat er in Offenburg in einem Gasthaus Unterschlupf gefunden. Das hatte weitreichende Folgen, wie ich Ihnen nachher erzählen werde. Nun ja, Johann versuchte währenddessen, seine Verbindungen spielen zu lassen, um Leopold vor einer möglichen Verhaftung bei seiner Heimkehr zu bewahren.«

»Welche Verbindungen hatte er denn?«

»Er kannte einige hochrangige Hofbeamte, die öfter zu Gast im *Markgrafen* waren – die Bekanntschaft mit Moritz von Haber nützte ihm angesichts der Bankenkrise leider nichts mehr. Mitten hinein in die Bemühungen von Johann platzte dann allerdings die Nachricht von der nächsten Katastrophe, die seine Bemühungen mit einem Schlag wieder zunichtemachten: Gustav Struve, ein Weggefährte Heckers und ebenfalls radikaler Demokrat, unternahm einen weiteren bewaffneten Umsturzversuch. Struve hatte sich ebenfalls in der Schweiz aufgehalten, und Leopold war dort wohl auf ihn getroffen und hatte sich ihm angeschlossen. Sicher ist auch, dass Leopold beim Marsch auf Lörrach dabei war, wo Struve vom Balkon des Rathauses aus die Deutsche Republik proklamierte. Wieder kamen großherzogliche Truppen, wieder wurden die Revolutionäre, die nicht fliehen konnten, gefangen gesetzt. Darunter waren Struve, dessen Frau und diesmal eben auch Leopold. Sie wurden im Freiburger Turm eingesperrt und im März des nächsten Jahres verurteilt. Fünf Jahre Zuchthaus!«

»Ein hartes Urteil.«

»Das können Sie laut sagen!«

»Und was hat …?« Weiter kam Goldstein nicht, ein lautes Klopfen an der Tür unterbrach ihn. Er murmelte eine Entschuldigung und erhob sich, um zu öffnen.

Der breitschultrige Militärpolizist, der Jakob zum Verhör geführt hatte, stand in der Tür. Während er etwas zu Goldstein sagte, das Jakob nicht verstehen konnte, deutete er mit dem Zeigefinger nach unten und grinste. Dann salutierte er und verschwand. Goldstein drehte sich daraufhin um und richtete seine ungeteilte Aufmerksamkeit wieder auf Jakob.

»Sie bekommen gleich Besuch«, erklärte er. »Ich habe Ihre Damen ›einbestellt‹ – so sagt man doch, oder?«

»Meine Damen?« Jakob glaubte, nicht richtig gehört zu haben.

»Ja, Ihre Tochter, die Hausdame Helene Pfäfflin und eigentlich auch Ihre Tante und Ihre Schwägerin. Aber diese beiden sind wohl nicht mitgekommen. Ihre Tante scheint sich krank zu fühlen, wie der Sergeant mir eben berichtet hat, und Ihre Schwägerin ist bei ihr geblieben. Ich möchte jetzt zunächst Fräulein Pfäfflin und Ihre Tochter befragen, zuvor können Sie aber noch kurz mit ihnen sprechen. Natürlich muss ich dabei sein. Ich hoffe, Sie haben Verständnis dafür.«

Eine Fülle widerstreitender Empfindungen stürzte auf Jakob ein – Beklemmung, Freude und vor allem ungläubiges Staunen. Warum durfte er die Frauen sehen? Warum wollte Goldstein mit ihnen sprechen? War das ein gutes Zeichen oder perfide Strategie?

Jakobs Überlegungen mussten sich wohl in seinem Gesicht widergespiegelt haben, denn Goldstein sagte freundlich: »Keine Sorge, ich werde die Frauen keinem strengen Verhör unterziehen. Ich will mir einfach nur ein Bild von ihnen machen. Und ich dachte, Sie freuen sich vielleicht, sie wiederzusehen.«

»Aber natürlich!« Jakob spürte Tränen in den Augenwinkeln.

Wieder klopfte es, diesmal allerdings wesentlich stürmischer. Bevor Goldstein reagieren konnte, wurde die Tür aufgerissen, und seine Tochter fiel Jakob um den Hals.

»Papa, ach, Papa!«, schluchzte sie mit erstickter Stimme. »Papa, geht es dir gut? Ach, Papa!«

Jakob drückte Elisabeths Kopf an seine Brust. Sie riecht nach Flieder, dachte er verwundert, aber der ist doch schon lange verblüht? Ob sie noch ein Parfüm besitzt? Immerhin ist es kein Maiglöckchenduft. Diese Pflanzen waren in der Familie verpönt, seit Urgroßvater Johann beschlossen hatte, eine unüberwindliche Abneigung gegen deren Geruch zu entwickeln – genauso wie gegen Kuckucksuhren. Beides erinnerte ihn zu sehr an Leopolds Verschwinden, damals im März 1848. Seltsam, dass wir uns immer noch daran halten, dachte er.

Jakob löste sich sanft aus der Umarmung seiner Tochter und schob sie ein kleines Stück von sich. Sie weinte, wie sie es als kleines Kind getan hatte, und wie damals sah sie dabei einfach bezaubernd aus. Das hatte sie von ihrer Mutter: keine verquollenen Augen, keine triefende Nase, stattdessen liefen wasserklare Perlen lautlos über die rosenroten Wangen oder blieben vereinzelt in den dichten, dunklen Wimpern hängen. Man war auf der Stelle hingerissen und bereit, alles zu tun, um die Ursache dieses Tränenausbruchs zu beseitigen. »Ich hole dir einen Stern vom Himmel – welchen willst du haben?« Solchen und ähnlichen Blödsinn hatte er seiner Frau Julie und später auch seiner Tochter ins Ohr geflüstert, als sie noch ein kleines Mädchen war. Dumme Sprüche – aber die hatten oft geholfen. Später hatte sich Elisabeth diesen Unfug verbeten, und Julie wollte schon lange keinen Stern mehr von ihm.

»Hast du auch genug zu essen?«, murmelte er. »Du siehst schmaler aus als bei deinem letzten Besuch im Gefängnis.«

Sie versicherte ihm, dass alles gut sei und dass sie zurechtkämen. Im Übrigen sähe er doch wirklich schmal aus, um ihn müsse man sich Sorgen machen. Ihr Blick glitt hinüber zu Kurt Goldstein, der regungslos neben der Tür stand.

Wie meine Ururgroßmutter Elisabeth, dachte Jakob, von der hatte man auch immer gesagt, sie sei zur Salzsäule erstarrt, wenn sie sehr erregt war. Aber dann sah er sein Gesicht und dachte: Allmächtiger. Wie er sie anstarrt. Als sei er aller geistiger Fähigkeit beraubt worden. Sehen Männer eigentlich immer so blöde aus, wenn sie eine Frau anschauen, die ihnen gefällt? Ich muss Helene fragen ... Helene.

Da stand sie auf einmal unter der Tür, hielt sich mit einer Hand am Türrahmen fest. Er sah, dass sie zitterte. Elisabeth trat leise und unmerklich zu Seite, und dann lag Helene in seinen Armen.

Die beiden Frauen, die mir am meisten auf der Welt bedeuten, sind jetzt bei mir, dachte er aufgewühlt. Er wollte zu Goldstein blicken, ihm seine Dankbarkeit signalisieren, aber der junge Offizier hatte nur Augen für diese schmale Mädchengestalt im hellblauen Sommerkleid und mit den lose zusammengesteckten Locken. Elisabeth sah meistens etwas unordentlich aus, als sei ihr während des Ankleidens und Frisierens irgendetwas eingefallen, das sie dringend erledigen musste, und trotzdem fanden alle, sie wirke einfach bezaubernd. Das schien auch Goldstein zu finden, denn er sah sie geradezu atemlos an, während sie heftig auf ihn einredete. Ach Gott, was wird das wieder werden?, dachte Jakob mit einem beklommenen Gefühl. Aber dann schlug Helene ihre Brombeeraugen zu ihm auf – das Erbe ihrer spanischen Vorfahrin – und sagte nur ein Wort: »Du.«

Jakob musste sie küssen, jetzt unbedingt, trotz Goldstein und Elisabeth, aber die beachteten ihn ja sowieso nicht.

Später saßen sie gemeinsam auf den Sesseln vor dem Schreibtisch, die sie so zusammengerückt hatten, dass sie sich nah gegenübersitzen konnten. Sie erzählten sich Belangloses, berichteten vor allem von Tante Luise, der alles zu viel geworden war.

»Einfach zusammengeklappt ist sie«, erzählte Elisabeth. »Wir haben sie dann ins Bett gesteckt und ihr schreckliche Strafen angedroht, falls sie aufsteht. Wir sollen dich aber herzlich von ihr grüßen.« Die Frauen erzählten auch von den Angestellten, die sie immer wieder besuchten und ab und zu auch etwas zu essen mitbrachten, obwohl sie doch selbst kaum etwas besaßen. Sie berichteten davon, was in der Stadt geschah, und vom Alltag, dem beständigen Kampf ums Weiterleben. Themen, von denen sie glaubten, dass sie verfänglich waren, vermieden sie.

Alle tun so, als ginge es irgendwie weiter, als könnten wir an unser altes Leben anknüpfen, dachte Jakob bitter. Wahrscheinlich ist der Mensch so, aber ist es richtig?

»So, ich denke, Sie sollten sich jetzt verabschieden. Kommen Sie, meine Damen.« Goldstein, der während des Gesprächs schweigend am Schreibtisch gelehnt hatte, trat vor und führte die Frauen hinaus.

Jakob blieb im Sessel zurück und starrte auf die sich schließende Tür. Auf einmal fühlte er sich leer und ausgebrannt. Was sollte dieses seltsame Verhör überhaupt? Er redete und redete über die Geschichte der Haugs und das verfluchte Haus, dabei war doch sowieso alles verloren.

Jakob wusste nicht, wie lange er so dagesessen hatte, da kam

Goldstein herein. Unter seinem linken Arm steckte eine Flasche Wein, in der rechten Hand hielt er zwei Gläser. Vorsichtig setzte er seine Last auf dem Schreibtisch ab.

»Ich habe uns eine Stärkung mitgebracht. Ich finde, die haben wir uns verdient. Sie sehen etwas angegriffen aus, wenn ich das sagen darf.«

Jakob griff nach der Flasche. »Ein Riesling aus Oberkirch. Ein feiner Tropfen. Wo haben Sie den her?«

Goldstein lächelte. »Aus den Beständen des *Markgrafen*. Die Damen haben ihn mir gegeben. Sie waren auch der Ansicht, dass Sie etwas Belebendes nötig hätten.«

Jakob starrte ihn an. »Wie, um alles in der Welt?«

Goldsteins Lächeln wurde breiter. »Ihre Frauen haben wohl doch noch ein paar Geheimverstecke, die die Besatzer nicht gefunden haben.«

»Und das dürfen wir behalten?«

»Es gehört doch eigentlich Ihnen. Haben Sie hier irgendwo einen Korkenzieher?«

»In der rechten Schublade vom Schreibtisch.«

Goldstein beförderte einen kleinen silbernen Öffner zutage, an dem auch ein Korkenzieher angebracht war. Jakob starrte auf das Werkzeug, das der Offizier nun mit erstaunlicher Geschicklichkeit handhabte. Wie oft hatte er selbst Flaschen damit geöffnet!

Goldstein schenkte ein und reichte Jakob ein Glas. »Trinken wir miteinander. Auf die Zukunft, auf den *Markgrafen* und auf die Liebe.«

Jakob nahm einen kräftigen Schluck, dabei stiegen ihm die Aromen von Pfirsichen und Johannisbeeren in die Nase. Ein wundervoller, goldgelber Tropfen war das.

»Er ist leider nicht gekühlt«, meinte Goldstein bedauernd, »aber ich denke, er schmeckt trotzdem. Die Blume ist jedenfalls köstlich.«

Schweigend tranken sie weiter. Die Sonne stand jetzt schräg, und das Licht draußen wurde fast so golden wie der Wein vor ihnen.

»Was geschieht jetzt mit Elisabeth und Helene?«, fragte Jakob schließlich mit belegter Stimme. »Ich dachte, Sie wollten sie noch verhören?«

»Ich habe kurz mit ihnen gesprochen. Sie kommen morgen früh hierher, und wir werden eine förmliche Aussage aufnehmen. Ich habe ihnen erlaubt, sich noch ein wenig im Haus umzusehen und, nun ja, etwas aufzuräumen. Unser Gespräch möchte ich lieber ohne anderweitige Unterbrechung fortsetzen.«

Schau an, dachte Jakob. Er ist auf einmal so großzügig. Ist das womöglich die Wirkung von Elisabeths veilchenblauen Augen?

Unvermittelt fragte Goldstein in diese Überlegung hinein: »Ähnelt sie mehr ihrer Mutter oder ist sie doch eine Haug durch und durch?«

»Wer?«, fragte Jakob verblüfft zurück, obwohl er eigentlich genau wusste, wen der Offizier meinte.

»Ihre Tochter«, sagte Goldstein steif und wurde rot.

»Meine Tochter.« Jakob lächelte und dehnte die Worte absichtlich. »Äußerlich ähnelt sie mehr Julie, wenngleich Luise meint, Nase und Kinn und überhaupt die ganze Haltung seien von den Haugs. Ich kann das nicht so recht beurteilen. Sie hat aber definitiv Julies Hang zu Unordnung und Chaos geerbt, wenngleich sie auf irgendeine geheimnisvolle Art die Dinge letztendlich doch im Griff hat. Das ist wiederum typisch Haug.« Er beugte sich vor und nahm noch einen Schluck. Die Anspannung, die ihn seit Stunden beherrschte, löste sich. So wagte er es auch zu fragen: »Meine Tochter hat Sie wohl beeindruckt?«

Goldstein schien ihm diesen kühnen Vorstoß erstaunlicherweise nicht übel zu nehmen. Zu Jakobs Verblüffung sagte er einfach und schlicht: »Ja.«

Jakob schluckte. Mit einer so direkten Antwort hatte er nicht gerechnet.

»Verstehen Sie mich nicht falsch«, fügte Goldstein hinzu. »Ich meine damit nicht nur, dass sie ein ausnehmend hübsches Mädchen ist, ich finde es vielmehr beeindruckend, wie sie diese schwierige Situation meistert. Sie und auch Fräulein Pfäfflin sind beide sehr stark.«

»Ja, das sind sie«, bekräftigte Jakob.

»Und ich muss Ihnen noch etwas erzählen. Fräulein Haug war vorhin ja zunächst recht ungehalten. Sie sähen so schlecht aus, hat sie geschimpft. Und überhaupt sei es nicht gerechtfertigt, Sie einzusperren. Gerade eben, als wir uns schon verabschiedet hatten, kam sie noch einmal zurück und hat sich entschuldigt.«

»Entschuldigt?«, fragte Jakob erstaunt zurück. Dass sie dem jungen Offizier die Zähne gezeigt hatte, passte zu ihr. Aber dass sie sich entschuldigt hatte … Er konnte es kaum glauben.

»Ja. Sie hat gemeint, sie hätte kein Recht gehabt, so mit mir zu sprechen. Und dass sie sich schäme!«

»Dass sie sich schämt?«

»Ja, sie sei alt genug, um zu verstehen, was um sie herum passiert. Dass sie weggeschaut hat, nicht wahrhaben wollte, das sei typisch Haug.«

»Typisch Haug«, wiederholte Jakob nachdenklich. Stimmte das denn? Wir halten uns heraus, ergreifen keine Partei, das war schon der Wahlspruch des alten Jakob gewesen, und der hatte für alle kommenden Generationen gegolten. Zumindest für fast alle.

»Was meinen Sie, stimmt das?« Kurt Goldstein schenkte nach.

»Ich weiß nicht. Es ist ein hartes Urteil, und es trifft nicht ganz zu, zumindest nicht in dieser alles umfassenden Aussage. Man denke da nur an Leopold. Wobei, na ja, später …« Jakob biss sich auf die Lippe.

»Womit wir wieder bei der Geschichte Ihres Großvaters wären. Erzählen Sie mehr von ihm. Er war also gefangen genommen worden, zusammen mit diesem – wie hieß er?«

»Struve.«

»Richtig.«

»Die Familie hat verzweifelt versucht, Leopold freizubekommen. Die Haftbedingungen waren, wie Sie sich denken können, äußerst schlecht. Und Johann, der nebenbei noch andere Kämpfe fechten musste, hat alles darangesetzt, um seinem Sohn zu helfen.«

April 1849

Leopold der Rebell

Die Kutsche rumpelte über die Landstraße. In der Nacht zuvor hatte es heftig geregnet, und die jungen Blätter der Bäume und Sträucher, die den Wegrand säumten, glänzten. Frische Farben zeigten sich überall, und die schneeweißen und rosa Knospen der Obstbäume begannen, sich zaghaft unter den Strahlen der Frühlingssonne zu öffnen. Auch der Flieder blühte. Immer wieder blitzten zart lilafarbene Blütenbüschel durch das Grün. Ihr wunderbarer Duft jedoch konnte nicht bis ins Innere der Postkutsche vordringen. Ein älterer Mann, der beständig rasselnd hustete, hatte es sich verbeten, dass ein Fenster geöffnet würde, und so saßen die Fahrgäste in einem stickigen Dunst aus Schweiß und Mottenkugeln fest.

Johann, der mit geschlossenen Augen an der Wand lehnte, bemerkte das alles nicht, weder das Husten des Mannes noch die frühlingsfrische Landschaft vor dem Fenster. Er hatte auch kein Auge für die anderen Passagiere – einen Mann, der trotz seines jugendlichen Alters bereits eine Halbglatze hatte, und eine nicht mehr ganz so junge Dame mit einem verkniffenen Ausdruck um den schmalen Mund. Seine Gedanken kreisten um das Dokument, das in der linken Brusttasche seines Mantels ruhte. Er meinte das Knistern des kostbaren Papiers zu hören, als er seine rechte Hand schützend darauflegte. Hart hatte er um dieses Schriftstück gekämpft und es vor drei Tagen endlich aus dem Haus von Herrn Finanzrat Nebenius in Karlsruhe abholen dürfen.

»Wir werden das diskret handhaben«, hatte der Beamte zu

Johann gemeint. »Kein Aufsehen, das ist auch im Sinne des Großherzogs.« Und dann hatte er sie ihm endlich überreicht: Leopolds Begnadigung.

Johann war daraufhin wie der Teufel nach Hause gefahren. Elisabeth und Sophie waren aus dem Haus gestürzt, die Anspannung des Wartens hatte auf ihren Gesichtern gelegen und war dann einem erlösenden Weinen gewichen, als er das Dokument freudig geschwenkt hatte. »Leopold kommt frei!«, hatte er gerufen und gar nicht gemerkt, dass ihm die Tränen in die Augen geschossen waren. Es war einfach zu viel gewesen in der letzten Zeit: die dauernde Anspannung, die Sorgen darüber, ob sein Sohn noch lebte und wo er sich befand.

Nach dem Putschversuch hatten sich überall Schreckensgeschichten verbreitet. Tote sollte es bei den Gefechten gegeben haben, Unzählige wurden verhaftet! Dann aber kam der bisher schlimmste Schrecken: die Nachricht von Leopolds Festsetzung in Freiburg und seiner hohen Gefängnisstrafe. Johann war daraufhin mehrfach nach Karlsruhe gefahren, um den Anwalt Lorenz Brentano zu konsultieren, der als große Hoffnung der liberalen Kräfte galt.

»Wie kann man einen jungen Mann, der noch keine neunzehn Jahre alt ist, zu so einer hohen Strafe verurteilen?«, hatte er Brentano geklagt, während er in der Kanzlei des Anwalts wie ein gefangener Tiger hin und her gelaufen war. Brentano hatte in der Zwischenzeit Erkundigungen eingezogen. Es stellte sich heraus, dass Leopold ein falsches Alter angegeben hatte und es jetzt darum ging, zu beweisen, wann er tatsächlich geboren wurde.

»Warum macht der Junge sich älter, als er ist?«, hatte Johann verzweifelt gefragt. Er konnte das alles nicht verstehen.

»Vielleicht hat er das getan, um ernst genommen zu werden, um teilnehmen zu dürfen ... Wer weiß schon, was im Kopf eines solchen Heißsporns vor sich geht? Alle Achtung vor so viel Mut, Herr Haug. Aber wir müssen jetzt dringend belegen, wie alt Leopold tatsächlich ist. Ein Auszug aus dem Kirchenbuch wäre hilfreich. Ich werde Euch und Eurem Sohn versuchen zu helfen. In wenigen Tagen wird der Prozess gegen Struve und seine engeren Gefolgsleute am Schwurgericht in Freiburg eröffnet. Das Urteil, das über ihn verhängt wird, könnte ein Maßstab dafür sein, was die anderen zu erwarten haben.«

»Es geht das Gerücht, dass sogar Todesurteile verhängt werden könnten.«

Brentano hatte den Kopf geschüttelt. »Das glaube ich nicht. Die politische Situation ist derzeit sehr angespannt. In Frankfurt wird in den nächsten Tagen die Reichsverfassung beschlossen, und dann hängt alles von den Fürsten und dem preußischen König ab. In dieser schwierigen Lage wird man sich hüten, die Gemüter noch mehr zu erhitzen. Todesurteile schaffen nur Märtyrer, und das will man um jeden Preis vermeiden. Ich rechne eher mit Zuchthausstrafen.«

»Wie hoch werden die wohl ausfallen, was meint Ihr?«, fragte Johann mit zitternder Stimme beharrlich nach.

Brentano war hinter seinen Schreibtisch getreten. »Schwer zu sagen«, hatte er schließlich gemeint. »Einige Jahre werden es wohl schon sein, ganz schwach will sich die Obrigkeit natürlich nicht zeigen. Ich rechne mit bis zu zehn Jahren – wohlgemerkt für Struve und die anderen Wortführer. Und dann kommt es darauf an, ob der Großherzog von seinem Recht auf Begnadigungen Gebrauch macht.«

Johann erinnerte sich noch gut daran, wie er sich auf den Stuhl vor Brentanos Schreibtisch hatte fallen lassen, weil seine Beine ihn plötzlich nicht mehr trugen. »Bis zu zehn Jahre?«, hatte er gestöhnt.

»Nicht für Leopold, Herr Haug. In Anbetracht seiner Jugend wird er sicher ein etwas milderes Urteil bekommen«, hatte Brentano ihn versucht zu beschwichtigen. Als Johann ihn gefragt hatte, wo Leopold die Strafe wohl absitzen müsse, hatte der Anwalt leise geantwortet: »Vermutlich in Rastatt.«

Rastatt war vor einigen Jahren als Schutz gegen französische Angriffe zur Bundesfestung ausgebaut worden. Die Bedingungen dort waren so schlecht, dass eine lange Haft für viele Insassen den Tod bedeutete.

Johann stellte sich vor, wie sein geliebter Sohn in einer finsteren, nasskalten Zelle mit fauliger Luft einsaß, und erschauerte. Dort sollte sein Leopold womöglich die nächsten Jahre verbringen? Undenkbar! Er dachte daran, wie Sophie und er früher an seinem Bettchen gesessen hatten, wenn er krank war und fieberte. Leopold war zwar meist ein munterer kleiner Bursche gewesen, der Doktor hatte sie dennoch darauf hingewiesen, vor allem an kalten Tagen ein Auge auf ihn zu haben, da er eine gewisse Schwächung der Lunge habe. Sophie und Elisabeth hatten deshalb stets darauf geachtet, dass der Junge warm angezogen war und genügend aß. Und jetzt? Wer würde für seinen Sohn sorgen, wenn er in der kalten, feuchten Gefängniszelle saß? »Es darf nicht sein, dass Leopold nach Rastatt gebracht wird! Der Großherzog muss ihn unbedingt begnadigen!«

Brentano hatte zustimmend genickt, aber auch gemeint, er solle sich nicht zu sehr darauf verlassen, es sei nur eine winzige Hoffnung, nicht mehr. »Vergesst nicht, Herr Haug, dass er an einem bewaffneten Angriff auf unseren Staat teilgenommen hat. Das ist in den Augen der Obrigkeit Hochverrat, Alter hin oder her.«

»Es war ein Kampf für Freiheit und Gerechtigkeit! In den letzten Jahren sind die Menschen bei uns regelrecht verhungert. Man muss sich nicht wundern, wenn sie sich die Rechte, die ihnen zustehen, notfalls mit Gewalt holen. Ist es wirklich Hochverrat, wenn man für Gerechtigkeit und sein Überleben kämpft?« Johann war über seine eigenen Worte erstaunt gewesen. Wie redete er denn auf einmal?

Brentano hatte ihn durchdringend angesehen. »Habt Ihr wirklich immer so gedacht, Herr Haug …?«

Johann hatte bitter gelacht. »Nein, nein, das nicht. Wir Haugs sind immer unpolitisch gewesen. Ein guter Wirt soll sich aus allem heraushalten, sonst vergrault er die Gäste – das war die Devise meines Großvaters.« Innerlich musste er nun aber zugeben, dass Leopold in vielen Dingen recht gehabt hatte.

Was Brentano darauf geantwortet hatte, berührte ihn immer noch: »Viele Leute würden Euch antworten, dass man politische

Ideale aktiv verfolgen sollte und sie auch um den Preis des Lebens verteidigen müsse, wenn es anders gar nicht geht. Und damit meine ich nicht nur Männer, sondern auch Frauen – zwar noch wenige, diese aber mit umso größerer Überzeugung. Amalia Struve sitzt ja ebenfalls im Gefängnis, wie Ihr vielleicht wisst. Ich selbst lehne den Weg der Gewalt zwar ab und setze lieber auf schrittweise Verbesserungen und Reformen, aber ich habe höchsten Respekt vor dem Mut und der Opferbereitschaft unserer Freiheitskämpfer.«

Dann waren sie wieder auf die Möglichkeit einer Begnadigung zu sprechen gekommen. Johann hatte angeboten, dass er einige seiner Gäste aus dem *Markgrafen* – Beamte der großherzoglichen Verwaltung, der Hofkammer und Offiziere – ansprechen wolle, um ihre Verbindungen zum Großherzog zu nutzen. Er erwähnte auch Moritz von Haber, aber Brentano hatte abgewunken. »Der ist in Ungnade gefallen und gar nicht mehr im Land.«

Der arme von Haber spann keine Träume mehr von Gleichheit und auch keine Träume mehr von Liebe. Denn dass Moritz von Haber die Großherzogin geliebt hatte, vielleicht immer noch liebte, davon war Johann im tiefsten Inneren überzeugt. Er würde den jungen Bankier nie vergessen. Moritz von Haber hatte nämlich noch ein letztes Mal unterstützend in das Leben der Haugs eingegriffen, und deshalb war ihm Johann zu tiefstem Dank verpflichtet. Umgekehrt tat es ihm leid, dass niemand seinem Freund aus der misslichen Lage, in der er sich jetzt befand, heraushelfen konnte.

Er hatte Brentano vorgeschlagen, dass er sich zuerst an den Herrn Finanzrat Nebenius wenden wolle. Und Brentano hatte geradezu aufgeregt zugestimmt, denn Nebenius sei ein sehr integrer Mann, der nicht nur das Vertrauen des Großherzogs besitze.

Und jetzt saß er hier in der Kutsche nach Freiburg, und in der Brusttasche über seinem Herzen lag dieses Papier, dieses Stück Papier, das die Rettung Leopolds bedeutete.

Johann drückte sich noch tiefer in den Sitz der Kutsche, die ihn endlich nach Freiburg und zu seinem Sohn bringen sollte. Auf einmal fühlte er sich sterbensmüde, ihm war, als könne er nie mehr aufstehen. Nur das wertvolle Papier, das sich in seiner Jacke über seinem Herzen befand und die Rettung Leopolds bedeutete, verlieh ihm Kraft.

An der Poststation in der Nähe des Münsterplatzes angekommen, überließ er sein Gepäckstück einem der Hausknechte und drückte ihm ein stattliches Trinkgeld in die Hand.

»Ich brauche ein schönes Zimmer mit zwei Betten, hörst du?« Ich werde Leopold mitbringen, dachte er, aber er war viel zu müde, um diesen Gedanken richtig erfassen zu können. Der Knecht lächelte höchst erfreut über die Großzügigkeit des Herrn, wurde dann aber merklich kühler, als ihn Johann nach dem Weg zum Freiburger Turm fragte.

Halb blind vor Ermattung bahnte sich Johann schiebend, drückend, stoßend einen Weg durch die Menschenmassen auf dem Münsterplatz. Es war Markt, und das geschäftige Treiben, das Rufen, Lachen der Leute, die Gerüche der Waren wirkten auf ihn, als befände er sich in einem Traum. Aber er musste in der Wirklichkeit bleiben, die seit Monaten nur aus Ängsten und furchtsamer Getriebenheit bestand und keinen festen Haltepunkt mehr bot.

Johann fragte sich nach dem Gefängnis durch, misstrauisch und unfreundlich von den Passanten gemustert. Man wies ihm den Weg zum Rathaus, hinter dem sich der »Turm« befinden sollte. Der »Turm« entpuppte sich als ein mächtiges, weitläufiges Gebäude mit vielen kleinen Fenstern. Bereits von außen wirkte es unfreundlich und abweisend. Er trat vor das große Eingangsportal. Trotz der schon kräftigen Frühlingssonne erschauerte er. Schließlich, nach einer schier unerträglichen Zeit des Wartens, trat ein Soldat heran und öffnete das schwere Eingangstor, um ihn hereinzulassen. Johann hielt dem groß gewachsenen, kräftigen Offizier nur stumm das Papier entgegen, das dieser wiederum an sich nahm und lange Zeit mit gerunzelter Stirn studierte. Sollte es etwa nicht in Ordnung sein? Fehlte eine Unterschrift, ein Stempel, irgendetwas? Endlich ließ der Offizier das Papier sinken und reichte es einem anderen, jüngeren Untergebenen weiter, der sich bislang im Hintergrund gehalten hatte. Dann forderte er Johann auf, mit ihm zu kommen. Während er dem Mann wie ein Hund hinterhertrottete, atmete er den modrig-feuchten Geruch ein und lauschte den seltsamen Geräuschen, die ihn umgaben: hallende Schritte auf dem Steinboden, murmelnde Stimmen, dazwischen Laute, die wie Stöhnen und Ächzen klangen, und immer wieder eine Stille, die aber nie vollkommen war, eine drückende Stille, über die das Flüstern des Leids glitt. So muss es in einer Gruft sein, dachte Johann.

Endlich hielten sie vor einer schweren Tür mit eisernen Beschlägen an. Ein Wächter in Uniform war näher getreten, als sie um die Ecke gebogen waren, und schloss sie nun auf Geheiß des Offiziers auf. Johann streckte den Kopf vor und versuchte, durch den sich öffnenden Spalt irgendwas zu erkennen, nahm im schwachen Licht aber nur schemenhafte Umrisse eines Tisches und eines Stuhles wahr. Der Wächter rief etwas in den Raum hinein – war es Leopolds Name gewesen? Johann schwindelte, und er musste sich schwer an der klammen Wand abstützen. Eine schmale Gestalt trat zögernd aus der Zelle und blieb dicht vor ihnen stehen. Johann schloss die Augen. Wenn es nicht mein Sohn ist, dann muss ich jetzt sterben, dachte er, befahl sich dann aber, die Augen zu öffnen. Sieh ihn an, sieh ihn an!, rief seine innere Stimme.

»Vater?«, flüsterte es ganz leise und zaghaft vor seinem Gesicht. Johann blinzelte ungläubig, und eine Welle der Erleichterung überkam ihn. Es war sein Leopold, ohne Zweifel! Aber wie sehr hatte er sich verändert: Schmal und eingefallen war das Gesicht des Jungen. Und die Augen, Sophies Augen, lagen tief in ihren Höhlen und wirkten stumpf. Die Locken klebten schmutzig und verfilzt an seinem Schädel. Aus dem strahlend schönen, kräftigen Burschen, der so hoffnungsvoll durchs Leben gegangen war, war ein ausgezehrter, von der Haft gezeichneter Mann geworden, der viel älter schien, als er tatsächlich war.

»Vater ...« Leopold schwankte und hielt sich an der Schulter Johanns fest.

»Komm«, antwortete der heiser. »Komm, lass uns gehen, so schnell wie möglich. Die Mutter wartet schon ungeduldig und

Großmutter auch.« Er schlang seine Arme um den Sohn und wollte ihn fortziehen, aber Leopold rührte sich nicht.

»Mutter«, flüsterte er tonlos.

Johann sah, wie sich seine Augen mit Tränen füllten. »Komm«, wiederholte er und brachte seinen Sohn dazu, mühsam einen Fuß vor den anderen zu setzen wie damals, als er noch ein ganz kleines Kind gewesen war.

Der Offizier führte sie in einen kleinen, kargen Raum in der Nähe des Ausgangs, wo sie zunächst einige Papiere unterschreiben mussten. Danach durften sie endlich gehen.

Die Sonne stand schon tief am Himmel, ihr weiches, warmes Licht war dennoch unangenehm für Leopolds Augen, die bis eben nur Dunkelheit gesehen hatten. Doch mit jedem Schritt und jedem weiteren Atemzug schien er mehr an Kraft zu gewinnen. Beide Männer strebten ungeduldig vorwärts und erreichten schließlich die Poststation mit ihrem holzgetäfelten Gastraum. Der rotwangige Wirt im geblümten Wams begrüßte seine Gäste freundlich, sein Lächeln wich jedoch einem misstrauischen Gesichtsausdruck, nachdem er Leopold in Augenschein genommen hatte.

Erst jetzt registrierte auch Johann, wie abgerissen und schmutzig sein Sohn aussah. Der Mantel, mit dem er sich damals heimlich aus dem Haus geschlichen hatte, war stellenweise an den Nähten aufgerissen und verfärbt. Die braune Hose wies zahlreiche Flecken auf, und das einstmals weiße Hemd starrte vor Schmutz.

»Mein Sohn«, stellte Johann ihn dem Wirt vor und dachte gleich darauf, wie grotesk diese förmliche Vorstellung angesichts des Aussehens Leopolds wirken musste.

Der Wirt öffnete gerade den Mund, um etwas zu erwidern – Johann befürchtete, er würde gleich zu hören bekommen, dass alle Zimmer bedauerlicherweise belegt seien –, da hörte er von hinten einen Ruf: »Herr Haug! Ja, seid Ihr's denn wirklich?«

Er drehte sich um und sah dort eine Magd stehen, die Hände in die Hüften gestemmt. Johann blinzelte. »Lina?«

Ja, tatsächlich, das war Lina, die vor etlichen Jahren im *Markgrafen* gearbeitet hatte. Sie war schon nach knapp zwei Jahren wieder gegangen, was alle bedauerten, denn sie war tüchtig gewesen und immer gut aufgelegt. Aber sie hatte auf den väterlichen Hof im Münstertal zurückgemusst, um ihren Eltern zu helfen. Und jetzt stand sie da und kniff die Augen zusammen, als könne sie nicht glauben, was sie sah.

»Ist das der kleine Leopold? O mein Gott, wie schaust du denn aus?«

Johanns Sohn wandte beschämt den Kopf zur Seite wie damals, als sie ihn dabei erwischt hatte, wie er etwas aus der Speisekammer stibitzt hatte.

Für einen kurzen Moment herrschte betretenes Schweigen, dann fuhr Lina den Wirt, der starr wie ein Ölgötze hinter seiner Theke stand, in barschem Ton an: »Ja, kennt Ihr denn die Herren nicht? Das ist der Herr Haug, der Wirt vom *Markgrafen* in Ettlingen, dem schönsten Gasthaus weit und breit. Ich hab früher bei ihm gearbeitet, er war der beste Herr, den man sich wünschen konnte. Und das ist sein Sohn Leopold, den hab ich schon gekannt, als er noch ein Bub war.« Die Magd hatte mit ihrer kurzen Rede etwas übertrieben. Johann bezweifelte nämlich, dass der Ruf des *Markgrafen* schon bis nach Freiburg durchgedrungen war. Lina kam näher und hob den Arm, wohl um Leopold wie in alten Zeiten über das Haar zu streichen, überlegte es sich dann aber anders und schüttelte stattdessen beiden Männern die Hände. »Ihr habt dem Herrn Haug doch das beste Zimmer gegeben, oder?«, wandte sie sich wieder an den Wirt.

Der duckte sich unter dem sprühenden Blick der Frau und murmelte etwas von »selbstverständlich« und »Gepäck heraufschaffen lassen«. Als er Johann und Leopold die Stiege hochführte und ihnen höchstpersönlich die Tür zum Zimmer aufschloss, entschuldigte er sich hastig: »Ich habe Euch nicht erkannt, Herr Haug, verzeiht mir! Hab Euren Namen zwar in der Gästeliste gelesen, doch Haugs gibt's ja viele. Jetzt aber freue ich mich, Euch als meinen Gast begrüßen zu dürfen. Habe schon manches Gute gehört über den *Markgrafen*.«

Das Zimmer war groß und freundlich eingerichtet. Nicht ganz

so komfortabel wie bei uns, aber gediegen, dachte Johann, der sich mit dem Blick des Kenners umschaute. Sind aber so teuer wie wir, das liegt wohl an der Stadt und an der Lage. Wenn es so weitergeht, sind wir auch bald mittendrin in Ettlingen, die alten Tore sind schon alle weg, ebenso die letzten Teile der Stadtmauer. Und unser Städtchen wird weiter wachsen, jetzt, da die Spinnerei wahrscheinlich gerettet ist, so wie wir. Es muss nur bald wieder Ruhe einkehren im Land. Dann verlange ich auch mehr für das Essen und die Zimmer.

Er ließ sich auf eines der Betten fallen. Zarter Lavendelduft stieg ihm in die Nase. Alles sauber und gut gelüftet ... Herrgott, was ist nur mit uns Haugs, dass wir immer nur an das Geschäft denken müssen, selbst in den außergewöhnlichsten Situationen? Vielleicht hat der alte Jakob ja doch einen Fluch auf all seine Nachkommen gebracht. Die Müdigkeit übermannte ihn, und er döste ein. Wo ist eigentlich Leopold?, war sein letzter bewusster Gedanke.

Als er wenig später wieder erwachte, ging die Tür auf, und Leopold kam herein. Er sah verändert aus.

Hinter ihm erschien Lina, auf ihrem pausbäckigen Gesicht lag ein breites Lächeln. »Hab ihm ein Bad eingelassen. Leider war's ziemlich kalt, aber seinen Zweck hat es erfüllt. Jetzt schaut er wieder besser aus. Mit den Kleidern war freilich nicht viel zu machen. Hab die Hose gebürstet und ihm ein frisches Hemd geholt, das alte war ja nicht mehr zu gebrauchen.« Sie schüttelte sich förmlich. »Den Mantel nähe ich noch ein bisschen zusammen, aber jetzt muss der Bub etwas essen und Ihr auch, Herr Haug. Ganz bleich seht Ihr aus. Geht nur hinunter, ich richte alles her.«

Sie wollte sich zum Gehen wenden, aber Johann hielt sie zurück. Er erhob sich mühsam. »Ich muss mich ganz herzlich bei dir bedank...«

Lina schnitt ihm das Wort ab. »Schon gut, Herr Haug! Nachher müsst Ihr mir aber erzählen, wie es Eurer lieben Frau geht und der verehrten Frau Mutter.« Vor dem Hinausgehen drehte sie sich noch einmal um und flüsterte: »Leopold hat mir erzählt, was passiert ist. Eine Schande ist das! Der Bub ist doch kein Verbrecher.« Dann schlüpfte sie hinaus.

Leopold lächelte schwach. »Für einen kurzen Moment habe ich mich tatsächlich wieder wie ein Bub gefühlt. Hätte gerade noch gefehlt, dass sie mich abgeschrubbt hätte wie damals! Unsere Lina ...« Er ließ sich auf das Bett fallen. Der kurze Moment der Ausgelassenheit und Normalität war so schnell wieder verflogen, wie er gekommen war. Er sank in sich zusammen und begann, bitterlich zu weinen. Johann setzte sich neben ihn und strich ihm behutsam über den Rücken. Lange verharrten sie so, bis das Rechteck des Fensters von tiefer Schwärze ausgefüllt wurde. Erst als Lina an die Tür klopfte und mit lauter Stimme vermeldete, dass das Essen bereitstehe, lösten sie sich aus ihrer Erstarrung.

In diesem Moment fällte Johann eine Entscheidung: Der Junge sollte seine Zukunft so gestalten, wie er es wollte. Wenn er den *Markgrafen* nicht übernehmen will, dann war das eben so. Meinethalben kann er Jurist werden oder irgendetwas anderes. Nur bei einer Sache müsste ich schlucken: Wenn er unbedingt diese durchtriebene Amanda Pfäfflin zur Frau nehmen wollte. Aber dann sei es so! Hauptsache, ich habe meinen Leopold wieder. Zum ersten Mal seit langer Zeit fühlte Johann sein Herz wieder ruhig und fest in seiner Brust schlagen.

Später saßen sie schweigend an einem der Tische im Gastraum. Das üppige Mahl und die Wärme des Kachelofens dicht neben ihnen hatte sie schläfrig gemacht. Vor allem aber war es die nachlassende Anspannung, die ihre Erschöpfung verursachte. Während des Essens hatten sie nicht viel miteinander gesprochen. Leopold hatte wissen wollen, wie es der Mutter und der Großmutter ging. Johann hatte kurz und einsilbig geantwortet. Wie sollte es den beiden Frauen schon gehen? Leopold konnte sich doch denken, dass beide unsäglich gelitten hatten in den letzten Wochen und Monaten nach seinem Verschwinden. Aus den Augenwinkeln betrachtete er seinen Sohn. Leopold hatte seinen Kopf an die Holztäfelung gelehnt und die Augen geschlossen. Seine Haut spannte sich beängstigend über den Wangenknochen.

Was, wenn wir uns nichts mehr zu sagen haben, wenn all das, was passiert ist, wie eine undurchdringliche Mauer zwischen uns steht?, dachte Johann in jäh aufschießender Panik. Vergessen war sein Wunsch, den Sohn endlich glücklich zu sehen. Wie hatte der Bub ihnen das nur antun können?

Leopold öffnete die Augen und wandte ihm den Blick zu. »Vater«, sagte er stockend. »Vater, ich habe es nicht gesagt, weil ich es noch nicht konnte – ich musste erst etwas von dem Schmutz abstreifen und ein wenig wieder ich selbst werden. Aber jetzt muss ich es dir endlich sagen, unbedingt: Ich bitte dich um Verzeihung – dich, Mutter und Großmutter. Ich weiß, wie viele Sorgen ich euch bereitet habe. Und ich sehe auch, was du für mich getan hast. Dafür danke ich dir von Herzen!« Er legte seine Hand auf die seines Vaters, der sie sofort ergriff und fest drückte. Lange saßen sie so da, die Last der ungesagten Worte fiel von ihnen ab, und sie waren wieder Vater und Sohn, bereit zu reden und einander zuzuhören. Johann verstand, wie Leopold fortgerissen worden war von der Macht der Ideen und dem Traum von einem Leben in einer besseren und gerechteren Welt.

»Aber dann habe ich gesehen, wie viel es kostet«, gestand Leopold auf einmal mit zitternder Stimme ein. »Ich meine, ich habe auf Menschen geschossen, vielleicht sogar welche getötet! Stell dir das vor, Vater! Und seitdem frage ich mich immer wieder: Ist es das wirklich wert?«

Johann antwortete nicht. Ihm lief es kalt den Rücken hinab. Dass der Junge gar nicht bedacht hatte, dass er selbst hätte getötet werden können!

»Ich wollte vor den anderen Revolutionären nicht als Feigling gelten, war ich doch sowieso schon der Grünschnabel. ›Man muss Opfer bringen‹, hat es bei den Versammlungen immer geheißen, aber ich weiß nicht … Was meinst du, Vater?«

Johann schüttelte den Kopf. Er suchte nach Worten. »Ich weiß es auch nicht, Leopold. Ich glaube, die Veränderung zum Besseren müsste anders zu bewerkstelligen sein, aber ich weiß es einfach nicht. Rede einmal mit der Großmutter darüber, die hat ja schon erlebt, wie die große Revolution in Frankreich gewütet hat.«

»Wenn all das wenigstens etwas genützt hätte«, fuhr Leopold

nach einem kurzen Moment traurig fort, »aber es war wohl alles vergeblich. Nach der Niederlage bei Kandern ist Herr Hecker nach Amerika ausgewandert. Er hat gemeint, hier gebe es keine Zukunft.«

Zukunft. Das Wort hallte in Johann nach. Hier sitzt meine Zukunft! Was, wenn er auch wegwill?

»Ich weiß nicht mehr weiter«, sagte Leopold tonlos in diese Gedanken hinein. »Ich wollte für die Menschen kämpfen, dafür, dass sie frei leben können! Aber es ist so viel Gemeinheit unter ihnen und Feigheit. Auch was ich im Gefängnis erlebt habe ... Du kannst es dir nicht vorstellen.«

»Willst du mir erzählen, was dort passiert ist?«, fragte Johann behutsam.

Leopold hob mehrfach an zu sprechen, aber es gelang ihm nicht. Er schüttelte den Kopf.

»Lass dir Zeit. Ich werde dir immer zuhören, das weißt du hoffentlich.«

Leopold nickte. »Wie geht es eigentlich mit dem Haus? Du hast sicher viele Sorgen gehabt. Ich habe dich ganz allein gelassen damit, das war nicht recht.«

»Du bist noch jung, Leopold. Du hast deine eigenen Gedanken gehabt.«

»Trotzdem. Aber bitte erzähle.«

Johann berichtete ihm vom Zusammenbruch der Haber'schen Bank. »Beinahe wäre unser *Markgraf* Theodor Pfäfflin in die Hände gefallen«, fügte er grimmig hinzu.

Bei der Erwähnung der Pfäfflins errötete Leopold. »Wie das?«, fragte er.

Als glühe die Hitze der Liebe noch immer in ihm, dachte Johann beklommen bei sich, laut sagte er aber: »Von irgendwoher hatte er erfahren, dass mir das Wasser bis zum Hals stand. Daraufhin hat er mir das Geld seiner verstorbenen Frau angeboten. Er dachte, er könnte mir die Bedingungen diktieren, sah sich schon als der neue Herr des *Markgrafen.* Er hat mich mehrere Male kurz hintereinander aufgesucht und ist immer dreister aufgetreten. Und dann ...«

»Ja?«

»Dann habe ich ihn hinausgeworfen, endgültig. Ich habe ihm Hausverbot erteilt. Lieber hätte ich die Wirtschaft verkauft, als auf Theodor Pfäfflins Angebot einzugehen. Ein Pfäfflin als Herr des *Markgrafen*, noch dazu ein solcher Nichtsnutz – der alte Jakob hätte sich im Grabe umgedreht!«

Die Röte auf Leopolds Gesicht verdunkelte sich. »Und was machen sie jetzt? Ich meine Theodor, der Kleine und Amanda?«

Endlich war er ausgesprochen, der Name, der immer noch ungesagt zwischen ihnen gestanden hatte.

»Pfäfflin lebt jetzt vor allem in Karlsruhe. In Ettlingen sei es ihm zu eng, behauptete er. Von einem Tag auf den anderen war er weg. Dabei wollte er doch unbedingt bleiben, um den *Markgrafen* mit mir zu führen. Die Wahrheit ist, dass er sich immer öfter mit Hermann gestritten hat, der seinen Lebenswandel missbilligte. Theodor ist nämlich seit einiger Zeit damit beschäftigt, das Erbteil seiner Frau zu verspielen. Da bietet ihm Karlsruhe natürlich bessere Möglichkeiten. Und außerdem will er …« Johann machte eine Pause. Sollte er es Leopold wirklich sagen? Er spürte den Anflug eines schlechten Gewissens, aber manchmal half eine Rosskur besser als lindernde Medizin. »Außerdem will er seine Amanda reich verheiraten.«

Leopold starrte auf die gegenüberliegende Wand, wo das große Bild einer Schwarzwaldlandschaft in Öl hing. Das Bild war schlecht, wie Johann fand. Er verstand zwar nicht viel von Malerei, aber er hatte Sinn für Farben und Proportionen. Nichts passte richtig zusammen – so wie bei den Pfäfflins, dachte er spontan. Zu grell, zu schwach, zu viel, zu wenig.

»Hat sie manchmal nach mir gefragt?« Leopold sprach so leise, dass ihn Johann fast nicht verstanden hätte.

Er zögerte. »Ja, das hat sie, anfangs zumindest. Später war sie dann oft weg. In Karlsruhe, wie ich schon sagte.« Er sah Amanda vor sich, wie sie ihn mit ihren Brombeeraugen angeschaut und sich nach Neuigkeiten über Leopold erkundigt hatte. Doch, am Anfang war da echtes Interesse gewesen, auch Besorgnis.

»Ich muss dir etwas sagen, Vater.« Leopold sprach jetzt entschlossener. »Wir haben uns gesehen, heimlich. Hermann hat Amanda manchmal zu einem Treffpunkt gefahren, hat dann Großmutter besucht und uns alleine gelassen. Wahrscheinlich wollte er, dass wir zusammenkommen, endlich eine Pfäfflin und ein Haug!« Er lächelte verzerrt.

»Wir haben uns versprochen, zusammenzubleiben, und wir haben uns auch geküsst.« In seinen letzten Worten lag ein wenig Stolz.

Allmächtiger, dachte Johann, so gesehen muss ich ja fast schon froh sein, dass Leopold dann fortgelaufen ist. »Nun, an dieses Versprechen scheint sie sich leider nicht allzu sehr gebunden gefühlt zu haben.« Das war wieder gemein, aber es war besser so. Leopold musste ein für alle Mal von diesem Mädchen kuriert werden.

Lina kam und fragte, ob sie noch einen Schoppen wünschten. Johann bejahte, ohne Leopold zu fragen. Der Junge hatte eigentlich genug, vertrug auch nicht viel, aber vielleicht konnte der Rote vom Kaiserstuhl seinen Kummer über Amanda mildern.

Leopold nahm einen großen Schluck vom Wein. »Weißt du, was mir am meisten geholfen hat, wenn ich in diesen endlosen Stunden dalag auf dem fauligen Stroh?«

Hoffentlich kein Wort mehr von der Pfäfflin-Tochter, dachte Johann beklommen.

»Ich habe an unsere Ausflüge in den Schwarzwald denken müssen«, fuhr Leopold fort, ohne den erleichterten Gesichtsausdruck seines Vaters zu registrieren. »Als ich noch klein war, habe ich immer gemeint, hinter jedem Busch oder Baum müsse sich das Glasmännlein verstecken.« Er lächelte verträumt. »Als ich älter wurde, habe ich natürlich nicht mehr daran geglaubt. Und doch war da immer ein Zauber, wenn ich mit dir durch den Wald gegangen bin, die Blätter in hellem Grün aufleuchteten und die Lichtungen bedeckt waren mit den Blüten der Wildblumen – das war so wunderschön, als ob ich im Märchenwald gewesen wäre. Und später, im Sommer, strichen einem die Fäden der Spinnen über das Gesicht, ganz zart und fein, und da habe ich manchmal gedacht, es seien die Netze der Feen, die nach uns ausgeworfen wurden.«

Johann wurde auf einmal sehr traurig. Wer wollte denn nicht für immer im Zauberreich der Kindheit bleiben? Doch jeder musste irgendwann erwachsen werden. »Das ist schön, wenn dir das geholfen hat.« Er bemühte sich, die lähmende Bedrückung wieder abzustreifen. Die Gegenwart war doch gar nicht mehr traurig, sie war gut, sogar verheißungsvoll. »Übrigens hat jemand anderes nach dir gefragt im Januar«, sagte er behutsam.

»Nach mir?« Leopold blickte seinen Vater verwundert an.

»Es war einer unserer Gäste, der sich als Wirt vom Gasthof *Rebstock* in Offenburg vorgestellt hat.«

»Georg Armbruster?«, rief Leopold erstaunt. »Was wollte er denn?«

»Wissen, wie es dir geht. Und dir Grüße überbringen.«

»Grüße?«

»Ja, von seiner Tochter Luise. Du scheinst mächtig Eindruck gemacht zu haben auf das Mädel und ihren Vater.«

»Der Herr Armbruster und die Luise ... nein, so etwas! Bevor ich zu Hecker nach Konstanz gegangen bin, habe ich für kurze Zeit im *Rebstock* als Knecht gearbeitet, um mir eine Schlafstelle und Essen zu verdienen. Das Gasthaus war mir davor schon bekannt, da dort doch die Enkelin von der Emma ihre Hochzeit gefeiert hat.«

»Das hat mir auch der Herr Armbruster berichtet. Er hat gelobt, wie fleißig und anstellig du gewesen bist. Er hat zudem erzählt, dass er in ein paar Jahren sein Gasthaus verkaufen will, falls die Luise bis dahin keinen Mann gefunden hat, der bereit ist, den Betrieb weiterzuführen.«

»Das dürfte nicht schwer sein, der *Rebstock* ist groß und gut besucht. Die Leute feiern dort gerne ihre Familienfeste, und es gibt an jedem Wochenende Tanz.«

Johann tastete sich vorsichtig weiter. »Herr Armbruster scheint sehr an seiner Luise zu hängen. ›Wen sie will, den bekommt sie‹, hat er mir gesagt, ›und wenn derjenige, den sie heiratet, den Gasthof nicht will, dann bekommen beide eben das Geld vom Verkauf.‹«

»Die Luise, ja, die hat schon ihren eigenen Kopf, die tanzt ihrem Vater ganz schön auf der Nase herum.« Leopolds Lächeln vertiefte sich. »Nein, so etwas aber auch.«

Später, als sie sich zu Bett gelegt hatten und das Zimmer ganz im Dunkeln lag, fragte Leopold von der gegenüberliegenden Seite herüber: »Wir haben vorhin gar nicht weiter darüber gesprochen, was du gemacht hast, nachdem du Pfäfflins Geld abgelehnt hast. Hat dir jemand anderes geholfen?«

Er interessiert sich tatsächlich für das Haus, frohlockte Johann innerlich. Wenn das kein gutes Zeichen ist! »Herr von Haber hat uns noch einmal unterstützt«, sagte er schließlich und starrte an die Decke, die er in der undurchdringlichen Schwärze mehr erahnte, als dass er sie sah.

»Ich dachte, die Haber-Bank sei aufgelöst worden?«

»Er hatte irgendwie noch Kapital retten können, vielleicht hatte er auch noch einen Erbteil, der nicht zur Konkursmasse gehörte. Genau weiß ich es nicht. Damit und mit einigen Teilhabern hat er jedenfalls eine neue Bank in Darmstadt gegründet. Diese Bank hat mir einen neuen Kredit gewährt, sodass ich den alten ablösen konnte – auf seine Fürsprache hin selbstverständlich, denn die Kreditsumme ist immer noch recht hoch, und unsere Bonität lässt zu wünschen übrig.«

»Und die Bedingungen?«

»Sind um einiges schlechter. Wir müssen den Gürtel enger schnallen, Leopold. Für neue Investitionen ist kein Geld da, und ich überlege die ganze Zeit, wo ich noch etwas einsparen kann ... beim Personal vielleicht. Der neue Koch soll aber in jedem Fall bleiben, wir dürfen in der Qualität nicht nachlassen.«

Von gegenüber kam lange Zeit keine Antwort. Johann war schon halb eingeschlafen, als er die geflüsterten Worte Leopolds hörte: »Ich werde dir helfen, Vater, so gut ich kann.«

Mit einem Lächeln dämmerte Johann weg in einen tiefen und traumlosen Schlaf. Wenn Leopold ein echter Haug ist, tut er jetzt das Richtige, war sein letzter Gedanke.

Juli 1945

Jakob hielt inne und lächelte versonnen.

»Und? Hat er ›das Richtige‹ getan?« Kurt Goldstein erwiderte sein Lächeln.

»Davon können Sie ausgehen.«

»Dann wurde diese Luise also tatsächlich Ihre Großmutter?«

»Ja, Oma Luise. Diese Frau hatte Haare auf den Zähnen, sage ich Ihnen. Keiner in der Familie blieb von ihren bissigen Kommentaren verschont.«

»Sie meinten vorhin, Leopold hätte seine Ideale verraten. Wie haben Sie das gemeint?«

Jakob überlegte, dann sagte er zögernd: »Das war vielleicht zu hart formuliert. Denn er hat sein Leben gemeistert und den *Markgrafen* weiter vorangebracht. Aber von der Politik wollte er nichts mehr wissen. Doch ich glaube, dass genau das der Stachel war, der ihn bis zu seinem Lebensende schmerzte.«

»Sie haben ihn ja auch noch kennengelernt?«

»Ja, als er starb, war ich bereits zwölf.«

»Haben Sie mit ihm auch über seine revolutionäre Phase und über seine spätere Abkehr von seinen Jugendträumen gesprochen? Oder weshalb er sich dann doch entschlossen hat, den *Markgrafen* zu übernehmen? Als er von seinem Vater aus dem Gefängnis geholt wurde, scheint diese Entscheidung ja schon gefallen zu sein.«

Wieder überlegte Jakob. »Er hat kaum davon gesprochen, wenn überhaupt, dann nur in flüchtig dahergesagten Bemerkungen. In dieser Hinsicht war er wie sein Vater und seine Großmutter: Er konnte das Schlimme, das ihm widerfahren war, tief in seinem Inneren vergraben und sich so, zumindest äußerlich, davon befreien. Ich sehe ihn noch genau vor mir: Obwohl er schon über sechzig Jahre alt war, hat er sehr großen Wert auf seine Erscheinung gelegt. Er war schlank, seine silberweißen Locken, von denen meine Großmutter bis ins hohe Alter noch geschwärmt hat, waren tadellos frisiert. Und immer war er elegant gekleidet – ein Haug eben!« Er kratzte sich verlegen am Hinterkopf. »Jetzt halten Sie mich bestimmt für einen angeberischen Fatzke.«

»Aber nein, ich kann mir Leopold Haug richtig vorstellen. Sein Porträt unten ...«

»... ist das erste Bild, das noch zu Lebzeiten angefertigt wurde, ja. Leopold hat einem Maler Modell gesessen. Er war es übrigens auch, der die Idee mit der Ahnengalerie hatte. Und er hat noch etwas anderes, weit Bedeutsameres für die Zukunft des *Markgrafen* erreicht: Er hat es geschafft, dass die Eisenbahnlinie ziemlich nahe am Haus vorbeigeführt wurde. Die Endstation liegt bis zum heutigen Tag unmittelbar hinter dem Hotelflügel und trägt unseren Namen!«

»Die Eisenbahn, auf die der alte Jakob so gehofft hat!«

»Ja, das war ein großer und entscheidender Einschnitt in der Geschichte unseres Hauses.«

»Also ist Leopold dann doch noch ein tüchtiger und vorausschauender Unternehmer geworden.«

»Ja, aber ...« Jakob zögerte.

Kurt Goldstein sah ihn erwartungsvoll an.

»Je länger ich darüber nachdenke, desto klarer wird mir, dass ich eigentlich sehr wenig über meinen Großvater weiß. Er war doch ein sehr verschlossener Mann, der niemandem Einblick in sein Inneres gewährt hat.«

»Auch seiner Frau nicht?«

»Auch der nicht, nein – obwohl ihre Ehe sehr gut funktionierte.« Jakob verstummte plötzlich.

»Jetzt kommt bestimmt wieder ein Aber, nicht wahr?«, lächelte Goldstein.

»Nein, nein. Mir ist gerade nur aufgefallen, dass ich den Begriff ›funktionieren‹ gebraucht habe. Obwohl er auf den ersten Blick recht unangemessen erscheint, passt er aber tatsächlich ganz gut. Die Ehe funktionierte. Leopold funktionierte.«

»Sie wollen damit sagen, dass nach außen hin alles gut zu sein schien, Sie aber Zweifel haben, weil Sie nicht wissen, was Ihr Großvater wirklich dachte und fühlte«, erwiderte Goldstein behutsam.

»Das ist es, ja. Wissen Sie, Leopold war immer sehr ausgeglichen und charmant, er war geradezu ein Menschenfänger. Als habe ihm das Glasmännlein die Macht verliehen, jeden Menschen für sich gewinnen zu können. Er hat sogar Luise im Sturm erobert, und das wollte etwas heißen. Und auch seinen Schwiegervater, der recht lange Zeit ordentlich daran zu kauen hatte, dass sein zukünftiger Schwiegersohn im Gefängnis gesessen hatte. Aber hinter dieser glatten Fassade hatte Leopold …«

»Ein Herz aus Stein?«

»Nein, nein, so weit würde ich nicht gehen. Uns Enkelkinder hatte er sehr geliebt, auch seine Eltern, und seiner Luise war er aufrichtig zugetan. Es war eher ein gebändigtes Herz – ja, so würde ich es nennen –, ähnlich wie bei Johann. Gezähmte Leidenschaft, gezähmte Gefühle. Stattdessen hat er sich eher …«

»Lassen Sie mich raten: Er hat sich auf das Haus konzentriert!« Kurt Goldstein drückte seine Zigarette aus. »Und Sie wollten so nicht werden, habe ich recht?«

»Auf keinen Fall. Aber ich hatte keine Chance.« Jakob grinste schief. »Der Fluch der Haugs!«

»Das klingt aber dramatisch.«

Geistesabwesend griff Jakob nach einer Zigarette, als Kurt Goldstein ihm das Päckchen entgegenstreckte. »Aber es entspricht der Wahrheit. Wissen Sie, es ist sehr verführerisch, sich an etwas festhalten zu können, das unverrückbar erscheint. Einen festen Boden zu haben, ein eindeutiges Ziel und dabei Gemeinschaft und Zusammenhalt zu erfahren.«

Beide Männer schwiegen. Die tief stehende Sonne sandte ihre letzten Strahlen durch die Fenster, die sich wie lange Finger über Teppiche und Möbel tasteten. Jakob fühlte sich müde. Er war es nicht mehr gewohnt, Alkohol zu trinken. Aber es waren auch die

Erinnerungen, die ihm plötzlich eine schwere Bürde zu sein schienen. Sie waren wie ein Spiegel, in dem er viel – vielleicht zu viel – von sich selbst wiedererkannte.

»Ist das Haus es wirklich wert?«, durchbrach Goldstein die Stille.

»Wie bitte?« Jakob wusste im ersten Moment nicht genau, worauf der Offizier hinauswollte.

»Ich meine, ob der *Markgraf* es wirklich wert ist, alles andere dafür aufzugeben? Die Freiheit, gehen zu können, wohin man will, Verrücktes zu tun, Gefühle zu erfahren und Träume zu leben!«

»Wie der Taugenichts, der Held meiner Urgroßmutter.« Jakob richtete sich im Sessel auf. Er musste diese lähmende Müdigkeit loswerden. Denn es half nichts – er musste sich den Erinnerungen stellen.

September 1855

Leopold presste seine Stirn gegen die kühle Fensterscheibe, während über dem Rücken der Schwarzwaldberge die Sonne aufging und die ersten Strahlen herüberwarf. Der Tag seiner Hochzeit würde schön werden, sonnig und warm. »Ein gutes Zeichen«, sagte er zu sich selbst. Er löste sich vom Fenster und betrachtete nachdenklich den Abdruck seiner Stirn auf dem Glas. War der Weg, den er heute einschlagen würde, auch der richtige für ihn? Diese Anfälle von Angst, die ihn vor allem in den Wochen und Monaten nach seinem Gefängnisaufenthalt gequält hatten, waren in der letzten Zeit wieder häufiger aufgetreten. Fast ein ganzes Jahr hatte er damals im Würgegriff dieser Attacken gelebt. Seine besorgten Eltern hatten ihn zu allen möglichen Ärzten geschleppt, aber vergebens. Es sei ein seelisches Leiden, das auf schlimme Erlebnisse in der Vergangenheit zurückzuführen ist, da könne man nicht viel machen, hatte man ihnen gesagt. Spaziergänge an der frischen Luft, verschiedene Mittel zum Einschlafen und Ruhe, mehr konnten sie ihnen nicht empfehlen. Elisabeth hatte Leopold Tees gekocht aus verschiedenen Kräutern, die sie noch von ihrer eigenen Großmutter her kannte. Aber auch das hatte nicht geholfen.

Mit der Zeit waren die Panikattacken jedoch seltener geworden und Leopolds Albträume zunehmend blasser. Seinen schwersten Rückfall hatte er jedoch nach dem Treffen mit Amanda Pfäfflin gehabt. Das Mädchen war in Begleitung ihres Vaters gekommen, um sich zu verabschieden. Wie sie dagestanden hatte, in einem blauen Kleid, das ihre zarte Figur umschmeichelte, das Gesicht teilweise verdeckt von einem breitkrempigen Hut. Erst war Leopold froh darüber gewesen, dass er ihr Gesicht nicht richtig hatte sehen können, aber dann war sie zu ihm hingetreten, hatte den Kopf gehoben und ihn direkt angeblickt mit ihren wunderschönen, brombeerfarbenen Augen. Und da war es um ihn geschehen. »Amanda«, hatte er gestammelt, und sie hatte gelächelt. Aber es war kein sanftes Lächeln gewesen, das hatte er trotz des Ansturms der Gefühle bemerkt, die ihn zu überwältigen drohten. Amanda hatte eher gewirkt wie eine Natter, die gleich zuzubeißen gedachte.

»Wir gratulieren herzlich zur Verlobung, Fräulein Pfäfflin.« Johann war neben ihn getreten, im Versuch, die Situation zu entschärfen. »Die ganze Familie freut sich mit Ihnen und wünscht Ihnen Glück.« Er hatte sich inzwischen auch die neue Anrede »Sie« angewöhnt, die Leopold seit seiner Rückkehr nur noch benutzte.

Wie ein Träumender war ich, erinnerte sich Leopold zurück. Dabei habe ich doch gewusst, dass sie sich mit einem preußischen Offizier verlobt hatte. Er war im Gefolge des Prinzen Wilhelm gewesen, des »Kartätschenprinzen«, wie man ihn nannte, da er die Aufstände der Revolutionäre endgültig niedergeschlagen hatte. Für einen kurzen Moment wurde er damals aus seiner Lethargie gerissen, aus den Angstträumen und der Verzweiflung, sorgenvoll beobachtet von den Eltern, die fürchten mussten, er gehe wieder auf und davon, um weiterzukämpfen. Aber dafür war er dann doch zu müde und zu krank gewesen. Menschenmassen machten ihm mittlerweile Angst. Er traute sich manchmal nicht einmal mehr, in den Schankraum oder in das Speisezimmer zu gehen. Aber von der Ferne aus hatte er gespannt verfolgt, was geschah, hatte auf bessere Zustände gehofft, als der Rechtsanwalt Lorenz Brentano den Vorsitz der provisorischen Regierung übernommen hatte und Wahlen vorbereitet wurden. Doch dann waren die Preußen gekommen, und Verzweiflung und Tod hatten sich erneut über das Land gelegt. Er hatte zudem erfahren, dass einer der Heidelberger Studenten, mit denen er sich damals zu Hecker aufgemacht hatte, zum Tode verurteilt und hingerichtet worden war.

»Sagen Sie, mein Fräulein«, hatte er sich dann an Amanda gewandt. Seine Mutter und Elisabeth, die neben ihr auf dem Sofa saßen, waren zusammengezuckt. Die Konversation war bis dahin ruhig und belanglos dahingeplätschert, aber in diesem Moment brach es aus ihm heraus. »Kennen Sie eigentlich das *Badische Wiegenlied*, das die Mütter ihren Kindern vorsingen?«

Sie schüttelte den Kopf.

»Sie sollten es einmal auch Ihrem Verlobten vortragen. Es geht folgendermaßen: *Schlaf, mein Kind, schlaf leis', dort draußen geht der Preuß. Deinen Vater hat er umgebracht, deine Mutter hat er arm gemacht. Und wer nicht schläft in stiller Ruh, dem drückt der Preuß die Augen zu.*«

Es war totenstill geworden im Zimmer. Theodor Pfäfflin, hochrot im Gesicht, war aufgesprungen, während Sophie mit unnatürlich lebhaftem Ton das Thema zu wechseln versuchte. Amanda antwortete ebenfalls mit gekünstelter Munterkeit, erzählte irgendetwas von den anstehenden Flitterwochen und von ihrer geplanten Reise nach Breslau, wo sich die Garnison ihres zukünftigen Gemahls befand.

Leopold war dagestanden und hatte Amanda betrachtet, wie ihr Mund, den er einmal geküsst hatte, nun unaufhörlich Belanglosigkeiten plapperte. Hatte er sie wirklich einmal so geliebt und begehrt, dass er sie an seinen Träumen teilhaben lassen wollte? Sie hatte sich ja augenscheinlich immer ausgemalt, an der Seite eines erfolgreichen Rechtsanwalts oder Politikers die vornehme Dame zu spielen. Amanda hatte kein Herz, das war ihm damals klar geworden. Und dennoch hatte ihn ihr Verrat geschmerzt, denn es war ein Verrat gewesen an ihrer stillschweigenden Übereinkunft, miteinander die Zukunft zu gestalten. Wie viele Träume habe ich schon begraben müssen!

Es klopfte an der Tür.

Leopold wusste, dass es sein Vater sein musste. Nur er klopfte so – zurückhaltend und doch kräftig.

»Herein.«

Johann trat ins Zimmer. Er trug einen schwarzen Frack mit schneeweißem Hemd und spiegelblank polierten Stiefeln.

»Gut siehst du aus«, sagte Leopold anerkennend. Mit seinen

neunundvierzig Jahren wirkte sein Vater noch immer jugendlich, obwohl seine einstmals dichten dunklen Locken nun silbern waren. Johann sei praktisch über Nacht grau geworden, als er erfahren habe, dass sein Sohn im Gefängnis sitze, hatte ihm die Mutter anvertraut. Jedes Mal, wenn Leopold nun das Haar seines Vaters sah, wurde er an sein schlechtes Gewissen erinnert.

»Dein Frack sitzt aber auch tadellos, mein Sohn. Gut, dass wir ihn beim Hofschneider in Karlsruhe haben anfertigen lassen. Unser guter alter Sulzer in Ettlingen lässt allmählich nach. Wie geht es dir an diesem wichtigen Morgen? Ich wollte eigentlich auch den Frauen einen Guten Tag wünschen, aber dort herrscht hektische Betriebsamkeit, und keiner darf hinein.« Er blickte sich in der Kammer um. »Es war das letzte Mal, dass du in diesem Zimmer und in diesem Bett geschlafen hast.«

»Ja. Es ist ein merkwürdiges Gefühl.«

»Aber du freust dich doch hoffentlich auch auf das neue Schlafzimmer? Eure Räume sind wirklich schön geworden.«

Zwei der älteren Hotelzimmer, die unmittelbar an die Schlafräume der Eltern grenzten, waren umgebaut und aufwendig eingerichtet worden. Es sollte das Reich des jungen Paares werden, sie konnten für sich sein und waren doch nahe bei der Familie und dem Betrieb.

»Selbstverständlich freue ich mich. Ich bekomme ja auch eine wunderbare Frau. Also kein schlechter Tausch.« Leopold legte viel Wärme in die letzten Worte, und das fiel ihm nicht schwer.

Johann bedachte seinen Sohn mit einem Lächeln und meinte: »Das ist in der Tat kein schlechter Tausch. Mit deiner Luise hast du das große Los gezogen!«

Meine Luise, dachte Leopold fast erschrocken. Wie ungewohnt das klingt. Aber ich bin wirklich dankbar, dass ich sie gefunden habe – wobei, eigentlich war es ja eher umgekehrt. Luise war ihm anfangs gar nicht aufgefallen, als er im *Rebstock* gearbeitet hatte. Erst die Neckereien der anderen Knechte hatten ihn auf sie und ihre Verliebtheit aufmerksam gemacht. Von da an hatte auch er bemerkt, dass sie ihn stets mit den Augen verfolgte und puterrot wurde, wenn er mit ihr sprach. Leopold mochte Luise ebenfalls gut leiden. Sie war keine Zierpuppe wie die Mädchen in der Stadt, sie war flink und freundlich zu allen Leuten. Als er damals fortgegangen war, hatte sie schrecklich geweint. »Du kommst doch wieder, oder?«, hatte sie geschluchzt und ihm ein halbherziges Versprechen abgerungen. Als er aus dem Gefängnis freigekommen war, hatte er einige Briefe von ihr im *Markgrafen* vorgefunden. Leopold hatte Luise erst gar nicht schreiben wollen, war er doch noch zu sehr mit den schmerzhaften Erinnerungen beschäftigt und dem Versuch, wieder in ein halbwegs normales Leben zurückzufinden. Aber dann hatte er angefangen, auf ihre Briefe zu reagieren und sich auf ihre Antworten zu freuen. Luise schrieb ihm über Begebenheiten aus ihrem Alltag, über die kleinen Ereignisse, die ihr Leben bereicherten, und so fand auch er mit ihrer Hilfe in sein Leben zurück, in das Leben, das er fortan mit ihr teilen wollte.

Johann war in der Zwischenzeit näher getreten und streckte ihm die Faust entgegen. »Sieh her«, sagte er und öffnete langsam und behutsam die Hand. Darin befand sich ein glitzerndes goldenes Kettchen mit einem kleinen Kreuz als Anhänger.

»Das will ich Luise schenken nach der Trauung, ich wollte es dir vorher aber unbedingt noch zeigen.«

Leopold nahm ihm die Kette ab. »Woher hast du das?«, fragte er verwundert.

»Das stammt von deiner Großmutter.« Johann sprach leise, diese Worte fielen ihm immer noch schwer. »Es ist schade, dass sie an diesem Tag nicht mehr bei uns sein kann, aber mit der Kette ist doch noch ein Stück von ihr da. Sie hat mir das Kettchen in Verwahrung gegeben, damals, als es um den *Markgrafen* nicht so gut stand. Sie hat gemeint, ich solle die Kette weitergeben, wenn der richtige Zeitpunkt gekommen sei. Und ich denke, das ist jetzt. Du bist heil und gesund wieder in deinem Elternhaus, der *Markgraf* wird weiter bestehen, und du wirst ihn führen mit einer tüchtigen Frau an deiner Seite.«

Beide Männer sahen sich an, in ihren Blicken lag ein wortloses Verstehen. Und sie dachten an Elisabeth. Vor ziemlich genau einem

Jahr war sie verstorben. Wenige Wochen vor ihrem Tod hatte sie noch wie immer fleißig und umsichtig im Haus mitgeholfen, aber dann war es ihr von einem Tag auf den anderen plötzlich schlechter gegangen. Sie hatte nicht mehr gut sehen können, hatte Sachen fallen lassen und war merkwürdig unsicher beim Gehen. Und sie schien auch plötzlich das Interesse zu verlieren an all den Dingen, die doch früher so wichtig waren. Stundenlang saß sie auf einer Bank vor dem Haus. Dabei war ihr Blick stets in Richtung des Wäldchens an der Straße nach Wildsbach geschweift.

»Mein Gott, du hast recht«, hatte er gestammelt, als Leopold seinen Vater auf das seltsame Verhalten der Großmutter angesprochen hatte. »Dass mir das nicht aufgefallen ist. Auf diesem Weg bin ich damals als kleiner Bub fortgelaufen, um meinen Vater zu suchen. Und dort in dem Wäldchen ist es damals passiert.« Auf Leopolds bestürzte Nachfrage, was um Himmels willen dort geschehen sei, hatte ihn Johann in sein Kontor gezogen und mit stockender Stimme berichtet, was Elisabeth in ihrer Jugend angetan worden war.

Leopold hatte sich nach dieser Offenbarung gefühlt, als hätte ihm jemand den Boden unter den Füßen weggerissen. Dann war er zu seiner Großmutter auf den Hof hinausgestürzt und hatte sie in überströmender Zärtlichkeit an seine Brust gezogen. Wenige Tage später war Elisabeth auf einmal verschwunden, aber man fand sie recht schnell auf dem Weg in das Wäldchen. Bereitwillig hatte sie sich nach Hause führen und ins Bett legen lassen, in dem sie schließlich in der Nacht für immer eingeschlafen war.

»Was, glaubst du, hat sie damals in dem Wäldchen gewollt?«

»Ich denke, sie hat gespürt, dass sie bald sterben muss. Vielleicht bedrängten sie die Erinnerungen, die sie so lange in sich begraben hatte.« Dann fügte Johann noch hinzu: »Sie wäre jetzt bestimmt sehr glücklich, wenn sie dich so sehen könnte. Aber immerhin hat sie vor ihrem Tod noch mitbekommen, dass alles gut um die Familie und das Haus steht. Sie ist friedlich gestorben, mein Sohn. Und jetzt lass uns gehen, die Leute warten schon.«

Leopold hielt ihn zurück. »Der Kreuzanhänger da, der sieht

doch aus wie unser Mühlkreuz draußen im Garten, meinst du nicht? Glaubst du, es wird uns Glück bringen? Die Arme Gottes, werden sie uns beschützen? Ja, auf die Arme Gottes hoffe ich. Mit der Gottheit aus dem Hausspruch vom alten Jakob habe ich nie etwas anfangen können.«

Statt einer Antwort drückte ihn Johann fest an sich. Dann gingen die beiden Männer aus dem Zimmer und die Treppe hinunter. Sie durchmaßen das Speisezimmer und dann den Schankraum, der sein Aussehen schon verändert hatte. Leopold trieb den erneuten Umbau mit großer Energie voran. Eine Weinstube sollte es werden, gemütlich, aber ohne das gewöhnliche und derbe Aussehen des bisherigen Schankraums. Er hatte dem umgestalteten Raum auch schon einen neuen Namen gegeben: »Majolika-Stube« sollte er heißen, denn Leopold teilte die Vorliebe seines Vaters für das schöne Geschirr. Als er seine Lehrjahre in Mailand und Rom absolvierte, war er auf ein paar sehr schöne Stücke gestoßen, die er seinem Vater mitbringen wollte. Dabei hatte er selbst Gefallen an ihnen gefunden, bei allen möglichen Händlern und auf Märkten nach den schönsten Stücken gesucht und schließlich eine große und schwere Kiste voll Geschirr mit nach Hause gebracht. Das edle Porzellan verlieh dem Raum ein ganz eigenes, besonderes Gepräge, so war die Idee mit der Majolika-Stube entstanden. Bei seinem Vater hatte er mit diesen Plänen offene Türen eingerannt, nur Sophie und Elisabeth waren anfangs noch etwas skeptisch. Als sie sahen, wie sehr Leopold diese Umgestaltung am Herzen lag, hatten sie letztlich nachgegeben.

Leopold hatte sich manchmal gefragt, ob er den alten, traditionsreichen Schankraum deshalb so eifrig verschwinden ließ, weil er aufrührerischen Reden und Ideen keine Bühne mehr gewähren wollte. War es die Flucht vor der Vergangenheit, die ihn antrieb? Er konnte es sich selbst nicht recht eingestehen, ihm war nur klar, dass der Schankraum wegmusste. Er passte nicht mehr zum *Markgrafen.*

Als sie an den großen Vasen vorbeigingen, die auf einem hölzernen Regal an der Wand standen, berührte Johann wie so oft zärtlich die Oberfläche und sagte: »Es war doch gut, dass du damals nach Italien gegangen bist.«

»Weil ich die Majolika mitgebracht habe?«

»Nicht nur deswegen.« Johann lachte. »Obwohl ich mich sehr gefreut habe, als du damals die Kiste angeschleppt hast und ich das wunderschöne Geschirr auspacken durfte. Nein, ich finde es schön, dass du als erster Haug so weit gekommen bist, in einem fremden Land gearbeitet hast und jetzt sogar dessen Sprache sprichst. Wie gekonnt du dich gestern Abend mit diesem Geschäftsmann aus Venedig unterhalten hast. Ich bin sehr stolz auf dich.«

Leopold durchflutete eine Wärme, die seine Wangen rötete. Welche Freude, den Vater so glücklich und zufrieden zu sehen. Und ja, sie waren tatsächlich schön gewesen, diese beiden Jahre in Italien. Nicht nur, dass er viel gelernt hatte, es war auch ein unbeschreibliches Gefühl gewesen, in einem fremden Land zu leben und dort mitten unter den Einheimischen zu arbeiten, ihre Sitten und Gebräuche kennenzulernen, genauso wie das ungewohnte Essen und die üppige Natur.

»Es ist nur schade, dass Mutter und du es nie geschafft haben, mich zu besuchen.«

Johann wirkte für einen Moment verlegen.

Habe ich etwas gesagt, was ihm peinlich ist?, überlegte Leopold und fühlte dabei eine seltsame Zärtlichkeit in sich. Seinen Eltern war es nie gelungen, aus ihrer Heimat herauszukommen, obwohl es doch Mutters sehnlichster Wunsch war, viel von der Welt zu sehen. Er hatte Sophie nach seiner Rückkehr alles erzählen müssen, hatte sie mitgenommen auf eine Reise, die nur in ihrer Fantasie stattfand, aber das hatte sie gefreut und getröstet. Deshalb war er doppelt froh, dieses Wagnis eingegangen zu sein. Dabei stand sein Auslandsaufenthalt zunächst unter keinem guten Stern. Der Plan mit der Schweiz hatte sich zerschlagen, der ehemalige Kollege Johanns hatte dankend abgelehnt, einen ehemaligen Revolutionär in einem Nobelhotel zu beschäftigen. Über Umwege und mit viel Überredungskunst hatte Johann schließlich Kontakt zu einem Haus in Italien geknüpft und Leopold dort eine Stelle verschafft.

Sophie hatte ihm kurz vor seiner Abreise ein Büchlein mitgegeben. Es war die *Italienische Reise* von Johann Wolfgang von Goethe, der sich viele Jahre vor ihm nach Italien aufgemacht hatte. Von diesem Dichter stamme doch auch der Spruch über der Tür, also sei das Buch in vielfacher Hinsicht passend, meinte Sophie zu ihm. Leopold hatte das Büchlein schon auf der Hinfahrt eifrig studiert, obwohl er sich anfangs mit der Sprache schwergetan hatte. Später gefielen ihm die Gedanken und Beschreibungen dieses Dichters immer mehr. Eine Stelle, die ihn besonders ansprach, hatte er sich sogar angestrichen und auswendig gelernt:

Mir wenigstens ist es, als wenn ich die Dinge dieser Welt nie so richtig geschätzt hätte als hier. Ich freue mich der gesegneten Folgen auf mein ganzes Leben. Und so lasst mich aufraffen, wie es kommen will, die Ordnung wird sich geben. Ich bin nicht hier, um nach meiner Art zu genießen; befleißigen will ich mich der großen Gegenstände, lernen und mich ausbilden, ehe ich vierzig Jahre alt werde.

Ja, das wollte er unbedingt, hatte er damals gedacht, obwohl ihm nicht so recht klar war, was der Dichter mit den großen Gegenständen meinte. Aber lernen wollte er, viel lernen, und das hatte er dann auch getan, erst im *Belevedere* und dann im *Esplanade*. Die Träume der Jugend wurden weggepackt in die Tiefen seines Inneren, sie hatten ihm ohnehin nur Enttäuschung und Leid gebracht. Manchmal drängten sie an die Oberfläche, aber er schob sie dann schnell wieder weg, zu groß war der Schmerz, den sie ihm bereiteten.

Während er nun mit seinem Vater durch das Haus ging, wurde ihm bewusst, dass er diesen Schritt jetzt unter allen Umständen gehen musste. Das alles hier musste bewahrt werden, und es gab noch vieles, was besser gemacht werden konnte, das war seine Verpflichtung, es gab kein Zurück mehr. Aber es war gut so.

Johann öffnete die Tür zum großen Speiseraum. Dahinter hatte sich das Gesinde in zwei langen Reihen aufgestellt. Alle hatten ihre besten Kleider angezogen, und die, die heute bei der Feier aushalfen, trugen stolz ihre neue Dienstuniform.

Adrett sahen sie aus, wie Leopold fand. Wie man es vom Personal eines gehobenen Hauses erwarten durfte. Und dann blickte er in die Gesichter, die ihm zugewandt waren – lächelnde und gerührte Gesichter, denen etwas gemeinsam war: Sie blickten ihn mit großer Erwartung an, mit Respekt und Hoffnung. Auf seinen Schultern ruhte jetzt das Schicksal des Hauses und das ihrige.

Hinter sich hörte er das Rascheln von Stoff. Er drehte sich um. Seine zukünftige Frau stand in der Tür, ihr rosiges Gesicht, das von einem Myrtenkranz umrahmt war, strahlte ihn an. Ja, er würde weitermachen wie die Haugs vor ihm.

Juli 1945

»Was ich Sie die ganze Zeit schon fragen wollte: Wer hat denn das Kettchen jetzt?«

»Meine Tochter. Ich habe sie ihr zum zwanzigsten Geburtstag geschenkt. Meine Mutter Therese hat mir das Schmuckstück kurz vor ihrem Tod 1944 übergeben. Sie hat beide Kriege miterlebt, die Zerstörung, die sie mit sich brachten, und das Elend der Diktatur. ›Gib das Elisabeth‹, hat sie damals gemeint. ›Sie kann es brauchen, wenn sie den *Markgrafen* in eine bessere Zeit führt. Es wird nicht mehr lange dauern.‹« Jakob lächelte schief. »Ich bin sehr froh, dass ihr zumindest das Ende des *Markgrafen* erspart geblieben ist.«

»Möchten Sie eigentlich etwas essen«, fragte Goldstein unvermittelt. »Ich kann Ihnen gerne etwas kommen lassen.«

»Nein, nein«, wehrte Jakob verblüfft ab. »Ich meine, ich habe keinen Hunger. Wenn Sie aber ...«

»Ich möchte auch nichts«, antwortete der Offizier. Er stand auf und schenkte den Rest des Weines ein. »Ein halbes Glas für jeden ist noch da. Und wir machen jetzt am besten Licht, es wird schon dunkel.«

Goldstein knipste eine Stehlampe an, die neben den Sesseln stand, in denen jetzt die beiden Männer saßen. Ihr Schein war angenehm und tauchte das Zimmer in ein warmes Licht, sodass der Raum jetzt trotz der Unordnung beinahe gemütlich wirkte. »Sie wurden nicht eingezogen, sondern waren während der Kriegsjahre immer hier. Stimmt das?«

»Ja. Ich wurde wegen einer Verletzung, die ich mir bei einem Autounfall zugezogen habe, ausgemustert. Ich habe heute noch Probleme, wenn ich lange stehen oder große Strecken gehen muss.

Nicht die idealen Voraussetzungen für eine militärische Laufbahn also. Später wurde im *Markgrafen* allerdings eine Flakzentrale untergebracht, und ich wurde dann im Luftschutz verpflichtet. Gott sei Dank gab es keine größeren Zerstörungen in der Stadt, und auch das Haus blieb unversehrt.« Er beugte sich vor, um Goldsteins Gesicht besser sehen zu können, doch der hatte sich so weit im Sessel zurückgelehnt, dass er im Dunkeln blieb.

»Diese Kette«, wechselte Goldstein das Thema, »hat sie dem Haus tatsächlich Glück gebracht?«

»Das kann man so sagen. Luises Geld hat zum weiteren Aufschwung beigetragen. Sie hat ihren Mann sehr geliebt und in allen Belangen unterstützt. Dazu kamen zusätzlich äußere Umstände, die sich für den *Markgrafen* sehr günstig ausgewirkt haben.«

»Und was ist mit Ihren Eltern? Sie haben noch gar nicht von ihnen gesprochen. Wie war die Beziehung zwischen Ihnen? Hatte Ihr Vater auch eine verschlossene Kiste voller Jugendträume? Verzeihung, das ist vielleicht eine sehr indiskrete Frage. Sie brauchen darauf auch nicht zu antworten, aber es interessiert mich wirklich sehr.«

Jakob zögerte einen Moment. »Je näher mir die Haugs kommen – zeitlich gesehen, meine ich –, desto schwerer fällt es mir, über sie zu reden. Ist das nicht paradox? Es geht jetzt um Menschen, die ich noch gekannt habe, und trotzdem tue ich mich nicht leicht damit, sie zu beschreiben. Ich bezweifle, dass mein Vater – Johann-Georg hieß er, benannt nach seinen beiden Großvätern – eine solche ›Kiste‹ mit sich herumgeschleppt hat, um Ihr Bild aufzugreifen. Und falls doch, war sie sicherlich nicht allzu schwer. Er war ein eher nüchterner Mensch, ein Rechner, ein Kaufmann. Sein ganzes Streben war auf das Haus gerichtet, aber in einer eher sachlichen Art und Weise. Am meisten hat es ihn gefreut, wenn die Bilanz gestimmt hat. Doch das heißt nicht, dass er nicht auch Pläne für das Haus gehabt hat. Seine Träume waren nur etwas prosaischer als die seines Vaters. Als er um meine Mutter warb ...« Jakob verstummte, nahm einen großen Schluck vom Wein.

»Ja?«, warf Goldstein behutsam ein.

»Nun, als er um Therese, meine Mutter, warb, war die Tatsache, dass sie die Tochter des hoch angesehenen Bürgermeisters der Stadt war, ein entscheidender Faktor.«

»Es war also auch ein Stück Berechnung dabei?«

»Es hat seine Leidenschaft für sie zumindest befeuert, sagen wir es mal so.«

Goldstein musste lachen. »Und was hat sie dazu gebracht, den Antrag anzunehmen? Ihr Vater soll ja anders als die Haugs vor ihm nicht ganz so attraktiv gewesen sein. Ihre Mutter wiederum war eine schöne Frau, selbst im Alter hat man ihr das noch angesehen.«

Jakob runzelte die Stirn. Er beugte sich wieder vor, um seinen Gesprächspartner genauer erkennen zu können, aber Goldsteins Gesicht blieb weiterhin im Dunkeln.

Jetzt hab ich dich, mein Junge!, dachte Jakob. Du warst ganz sicher schon einmal hier im *Markgrafen*. Und du bist meiner Mutter begegnet, vielleicht auch mir.

»Was das Aussehen angeht, kam er in der Tat mehr nach Georg«, sagte Jakob etwas zerstreut. »Genauso wie meinem Offenburger Urgroßvater sind ihm schon früh die Haare ausgefallen. Aber er war sehr groß und kräftig, eine imposante Gestalt. Vielleicht war es genau das, was meiner Mutter gefallen hat, ich weiß es nicht. Warum haben sich eure Eltern denn ineinander verliebt? Diese Frage können wir Kinder meist nicht beantworten. Jedenfalls waren meine Eltern glücklich miteinander, soweit ich das beurteilen kann. Und auch dem Haus hat meine Mutter Glück gebracht!« Mit schwerem Herzen dachte er an die einstmals so schöne Fortuna – das Abbild Thereses –, die nun zerbrochen im Garten lag.

»Also, Leopold und Luise – und Johann-Georg und Therese! Es hört sich ziemlich glatt und gut an, was Sie da erzählen.« Kurt Goldstein sah Jakob auffordernd an.

»Glatt und gut? Überhaupt nicht! Die Zeiten wurden stürmischer. Es gab Umbrüche, Erfindungen, Entwicklungen, und dann kamen die Kriege. Der erste kostete meinem armen Bruder das Leben. Und das menschliche Herz gab immer seinen eigenen Takt vor.«

September 1885

Johann-Georg der Kaufmann

Behutsam öffnete Leopold die Tür einen Spaltbreit und spähte hindurch. Man hatte ihn noch nicht bemerkt. Die Unterhaltungen waren lebhaft, fröhliches, lautes Geschnatter erfüllte das Speisezimmer. Zufrieden glitt sein Blick über die vertrauten Gesichter der Menschen, die an der großen Tafel saßen. Der Tisch war heute besonders festlich geschmückt, der silberne Tafelaufsatz blitzte im Schein der Kerzen, und prächtige Blumenarrangements aus weißen und roten Rosen standen an den Seiten des Aufsatzes. Heute war ein ganz besonderer Sonntag, deshalb der Aufwand.

Leopolds Blick glitt hinüber zum Kopfende des Tisches. Dort saß, neben dem Platz, der ihm angedacht war, seine Luise. Sie feierten ihren dreißigsten Hochzeitstag. Er beobachtete seine Frau für einen Moment. Ihr dichtes glänzendes Haar, das mittlerweile von silbern angehauchten Strähnen durchzogen war, trug sie hochgesteckt zu einem schlichten Knoten wie damals, als er sie kennengelernt hatte. Ihre Figur war üppiger geworden. Sie hatte sich heute aber in ein besonders enges Korsett gezwängt, das ihr eine schmale Taille zauberte und das neue Kleid aus hellgrauem Taft gut zur Geltung brachte. Aber sie litt unverkennbar an der Enge, denn auf ihrer Oberlippe bildeten sich kleine Schweißperlen, die sie ab und an mit einem spitzenbesetzten Tuch abtupfen musste.

Meine Luise, dachte Leopold mit plötzlich aufwallender Zärtlichkeit. Seit dreißig Jahren steht sie an meiner Seite, treu und verlässlich. Ja, das waren die richtigen Worte – keine große Leidenschaft, keine stürmischen Gefühle, all das hatte es von Leopolds

Seite nie wirklich gegeben. Aber Luise hatte ihm damals zurückgeholfen in ein normales Leben und ihn mit allen Kräften unterstützt, und dafür war er ihr unendlich dankbar. Viel hatten sie gemeinsam erreicht, das war ein weiterer Grund, um diesen Tag gebührend zu feiern. Und dann gab es da noch etwas anderes, auf das man wohl anstoßen würde. Leopold seufzte leise, und sein Blick schweifte zum anderen Ende der Tafel, wo sein Sohn saß und sich angeregt mit seinem Onkel Adam unterhielt, dem Sohn von Sophies Schwester. Er hatte den Hof im Schwarzwald jetzt an seinen Sohn, der ebenfalls Adam hieß, übergeben und konnte nun seinen Lebensabend genießen. Adam war mit seiner Frau Ida und der Tochter Clara gekommen, alle drei waren städtisch gekleidet und trugen nicht die Tracht der Schwarzwälder. Schade, dachte Leopold, ich mag sie so sehr, diese schmucke Tracht, und wir sind doch nicht so eingebildet, dass wir uns der bäuerlichen Verwandtschaft geschämt hätten. Aber es ist schön, dass sie da sind, obwohl … Sein Blick glitt wieder hinüber zu seinem Sohn. Obwohl ich ja weiß, warum mein Sohn so sehr darauf gedrungen hat, dass sie heute dabei sein sollen.

Neben Johann-Georg saß Clara, eine schmale, ätherisch wirkende Achtzehnjährige, die sich kichernd mit Luise, seiner Tochter, die nach ihrer Mutter genannt worden war, unterhielt. Wie hübsch meine Tochter aussieht, dachte Leopold mit väterlichem Stolz. Sie ist wahrhaftig ein Geschenk, mit dem wir gar nicht mehr gerechnet haben. Johann-Georg war schon vierzehn Jahre alt gewesen, als sich ein weiteres Kind angekündigt hat. Das Schicksal der Haugs, die stets nur einen Erben zeugten, sollte endlich durchbrochen werden. Als sich bei der Geburt herausstellte, dass das Neugeborene ein Mädchen war, fühlte er sich im ersten Moment verraten, hatte sich beim Anblick des hübschen Kindes aber geschämt und reumütig im Stillen Abbitte getan. Was hatten die Frauen in seiner Familie, allen voran die Großmutter, nicht alles geleistet, und wie tüchtig war auch die Mutter gewesen!

»Da ist er ja, unser Leopold! Jetzt können wir endlich mit dem Essen anfangen!«, rief Ida, als sie ihn in der Tür bemerkte. Die

Gute sah immer das Praktische und Vorteilhafte, genauso wie seine Luise. Er setzte sich auf seinen Stuhl am Kopfende der Tafel und sagte zur ganzen Gesellschaft gewandt: »Ich freue mich, dass ihr alle gekommen seid! Gleich wird das Essen aufgetragen, ich habe den Mädchen schon Bescheid gesagt. Und dann lasst es euch schmecken!«

Der kurzzeitige Applaus, der daraufhin entbrannte, wurde schnell wieder von Gelächter und Stimmengemurmel abgelöst, und er hatte für einen Augenblick Zeit, seinen Blick durch den Raum gleiten zu lassen.

Einige Jahre nach seiner Hochzeit hatte er beschlossen, für sich, Luise und den damals noch kleinen Johann-Georg eine größere Wohnung bauen zu lassen, denn die zwei Zimmer reichten seiner Ansicht nach nicht mehr aus für die kleine Familie. Und so war ein Architekt gerufen worden, der sich alles angesehen und vermessen hatte, und eine schöne, geräumige Wohnung war im oberen Stockwerk des Stammhauses entstanden. Leopold hatte gemerkt, dass es seinen Vater etwas schmerzte, dass die ehemalige Kammer seiner Mutter durch den Umbau verschwunden war, aber er hatte sich damit abgefunden und es schließlich sogar gutgeheißen, vor allem als Leopold die bemalte Hochzeitskommode Magdalenas in sein Schlafzimmer hatte stellen lassen. Jetzt streifte sein Blick durch das Speisezimmer, das neu möbliert worden war, um dem Geschmack der Zeit zu entsprechen. Dunkelrote Samtvorhänge schmückten die Fenster, kunstvoll gedrechselte, dunkle Möbel säumten die Wände, dazwischen setzten die starren, grünen Blätter des Gummibaums und die Fächer der Zimmerpalmen kräftige Farbakzente. Eigentlich ist alles zu üppig und dunkel, aber Luise mag es so. Diese Einrichtung würde besser zu den Pfäfflins passen, überlegte er. Beim Gedanken an diese Familie kräuselten sich Leopolds Lippen. Die Pfäfflins waren aus seinem Leben gewichen, und darüber war er immer noch froh – nicht unbedingt über den Tod des guten alten Hermann, der nur wenige Monate nach Elisabeth aus der Welt gegangen war, um seiner einstigen großen Liebe nachzufolgen, sondern über den Fortgang von dessen Schwager und seinen

Kindern. Von Theodor hatte man noch gehört, dass er, hoch verschuldet und mit einem sehr befleckten Ruf, irgendwo im Süden Frankreichs einem Fieber erlegen sei. Von Amanda wusste man nichts, und der junge Theodor sollte in einem Kurort an der Nordsee als Küchenchef arbeiten. Das Gasthaus der Pfäfflins, die *Krone*, war verpachtet worden, eine rasche Abfolge von Betreibern hatte ihren Ruf ruiniert, und jetzt stand das Gebäude schon seit einigen Jahren leer und verkam. Die Leute wunderten sich, warum der jüngste Pfäfflin, der letzte Erbe, der noch dazu vom Fach war, die Wirtschaft nicht selbst führte, sondern lieber tatenlos zugesehen hatte, wie die *Krone* unterging.

Leopold nahm einen kleinen Löffel zur Hand und klopfte an sein Glas. Die Gespräche verebbten, und alle Blicke richteten sich auf ihn. Er räusperte sich und begann:

»Meine lieben Gäste – Tante Ida, Onkel Adam und Clara –, schön, euch hier im *Markgrafen* begrüßen zu können. Schon lange haben wir darauf gewartet, dass ihr einmal zu Besuch kommt, aber der Hof hat euch ja leider keine Zeit gelassen. Nun, da Euer Sohn, der junge Adam mit seiner lieben Frau die Landwirtschaft übernommen hat, können wir euch hoffentlich öfter sehen. Und natürlich auch ein herzliches Willkommen meiner Familie, dir, liebe Luise, Johann-Georg und mein Luischen. Ein schöner Anlass hat uns heute hier zusammengeführt: Meine liebe Frau und ich feiern unseren dreißigsten Hochzeitstag. Meine Luise, ich kann nicht ausrücken, wie dankbar ich bin, dass du seit drei Jahrzehnten getreulich an meiner Seite gehst und mir eine gute und treue Kameradin bist.« Leopold hielt für einen Moment inne und überlegte. War das nicht zu kurz und zu nüchtern gewesen? Sollte er mehr von seiner Liebe zu ihr sprechen? Aber das fiel ihm schwer vor den anderen.

Luise schien seine Rede zufriedenzustellen, sie wischte sich mit dem Seidentüchlein die Tränen aus den Augenwinkeln.

Mit erhobener Stimme fuhr er deshalb fort: »Heute Abend werden wir dieses Ereignis noch mit einem schönen Souper feiern. Die Küche hat angekündigt, uns mit einem ganz besonderen Menü verwöhnen zu wollen, und wir lassen uns natürlich gerne überraschen.«

Applaus brandete auf. Johann-Georg rief übermütig: »Bravo!« Auf einmal wurde Leopold nervös. Jetzt muss ich es sagen, dachte er. Er bat um Ruhe. »Heute Abend ist unser Haus aber auch Schauplatz eines anderen großen Ereignisses. Zur Ehre unseres Bürgermeisters Philipp Valmont, der nun zum dritten Mal wiedergewählt wurde, veranstaltet die Stadt einen Empfang mit großem Bankett. Wie die meisten von euch wissen, blickt Bürgermeister Valmont jetzt schon auf ein großes Lebenswerk zurück. Als aktiver Teilnehmer der Revolution von 1848 musste er flüchten, kehrte dann aber zurück nach Ettlingen und widmete von da an all seine Kraft dem Wohlergehen unserer Stadt und dem politischen Fortschritt auf friedlichem Wege.«

Sein Blick fiel auf Johann-Georg, der ihn seinerseits gespannt beobachtete. Ein fescher Bursche, dachte er unwillkürlich. Sein Sohn war hochgewachsen und hatte ein entschlossenes, gewinnendes Auftreten. Es steckte zwar auch viel Armbruster in seinem Äußern, die Haare fielen ihm langsam aus, aber im Ganzen gesehen war er doch ein Haug. Er und Therese Valmont würden ein schönes Paar abgeben. Warum kann ich zu dieser Verbindung, um die uns jeder beneiden wird, also nicht freudiger Ja sagen? Luises Räuspern durchbrach seine Gedanken. Ich muss weitermachen, ermahnte er sich. »Nun, es ist eine große Ehre für unser Haus, dieses Fest ausrichten zu dürfen, und ich darf euch jetzt verraten, dass heute Abend noch ein anderes, für unsere Familie sehr wichtiges Ereignis ansteht.«

Die beiden Mädchen fingen an zu kichern, Luise zerdrückte noch einige weitere Tränen, und Adam knuffte Johann-Georg verschwörerisch in die Seite. Alle wissen es schon, dachte Leopold irritiert. »Das nächste wichtige Ereignis, das wir heute Abend feiern«, sagte er in das verebbende Lachen und Rufen hinein, »liegt schon gut einen Monat zurück, und es ist für den *Markgrafen* ebenfalls von einschneidender Bedeutung. Im August dieses Jahres wurde die Bahnstrecke nach Ettlingen feierlich eröffnet. Damit ist der Fortschritt nun endgültig hierhergekommen, und wir finden Anschluss an das immer größer werdende Eisenbahnnetz, was uns hoffentlich viele neue Gäste aus allen deutschen Landen beschert. Ich möchte an dieser Stelle betonen, dass Johann-Georg an allen Verhandlungen mit der Stadt und der Badischen Staatsbahn teilgenommen hat und damit einen entscheidenden Anteil an dieser für unser Haus unschätzbaren Entwicklung hat. Auf seine Tatkraft und seinen Weitblick sind auch viele andere Veranstaltungen zurückzuführen, die seit einigen Jahren den *Markgrafen* bereichern. So haben zahlreiche Vereine unser Haus als Ort ihrer Versammlungen und ihrer Feierlichkeiten gewählt. Wir haben erst kürzlich die Generalversammlung des badischen Bienenzüchterverbands hier im Hause ausgerichtet.«

Bei der Erwähnung der Bienen kam ihm der alte Johann in den Sinn. Dieser hatte auf dem Sterbebett immer wieder von Bienen geredet. Auch den Namen Moritz von Haber hatte er mehrfach erwähnt, aber Leopold hatte beides nicht in einen Zusammenhang bringen können. Johann war vor fünf Jahren gestorben, er hatte sich schwerer getan als seine Mutter, hatte zäh ums Leben gekämpft. Wenig später war auch Sophie gegangen. »Was soll ich hier noch ohne ihn«, hatte sie gemeint. Ihr Ende war leicht gewesen, die unerfüllten Träume und ungesagten Wünsche hatten sie nicht mehr bedrückt.

Die Erinnerung an seine Eltern trieb Leopold die Tränen in die Augen. Jetzt nur nicht weinen, du musst doch die Rede zu Ende bringen! Die Gäste schauen dich schon beunruhigt an! Er räusperte sich: »Unsere Bälle erfreuen sich zunehmender Beliebtheit, und ich darf verraten, dass wir im nächsten Jahr sogar einige Konzerte planen. Auch Theateraufführungen wird es geben. Der kürzlich gegründete Naturheilverein plant, hier im Hause einige Aufführungen zu veranstalten.« Der Naturheilverein war der letzte Schrei in der Stadt. Medizinische Themen waren seit einiger Zeit sehr populär, das hing wohl mit den Durchbrüchen zusammen, die in den letzten Jahren auf diesem Gebiet gemacht wurden, mehr noch aber mit dem speziellen Interesse der Großherzogin Luise, die sich auch für die Förderung der Krankenpflege im Land einsetzte. Auf jeden Fall bedeuteten Unternehmungen des Naturheilvereins eine weitere Aufwertung.

In der Zwischenzeit waren zwei Kellner lautlos hereingekommen und schenkten Champagner ein. Leopold erhob sein Glas. »Dir, lieber Johann-Georg, meinen herzlichen Dank für deinen Einsatz und deinen Fleiß. Du sollst heute Abend endlich dafür belohnt werden! Deine Mutter und ich haben uns besprochen und sind zu einem Entschluss gekommen: Wir werden uns aus dem Geschäft zurückziehen und dir die Führung des *Markgrafen* übertragen. Natürlich werden wir dir weiterhin mit Rat und Tat zur Seite stehen und helfen, wo es nötig ist. Die Verantwortung ruht ab heute aber auf deinen Schultern auf deinen und ... Aber ich schwätze jetzt nicht weiter, sondern sage nur noch Prost und Glück dem neuen Wirt.« Lärm setzte ein, Rufe der Überraschung, Glückwünsche, das Klirren von Gläsern, mit denen angestoßen wurde. Es war Leopold nicht leichtgefallen, die letzten Sätze auszusprechen, aber jetzt spürte er eine seltsame Beschwingtheit und eine leise Vorfreude auf die neu gewonnene Freiheit.

»Vater!« Johann-Georg trat auf ihn zu, das Gesicht gerötet vom Alkohol und der Überraschung. »Ich weiß gar nicht, was ich sagen soll. Ausgerechnet an diesem Tag!«

»Ich habe noch nichts von der Verlobung gesagt, du hast mich ja ausdrücklich darum gebeten, weil Herr Valmont es erst heute offiziell machen wollte. Allerdings habe ich den Eindruck, dass es ohnehin schon jeder weiß.«

Johann-Georg lächelte etwas gezwungen. »Das war Mutter. Sie konnte es nicht für sich behalten. Du weißt ja, wie sehr sie sich darüber freut.«

»Ich kann sie verstehen. Du bringst uns ja auch eine großartige Schwiegertochter ins Haus«, sagte er etwas steif.

Johann-Georg mochte den zweifelnden Unterton gehört haben, denn er fügte hastig hinzu: »Therese freut sich schon sehr auf ihre neue Aufgabe als Wirtin. Sie ist kein verwöhntes Püppchen, sie wird sich rasch einfinden. Denke nur an Großmutter und was für eine tüchtige und geschätzte Chefin sie war, obwohl sie das meiste erst lernen musste. In dieser Hinsicht vertraue ich ganz auf Mutters Lehre.«

Weiter kam er nicht, denn jetzt drängten sich Gratulanten zwischen die beiden. Hände wurden geschüttelt, man prostete sich zu, und es wurde wild durcheinandergeredet. Dann wurde endlich das Essen aufgetragen. Das Rinderfilet schmeckte ausgezeichnet, auch die Beilagen, das Gemüse und die hausgemachten Nudeln, waren exzellent, wie Leopold zufrieden feststellte. Die Küche hatte trotz der großen Belastung der letzten Jahre nichts an Qualität eingebüßt.

Nach dem Mittagessen beschloss Leopold, noch ein wenig frische Luft zu schnappen und sich dann etwas auszuruhen. Niemand würde bemerken, dass er fort war, denn Luise und die restliche Gesellschaft unterhielten sich angeregt. Ida redete eifrig auf Johann-Georg ein und fragte ihn offensichtlich nach seiner Zukünftigen aus. Leopold nahm eine Zigarre aus dem Kästchen auf der Kommode und ging hinaus in den Garten. Aber kaum hatte er diese angesteckt, als er Johann-Georg erblickte, der ihm zielstrebig nacheilte.

»Vater, ich muss unbedingt mit dir reden. Es liegt mir etwas auf dem Herzen.«

»Um was geht es?«, fragte Leopold und sog heftig an seiner Zigarre. Er ahnte bereits, was sein Sohn wollte.

»Wir haben uns die letzten Tage öfter gestritten, du weißt schon, wegen des Hotelneubaus.«

»Ich sage es dir noch einmal, der Neubau ist unnötig und viel zu teuer. Aber du bist jetzt der Wirt und musst tun, was du für richtig hältst.«

»Ich bin dir sehr dankbar dafür, dass du mir den *Markgrafen* übergeben hast, das ist eine sehr noble Geste. Aber ich will nichts tun, hinter dem du nicht auch stehen kannst.«

Leopold sah ihn nur schweigend an.

»Ich habe dir die Zahlen gezeigt, Vater. Ich habe alles genau durchgerechnet, auch mit der Bank.«

»Wir müssten uns wieder verschulden. Glaub mir, ich weiß, was das heißt.«

»Aber in diesen Zeiten muss man gewisse Risiken eingehen. Um uns herum passiert so viel, ich habe manchmal den Eindruck, die Dinge überschlagen sich. Wir dürfen uns nicht abhängen lassen.«

Leopold seufzte. Wie oft waren ähnliche Worte schon gefallen hier im Garten und drüben im Haus. »Ich nehme an, du spielst mal wieder auf diese bahnbrechende neue Erfindung an, von der du so begeistert bist.«

»Diese Erfindung wird eine Revolution auslösen! Dieser Herr Benz ...«

»Ja, ja, das Automobil, ich weiß. Eine dreirädrige, pferdelose Kutsche – und ohne Dampf betrieben!«

»Sie funktioniert Vater, sie funktioniert. Bald soll Benz das Patent auf seine Erfindung bekommen. Dann werden immer mehr von diesen Automobilen gebaut und gefahren werden.«

Johann-Georg fuhr fort, er berauschte sich an seinen eigenen Worten. »Vor vierzehn Jahren wurde das Deutsche Reich gegründet, endlich! Das war doch immer auch dein Wunsch, oder nicht?«

Leopold knurrte missbilligend: »Nicht diese Art von Deutschland. Ich wollte kein von oben verordnetes Reich mit einem preußischen König als Kaiser. Und dieser Bismarck ist widerwärtig.«

»Immerhin ist unser Großherzog der Schwiegersohn des Kaisers. Er hat ihn ja auch in Versailles hochleben lassen, als Erster sogar«, warf Johann-Georg vorsichtig ein. »Wie dem auch sei, wir sind nun ein Volk mit einem großen Eisenbahnnetz in diesem Reich, das immer dichter wird. Wir merken doch, was das bedeutet. Immer mehr Gäste kommen aus allen Teilen des Landes zu uns, wir haben uns einen guten Ruf erworben, Vater. Und immer mehr Ausflügler besuchen den Schwarzwald. Auch die Industrie wächst rasant. Wir hatten doch vor nicht allzu langer Zeit Herrn Engelhorn zu Gast, erinnerst du dich? Er hat diesen Farbstoff entwickelt, dieses Anilin, das er jetzt in großem Stil produziert. Seine Badische Anilin und Soda Fabrik floriert, wird größer und größer, wie er uns erzählt hat. Er war so begeistert von unserem Haus, meinte, dass er gerne einmal mit Geschäftspartnern vorbeikommen möchte. Verstehst du, was das bedeutet?«

»Und als Nächstes kommst du mit deinem neuesten Wundermittel – dieser Elektrizität.«

»Du sprichst wie Tante Ida. In Stuttgart haben sie seit kurzer Zeit ein Kraftwerk, das diesen Strom produziert. Wir sind unabhängig von Kerzen, Gaslicht und Petroleumlampen. Es ist hell zu jeder Zeit.«

»Ich will nicht weiter mit dir diskutieren, Johann-Georg, nicht an diesem Tag.«

»Dann lass uns doch nächste Woche noch einmal über meine Pläne reden.«

»Was sollen wir reden? Du willst aus dem *Markgrafen* ein Hotel in großem Stil machen, und ich fürchte, dass wir uns damit übernehmen. Deinen Enthusiasmus kann ich leider nicht ganz teilen.«

»Die Urgroßmutter hat sich damals vor der Eisenbahn gefürchtet, und jetzt sieh an, was daraus geworden ist.«

»Schon gut. Ich werde mir noch einmal deine Zahlen ansehen. Aber du bist jetzt der Herr im Haus, also baue dein Hotel, wenn du unbedingt möchtest.«

»Es geht nicht nur um das Hotel, ich denke auch an Konferenzräume, bessere sanitäre Einrichtungen. Aber ich möchte, wie schon gesagt, auch deinen Segen und ...«

Leopold wandte mitten in Johann-Georgs Satz seinen Kopf zur Seite und beschattete seine Augen. Drüben, hinter den Ställen, in denen jetzt nur noch wenige Pferde standen, tauchte eine Gestalt auf. Es war eine Frau, umhüllt von fließender weißer Seide, mit einem kleinen spitzenbesetzten Sonnenschirm. Die Sonne stand noch hoch und tauchte das zarte Wesen in goldenes Licht. Für einen Moment dachte Leopold, es wäre Amanda Pfäfflin, aber dann kam die Frau näher, und er sah, dass sie größer und kräftiger gebaut war. Auch ihre Haare waren wesentlich heller. Es war Therese, seine zukünftige Schwiegertochter.

Leopolds Blick fiel auf Johann-Georg, der die grazilen Bewegungen seiner Verlobten wie gebannt verfolgte. Wie er sie anschaut!

Der Junge muss wirklich sehr verliebt in sie sein. Es wird wohl Zeit, dass ich meine blödsinnigen Vorurteile aufgebe.

Er begrüßte Therese mit einem formvollendeten Handkuss und sagte zu seinem Sohn gewandt: »Meinen Segen hast du, in jeder Hinsicht! Aber bitte entschuldigt mich, ich gehe noch ein wenig spazieren.« Er verbeugte sich, sah die beiden freudestrahlenden Gesichter und wandte sich raschen Schrittes in Richtung des Flusses.

Die Alb floss träge und warf das Blau des Himmels zurück. Dort am Ufer hatten sich einst seine Eltern kennengelernt. Bestimmt hatte auch der alte Jakob einmal hier gesessen. Vielleicht würde er auch einmal mit seinen Enkeln hierherkommen, um ihnen die uralten Geschichten zu erzählen, die das Wasser leise murmelte.

Juli 1945

»Die Geschichte Ihrer Familie zu erzählen, was bewirkt das eigentlich bei Ihnen?«, fragte Kurt Goldstein nachdenklich. »Haben Sie Ihre eigene ›Kiste‹ schon ein klein wenig geöffnet?«

Das Bild gefällt ihm, dachte Jakob belustigt. »Kann schon sein«, antwortete er. »Je tiefer ich darüber nachdenke, desto mehr sehe ich unsere Ähnlichkeit. Erinnerungen werden aufgewühlt, lange Vergessenes kommt wieder ans Licht.«

»Wie war das eigentlich mit dem Verhältnis zu Ihrem Vater – ich habe Sie schon einmal danach gefragt, so, wie Sie ihn geschildert haben, scheinen Sie ja das genaue Gegenteil von ihm zu sein.«

»Ich weiß nicht.«

»Glauben Sie, Sie haben Ähnlichkeit – ausgerechnet Sie – mit Ihrem nüchternen, prosaischen Vater, dem Kaufmann?«

»Ja doch, es war eher Philipp, mein älterer Bruder, der aus der Art schlug. Ich versuche, es Ihnen zu erklären.«

»Ich bin gespannt.«

»Das Jahr 1888 war für die deutsche Geschichte ein schicksalhaftes Jahr. Der greise Kaiser Wilhelm starb und kurz darauf auch sein Sohn Friedrich, nach nur drei Monaten Regentschaft. Dann rückte der zweite Wilhelm nach. In diesem Jahr geschah übrigens noch etwas, dessen Bedeutung erst später so richtig deutlich wurde. Bertha Benz fuhr mit ihren beiden Söhnen mit einem von ihrem Mann konstruiertem Automobil von Mannheim nach Pforzheim.«

Goldstein grinste. »Ich wette, Ihr Vater war einer der Ersten, der sich ein solches Automobil gekauft hat.«

»Da liegen Sie vollkommen richtig. Das ist eines der Dinge, die ich mit ihm teile.«

»Die Haug'sche Begeisterung für den Fortschritt?«
»Im weiteren Sinne. Im engeren die Leidenschaft für das Auto. Unser zweiter Wagen war übrigens der, mit dem ich den Unfall gebaut habe. Als blutjunger Bursche habe ich den Wagen meines Vaters stibitzt und bin damit herumgefahren. In einer Kurve bin ich ins Schleudern gekommen, der Wagen hat sich überschlagen, na ja, und den Rest können Sie sich denken.« Jakob zeigte auf sein Bein. »Nur die Tatsache, dass ich verletzt war, hat meinen Vater davon abgehalten, mich grün und blau zu schlagen. Aber um auf das Jahr 1888 zurückzukommen: In diesem Jahr wurde mein Bruder Philipp geboren, der lange ersehnte Stammhalter, auf den meine Eltern fast zwei Jahre gewartet haben. Mein Bruder war ein Träumer, einer, der den Kopf in den Wolken hatte, aber im Gegensatz zu den anderen Haugs ging es ihm nicht um Ideen für das Haus, sein Geist war voll von Büchern und Geschichten, die er regelrecht verschlang. Darin war der Gute seiner Urgroßmutter Sophie ähnlich.« Er hielt einen Augenblick inne, weil er schlucken musste. Auch nach so vielen Jahren hatte er immer noch einen Kloß im Hals, wenn er von Philipp sprach.

»Sollen wir eine Pause machen? Ich könnte noch eine Flasche Wein besorgen, wenn Sie möchten? Die Frauen haben mir das Versteck gezeigt«, sagte Goldstein.

»Nein, nein, es geht schon«, wehrte Jakob ab. »Immer wenn ich von Philipp rede ... Er war so ein feiner Kerl, sensibel, mitfühlend und gebildet. Wahrscheinlich der Klügste von allen Haugs, aber nicht tüchtig genug für das, was man das harte Leben nennt. Es war klar, dass er – wie in der Familie üblich – den Beruf von der Pike auf lernen würde, es kam gar nichts anderes infrage. Und er war zu weich, um Vater zu widersprechen und für seine Träume einzutreten. Aber was rede ich da, mir ging es später ja genauso.«

»Wann kamen Sie eigentlich ins Spiel?«

»Schön gesagt. Ich war ein Nachzügler wie meine Tante Luise. Mit mir hatte man nicht mehr gerechnet. Großvater Leopold war lange Zeit sehr besorgt, als Philipp zunächst der einzige Erbe blieb. Sie wissen schon: ›das einzige Paar Schultern‹. Er hat immer wieder vom Fluch der Haugs gesprochen. Dann, zehn Jahre später, also 1898, kam ich auf die Welt, zur großen Erleichterung aller.«

»Und Sie waren ganz anders als Ihr Bruder?«

»Das können Sie laut sagen! Ich war keck, um nicht zu sagen frech, und äußerst unternehmungslustig. Die Streiche, die ich den Hotelgästen gespielt habe, waren legendär. Mein Vater hasste es eigentlich, seine Söhne zu verprügeln, das war beachtlich für die damalige Zeit, aber bei mir verlor er dann doch einige Male die Nerven. Als Philipp schließlich nach Wien ging, mit neunzehn Jahren, habe ich Rotz und Wasser geheult. Ich hing sehr an ihm.«

»Warum ausgerechnet nach Wien?«

»Das *Imperial*, wo Philipp ausgebildet wurde, war damals eines der besten Häuser Europas. Vater hatte alle Hebel in Bewegung gesetzt, um ihm eine Stelle dort zu verschaffen, und hat sich sehr gefreut, als es geklappt hat. Philipp hat sich ebenfalls über Wien gefreut, allerdings aus anderen Gründen als der Vater.«

»Jetzt sagen Sie schon!«

»Wegen der vielen und guten Theater, die es dort gab! Philipp hatte in der Schule seine brennende Leidenschaft für das Theater entdeckt. Er wolle Schauspieler werden, hatte er mir anvertraut. Aber erst müsse er Vater beruhigen, das machen, was der wollte, aber dann …«

Jakob lächelte, aber es war ein melancholisches Lächeln. »Jedenfalls ist er dort in jeder freien Minute ins Theater gerannt. Sein Eifer in Sachen Ausbildung war im Vergleich dazu nicht sonderlich groß, das konnte Vater später dem Zeugnis entnehmen, das er mitbrachte. Tagelang schäumte er vor Wut und nahm Philipp dann streng unter seine Fittiche. Die Rechnung ging trotzdem nicht ganz auf, denn Philipp entdeckte die Liebe.«

»Die Frauen – mal wieder!«

»Keinen Plural, nein, Philipp war ein Romantiker. Er lernte die eine Frau seines Lebens kennen. Meine Schwägerin Marie haben Sie noch nicht kennengelernt, sie betreut ja gerade Tante Luise. Aber wenn Sie sie sehen, werden Sie verstehen, warum Philipp ihr sofort verfallen war. Auch als reifere Dame ist sie noch eine echte Schönheit.«

»Das scheinen nun wirklich alle Haugs gemeinsam zu haben: den Hang zu schönen Frauen.«

»Wohl wahr!«

»Erzählen Sie mir mehr von Ihrer Schwägerin. Wie haben sie und Ihr Bruder sich kennengelernt?«

»Marie kam aus sehr einfachen Verhältnissen. Ihr Vater war Arbeiter in der Spinnerei. Sie selbst hat in einer Schneiderwerkstatt gelernt. Philipp hat sie damals auf einem der Faschingsbälle kennengelernt, die wir im *Markgrafen* veranstaltet haben. Vater und Mutter waren zunächst gegen die Beziehung der beiden, haben ihren Widerstand dann aber aufgegeben, weil Marie so ein liebreizendes und tüchtiges Mädchen war. Sie war eine unschätzbare Hilfe in all den Jahren und ist es immer noch.«

»Mit Marie war Philipps Traum von der Schauspielkarriere wohl endgültig ausgeträumt, oder?«

»Genau. Er hat weiter im Hotel gearbeitet, noch unter väterlicher Aufsicht, und war eigentlich versöhnt mit seinem Schicksal. Zwischenzeitlich hatte er auch den Militärdienst absolviert und freute sich auf die Ehe mit Marie. Als er sie dann im Frühjahr 1914 heiratete, schien sein Leben nahezu perfekt. Er hat sogar noch eine Idee ausgeheckt, wie er seine Schauspiel-Ambitionen doch noch ausleben und mit seiner künftigen Karriere als Chef des *Markgrafen* verbinden konnte. Er lag Vater in den Ohren, den mittlerweile leer stehenden Stall in einen Theatersaal umbauen zu dürfen.«

»Um dort auftreten zu können?«

»Nein, nein, er sah sich eher als Regisseur. Er wollte mit Laien aus Ettlingen arbeiten und gelegentlich eine Wandertruppe engagieren. Aber dann kam der Krieg. Ich war damals sechzehn, ich hatte das alles nicht so recht wahrgenommen, war vielmehr damit beschäftigt, mich mit lateinischen Endungen und binomischen Formeln herumzuschlagen und den Mädchen nachzuschauen. Doch der Sog des Krieges erfasste auch unsere Familie, Philipp wurde eingezogen. Vater setzte Himmel und Hölle in Bewegung, um meinen Bruder vor der Front zu bewahren, das weitere Schicksal des *Markgrafen* stand ja auf dem Spiel. Vater ließ seine Beziehungen spielen, Philipp sei unabkömmlich und müsse den Betrieb leiten. Er hatte sogar erwogen, ihm vorzeitig den *Markgrafen* zu überschreiben, aber nichts half. Marie und Mutter heulten tagelang, die hysterische Begeisterung für den Krieg, die die Mehrheit der Bürger erfasst hatte, konnten wir nicht verstehen. Dann wurde auch unser männliches Personal nach und nach eingezogen, sogar unser Chefkoch. Vater schimpfte, flehte, fluchte, aber nichts half. Schließlich gab es bald auch nichts mehr zu kochen, die Versorgungslage wurde immer katastrophaler.«

»Und Sie hatten trotz des Krieges immer Gäste?«

»Ja, immer. Das Leben musste ja weitergehen. Geschäftsleute kamen, die Vereine hielten weiterhin ihre Versammlungen ab, Urlauber, die sogenannten Sommerfrischler, besuchten uns, obwohl die Speisekarte immer kleiner und schlichter wurde – Graupensuppe und Steckrübenmus gab es, keinen Hummer in Gelee, keine Gänseleberpastete auf Croûtons und keinen Fasan Rôti mehr. Ich musste tüchtig mithelfen, Vater kannte da kein Pardon. Es waren ja fast nur noch Frauen da. Bald bemerkte er, dass ich als Kellner ein durchschlagender Erfolg war. Irgendwie scheint es mir gelungen zu sein, das klägliche Essen mit einem gewissen Charme zu servieren.«

»Er hatte doch aber noch andere Pläne gehabt.« Goldstein hatte sich erhoben und begann, im Zimmer auf und ab zu laufen.

»Sie meinen das Hotel? Das hat er gebaut. Fünf Jahre nach Philipps Geburt war die feierliche Einweihung. Sie haben das Gebäude sicher gesehen. Architektonisch sehr gelungen, fügt sich sehr gut in das Gesamtbild des Hauses ein. Ich finde, dass die Fassade besonders schön geworden ist – die verdanken wir Oskar Köhler.«

»Sie meinen den Bildhauer, den Sie versteckt haben?«

»Genau den. Er war noch ein ganz junger Künstler damals, hatte aber schon große Anerkennung gewonnen. Eines Tages schneite er in unser Restaurant, aß Zander in Weißweinsoße und zeigte meinem Vater als Dank für das gute Essen einige Skizzen, die er zwischen Hauptgang und Dessert angefertigt hatte. Es waren Entwürfe zur Gestaltung des Hotels, das damals schon als Rohbau stand. Vater lachte, war dann aber begeistert. Die Vorschläge Oskars wurden umgesetzt.«

»Er hat doch auch die Fortuna geschaffen, die jetzt zerbrochen im Garten liegt, oder?«

Jakob nickte. »Sie trägt die Züge meiner Mutter Therese. Vater hat sie in Auftrag gegeben, kurz nach der Jahrhundertwende. Er war so stolz und glücklich. Das Hotel war fast immer ausgebucht, das Restaurant genoss einen exzellenten Ruf, und seiner Familie ging es gut. Aber dann kam alles anders, dann kam der Krieg, und bereits wenige Monate nach seinem Beginn kam die Schreckensmeldung: Philipp war bei einem Granatenangriff schwer verletzt worden, man musste ihm den linken Arm abnehmen. Als der erste Schock vorbei war, meinte Mutter fast froh: ›Er kommt heim, wenn auch versehrt, aber er lebt. Das ist das Wichtigste.‹ Doch als Philipp dann zu Hause eintraf, waren wir sehr erschrocken – weniger über den linken Ärmel seiner Jacke, der schlaff herunterhing, sondern vor allem wegen seines Gesichts, das die Zeichen der Angst und der Qualen trug. So ähnlich musste auch Leopold nach seiner Kerkerhaft ausgesehen haben.«

Jakob hielt inne und sah versonnen auf seine Hände, die er unwillkürlich zu Fäusten geballt hatte.

»Wissen Sie, dass ich mich seit einiger Zeit sehr intensiv an mein letztes Gespräch mit meinem Bruder erinnere? Nicht nur weil es das letzte Gespräch überhaupt war, sondern weil er mir etwas sagen wollte. Und ich habe nicht verstanden, was er mir sagen wollte.«

September 1918

Philipp und Jakob

Vorsichtig drückte Jakob die Klinke herunter und schob langsam die Tür auf. Das Zimmer lag im Halbdunkel wie meist. Die schweren Vorhänge waren zugezogen, bis auf einen kleinen Spalt, durch den sich die grelle Mittagssonne drängte, die schmale, helle Streifen auf den Boden warf und die Konturen der Möbel erkennen ließ. Jakob atmete unwillkürlich flacher, denn da war er wieder, dieser Geruch, dieser verfluchte, verhasste Geruch nach Tod und Verwesung. Süßlich und schwer hing er im Raum. Er rührte von Philipps Wunde am Armstumpf her, die nicht richtig heilen wollte, die eiterte und immer wieder aufbrach. Aber er duldete es nicht, dass man das Fenster öffnete, obwohl die Luft noch frühherbstlich warm war. Jakob ahnte, warum das so war, aus dem gleichen Grund mied sein Bruder das Licht des Tages und die Gesellschaft von Menschen, und wenn man ehrlich war, vor allem die Gesellschaft der Menschen, die ihm nahestanden. Deshalb war er auch hierhergezogen, in dieses Hotelzimmer, ganz oben im letzten Stock des sogenannten »neuen Flügels«. Marie hatte bitterlich geweint, als er vor ein paar Wochen aus der gemeinsamen Wohnung im Stammhaus ausgezogen war, nur ein paar Toilettengegenstände, etwas Kleidung und seine geliebten Klassiker hatte er mitgenommen.

»Warum tut er mir das an?«, hatte Marie geschluchzt. »Ich will doch für ihn sorgen, will für ihn da sein ...«

Jakob hatte sie zu trösten versucht, ihre Hand gestreichelt und etwas von »braucht Ruhe« gemurmelt. Aber das war es nicht, das wusste er selbst ganz genau, auch wenn er den Gedanken zu unterdrücken suchte.

Leise trat er neben das Bett, in dem zusammengekrümmt eine schmale Gestalt lag. Ein leichter Überwurf bedeckte den abgezehrten Körper, der Kopf war fest in das Kissen gewühlt, sodass man nur Philipps dunklen Haarschopf sehen konnte, diese dunklen Johann-Haare, in denen die grauen Strähnen schon deutlich zu sehen waren. Gerade dreißig Jahre alt und er wird schon grau, dachte Jakob bitter. Und wie er diesen leeren Ärmel des Schlafanzugs hasste, der auf der Decke lag. Er beugte sich tief hinunter zu seinem Bruder, obwohl der süßliche Geruch beinahe einen Brechreiz in ihm auslöste.

»Philipp«, sagte er leise, »Philipp, hörst du mich?«

Es kam keine Antwort.

»Philipp, Marie schickt mich.«

Der Kopf des Bruders bewegte sich leicht. Dann drehte sich Philipp herum, sodass er auf dem Rücken zu liegen kam. Diese Bewegung schien Jakob unendlich lange zu dauern. Wo ist nur seine Kraft geblieben, seine Energie? Wo ist der Philipp geblieben, den ich kenne? Das war nur noch eine Hülle, ein Bündel Stoff aus karierter Baumwolle. Und das Gesicht, das lebendige, schöne Gesicht, das typische Haug-Gesicht, war jetzt nur noch eine Maske. Fahle, graue Haut spannte sich über den Wangen- und Stirnknochen, dass man fürchten mochte, sie würde zerreißen. Fast schien es, als könne Philipp seine Gedanken lesen, denn er verzog den Mund zu einer Grimasse, die wohl ein Lächeln andeuten sollte. Aber es war ein böses Lächeln, ein bitteres Lächeln.

»Brauchst nicht so zu tun, als würdest du nicht erschrecken, wenn du mich siehst«, flüsterte er heiser. »Ich weiß, dass ich fürchterlich aussehe.«

»Unsinn«, antwortete Jakob mit gespielter Heiterkeit. »Du musst nur wieder mehr essen. Und du solltest an die frische Luft. Womit wir beim Thema wären. Marie und die anderen lassen fragen, ob du nicht herunterkommen möchtest. Onkel Adam erscheint nachher zum Essen, und er will ein paar schöne Stücke vom geräucherten Schinken mitbringen. Damit wäre das Problem einer anständigen Vorspeise zumindest für kurze Zeit gelöst«, redete er weiter, immer bemüht, zuversichtlich und fröhlich zu wirken. »Adam hat ausrichten lassen, dass er sich besonders freuen würde, dich zu sehen und ...«

»Nein, nein!«, schrie Philipp plötzlich mit erstaunlicher Kraft, »nein, ich will ihn nicht sehen. Ich will niemand sehen ... Versteht ihr denn nicht ...?«

Da war er wieder, der Gedanke, den Jakob von sich schob, weil er ihn bis ins Mark erschütterte. Er will niemanden sehen ... Warum nur? Aber du weißt es doch!

»Höre, Philipp«, sagte er so ruhig, wie es ihm möglich war. »Es ist nicht gut, dass du dich hier so abschottest. Bedenke auch, wie weh du Marie damit tust.«

»Gerade Marie nicht, ich will sie nicht sehen!« Philipp brüllte jetzt fast. Irgendwo in sich hatte er noch Kraft, eine Kraft, die auf ein bestimmtes Ziel gerichtet war, fuhr es Jakob durch den Kopf. Und du kennst es. Aber das durfte nicht sein!

»Nicht Marie ...« Philipps heisere Stimme ging in ein stöhnendes Schluchzen über.

»Aber sie liebt dich ... und du liebst sie auch.«

»Gerade deshalb. Verstehst du denn gar nicht? Ich will nicht, dass sie mich so sieht. Ich will nicht, dass sie leidet ... meinetwegen. Ich muss doch fortgehen, und das kann ich nicht, wenn sie da ist.«

Als diese Worte in Jakobs Bewusstsein drangen, war es ihm, als drücke ihm eine eisige Hand die Kehle zu. Philipp wird sterben ... und er weiß es. Deshalb will er uns nicht mehr sehen, er will das Haus nicht mehr sehen, seinen Garten, will die Geräusche nicht mehr hören, die Gerüche nicht mehr riechen, will den vertrauten Alltag hinter sich lassen. Er will das Leben nicht mehr sehen, hören, fühlen, schmecken. Sperrt sich in eine selbst gewählte Gruft ein, in einem Hotelzimmer im neuen Flügel des *Markgrafen.*

Auf einmal fuhr Philipps Hand vor und umschloss Jakobs Rechte, drückte sie mit dieser erstaunlichen Kraft.

»Höre, Jakob. Ich werde sterben, ich weiß es. Nein, sage nichts.

Du musst mir einige Dinge versprechen! Kümmere dich um Marie, lass sie nicht im Stich. Versprich mir das!«

Jakob nickte. Er konnte nichts mehr sagen. Tränen schossen ihm in die Augen und liefen über seine Wangen. Er wischte sie nicht weg. Es war jetzt egal. Alles war jetzt belanglos.

Philipp sah ihn unverwandt an. In seinen Augen lag auf einmal ein seltsamer Glanz. »Vater wird wollen, dass du das Haus weiterführst. Ich weiß, dass du das nicht willst. Du hast andere Pläne für dein Leben.«

Wieder nickte Jakob. Er hatte mit Philipp schon oft darüber gesprochen.

»Ein Haug, der Häuser baut und keines mit sich herumschleppt wie eine Schnecke. Schöne Häuser wirst du bauen, das weiß ich, Häuser, in denen Menschen gerne leben.« Philipp lächelte, und für einen Moment war er wieder der Bruder, den Jakob kannte und liebte, sein großer, gescheiter und ein bisschen verrückter Bruder, der davon geträumt hatte, ein großer Schauspieler zu werden.

»Versprich mir auch das, Jakob: Du tust das, was du für richtig hältst, was für dich richtig ist, meine ich. Fühle dich nicht verpflichtet, mich zu ersetzen. Und fühle dich nicht diesem vermaledeiten Spruch verpflichtet.«

Jakob räusperte sich. Er setzte mehrmals an, bis er schließlich hervorbrachte: »Welchen Spruch meinst du?« Dabei wusste er genau, worauf Philipp anspielte, aber er musste etwas sagen, reden, um die lähmende Bedrückung abzuschütteln, die ihn erfasst hatte.

»Der Spruch auf der Tafel, die jetzt frisch renoviert in der Eingangshalle des Hotels hängt. Das Glaubensbekenntnis des alten Jakob und aller Haugs nach ihm. Du weißt doch: ›… allen Gewalten zum Trotz sich erhalten …‹. Weißt du, Jakob, dieser Spruch ist unser Verhängnis.«

»Weshalb glaubst du das? Du hast ihn doch selbst beherzigt.«

Kaum hatte er das gesagt, biss sich Jakob auf die Lippen. Was redete er denn da? Aber Philipp schien einverstanden mit dem, was er gesagt hatte.

»Da hast du recht. Ich beklage mich auch nicht. Aber gerade in letzter Zeit habe ich viel nachgedacht. Ich hatte ja reichlich Gelegenheit. Und da sind mir ein paar andere Zeilen in den Sinn gekommen, die uns Großvater Leopold immer wieder gesagt hat:
*Ich bin nicht hier, um nach meiner Art zu genießen,
befleißigen will ich mich der großen Gegenstände,
lernen und mich ausbilden ...*«

Lange Zeit war es ganz still im Zimmer. Schließlich murmelte Jakob: »Ich erinnere mich. Wenn wir an der Alb spazieren gegangen sind, hat er uns oft von seiner Zeit in Italien erzählt, und dann hat er diese Worte zitiert. Auch von Goethe, wie unser Hausspruch, nicht wahr?«

»Ja, auch von Goethe. Aber mir kommt es so vor, als ob er sich besonnen hätte, als er diese Worte aus der *Italienischen Reise* schrieb.«

»Wie meinst du das?«

»Unser Hausspruch ist vermessen. Da war Goethe sicher noch ganz jung, als er das schrieb. Als ob wir kleine Götter wären, denen alles Mögliche erlaubt ist. Was ist denn letzten Endes dabei herausgekommen?«

Jakob zögerte. »Ich weiß nicht. Wir haben es zu etwas gebracht, würde der alte Jakob sagen.«

»Ja, wir sind nach oben gekommen. In einem großen Mahlstrom sind wir mitgeschwommen, auf ein einziges Ziel hin, dem wir uns willenlos unterworfen haben: Besitz und Ansehen zu mehren. Und die ›großen Gegenstände‹? Um die hat sich kein Haug jemals gekümmert.«

»Jetzt bist du ungerecht, Philipp. Leopold beispielsweise ...«

»Hat seinen Versuch, gegen den Strom zu schwimmen, schnell wieder aufgegeben.«

Jakob starrte seinen Bruder an. Was meinte er mit »die großen Gegenstände«? Hinter seinen Worten spürte er eine Sehnsucht, die er nicht richtig deuten konnte. Und plötzlich wurde ihm bewusst, dass Philipp diese Sehnsucht vielleicht selbst nicht mehr würde ergründen können. Zu spät ... Der Nachklang dieser Worte verursachte ihm körperliche Schmerzen, sein Herz schlug hart und unregelmäßig.

»Wie der Kohlenpeter ...« Hatte er das wirklich laut gesagt?

»Ja, wir sind wie der Kohlenpeter. Ein Wägelchen und ein Haus ... und mehr und mehr und mehr ... Folge du deinem Herzen, Jakob, versprich mir das.«

Die Sonne stand jetzt höher, denn der Spalt zwischen den Vorhängen wurde breiter.

Statt einer Antwort drückte Jakob die Hand seines Bruders.

»Und noch eines. Es handelt sich zwar um keine große Sache, sondern um eine kleine. Aber sie ist schön und wichtig. Lass den Garten fertig bauen, nach meinen Plänen.«

Der Garten! Er war Philipps Idee, an der sein Herz hing. Nach dem Bau des neuen Flügels hatte Johann-Georg noch ein größeres Stück Land dazugekauft, und so gab es zwischen dem Johann-Anbau und dem Hotelneubau eine größere Fläche, die man als Terrasse für die Gäste nutzen wollte. Der alte Garten neben dem Stammhaus war dafür viel zu klein. Diese Terrasse sollte von einem großen Garten umgeben werden, in dessen Zentrum die Statue der Fortuna und ein neuer Springbrunnen stehen sollten. Philipps Plan sah Kieswege zwischen dunkelgrünen Lorbeerbüschen, kleine Buchsbaumhecken und vor allem Rosen vor, viele Rosen ... Die Gäste sollten von Anmut und Schönheit umgeben sein, hatte er gemeint und nächtelang mit Oskar Köhler über den Plänen gebrütet.

»Du wirst den Garten noch selbst fertigstellen«, sagte Jakob gegen seine eigene Überzeugung. Er wollte es so gerne glauben.

Ein winziger Sonnenstrahl fiel sanft auf Philipps Gesicht. »Nein, das werde ich nicht.« Er flüsterte mühsam, als habe er alle Kraft aufgebraucht. »Jetzt lass mich allein, Jakob. Ich bin müde. Und vergiss nicht, was ich dir gesagt habe. Richte Marie aus, sie soll nicht böse sein, aber ich will hierbleiben.« Sein Griff lockerte sich, und der Lichtstrahl auf seinem Gesicht blieb.

Juli 1945

Jakob starrte noch immer auf seine Hände. Er mied Goldsteins Blick, denn er merkte, dass seine Augen tränenerfüllt waren. Aber dann hielt er die Stille nicht mehr aus, er hob den Blick. Goldstein sah ihn mitfühlend an. »Das war Ihr letztes Gespräch?«

»Das war unser letztes Gespräch. In der Nacht ist Philipp gestorben. In der Nacht, als alles dunkel und ruhig war und er unbemerkt fortgehen konnte.«

»Und Sie haben damals nicht verstanden, was er Ihnen sagen wollte?«

»Nein, das habe ich nicht. Bedenken Sie, ich war ein junger Bursche von zwanzig Jahren. Deshalb habe ich mich auch dem unterworfen, was für alle Haugs Verpflichtung war. Etwas Wehmut war dabei, das gebe ich zu, aber ich habe mir nicht allzu viele Gedanken gemacht.«

»Bereuen Sie das heute?«

»Bereuen? Ich weiß nicht – es ist wohl müßig, ständig zu grübeln, wie es hätte anders laufen können. Aber was Philipp damals gesagt hat, das beschäftigt mich heute mehr denn je.«

»Erzählen Sie mir, wie es weiterging.«

»Gleich nach Philipps Heimkehr hatte mich Vater in sein Kontor gerufen, den Raum, in dem wir jetzt gerade sitzen. ›Mein Sohn‹, hat er zu mir gesagt. ›Ich weiß, dass du nach der Reifeprüfung studieren willst.‹ Ich nickte und ahnte bereits, was kommen würde. ›Es tut mir sehr leid, Jakob, aber diesen Plan wirst du fürs Erste verschieben müssen. Mutter und ich haben mit den Ärzten gesprochen. Philipp ist nicht nur körperlich, sondern auch in der Seele schwer verletzt und muss starke Medikamente nehmen. Es wird vermutlich sehr lange dauern, bis er wieder zurück ins Leben findet. Ich kann dich jetzt nicht entbehren, wir brauchen jede Hand. Und wenn endlich der Frieden kommt, machst du zunächst auch eine Ausbildung im Hotelfach. Für alle Fälle. Ich denke an die Schweiz, Richtung Lausanne oder Montreux, da gibt es schöne Häuser. Die Leute finden immer mehr Gefallen am Skifahren, das könnte für uns am Rande des Schwarzwalds interessant werden.‹ Das war typisch Vater: Selbst in Zeiten der Not dachte er nur ans Fortkommen des Geschäfts. Und ich habe mich widerspruchslos gefügt. Es ging ja um Philipp ... und um den *Markgrafen*.«

»Was hätten Sie denn gerne studiert?«

»Architektur. Ich wollte so zeichnen können wie Oskar Köhler.«

»Das ist interessant.«

»Warum?«

»Weil Architektur künstlerische Befähigung und die Freude am Schönen mit mathematischer Begabung verbindet. Sie sind tatsächlich eine Mischung aus Johann und Ihrem Vater.«

Jakob überlegte eine Weile. »So habe ich das noch gar nicht gesehen. Aber wie auch immer. Philipp starb gegen Ende des Krieges. Granatsplitter hatten offenbar noch in seinem Körper gesteckt und eine Embolie ausgelöst, das haben uns jedenfalls die Ärzte gesagt. Den Friedensschluss hat er nicht mehr erlebt und auch nicht mehr die folgenden unruhigen Jahre, die uns schwer zu schaffen machten.«

»Der Kaiser hatte abgedankt, und auch die Badener waren ihren Großherzog los«, warf Goldstein ein.

Jakob nickte. »Und dann folgten die stürmischen und wirren Jahre der Weimarer Republik. Doch in einem Punkt konnte ich mich bei Vater durchsetzen: Ich ging nicht in die Schweiz, sondern nach Berlin in das berühmte *Adlon*. Berlin war für mich nicht nur die Hauptstadt der Republik, sondern die der Kunst und Kultur, des wilden und bunten Lebens, das so nirgendwo anders stattfand, nicht in der Schweiz und schon gar nicht in Ettlingen. Und da es immer klarer wurde, dass ich meinen Traum vom Studium begraben musste, wollte ich wenigstens noch etwas erleben, bevor ich in die Fußstapfen meines Vaters trat und das Hotel übernahm.«

»Haben Sie im *Adlon* auch Ihre zukünftige Frau getroffen?«

»Julie, ja, sie war mit ihren Eltern oft dort. Ihr Vater betrieb eine Künstleragentur, vor allem für die Varietés, die damals sehr beliebt waren. Unser erstes Kennenlernen war übrigens recht ungewöhnlich. Julie war in Gesellschaft ihrer Eltern und einiger Schauspieler aus dem Schillertheater gekommen. Sie feierten eine Premiere im Hotel, der Champagner floss in Strömen. Ich sollte eine neue Flasche öffnen und der Gesellschaft einschenken. Eigentlich keine große Sache, aber an diesem Abend passierte mir ein Malheur. Ich war wohl völlig verwirrt von diesem wunderschönen Mädchen am Tisch und habe mich beim Entkorken der Flasche so dumm angestellt, dass der Korken Julies Vater am Kopf getroffen hat. Gott sei Dank wurde er nicht schlimm verletzt, aber alles lachte und amüsierte sich über mich, vor allem Julie, die gar nicht aufhören konnte zu kichern. Am nächsten Tag stand sie im berühmten Foyer des Hotels und wollte mich sprechen. Wir begannen eine sehr leidenschaftliche und stürmische Beziehung. Und mit sechsundzwanzig Jahren stand ich dann mit dieser attraktiven, sehr kapriziösen und hochschwangeren Frau vor der Tür des *Markgrafen*. Vater war nicht sehr erfreut. Zwar hatte ich meine Ausbildung beendet, aber in Bezug auf Julie war er sehr skeptisch, und er sollte recht behalten.«

»Ist sie Ihnen davongelaufen?«

»Sie ist zurück nach Berlin und hat die Scheidung eingereicht. Julie in einem betulichen Kleinstädtchen – noch dazu in einem Haus, das die ganze Aufmerksamkeit ihres Mannes beansprucht – und dann noch ein schreiender Säugling? Das ging einfach nicht. Ich hätte es eigentlich wissen müssen.«

»Und Ihre Tochter?«

»Elisabeth hat sie nie besonders interessiert. Das klingt hart, ich weiß, aber sie war eine sehr verwöhnte Frau, die tausend andere Dinge im Kopf hatte. Sie ist dann ziemlich rasch mit einem Künstler, einem Sänger, durchgebrannt und nach Kanada ausgewandert.

Seitdem hat Elisabeth nur noch brieflichen Kontakt zu ihr. Kurz vor Ausbruch des Krieges war sie einmal hier – ihr jetziger Mann hatte ein Engagement, das ihn in verschiedene Städte Europas führte. Aber das Treffen war kühl. Elisabeth hat ihr nie verziehen, aber sie hat sie auch nie wirklich vermisst. Das Mädchen hatte viele Mütter und einen, wie ich denke, sehr liebevollen Vater.«

»Und wann kam Helene Pfäfflin?«

Jakob grinste. »Erst kamen einige andere, wie ich gestehen muss. Unser Haus wurde immer mehr zum Treffpunkt der Prominenz. Politiker, Schauspieler, Künstler ... wir waren die erste Adresse weit und breit. Und darunter waren sehr attraktive Frauen. Aber dann kam Helene.«

»Wollte sie denn nicht die *Krone* wieder zum Leben erwecken?«

»Ach, die *Krone* ... die gab es nicht mehr. Vater hat die alten, verkommenen Gebäude aufgekauft durch einen Mittelsmann, und alles abreißen lassen. Das war während der Inflationszeit. Der Enkel Theodor Pfäfflins, Helenes Vater, hatte ja nie Interesse gezeigt. Helene meint, das sei auf die Überheblichkeit und Geltungssucht zurückzuführen, die vom alten Theodor in die Familie gekommen wären. Ihr Großvater war Küchenchef auf der *Wilhelmshöhe* in Kassel gewesen, hatte sogar den letzten Kaiser als Gast begrüßt, und war dementsprechend recht eingebildet. Sein Sohn hat diese Einbildung geerbt, aber nicht dessen Fähigkeit, ist mit seinem eigenen Lokal in Bad Kissingen gescheitert und hat dann die *Krone* an uns verkauft. Was für ein Witz! Er hat es wohl nicht so empfunden. Helene hat mir erzählt, dass er getobt hat vor Wut, als er später erfahren hat, dass es der alte Erzfeind seiner Vorfahren war, an den er verkauft hatte. Zudem hat Vater ein gutes Geschäft gemacht, denn er hat nach der Inflation das Grundstück, das mitten in der Stadt liegt, für neues, gutes Geld verkauft. Wir haben dann Ende der Dreißigerjahre eine Hausdame gesucht. Helene hat unsere Annonce gelesen und hat sich nach einigem Zögern und einem kurzen inneren Kampf beworben.«

»Innerer Kampf? Auch wegen des alten Familienzwists?«

»Genau! ›Dieser Blödsinn muss doch endlich ein Ende haben‹,

hat sie im Bewerbungsgespräch zu mir gesagt, das hat mir gefallen. Sie hatte exzellente Zeugnisse und dann …« Jakob zögerte.

»Die Brombeeraugen?«

Jakob lachte laut und zum ersten Mal an diesem Tag fast ausgelassen. »Ja, die Brombeeraugen. Die haben es mir angetan. Das scheint bei uns erblich zu sein. Aber im Gegensatz zu ihrer Großtante Amanda ist sie eine tüchtige und vor allem charakterstarke Frau, ich habe mich gleich in sie verliebt. Sie hat lange gezögert, immerhin war ich der Chef, aber jetzt sind wir seit ungefähr vier Jahren zusammen, mit dem Segen meiner Tochter und der anderen Haug'schen Frauen.«

»Und was weiter?«

»Nichts weiter. Über die Zukunft haben wir nie gesprochen. Dafür waren die Zeiten zu schlecht, zu aufreibend. Wir haben unsere Zweisamkeit genossen, so gut es ging, dem Leben unsere kleinen Freuden abgetrotzt.«

Kurt Goldstein sah ihn lange an. »Ich beginne langsam zu verstehen.«

Jakob runzelte die Stirn. »Sie meinen damit wohl mein Verhalten nach 1933, als die Nazis hier ein und aus gingen?«

Goldstein nickte stumm.

»Ich weiß nicht genau, was für ein Bild Sie gewonnen haben, aber ich habe auch eines gewonnen. Über mich und meine Familie.«

»Die Kiste ist offen?«

»Die ›Kiste‹ ist offen! Aber bevor wir darüber reden, will ich etwas von Ihnen wissen, etwas, was mich schon die ganze Zeit beschäftigt. Sie waren doch schon einmal hier im *Markgrafen,* nicht wahr?«

Goldstein erhob sich und ging auf und ab. Es machte Jakob nervös.

»Ja, ich war schon einmal hier«, sagte der Offizier schließlich mit gepresster Stimme. »Ja, im Frühjahr 1933. Ich war neunzehn Jahre alt, angehender Student der Rechte und sollte auf Wunsch meiner Eltern unbedingt die alte Heimat kennenlernen. Dieser Wunsch war so groß, dass meine Eltern sogar ihre Bedenken gegenüber der neuen deutschen Regierung, die so offensichtlich judenfeindlich war, über Bord warfen. In unserer Familie ist die Verbundenheit mit Deutschland immer gepflegt worden, wir Kinder lernten auch alle die Sprache. Wie Sie vielleicht schon vermutet haben, ist meine Mutter eine Nachfahrin des Moshe Katz. Ihre Großmutter war die Tochter, die den Viehhändler aus dem Südbadischen geheiratet hat. Die Familie ist dann ausgewandert. Als ich meine Verwandten hier besucht habe, war immer noch der Stolz zu spüren, dass das Geld der Familie Katz mitgeholfen hat, den *Markgrafen* zu begründen. ›Was für ein schönes, was für ein vornehmes Haus das geworden ist‹, sagten meine Tante und mein Onkel immer wieder zu mir, ›das musst du sehen!‹, und so haben sie mich hierher eingeladen. Dabei habe ich auch Ihre Mutter kennengelernt. Sie habe ich damals auch gesehen sowie ein hübsches, junges Mädchen mit braunen Zöpfen, das herumsprang und mit den Gästen scherzte. Und Sie sind sogar an unseren Tisch gekommen und haben uns sehr freundlich begrüßt, aber das wissen Sie alles bestimmt nicht mehr.«

Jakob schloss die Augen. Diese Erinnerung war da, aber nur sehr vage. »Sie sind mir von Anfang an bekannt vorgekommen«, sagte er leise, »aber ich wusste nicht, woher. Eine Frage noch: Ist es denn Zufall, dass ausgerechnet Sie der Offizier sind, der mit meiner Angelegenheit befasst ist?«

Kurt Goldstein lächelte grimmig. »Sagen wir so, ich habe mich darum bemüht. Ich wollte hierher nach Ettlingen kommen, um nach unseren Verwandten zu suchen. Meine Orts- und Sprachkenntnisse haben meine Vorgesetzten bewogen, mich hier einzusetzen.«

Wieder legte sich Stille über die beiden Männer. Trotzdem meinte Jakob, sonderbare Geräusche zu hören. Seltsam, dachte er, es ist, als ob das Haus selbst spricht.

»Sie haben vorhin erwähnt, dass Sie Personen versteckt haben?«, sagte Goldstein schließlich in das Schweigen hinein.

»Oskar und das Ehepaar Oppenheimer, ja. Max Oppenheimer war ein ehemaliger Kamerad Philipps gewesen. Er und seine Frau Irene hatten in Stuttgart gelebt, als sie 1941 die Aufforderung erhielten, sich in einem Sammellager auf dem Killesberg einzufinden, doch stattdessen haben sie ein paar Habseligkeiten in einen Koffer geworfen und sind hierhergekommen. Sie waren starr vor Angst. Max hatte gedacht, er sei sicher, schließlich hatte er das Eiserne Kreuz bekommen und die Nazis würden sich doch nicht an einem verdienstvollen und tapferen Teilnehmer des Ersten Weltkrieges vergreifen. Weit gefehlt. Ich habe sie daraufhin im Keller versteckt, wochenlang, bis ich alles organisiert hatte.«

»Organisiert?«

»Wir hatten immer wieder Gäste aus der Schweiz. Einer von ihnen, ein Herr, der in einem Ministerium in Bern arbeitete, bot mir an, dass ich Kontakt mit ihm aufnehmen könnte, falls ich je seine Hilfe benötigte. Deutlicher wollte er nicht werden, aber ich hatte verstanden. Und ich war sehr froh, denn ich hatte mir schon kurz nach der Machtergreifung Sorgen um Oskar gemacht, der mit seiner politischen Meinung nie hinter dem Berg hielt. Er war bekennender Anhänger der Kommunistischen Partei, und es gab bald erste Drohungen gegen ihn. Als im März 1934 dann ein bekannter Politiker der Sozialdemokraten erschossen wurde, habe ich Oskar gedrängt zu fliehen. Aber er wollte nichts davon hören. Er wurde schließlich verhaftet und kam in ein Lager bei Bruchsal. Wir haben dann mit einigen prominenten Bekannten seine Freilassung erwirkt – es waren Parteigenossen unter seinen Befürwortern, und die Tatsache, dass der Reichsstatthalter von Baden gerne im *Markgrafen* speiste, war ebenfalls hilfreich. Nein, ich weiß schon, was Sie sagen wollen«, redete Jakob rasch weiter, als er sah, dass Goldstein ihm ins Wort fallen wollte. »Nur so viel noch: Nach Oskars Freilassung habe ich ihn nämlich in der Küche beschäftigt, inkognito natürlich. Man stelle sich das vor, ein alter Mann und ein geachteter Künstler als Küchenjunge! Über den Schweizer Gast habe ich währenddessen Oskars Flucht organisiert. Einige vom Personal wussten Bescheid, und ich hatte Angst, dass das Theater aufflog. Allerdings hat keiner etwas gesagt. Auch das Ehepaar Oppenau haben wir später über die grüne Grenze in die Schweiz gebracht. Oskar ist allerdings ein halbes Jahr später dort gestorben. Von Irene und Max habe ich nichts mehr gehört, ich hoffe, sie sind in Sicherheit.«

»Hat es sich also gelohnt?«, fragte Goldstein. Seine Stimme klang ganz sachlich.

»Was meinen Sie? Das Mitheulen mit den Wölfen, das Stillhalten, das Schweigen, das Schöntun? Vielleicht ist das der Fluch der Haugs, der wahre Fluch. Wie meine Tochter richtig sagte – über allem steht das Haus und macht – manchmal – unsere Herzen kalt. Aber jetzt ist sowieso alles zu Ende.«

»Warum?«, sagte Goldstein behutsam. »Warum? Sie sind jung genug, um eine neue Familie gründen zu können. Ein Haug und eine Pfäfflin – das wäre doch eine wirklich schöne Wendung in Ihrer beider Familiengeschichte. Machen Sie weiter, mit heißem Herzen, Sie können das und Sie wollen das!«

»Wie ... wie meinen Sie das?«, fragte Jakob mit angehaltenem Atem.

»Nun, ich werde jetzt meinen Bericht schreiben. Ich denke, Sie werden bald freigelassen und ...«, er lachte, zum ersten Mal lachte er laut, »und ich hoffe, ich werde einmal Ihr Gast sein.«

»Heißt ... heißt das ...«, stammelte Jakob.

»Ja, das heißt es.« Er stand auf. »Ich lasse Sie jetzt zurückbringen. Wir sehen uns dann morgen, wenn Sie das Protokoll unterschreiben.«

Jakob stand ebenfalls auf, ganz langsam, denn seine Knie zitterten. »Und Sie, was machen Sie dann?«, fragte er. Dumme Frage, dachte er im gleichen Moment, aber es war ihm sehr ernst damit, er wusste sich nur nicht anders auszudrücken.

Aber Kurt Goldstein schien zu verstehen. »Ich werde noch eine Weile hierbleiben, bevor ich nach New York zurückgehe in meinen alten Beruf. Aber ich will sehen, wie es mit diesem Land und mit diesem Haus weitergeht.«

»Sie sind jederzeit willkommen im *Markgrafen*.«

»Ich danke Ihnen. Das nehme ich gerne an.« Sein Lächeln vertiefte sich. »Ich habe noch viele Fragen, aber die kommen nicht ins Protokoll. Gehen wir, es ist fast Mitternacht.«

Jakob zögerte. »Darf ich vielleicht noch einen Augenblick hierbleiben? Allein? Bitte, es ist wichtig für mich.«
»Ich warte unten auf Sie.«
Leise ging Kurt Goldstein hinaus, und Jakob blieb im Zimmer zurück. Er schaltete die Stehlampe aus. Es war stockfinster, aber ihm war, als könne er alles genau sehen. Bald würde ein neuer Tag anbrechen und, wie es schien, vieles verändern. Etwas Neues würde beginnen. Tief in ihm regte sich ein sanftes und schönes Gefühl. Das ist Hoffnung, dachte er. Mein Gott, wie wird es weitergehen? Auf einmal hörte er wieder die seltsamen Stimmen des Hauses sprechen, wie sie sich überlagerten, murmelten, wisperten. Er lauschte und vernahm Leopolds Stimme, wie er erzählend mit ihm die Alb entlangging, hörte Vater und Mutter, hörte sogar Johann und den alten Jakob. Er konnte nicht genau verstehen, was sie sagten, ihr Ton aber klang tröstlich. Langsam erhob sich Jakob und schritt zur Tür. Ja, es würde weitergehen, auf jeden Fall. Sein Herz schlug warm und kräftig in seiner Brust, während er die Treppe hinunterging.

Nachwort

Für das Hotel und Restaurant *Zum Markgrafen* gibt es ein historisches Vorbild, dessen Geschichte in groben Zügen nacherzählt wurde. Die Bewohner des Hauses, also die Familie Haug, sowie alle anderen Personen mit Ausnahme der bekannten historischen Persönlichkeiten sind aber reine Produkte schriftstellerischer Fantasie, und ihre Lebensgeschichten sind frei erfunden.

Inspiration und wichtige Informationen zur Historie des Hauses verdanke ich einer Publikation »Der ›Erbprinz‹ in Ettlingen«, erschienen in der Reihe »Beiträge zur Geschichte der Stadt Ettlingen 17«, verlag regionalkultur. Dem Autor David Depenau gebührt deshalb mein besonderer Dank.

Ebenso möchte ich mich bei den Stadtarchiven Ettlingen und Freiburg für ihre freundliche Hilfe bedanken.

Mein herzlicher Dank gilt vor allem den Mitarbeiterinnen des Piper Verlags, Frau Diana Neiczer und Frau Isabelle Toppe, und ganz besonders Frau Christine Neumann für ihre rasche und umsichtige Schlusskorrektur. Und – wie immer – ein herzliches Dankeschön an meinen Ehemann Hans-Ulrich Grözinger, der mir wie immer mit Rat und Tat zur Seite stand.

Eine packende Familiensaga

Inge Barth-Grözinger
Stachelbeerjahre
Familiensaga aus dem Schwarzwald

Piper Taschenbuch, 352 Seiten
€ 11,00 [D], € 11,40 [A]*
ISBN 978-3-492-27283-4

Deutschland nach dem Krieg, ein Dorf im Schwarzwald. Frieden? Von wegen! Es knallt ordentlich in Mariannes Familie, wo Großeltern, Mutter und Schwester nur eines verbindet: ungelebte Träume. Einzig Marianne, die Kluge, Bildungshungrige, scheint ihre Chancen realistisch genug einzuschätzen. Doch eines Tages platzt der attraktive Gastarbeiter Enzo in dieses Leben. Und die Frauen in Mariannes Familie verlieren den Kopf.

Leseproben, E-Books und mehr unter www.piper.de

»Barth-Grözingers Schilderungen gehen unter die Haut.« Südwest-Presse

Inge Barth-Grözinger
Beerensommer
Roman
Piper Taschenbuch, 592 Seiten
€ 12,00 [D], € 12,40 [A]*
ISBN 978-3-492-30897-7

Mit einem Schlag ist alles anders. Friedrichs Familie hat alles verloren und muss nun in die Stadtmühle ziehen, zu den Ärmsten der Armen. Der einzige Lichtblick ist Johannes, der Junge mit den merkwürdig hellen Augen. Schon bald verbindet die beiden eine enge Freundschaft, die jedoch im Laufe der Jahre in erbitterte Feindschaft umschlagen soll ...

»Beerensommer« – ein packender Roman, der den Leser tief in die wechselvolle Geschichte des 20. Jahrhunderts hineinzieht.

Leseproben, E-Books und mehr unter **www.piper.de**